전후 현실과 아동의 세계

전후 현실과 아동의 세계

초판 인쇄 2017년 4월 20일
초판 발행 2017년 4월 25일

지은이 장영미 ▎**펴낸이** 박찬익 ▎**편집장** 권이준 ▎**책임편집** 조은혜
펴낸곳 (주) **박이정** ▎**주소** 서울시 동대문구 천호대로 16가길 4
전화 02) 922-1192~3 ▎**팩스** 02) 928-4683 ▎**홈페이지** www.pjbook.com
이메일 pijbook@naver.com ▎**등록** 2014년 8월 22일 제305-2014-000028호

ISBN 979-11-5848-294-7 (93810)

한 국 아 동 문 학 연 구

전후 현실과
아동의 세계

장영미 지음

(주)박이정

머리말

　문학의 힘을 믿는다. 조만간 인공지능이 세상을 지배할 텐데, 문학의 힘을 믿는
다고? 혹자는 고개를 갸웃거릴 수도 있다. 그럼에도 나는 문학의 힘을 믿는다. 마
사 누스바움은 "소설읽기가 사회 정의에 관한 모든 이야기를 들려주지는 않을 것
이다. 하지만 소설읽기는 정의의 미래와 그 전망의 사회적 입법 사이에 다리를 놓
아줄 수는 있을 것이다"라고 하였다. 한 사회의 공적인 삶에서 문학의 중요성을
강조한 마사 누스바움의 말에 공감하기 때문에 문학의 힘을 믿는 것이다. 시대의
총체인 문학작품을 통해 세상의 불의를 알고, 인간의 참상을 목격하고, 고통 받는
이들의 삶을 조금이나마 분유하는 것이 문학의 기능이라고 생각한다. 아마 문학의
기능과 역할에 수긍하기 때문에 지금 이 길을 걸어가는 것 같다. 내가 가는 길이
맞는지 아닌지 몰라 드문드문 흔들렸던 마음이 그동안 공부한 글들을 엮으면서 다
잡아졌다. 물론 부끄러운 글이지만, 열정과 애정을 담았던 지난 시간의 결과물을
통해 정진해야겠다는 생각이 든다.

　I 부는 박사학위논문으로, 1960년대 아동문학의 형성과 그 양상을 연구한 것이
다. 1960년대 아동문학계는 4·19와 5·16의 변혁적 상황이 수용되면서 자학과
반성을 통해서 새로운 변화를 맞는다. 당시 사회 문화 구조는 전후의 혼란에서 벗
어나 근대화가 진행되면서, 점차 근대의 모순이 가시화되고 구체화되는 양상을 보
였다는 점에서 이전 시대의 문학과는 다른 특징을 갖는다는 점에서 주목하였다.
문학은 그 시대와 사회 문화 현상을 본질적으로 가장 잘 표현해 주는 문화 매체

중 하나이다. 특히 현실을 사실적으로 보여주는 아동소설은 사회와 어린이, 어린이와 사회를 형상의 대상으로 한다는 점에서 시대를 읽을 수 있는 주요한 자료로 기능할 것이다.

Ⅱ부는 전후 현실과 아동문학이다. 이 장은 한국 아동문학사에서 큰 발자국을 남긴 강소천과 이원수, 전후문학의 특성을 여실히 담고 있는 손창섭과 박경리의 전후 아동소설을 연구한 것이다.

1950년대 전쟁 체험 세대의 전쟁 상처는 1960년대 들어와서 변화를 겪는다. 분단과 이산의 아픔, 이데올로기의 문제를 비롯해 인간의 삶과 존재 등 인식의 변화가 이루어진다. 그런 변화를 보여주는 대표적인 작가가 강소천과 이원수이다. 월남 작가인 강소천 문학의 원체험과 이원수의 객관적 거리감각의 확보를 통해서 1960년대 아동소설의 특성을 이해할 수 있을 것이다.

그리고 손창섭은 전후 한국 사회의 상처와 분위기를 절실하게 표현한 작가이다. 손창섭의 이러한 문학적 특성은 아동소설에서도 발견된다. 가령, 전쟁이 빚어 놓은 극악한 사회 현실 속에서 인간의 삶은 왜곡되고, 선했던 인간들도 변화한 현실에 제대로 적응하지 못함으로써 점차 잉여인간으로 전락하게 된다. 손창섭의 전후문학 특징은 소설뿐 아니라 어린이를 대상으로 한 아동소설에서도 음각되어 나타난다.

또한 박경리의 전후 작품은, 대개가 작가 자신과 처지가 비슷한 여성을 주인공으로 하여 비극적인 삶을 그려냈다. 성인을 대상으로 한 초기 작품 경향과 아동소설이 다르면서도 닮았다는 점을 포착할 수 있다. 초기 작품에서 보이는 삶의 풍경과 인물 형상은 아동소설에서도 발견된다. 그런데 소설에서는 인물로 하여금 세계로의 진입을 불허하였다면, 아동소설에서는 세계로의 진입을 허용한다. 이는 박경리가 자라나는 어린이들에게 역경을 이겨낸 삶을 북돋우고 그 가치와 의의를 긍정적으로 수용했음을 말해준다.

Ⅲ부는 역사적 사건과 아동문학이다. 지금껏 역사 기록은 대부분 대문자 역사에 의해 이루어졌다. 기록은, 후일 남길 목적으로 사실을 적는 것이다. 사실을 적는다

는 점에서는 객관적이지만, 기록자의 관점과 시선에 의해 기록된다는 점에서는 주관적이다. 이런 측면에서 우리 역사는 대개가 대문자에 의해 역사가 기록되었기 때문에 소문자 역사는 배제되고 묻혔던 것이 사실이다. 이에 본 장은 일제 강점기 강제동원된 조세이 탄광 노동자, 위안부 피해 할머니, 1980년 5·18 민주항쟁 때 희생된 이름 없는 소시민들을 대상으로 하여 묻히고 잊힌 역사를 돌아보고자 하였다.

일제 식민치하, 조선인은 나라 잃은 슬픔과 동시에 강제징용으로 고통스런 삶을 살았다. 당시 조선인들은 일제의 전쟁 준비를 위해 강제동원되었다가 행방불명 혹은 전사했으며, 전사했어도 유골조차 찾기 힘든 상태가 되었다. 그런데도 일제는 조선인들의 사후 문제에 대해 침묵하고 있다. 특히 일본에서도 가장 열악하다고 하는 조세이 탄광에 강제동원된 조선인들의 이름은 묻히고 외면되었다.

이처럼 소리 없이 희생된 자들은 위안부 피해 할머니들의 삶에서도 발견된다. 위안부 피해 할머니들은 여성이라는 이름으로 인해 인간으로서 누려야 할 기본권을 침해 받았다. 인권은 다른 사람이 함부로 빼앗을 수 없는 것이고, 태어나면서부터 자연적으로 주어지는 권리이다. 천부인권 문제는, 어느 한 개인만의 것이 아닌 우리 모두가 누려야 할 당연한 기본권이다. 따라서 위안부 피해 문제는 제국주의적 폭력의 산물로 피해 당사자 할머니들만의 것이 아닌 우리 모두의 문제로 치환되어야 한다.

또한 1980년 5·18 민주항쟁 역시 잊을 수 없는 역사적 사건이다. 수많은 희생자들이 생겼음은 물론이거니와 그 안에서 살아남은 자들의 고통은 아직도 현재진행형이다. 지금 우리가 누리는 자유와 민주주의는 5·18 때 희생된 분들 덕분에 가능한 것이었다. 시간은 하나로 연결된 선이다. 즉, 현재의 시간은 과거와 미래의 시간 사이에 있는 것이다. 이것이 우리가 역사를 읽어야 하는 이유이다. 과거를 통해 현재를 보고 과오를 되풀이 하지 않아야 밝은 미래를 맞이할 수 있다. 그러므로 우리는 소문자 역사를 기억하고 이름을 기억하고 그들의 목소리를 들어야 한다.

Ⅲ부는 다른 글보다 애착이 간다. 잘 쓴 글이라서가 아니라, 아픈 역사 속에서 희생된 약한 자들의 삶을 들여다보면서 먹먹했던 순간을 잊을 수 없다. 소리 없이 희생된 이름 없는 얼굴을 떠올리며, 내가 왜 제대로 살아야 하는지 왜 감사하며 살아야 하는지를 알게 한 작품과의 조우였으며, 공적인 삶에서 문학의 중요성을 다시금 되새기는 시간이었다.

지난 시간을 돌아보니, 고마운 분들이 많다. 지도교수이신 강진호 선생님은 문학작품과 세상을 읽을 수 있는 안목을 가르쳐 주신 분이다. 특히, 길을 잃고 헤맬 때 손을 잡아주셨던 분이기도 하다. 가끔 학생들과 생활할 때, 선생님께 배운 직·간접적인 모습 덕분에 힘들어 하는 학생들의 손을 잡아주게 된다. 그리고 유임하 선생님도 잊을 수 없다. 공부하는 사람의 자세를 가르쳐 주신 분이다. 진도가 안 나가는 공부를 할 때, 절대 잊지 말아야 할 것이 무엇인지를 알게 해주셨다. 이 자리를 빌려 감사드린다. 어려운 여건에도 불구하고 출판을 해주신 박찬익 사장님과 편집장님, 그리고 예쁜 책이 되도록 끝까지 고민해주신 조은혜님께도 감사 인사드린다. 미안한 마음이 앞서는 엄마와 가족들에게도 감사하다. 일일이 거론하기 어렵지만 공부를 하면서 연을 맺은 모든 분들 덕분에 내가 이 자리에 있는 것이 아닌가 하는 생각이 든다. 항상 황인숙 시인의 시를 읊조린다. 왜 사는가? 왜 사는가... 외상값. 모든 분들에게 언젠가는 외상값을 갚을 수 있도록 노력하며 살고 싶다.

지금도 하얀 도화지에 그림을 그린다. 예쁜 그림도 있고 미운 그림도 있지만, 조금씩 조금씩 예쁜 그림을 그리고 싶다.

2017년, 봄의 문턱에서

II 전후 현실과 아동문학

1 전후의 현실과 아동의 발견
　– 『그리운 메아리』와 『메아리 소년』을 중심으로

2 인간의 실존과 세계의 공존 방식
　– 손창섭의 소년소설을 중심으로

3 가족의 삶과 행복에의 욕망
　– 박경리의 「돌아온 고양이」와 『은하수』를 중심으로

Ⅲ 역사적 사건과 아동문학

Ⅰ. 1960년대 아동문학의 형성과 분화

1) 연구 목적

이 글은 1960년대 아동문학의 분화 양상과 위상에 대한 연구이다. 1960년 대는 6 · 25 전쟁의 상흔이 점차 아물고, 4 · 19 혁명과 5 · 16 쿠데타 등에 의한 급격한 사회 변화를 특징으로 하는 시기이다. 1960년대 문학은 이런 시대적 현실과 긴밀하게 연결되어 있다. 1960년대 문학은 1950년대의 감정 과잉과 즉물적인 고백의 수준에서 벗어나 한층 안정되고 성숙한 모습을 보여주며, 오늘날의 문학과 비교하더라도 손색이 없을 정도로 질적인 완성도를 보여준다. 아동문학 역시 1950년대와는 확연히 다른 한층 성숙하고 완성도 높은 모습으로 나타난다. 전후의 혼란과 결별했을 뿐만 아니라 새롭게 형성된 사회의 모순에 전면적으로 노출되어 그것을 구체적으로 반영하면서 다양하게 현실에 대응한 것이다.[1]

---

[1] 1960년대 문학에 대해서는 『1960년대 문학연구』(민족문학사연구소편, 깊은샘, 1998), 『1960년대 문학연구』(문학사와비평연구회, 예하, 1993), 『1960년대의 사회운동』(박태순 외, 까치, 1991), 이재철의 『한국현대아동문학사』(일지사, 1978), 임영봉의 「1960년대 한국문학 비평 연구」(중대 박사논문, 1999), 홍송식의 「1960년대 한국문학 논쟁 연구」(명지대 박사논

1960년대 문학은 이전 시기 문학과 결별하면서 새로운 한국 문학의 가능성을 다양한 방식으로 보여주었고, 또 다양한 탐구를 보여주었다. 1950년대 문학은 6 · 25 전쟁의 체험으로부터 자유롭지 못해서 패배적이고 병적인 전쟁의 상처에 대한 기록물이라 해도 과언이 아닐 정도이다. 1950년대 문학과 달리 전쟁의 상흔으로부터 어느 정도 객관적 거리를 확보하게 된 1960년대 문학은 분단과 전쟁에 대한 비판적 성찰을 나타낸다는 점에서 이전 시기 문학과 다른 모습을 보여준다. 이를테면, 분단과 전쟁에 대한 직접 체험에 매몰되어 절망과 허무의 늪에 빠져 있던 1950년대 문학과 결별하고, 분단과 전쟁에서 한 걸음 떨어져 그 체험에 대한 객관화를 시도함으로써 상처와 후유증에 대한 극복 의지를 내보인다. 그리고 4 · 19 혁명은 분단과 전쟁의 의미에 대한 보다 깊이 있는 성찰을 가능하게 해 주었다.[2] 예컨대, 4 · 19 정신과 경험이 시민의식의 성숙에 중요한 기폭제의 역할을 했다. 그리고 무엇이 시민 사회의 건설을 가로막는가를 살피는 과정에서 전쟁과 분단에 대한 인식이 심화되었다. 이처럼 1960년대 문학은 이전 시기 문학과 결별 의지를 내세우면서 한국 문학의 새로운 가능성에 대한 진지한 탐색을 시작한 시기의 문학이라 할 수 있다. 그리고 그 새로운 가능성 중 하나로 등장한 문제의식이 바로 5 · 16 쿠데타로 권력을 잡은 군사 정권이 시행한 개발 독재에 따른 자본주의적 근대화이다. 산업화, 도시화와 같은 현상들이 가속화되는 자본주의적 근대화는 긍정적이든 부정적이든 당대의 작가들에게 새로운 경험이었고, 이에 대응하려는 고민은 가히 '혁명'이라 일컬을 정도의 새로운 인식과 감각을 추동시켰다. 그리고 자본주의적 근대화가 1960년대에 촉발되어 현 시점까지도 여전한 문제라는 점에서 1960년대 문학은 이후 문학과 연속성을 획득한다고 말할 수 있다. 요컨대 1960년대 문학은 이전 시대 문학과 결별하고 새로운 탐색을 시작하여 이후 시대 문학

문, 2000) 등을 참조하였다.

2) 하정일, 『1960년대 문학연구』, 깊은샘, 1998, 25쪽.

과 연결되는 시기로 자리매김한다고 할 수 있다.

1960년대 아동문학도 예외가 아니다. 해방 전 아동 문화운동 차원에서 출발한 한국 아동문학계는 해방 이후 정치·사회적 영향으로 혼돈의 과정을 거치다가 1960년대 들어서 비로소 오늘날과 다름없는 아동문학으로 질적인 성숙을 보여주었다.[3] 다시 말해 1960년대 문학이 1950년대 문학과 결별하고 새로운 가능성을 찾으려 노력했듯이, 아동문학계도 1960년대 들어서 종전과는 다른 양상을 띠며 본격적인 아동문학 시대를 맞는다. 1960년대 초반 아동문학계의 새로움을 요구하는 논의들이 등장하기 시작하였다는 점이 이를 뒷받침한다.[4] 여기서 주목해야 하는 것은 1960년대를 '본격'[5] 아동문학 운동 시기라 말할 수 있다는 점이다. 1960년대는 아동문학의 본질에 접근하여 그 성과를

---

[3] 이재철, 『한국현대아동문학사』, 일지사, 1978, 391쪽.

[4] 특히 1960년대 초반 이원수와 윤석중의 글에서 아동문학계의 새로움을 요구한다는 것을 알 수 있다. 이원수는 아동문학은 "1960년대 들어서 다양한 지면 확대로 작품 세계를 확장하여 대중성을 획득하는 등 새로운 국면을 맞게 된다. 4·19의 영향은 아동문학에도 새로운 분위기를 형성하려는 시도가 나타난다"고 하였다.(이원수, 「1960年度 兒童文學 自由民主的인 文學에의 努力」, 『동아일보』, 1960. 12. 22.) 윤석중 또한 "우리나라 아동문학이 자기비판을 거친 총정리를 서둘러야 할 때는 왔다. 우거진 잡초를 뽑아버리지 않고서는 아무리 거름을 주더라도 좋은 열매를 맺지 못할 것이다"라는 각성을 통해 아동문학의 새로움을 혹은 변화를 부르짖고 있다.(윤석중, 「兒童文學의 止揚性」, 『동아일보』, 1960. 8. 18.) 보다 자세한 내용은 Ⅱ장 1960년대 사회와 아동문단에서 살필 것이다.

[5] 여기서 원종찬의 「한국현대아동문학사의 쟁점」(『아동문학과 비평정신』, 창작과비평사, 2000)을 거론할 필요가 있을 듯하다. 원종찬은 이재철의 『한국현대아동문학사』는 뚜렷한 아동문학사 책이 하나도 없다는 점에서 독보적이며 방대한 저술이라고 그 의의를 밝히고, 『한국현대아동문학사』의 문제점으로 현대아동문학사에 대한 시대 구분을 들었다. 『한국현대아동문학사』에서 8·15 해방 이전은 아동문화운동시대, 그 이후를 아동문학운동시대로 구분하였는데, 여기에 저자의 순수문학관이 작용한다는 점을 비판하고 문학관의 문제성을 지적하였다. 즉, 원종찬은 문화는 문학을 포함하는 개념이기에 이 두 용어를 동렬대칭개념으로 간주하고 1960년대를 본격 아동문학시기라고 한다면, 그 이전의 아동문학은 문학이 되지 않는다는 점을 들어 이재철의 논의에 반론을 제기한다. 물론 필자도 원종찬의 논의에 동감하는 바이다. 따라서 본 고에서 사용하는 본격이라는 의미는 이재철의 논지가 아니라, 1960년대의 아동문학이 어린이를 주체로 상정하고 어린이를 중심에 둔, 즉 아동문학의 본질에 보다 충실하고 이를 바탕으로 새로움을 구현하였다는 점에 중점을 두면서 본격이라는 용어를 사용함을 밝힌다.

얻어낸 중요한 시기이다. 이전 시기와 같은 아동 문화운동이 아닌 아동 문학운동으로서의 접근을 통해 다양한 실험적 시도와 주제의식의 형상화 등으로 아동문학의 본질을 인식하는 계기를 구축한 시기인 것이다. 그리고 1960년대 문학이 이후 시기와 연속성을 나타내듯이, 이 때 이루어진 아동문학에 대한 각성이 이후 아동문학의 흐름을 좌우하는 토대를 형성했으리라는 것은 쉽게 추측해 볼 수 있다. 단적으로 말해서 1960년대는 아동문학의 본격적인 개화와 발전을 이루어낸 시기인 것이다.

그러나 1960년대 아동문학 연구는 거의 전무한 실정이다. 1960년대뿐 아니라 아동문학 전체 영역으로 확대해 보아도 성인문학에 비해 아동문학에 대한 논의는 일단 양적인 측면에서 한참을 뒤떨어져 있다. 그 이유 중 하나로 아동문학 일반에 대한 일종의 편견을 꼽을 수 있다. 문학계 내에서도 아동문학을 문학으로 인정하는 기반은 매우 약하다. 아동문학은 그 고유 영역을 인정받지 못하고 연구와 비평의 사각지대에 놓여 있다. 이런 편견의 이면에는 아동문학이 성인문학과 대비해 보았을 때 특수성을 가지지 못한다는 점, 교육 담론의 일환으로 탄생하였기에 교시적(敎示的) 기능이 강한 반면 여타의 다른 기능들은 약하다는 점 등이 작용하고 있다고 할 수 있다. 이를테면, 고유성을 인정할 만큼의 성인문학과의 차이점을 보여주지 못하며, 문학성을 논하기에도 교육이라는 목적 강조가 걸림돌로 존재한다는 식이다.

아동문학은 분명 성인문학과 많은 부분들을 공유한다. 현실 세계를 반영하고, 이데올로기적 가치를 전달하며, 정신에 강력한 영향력을 행사한다. 하지만 아동문학은 그 대상을 어린이로 삼고 있다는 점에서 성인문학과 다르다. 더 나아가 성장 시기에 필요한 양식 제공으로 어린이의 인격 형성에 지대한 영향을 미친다는 점에서 성인문학보다 더 강력한 힘을 가지고 있다고 볼 수 있다. 아동문학이 어린이에게 교육시켜야 할 가치 전달을 목적으로 삼으며, 사회 구성원으로서의 어린이 만들기를 우선시한다는 것도 사실이다. 그러나 아동문학이 이데올로기와 밀착되어 있다는 것은 무조건 폄하할 일이 아니다.[6] 한 연구자의 지적처럼, 아동문학을 장르문학[7]으로 보고 아동문학이 이데올로기와 밀접한 까닭을 장르문학으로서의 속성 때문이라고 이해할 수 있다. 아동문학의 독자는 어린이이고, 독자 수용 측면에서 불특정한 다수의 독자와 대면해야 하는 장르문학으로서의 동화가 소설보다 이데올로기가 더욱 분명한 형태로 개진될 수밖에 없다는 것이다. 그래서 동화를 이데올로기와 분리해서 생각할수록 동화는 비현실적인 문학이 되며 도피와 위안을 제공하는 오락물이거나 기존의 이데올로기를 재생산하는 순응주의적인 장치로 전락할 것이라고 말한다. 그렇듯이 아동문학은 성인문학과 마찬가지로 이데올로기와 무관한 것이라고 볼 수는 없다. 더구나 그것은 아동문학이 지닌 역사적 사회적 배경, 교육과의 강한 관련성, 내포청자 등 특수성에 기인한 것이며, 아동문학이 성인문학과 다르다고 나타낼 수 있을 뿐이지, 예술적으로 열등하다고 말할 수 있는 것은 아니다.[8]

아동문학에 대한 편견을 버리고 나름의 고유성과 문학성을 고려한다면, 아동문학의 정체를 밝혀내기 위한 특별한 기준이 필요하다. 즉, 아동문학의 본질과 기능, 영향 등을 파악해 낼 수 있는 기본 연구의 틀이 요구된다는 것이다. 그러기 위해서는 아동문학에 개진된 담론을 적극적으로 규명하고, 그 구체적 양상과 기능을 평가하는 일이 급선무이다. 그리고 이는 본격적인 아동문학 창작기라고 일컬을 수 있는 1960년대 아동문학에서 가능하다. 앞서 살핀 바와 같이, 1960년대 아동문학은 아동 문화운동이 아닌 아동 문학운동으로서 아동

---

6) 김상욱, 『어린이문학의 재발견』, 창비, 2006, 156~157쪽. 본고에서는 아동문학과 어린이문학을 혼용하여 사용할 것이다. 아동문단에서 아동문학과 어린이문학의 용어가 정립되지 않았고, 보편적으로 두 용어를 같은 의미로 수용하기 때문이다. 아동과 어린이 역시 같은 의미로 보고 혼용하기로 한다. 인용 시에는 필자가 쓴 용어를 사용하기로 한다.
7) 여기서 장르문학이란 특정한 구조가 내용과 형식에 걸쳐 반복적으로 표현됨으로써 작품의 특성보다 일반적인 성격이 상대적으로 두드러지게 드러나는 문학작품을 뜻하는 것이다.
8) 마리아 니콜라예바, 『아동문학의 미학적 접근』, 교문사, 2009, 8쪽.

문학의 본질에 대한 인식과 각성이 이루어진 시기이다. 이전 시기와는 다른, 그리고 이후 시기로 이어지는 문학으로서의 아동문학이 개화하여 발전한 시기이며, 또한 아동문학의 고유성과 문학성을 담보해줄 수 있는 성과들이 이루어졌다는 점에서 1960년대 아동문학은 면밀한 관심의 대상이 되어야 한다.

이에 따라 본 연구는 1960년대 아동문학의 정립 과정과 분화 양상을 고찰하고자 한다. 본 논의는 1960년대 아동소설을 중심으로 이루어질 것이다. 아동소설관에 대한 새로운 인식과 각성, 현대 아동소설의 모태가 된 현실에 대한 객관적 거리 확보 등 이전 시기와 다르면서 이후 시기로 이어지는 본격 아동문학으로서의 모습을 보다 확연히 드러내주는 것이 바로 1960년대 아동소설이기 때문이다. 따라서 1960년대 아동소설에 대해 살피는 일은 곧 1960년대 아동문학의 특징과 문학사적 의의를 규명하는 일이 될 것이다.

문학 작품에는 현실과 그 현실이 안고 있는 세계관이 투영된다. 한 개인의 상상력과 그 개인이 몸담고 있는 문화적 배경 및 사회적 환경이 밀접한 상관관계를 가지는 것은 자명한 일이다. 하지만 문학이 시대를 표현하는 데 있어서 중요한 것은 그 시대의 어떤 사실 풍토를 이야기하고 있느냐보다 어떤 정신적 풍토를 이야기[9]하고 있느냐이다. 그리고 어린이를 둘러싼 여러 개념과 가치를 재생산하고 유포시키는 아동문학은 다양한 사회적 힘들이 이미지 창출을 위해 투쟁하는 담론의 장(場)[10]이다. 동화 담론은 역사적 문명화 과정을 구성하는 동시에 각각의 상징작용이 공적 영역에서 사회화에 개입한다. 바꿔 말해, 동화 한 편은 상징적인 공적 발언이자 작가 자신과 독자인 아이들, 문명화 과정 전체를 중재하는 행위[11]이다. 잭 자이프스에 의하면, 동화 창작의 상징 작용을

---

9) 김광수, 「한국 전쟁소설 주인공의 특성과 그 구조적 특성」, 『한국문학연구』5집, 동국대한국문학연구소, 1982, 126쪽.
10) 손향숙, 「영국 아동문학과 어린이 개념의 구성」, 서울대학교 박사논문, 2004, 2쪽.
11) 잭 자이프스, 『동화의 정체』, 문학동네, 2008, 28쪽. 잭 자이프스는 동화의 정체에서 한 편의 동화 작품이 형성, 태동하는 데는 분명 시대에 따른 이데올로기가 작용하는 것으로

문제 삼기 위해서는 동화와 사회, 동화와 우리의 정치적 무의식을 연결하는 질문들을 던져야 한다. 동화 작가들이 동화를 통해서 아이들에게 아이와 어른 이미지에 대한 영향을 미치려 했다면, 그들이 어떤 방식으로, 또 어떤 이유에서 그렇게 했을까를 밝혀야 한다는 것이다. 그리고 이들 작가들이 작가 의식 혹은 사회적 경향에 따라 기존 사회가 규정한 동화 담론을 변경하려 했다면, 이와 같은 반응과 개입의 방식은 어떤 것이었을까를 고찰하여야 한다.

따라서 본고는 당대의 사회적 환경이 아동문학에 어떻게 투영되었는지 살핀 다음, 1960년대 작가의 상상력이 작품에 어떻게 형상화되었는지, 즉 1960년 대 작가들이 아동소설을 통해 아동과 아동문학, 더 나아가 세계를 어떻게 인식 하고 접근하였는지, 왜 그렇게 하였는지에 대한 상징작용을 포착하고자 한다. 위 논의를 기반으로 하여 그 동안 평론 수준에서 접근한 1960년대 아동소설을 본격 문학적 차원에서 새롭게 고찰하고 그 위상을 정립할 것이다. 이를 통해, 기존의 인상적 수준의 평가에서 벗어나서 1960년대 아동문학의 특성과 문학 사적 의미 역시 규명할 수 있을 것이다.

2) 논의 대상 및 범위

다른 시대들에 비해 1960년대는 뚜렷한 변별성을 가지지 못한 시기로 이해 되곤 한다. 1950년대는 전쟁의 폐허 위에서 참담함을 드러낸 시기, 1970년대 는 독재 권력에 의해 행해진 유신이라는 탄압과 경제 건설이라는 산업화가 얽

보고, 작품의 탄생 배경으로 시대, 역사적 상황을 살폈다. 『동화의 정체』에서 자이프스가 살핀 동화는 민담이다. 엄밀히 말해서 민담과 동화는 다른 용어이다. 하지만 넓은 범주로 본다면 같은 개념으로 볼 수 있다. 어린이를 주독자로 하고 어린이가 읽는 문학이라는 점에서 같은 개념으로 볼 수 있기 때문이다. 이런 맥락에서 본고는 동화, 아동소설, 소년소설의 용어를 혼용하여 사용할 것이다. 아직 아동문학계에서 용어의 정립이 이루어지지 않았다는 점도 덧붙여 둔다. 인용을 할 경우 필자가 사용한 용어 또한 그대로 따를 것이다. 아동문학 혹은 어린이문학 역시 같은 용어로 사용할 것이다.

혀 있는 이중성을 지닌 시대로 각인되어 있는 반면, 1960년대는 50년대와 70년대의 과도기적 시대라는 인식이 일반적이다. 이러한 시각이 아동문학에도 그대로 적용되어 1960년대 아동문학의 특성과 문단사적 의미를 규정하려는 시도가 이루어지지 않았다는 것이 본 연구의 출발점이다.

본고는 1960년대를 대상 시기로 하여 당대에 간행된『아동문학』지와 중앙지의 신춘문예, 단행본 등을 텍스트로 삼아 논의를 전개할 것이다. 뒤에서 자세히 논의하겠지만, 1960년대에 간행된『아동문학』지는 아동문학 이론의 초석을 다진 아동문학 이론 연구지이자 동시에 작품 발표의 장으로써,『아동문학』지의 이런 성과가 없었다면 1960년대 아동문학은 전 시기에 비해 한 단계 성숙한 상태로 나가지 못했을 것이다. 아동소설관에 대한 인식과 각성으로 아동문학의 새로운 가능성을 모색하는 징후[12]들도 그 성과를 바탕으로 형성되었다고 말할 수 있다. 그리고 중앙지의 신춘문예는 당대 등단 제도의 중추적인 역할을 맡았으며, 아동문학계의 새 바람을 불러일으킨 신인 양성의 핵심적인 역할을 하였다는 점에서 살펴볼 필요가 있다.

한 시대의 문학 전반에 대한 올바른 이해와 평가는 전체적인 시대정신에 대한 파악과 개별적인 작품에 대한 세밀한 분석이 동시에 이루어져야 가능하다. 문학은 동시대의 미학인 동시에 시대성을 지향하는 표현이라는 관점에서 논의될 때 작품의 진실이 추구될 수 있기 때문이다. 물론 모든 문학연구가 그러하지만, 1960년대 문학 연구는 특히 이러한 관점에서 논의되어야 한다. 앞서 살

---

12) 한국의 아동소설은 40년대 후반에 이미 양적 증가 현상이 두드러졌으나 뚜렷한 세를 형성하는 데는 이르지 못했는데, 한국 전쟁을 계기로 아동문학은 완전히 산문문학 시대로 중심이 옮겨지게 되었다. 그런데 이 시기 아동소설의 90% 이상이 전문 아동문학인이 아닌 종군작가단에 소속된 일반 소설가들에 의해 창작되었다. 총검을 대신하여 붓으로 자유와 조국을 위해서 싸우고자 한 종군활동의 취지였고 아동소설 창작 역시 사상전 승리를 위한 무기였으므로 문학성이나 어린이 독자의 특성 등은 고려되지 않았다.(선안나, 앞의 논문, 4쪽.) 그러나 1960년대 접어들면서 50년대 대중문학의 팽창에서 중추 역할을 했던 아동소설을 중심으로 종래의 비문학성을 탈피하려는 의식적인 움직임이 일어났다. 이는 60년대 아동소설계의 변모상으로, 본격 문학 운동의 적극적인 양상으로 풀이 될 수 있다.

핀 바와 같이, 6 · 25 전쟁의 상흔, 4 · 19 혁명, 5 · 16 쿠데타라는 시대적 배경이 1960년대 문학을 아우르는 문제의식을 만들어낼 정도로 크게 작용한 것이 이 시기의 특성이기 때문이다.

그런 사실을 바탕으로 본고는 1960년대 아동문학의 다양한 분화와 길항의 양상에 주목하고자 한다. 분화에 주목하는 것은 이 시기의 다양한 양상들을 상징적으로 고찰하기 위한 의도에서 비롯된다. 1960년대는 전후의 혼란이 진정되면서 사회적인 안정과 함께 경제적으로도 조금 여유를 갖게 된 시기로, 이전과는 확연히 다른 문학 상황을 배경으로 한다. 작가들이 활동할 수 있는 매체가 다양하게 등장하고, 작가들을 배출하는 신춘문예 등의 제도가 활성화되면서 1960년대에는 많은 작가들이 왕성한 활동력을 보여주었다. 이들을 모두 다룰 수는 없기 때문에 여기서는 주요 경향을 크게 세 유형으로 나누어 고찰하고자 하는 것이다.

1960년대에 활동한 작가들을 등단 시기를 중심으로 구분하자면, 해방 이전에 등장한 세대, 해방 후에 등장한 세대, 그리고 1960년대에 등단한 세대로 나눌 수 있다. 해방과 함께 남과 북이 나누어지고, 그 과정에서 일부 좌익 계열의 작가들이 월북하면서 남한에는 이른바 순수문학을 견지하는 작가들이 상대적으로 많이 남았다. 이들은 전쟁의 참상을 직접 겪었고, 그것을 바탕으로 작품을 발표하였다. 이 과정에서 이들은 기존의 문학적 특성과 가치를 유지하면서 새롭게 변화된 현실에 적응하는 기민함을 보여준다. 이원수는 그런 구세대를 대표하는 인물이다. 그는 식민지 시대의 경험을 바탕으로 전쟁과 전후의 현실을 소화하면서 사실주의적인 창작방법으로 아동 현실을 문제 삼았다. 따라서 이원수에 대한 고찰을 통해서 일제강점기 세대가 1960년대 들어 어떠한 문제의식과 방법으로 작품 활동을 했는가를 상징적으로 이해할 수 있을 것이다. 김요섭은 해방 후에 등장한 세대를 대표한다. 김요섭은 전쟁과 이데올로기적인 갈등의 참상을 몸소 체험하면서 작품 활동을 시작했기에, 아동문학에서는 그런 사실을 의도적으로 배제하고자 하였다. 장차 국가의 미래를 짊어질 세대로서 아동은 순수한 꿈과 희망 속에서 성장해야지 성인들의 추악한 갈등과 싸움 속에서 성장해서는 안 된다는 생각이고, 그래서 어린이들이 갖는 꿈과 환상을 주된 소재로 활용하였다. 그런 점에서 김요섭은 해방기에 등단한 작가로서의 특징을 보여주며, 1960년대 아동문단의 독특한 경향의 하나를 대표하게 된다. 한편 이영호는 이들과는 전혀 다른 지점에서 작품 활동을 시작하였다. 그는 사회가 상대적으로 안정되고 경제적으로 여유를 갖기 시작한 1960년대에 작품 활동을 시작하였다. 그래서 그의 작품에는 전쟁이라든가 이데올로기의 문제가 심각하게 제시되지 않는다. 그는 아동들의 실제 생활에 주목하면서 그들이 갖는 기쁨과 슬픔, 고통과 갈등의 문제에 주목하였다. 일상 현실에서 부딪히는 섬세한 심리적 갈등과 내면의 흐름 등이 그가 주목한 아동의 주요한 현실이었다. 그런 점에서 그는 이원수나 김요섭과 구별되는 1960년대의 특징을 전형적으로 보여주는 작가의 한 사람이다.

본고는 이런 사실을 바탕으로 1960년대 아동문학의 정립과 분화 양상을 고찰하고자 한다. 그러기 위해서 1960년대 사회와 아동문단의 동향을 살피는 것으로부터 시작하여, 각 세대를 대표하는 작가들이 작품을 통해 당대의 리얼리티와 시대의식을 어떠한 형태로 형상화했는지를 고찰하고, 궁극적으로 그것이 1960년대 아동문학사에서 어떠한 의미를 갖는지를 밝히기로 한다.

먼저, Ⅱ장에서는 1960년대 사회와 아동문단의 동향을 살필 것이다. Ⅱ장 1절과 2절은 문화·사회적인 배경 연구로, Ⅲ장의 이해를 돕기 위한 것이다. 작품 분석에 앞서 시대 배경을 살피는 이유는 문화적 현상은 결코 우연히 발생하지 않기 때문이다. 어떤 시대건 하나의 현상이 생겨나고 그 현상이 확산되는 데는 동시대의 사회구조적 측면과 일치하는 부분이 있다는 점을 간과할 수 없다.

1절에서는 1960년대 서막을 연 4·19가 1960년대 아동문학에 미친 의미를 중심으로 살필 것이다. 4 · 19가 문학에 직접적인 영향을 미쳤다고 말할 수는 없을 지라도, 앞서 살핀 것처럼 이전 시기와 다른 한국 문학의 가능성을 탐색하는데 일정 수준의 영향을 끼쳤다고 말할 수 있기 때문이다. 다시 말해 1960년대 작가들의 인식 전환과 새로운 각성에 어느 정도의 기여를 하고 있다는 의미이다. 따라서 이 절에서는 4 · 19를 중심으로 시대적 배경을 탐사하고, 그에 따른 아동문단의 동향을 고찰하기로 한다.

2절에서는 1960년대 아동문학과 관련된 사회 환경과 문화 환경의 변화, 그중에서도 특히 출판문화의 변화를 살필 것이다.[13] 1960년대는 경제적 여유와 사회적 안정, 정부의 관심과 지원, 부모 세대의 높은 교육열과 급격하게 증가한 교육인구가 전집 붐이라는 출판문화의 변화를 이끌어낸 시기이다. 출판이 사회 문화적으로 중요성을 가지는 이유는 사회 발전에 따라 요구되는 지식의 전파가 출판 산업에 전적으로 의존하기 때문이다. 출판 매체의 존재 방식은 단지 문화산업이라는 미명하에 고립된 산업으로서가 아니라 사회구성체 속에서 다른 사회 구조와의 역동적인 상호관련성 속에서 이루어진다.[14] 따라서 본 절에서는 그 사회를 구성하는 제반 여건들, 즉 정치 · 경제 · 사회 문화 현상을 살피면서 그것이 당대 출판문화를 어떻게 변화시켰는지를 살펴보기로 한다.

3절에서는 1960년대 아동문학계 내에서 이루어진 변화를 규명한다. 우선, 최초의 아동문학 비평 전문지인 『아동문학』지의 창간 배경과 특성, 의의를 살필 것이다. 이 시기에 다른 잡지들도 많이 간행되었지만 『아동문학』지는 기존의 잡지나 동시대의 여타 잡지와 달리 문학 이론을 집중적으로 다루고, 편집

---

13) 원종찬, 『한국 아동문학의 쟁점』, 창비, 2010, 18쪽. 저자는 아동문학의 발전은 근대성의 지표와 불가분의 관계에 있으며, 특히 가족과 학교 제도의 변화가 큰 몫을 차지한다고 한다. 가령 분단 시대의 아동문학은 초등교과서와 연계되어 국민교육의 일환이자 체제동원의 도구로 전락하는 양상을 보였다고 하는데, 이는 분단 시대 뿐 아니라 이후 아동문학에 정도의 차이가 있을 뿐이지 여전히 작용한다. 따라서 1960년대 사회의 제도 변화를 살피는 일이 필요하리라 본다.

14) 박미경, 「사회변화가 한국 출판현상에 미친 영향 연구」, 중앙대학교 석사논문, 1997, 1~5쪽.

체제를 두어 작품을 선별했다는 점에서 면밀히 살펴보아야 할 대상이다. 따라서 비정기적으로 간행되었지만 『아동문학』지가 어떤 내용을 다루고 있고, 실제 작품에 어떤 영향을 미쳤는지를 살필 것이다. 그리고 이어서 1960년대 발행된 중앙지의 '신춘문예'를 살피기로 한다. 전쟁으로 중단되었던 신춘문예는 1950년대 중반을 기점으로 부활하여 1960년대에는 등단 제도의 중추적인 역할을 수행한다. 그리고 1960년대 아동문단에 새 바람을 불러일으킨 작가 군단에서 신춘문예 출신 작가들은 다른 어느 시기보다 활발한 활동을 하였다. 이들은 다양한 실험의식과 주제 의식, 아동 세계 확대 등 기성 작가와는 다른 면모를 보여주었다. 또한 이들 작가들이 당대는 물론이고 이후 1970년대 아동문학에 지대한 영향을 끼쳤다는 점을 감안할 때, 신춘문예 당선작들을 살피는 것은 1960년대 문학사 연구에서 빼놓을 수 없는 일일 것이다. 따라서 신춘문예 심사위원들의 당선평과 당선 작품을 살펴 당대의 문학상을 읽고자 한다.

Ⅲ장은 작품 분석으로 이루어질 것이다. 작가의 임무 중 하나가 자기 시대가 다른 시대와 다른 점이 무엇인가를 파악해 자기 시대의 모습을 신화의 높이에까지 표현하는 것이라면, 현대 작가는 현대 사회의 조건 하에서 신화를 만들어야 한다고 말할 수 있을 것이다. 낡은 신화를 되풀이해서는 안 되고, 현대적 조건을 부분적으로만 받아들여서도 안 된다. 현대 사회의 조건을 전폭적으로 받아들여서 그것을 신화의 모습으로 명확하게 만드는 것, 이것이 현대 작가가 현실과 맺는 바른 관계[15]라고 할 수 있다. 그리고 시대적 사명과 작가가 추구

---

15) 최인훈, 『문학과 이데올로기』, 문학과지성사, 1980, 112~113쪽. 최인훈은 현실에서의 작가의 임무를 역설하면서 작가는 현대적 조건에 맞게 신화를 만들어야 한다고 하였다. 여기서 신화를 크게 자연 신화와 사회 신화로 나누는데, 자연 신화는 자연이 어떻게 생겼고 각각의 성질은 어떻다는 것을 말하는 내용이며, 사회 신화는 자기 민족이 어떻게 시작했고 자기 민족 생활에서는 무엇이 바람직한 일이고 무엇이 해서는 안 될 일인가를 말하는 내용이라고 한다. 그러면서 고대 신화의 경우는 한 가지 조건에 대한 반응인 반면, 현대 세계에서 조건은 분야와 시간, 행동에 따라 수시로 바뀐다고 말한다. 따라서 현대 문학의 근본 원리는 '만일 무엇 무엇이며, 그때는 무엇 무엇이다'라는 식의 조건법이며, 때문에 현대 사회의 조건에서 신화를 만들어야 한다고 결론 내리고 있다.

하고자 하는 현실이 다를 때, 구성 방식의 변화가 일어난다. 그런 견지에서 Ⅲ장에서는 1960년대 작가가 현실을 어떻게 형상화하였는지 살필 것이다. 기성 작가와 신인 작가의 작품을 함께 살필 것인데, 그 이유는 당대 문학에 대한 깊이 있는 통찰뿐 아니라 문학사 내에서 이 시기 문학이 갖는 의미 규명도 고려해야 하기 때문이다. 선정 기준은 1960년대 그 문학성을 인정받았으며, 이후에도 아동문학계에서 일익을 담당한 작가와 작품이다. 여기서 작품은 아동소설로 한정한다. 1950년대를 비롯한 종전의 아동소설이 목적문학으로서 기능했던 것에 비해, 1960년대 아동소설은 비문학적 저속성을 탈피하려는 의식적인 움직임을 보여주고 있으므로 1960년대 본격 아동문학 운동의 적극적인 양상을 보여주는 데 적합하기 때문이다.

마지막 Ⅳ장은 지금까지 살핀 내용을 토대로 1960년대 아동문학의 문학사적 의미와 한계를 정리할 것이다.

문학은 시대와 사회에서 발생하는 문화의 한 형태이다. 그 시대와 사회 현상을 본질적으로 가장 잘 표현해 주는 문화 매체이기에, 문학을 대상으로 하는 연구는 당대 사회에 대한 총체적 인식을 가능하게 한다. 특히 현실을 어린이의 천진한 시선으로 포착하는 아동소설은 사회와 어린이, 어린이와 사회의 특성을 근원적으로 보여준다는 점에서 시대를 읽는 유용한 자료가 될 것이다. 따라서 1960년대 아동문학을 조명하여 그 특징과 문학사적 의의를 찾는 일은 한국 아동문학사를 통찰하는 일인 동시에 1960년대라는 시대를 읽어내어 우리의 역사를 재구성하는 일이 될 수 있을 것이다.

3) 연구사 검토

성인문학에 비해 아동문학 연구는 상대적으로 미흡하다. 이는 1960년대 연구에서도 다를 바 없다. 성인문학의 경우 1960년대는 다각도로 연구되었지만[16] 아동문학의 경우는 거의 전무한 실정이다. 그간 60년대를 다룬 연구 또한 주로 간헐적 수준으로, 당대 활동한 작가를 대상으로 한 작가론과 작품론[17]이 대다수를 차지한다. 이러한 연구는 60년대 아동문학을 바라보는 기본 틀과 아동문학사에 대한 이해의 근간을 제공한다는 점에서 주목할 수 있다. 하지만 1960년대 아동문학을 조망하는 연구는 거의 없는 실정이다.

평론 수준의 작가론, 작품론을 다른 것 외에, 1960년대 아동문학/사를 본격적으로 다루고 있는 것으로는 이재철의 『한국현대아동문학사』, 이상현의 『아동문학강의』를 들 수 있다. 이재철의 『한국현대아동문학사』는 근대 아동문학부터 1960년대까지를 대상으로 한 것으로 한국아동학사 전체를 포괄하고 있다. 여기서 이재철은 1960년대를 본격문학의 전개[18]로 규정한다. 4·19혁명의 의의가 아동문학에 수용되면서 1960년대 아동문학이 비문학성을 탈피하려는 양상을 띠었다고 한다. 등단제도의 정비, 동인 체제 중심의 문단 단체 결성, 각종 문학상의 제정 등이 본격문학 전개로 이어졌다는 것이다. 이상현은 『아동문학 강의』에서 1960년대를 아동문학의 실험시대로 보았다. 왕성한 문단의 활동과 동시의 새 지평, 동화의 새로운 모색 등을 그 예로 들면서, 1960년대 아동문학은 아동문학의 본질적인 모색과 탐구가 활성화된, 즉 아동문학의 실험시대라는 것이다. 이 두 연구서에 따르면 1960년대는 이전 문학과 다

---

16) 앞의 『1960년대 문학연구』, 임영봉의 「1960년대 한국문학비평연구」, 홍송식의 「1960년대 한국문학 논쟁연구」 참조.
17) 이재철, 『한국아동문학작가론』, 개문사, 1983.
　　이재철, 『한국 아동문학작가작품론』, 집문당, 1991.
18) 이재철, 앞의 책, 522쪽.

르게 새로움을 모색하는 시기로 규정할 수 있다. 이재철은 이를 '본격 아동문학'이라는 용어로, 이상현은 '실험시대'라는 용어로 정의하고 있다. 그러나 이재철처럼 1960년대를 본격문학으로 명명하는 것은 무리가 있다. 물론 본격문학 '전개'라는 단어를 썼지만, 이재철이 1960년대를 본격문학이라고 한다면 원종찬의 지적처럼 이전의 아동문학은 문학이 아니라는 논리로 귀결될 공산이 크기 때문이다. 때문에 1960년대가 분명 이전 시대와 다른 특징을 갖는다면, 그것이 구체적으로 무엇이고, 오늘날의 그것과 비교해서 어떠한 성취를 이루었는가를 구체적으로 밝혀내야 할 것이다. 1950년대와 변별되는 요소가 구체적으로 존재하고, 그것이 오늘날과 같은 수준을 보여주었다면, 굳이 '본격'이라는 용어를 사용하지 않더라도 이전과는 다른 성숙과 발달로 볼 수 있기 때문이다. 물론 그런 요소들이, 원종찬의 지적처럼, 이전 시대에도 있었다면, 중요한 것은 그것이 어떻게 더 심화·발전되었는가를 살피는 일이다. 본고는 그런 사실을 전제로 논의를 전개할 것이다.

앞서 살핀 바처럼, 아동문학사 연구는 많지 않으며 1960년대를 거론하고 있다고 해도 단편적이고 인상적인 언급에 그치고 있다. 또한 아동문학사를 연구한 그 외 논문 역시 한국 아동문학의 근대 이행기[19]부터 1950년대까지를 대상으로 한 문학사 연구[20]라고 해도 과언이 아닐 만큼, 연구 대상 시기의 측면에서 1960년대 아동문학은 사각지대로 남아 있다. 그러므로 한국 아동문학사의 연구 범위를 확대시키기 위해서라도 1960년대 아동문학이 본격적으로 연구되어야 하는 상황이다. 이에 1960년대 아동문학을 구체적으로 연구하는 것은 아동문학사의 연구 영역을 확대시키는 효과를 가져 올 수 있을 것이다.

다음으로 살펴 볼 것은, 본고에서 구체적으로 다룰 작가들에 대한 개별 연구

---

19) 조은숙, 「한국 아동문학의 형성 과정 연구」, 고려대학교 박사논문, 2005.
   김화선, 「한국 근대 아동문학의 형성과정 연구」, 충남대학교 박사논문, 2002.
20) 선안나, 「1950년대 동화 아동소설 연구」, 성신여자대학교 박사논문, 2006.

사이다.

이원수는 1926년 『어린이』지에 동요 「고향의 봄」을 발표하면서 등단하였다. 해방 이전에는 동시, 이후에는 주로 동화에 주력하고 한편으로는 비평에도 중요한 영향을 미쳤다. 그런 관계로 이원수에 대한 연구는 동시[21], 동화[22], 비평[23] 등으로 다양하게 이루어졌다. 본고에서 다룰 『메아리 소년』을 연구한 논문을 먼저 살펴보면 다음과 같다.

김혜정[24]은 『메아리 소년』을 포함한 모두 7편의 아동소설을 중심으로 역사적 현실이 아동소설에 어떻게 반영되었는지를 살피고, 이를 통해 이원수가 현실을 바라보는 시선을 분석해냈다.

오판진[25] 역시 『메아리 소년』에서 나타난 통일 지향성을 논의하였다. 6·25

21) 이오덕, 「동요를 살리는 길」, 『어린이문학』30호, 한국 어린이문학협회, 1999.
    김종헌, 「해방기 이원수 동시 연구」, 『우리말글』25집, 우리말글학회, 2002.
    박태일, 「이원수 부왜문학 연구」, 『배달말』32호, 배달말글학회, 2003.
    김명인, 「이원수의 해방기 동시에 관하여」, 『한국학연구』12집, 인하대학교 한국학연구소, 2003.
    한정호, 「광복기 경남 부산지역 아동문학연구―남대우, 이원수, 김원룡을 중심으로」, 『한국문학론집』40집, 한국문학회, 2005.
22) 이재철, 「이원수의 문학세계」, 『아동문학평론』18호, 아동문학평론사, 1981.
    중촌수, 「이원수 동화 · 소녀소설 연구」, 인하대학교 석사논문, 1993.
    김상욱, 「소박한 그러나 소중한―이원수의 아동문학론」, 『어린이문학』30호, 어린이문학협회, 1999.
    정진희, 「이원수 소년소설 잔디숲속의 이쁜이 연구」, 『한국언어문화』23집, 한국언어문화학회, 2003.
    김상욱, 「정치적 상상력과 예술적 상상력―이원수의 숲속나라연구」, 『청람어문학』28집, 청람어문학회, 2004.
    성현주, 「한국현대 동화의 나르시시즘 양상 연구」, 명지대학교 박사논문, 2007.
    박태일, 「나라 잃은 시기 후기 이원수의 아동문학」, 『어문논총』47호, 한국문학어문학회, 2007.
    박종순, 「이원수 문학의 리얼리즘 연구」, 창원대학교 박사논문, 2009.
23) 이재철, 「한국현대아동문학연구사 시론―석 박사 학위논문을 중심으로」, 『한국학논집』17집, 2000.
    이주영, 「이원수가 어린이 문학으로 꿈꾸는 세상」, 『어린이문학』70호, 어린이문학협회, 2007.
24) 김혜정, 「이원수의 소년소설 연구」, 서강대학교 석사논문, 2009.
25) 오판진, 「이원수의 메아리 소년에 나타난 통일지향성」, 『문학교육학』10호, 한국문학교육학

전쟁과 분단 현실이 어떻게 형상화되었는지를 살핀 다음 통일과 관련된 문학 교육을 수행하는 과정에서 이원수 아동문학에 어떤 교수 학습 방안을 적용할 것인지를 다루었다. 창작동화를 통해 문학교육을 바라보는 관점과 문학교육 방법론의 변화를 통해 문학교육의 패러다임의 변화를 꾀해야 한다는 결론에 이른다.

이균상[26]은 작가가 어떠한 시각으로 현실을 바라보았고, 현실을 어떻게 작품에 수용하였는지를 주제론적 접근과 서사 구조 패턴 분석을 통해서 연구하였다.

이들 연구는 모두 이원수 작품을 대상으로, 이들 작품이 당대 현실을 사실적으로 수용하면서 높은 성취를 이루었다는 공통된 평가를 보여준다. 이원수 작품을 고려할 때 이런 지적은 타당하고 또 이원수를 문학사에서 편입하는 적절한 방법이라고 할 수 있다.

이 외에 이원수를 강소천과 대비시키는 논의[27]가 있다. 두 작가의 소년소설적 텍스트들에서의 인물, 배경, 사건 등에 대한 교육적 분석을 시도하였다. 두 작가를 비교 분석하면서, 아동문학 발아기에 창작활동을 시작하여 민족문학적 성격을 띠고 있었다는 공통점을, 후기로 오면서 전혀 다른 문학관을 내세웠다는 차이점을 논의하고 있는데, 작가의 창작 변모의 연유를 추적하고 있다는 측면에서 의미를 부여할 수 있다. 그런데 이 논문은, 두 작가를 선정한 이유가 뚜렷하지 않고 작품을 단순 비교하는 정도에 그치고 있다는 점에서 제한적이다.

다음은 김요섭에 대한 개별 연구이다. 동화작가이자 시인인 김요섭은 1941년 『매일신보』 신춘문예에 동화 「고개 너머 선생」이 입선하여 등단하였다. 이어 1946년에는 『소학생』지에 동화 「늙은 나무의 노래」가 당선되고, 1948년에

회, 역락, 2002.
26) 이균상, 「이원수 소년소설의 현실 수용양상 연구」, 한국교원대학교 석사논문, 1997.
27) 권영순, 「한국아동문학의 양면성 연구」, 이화여자대학교 석사논문, 1985.

는 같은 잡지에 「연」을 발표하는 등 줄곧 동화와 소년소설을 창작하였다. 김요섭에 대한 연구는 이재철, 한상수,[28] 김현숙, 박상재, 권용철 등에 의해 이루어졌다.

이재철[29]은 김요섭의 문학적 특징으로 현실 비판적인 작가의식이 두드러진다는 점과 환상을 꾸준히 추구하는 작가라는 점을 지적한다. 그리고 『날아다니는 코끼리』와 「인형의 도시」에서는 "현실 긍정적인 희망에 대한 각성"을 굳건히 하는 웅대한 스케일이 돋보인다고 강조한다. 하지만 경향이나 주제에 대한 공통성을 찾기는 어렵다고 말한다.

김현숙[30]은 김요섭이 환상성과 현실의식을 추구해온 작가이지만 일부 작품에서 환상이라는 기법과 메시지가 유기적으로 결합되지 못하는 문제점이 보이기도 한다고 지적한다.

권용철[31]은 김요섭의 동화의 특징은 구조적인 측면에서 더욱 명확히 드러난다고 말하면서 동화는 엄연한 산문 문학이지만 운문의 특성과 환상적인 속성을 지니고 있으며, 김요섭의 동화에는 동화의 이러한 본질적인 속성이 내포되어 있기 때문에 탁월하다고 평가한다.

한편, 김요섭에 관한 학위 논문은 두 부류로 나눌 수 있다. 하나는 한국 창작동화의 환상성을 연구하면서 그 일환으로 김요섭을 조망한[32] 경우이고, 다

28) 한상수, 「김요섭 동화론고」, 『한국아동문학작가작품론』, 집문당, 1991.
29) 이재철, 「빛과 환상의 시인, 동화작가를 보내며」, 『아동문학평론』, 아동문학평론사, 1997, 겨울.
30) 김현숙, 「환상 문학 일 세대의 환상 탐구 여정과 그 의미」, 『아동문학평론』, 아동문학평론사, 1997, 겨울.
31) 권용철, 「김요섭 동화론」, 『아동문학평론』, 아동문학평론사, 1982, 여름.
32) 김영희, 「한국창작동화의 팬터지에 관한 연구」, 연세대학교 석사논문, 1977.
   김은숙, 「창작동화에 있어서 환상의 미적기능 연구」, 연세대학교 석사논문, 1984.
   박상재, 「한국창작동화에 나타난 환상성 연구」, 단국대학교 박사논문, 1997.
   김명희, 「한국동화의 환상성 연구」, 전주대학교 박사논문, 2000.
   김현숙, 「현대 아동문학의 팬터지 연구」, 동덕여자대학교 석사논문, 2000.
   황경아, 「한국창작동화에 나타난 환상 연구」, 명지대학교 석사논문, 2002.

른 하나는 환상성의 측면에서 김요섭의 작품에 접근하여 그의 작품세계를 연구한[33] 것이다. 이혜수[34]는 김요섭의 동화를 환상성과 이원성이라는 두 측면에서 살피면서 그의 작품 속에 드러나는 현실인식 문제를 연구하였다. 하지만 구체적인 작품분석보다는 개괄적인 총평에 머무르고 있다는 점에서 연구의 한계를 지적할 수 있다.

아동문학가로서의 입지가 명확해서인지 김요섭은 50년대 주요 시인으로 자리매김하였음에도 불구하고 그의 시 세계를 논의한 연구를 찾기가 힘들다. 한영옥[35]은 이처럼 김요섭이 아동문학으로 명성을 떨치는 바람에 시 세계를 조명하는 논의가 거의 없다는 사정을 언급하면서 김요섭 시에서 반복되는 양태를 중심으로 시 창작의 특성과 상상력을 연구하였다. 이러한 연구는 한국 현대 시사뿐 아니라 아동문학사에서도 김요섭의 작품세계를 보다 확장하여 이해할 수 있다는 점에서 의미 있는 논의로 평가할 수 있다. 결국 한영옥의 논문을 제외한다면 김요섭은 거의가 환상성을 중심으로 거론되고 있다고 할 수 있다. 이에 본고는 김요섭의 대표적인 환상동화인『날아다니는 코끼리』를 중심으로 작품 속에서 환상 요소가 어떻게 작용하고 있고 왜 그러한 전략을 구사하였는지를 살필 것이다.

다음은 신춘문예 출신으로 1960년대 아동문학계에서 새로움을 불러일으키며 주목을 끈 신인 이영호에 대한 연구들이다. 이영호는 1966년『경향신문』에 동화「토끼」가 당선, 같은 해에 동화「돌팔매」가 문공부 주최 '신인예술상'을 받으면서 본격적인 활동을 시작한 작가이다. 등단 후 이영호는 그 동안 써 두었던 동화를 묶어 작품집『배냇소 누렁이』를 펴내면서 신인답지 않은 기량을

---

33) 전지선, 「김요섭 동화론 연구」, 동국대학교 석사논문, 2002.
　　임정순, 「김요섭 동화의 세계 인식 연구」, 단국대학교 석사논문, 2005.
　　박은정, 「김요섭 동화의 환상성 연구」, 경희대학교 석사논문, 2006.
34) 이혜수, 「김요섭 동화 연구」, 서강대학교 석사논문, 1997.
35) 한영옥, 「김요섭 시의 상상력 연구」, 『한국문예비평연구』26집, 한국문예비평학회, 2008.

과시하기도 하였다. 이영호의 오랜 창작 활동 기간과 다량의 작품에 비해 그에 대한 연구[36]는 많지 않다.

이영호에 대해 처음 주목한 연구자는 이재철이며, 그는 이영호를 우리나라 아동문학사상 본격 아동소설의 개척자[37]라고 칭송하였다. 어린이의 심리, 생활 등 어린이 세계에 대한 깊이 있고 예리한 관찰이 다른 작가와 변별성을 갖기에 그러할 것이다. 최지훈은 작가가 필연적으로 갖추어야 할 두 가지 조건으로 작가 정신과 진술 능력을 꼽으면서, 이 두 조건을 동시에 갖고 있는 작가로 이영호[38]를 들었다. 이동렬은 이영호는 동화 쪽보다는 소년소설 쪽에 강하고, 단편보다는 장편에 능한 작가라고 평가한다. 이영호의 장편 소년소설에서 탄탄한 구조, 선이 굵고 친근한 소설적 문체, 풍부한 어휘, 폭넓은 소재, 작가의식이 투철한 주제 등을 발견할 수 있으며, 이를 통해 소년소설을 소설의 영역으로 끌어올리는 데 성공했다고 평가한다. 그리고 소년소설이 정당한 소설 문학으로서의 위상을 확립하는 데 성공한 첫 번째 작가로 이영호를 꼽는다.

이렇듯이 이영호에 대한 연구의 공통점은 아동소설의 특성을 독특한 시각으로 인식한 작가라는 것이다. 이영호는 아동문학으로 등단하기 전 소설을 쓴 특이한 이력 때문인지 아동소설에서 뛰어난 작품성을 선보인 작가이다. 그리고 아직 여러 장르가 혼재되어 있고, 그 구분이 어려울 때 아동소설이라는 명칭 아래 활동하면서 아동소설의 장르를 정립하려고 애쓴 작가이다. 1960년대 본격 아동문학 시기 아동소설에 대한 연구에서 빼놓을 수 없는 작가로 자리매김하고 있는 것이다.

지금까지 살핀 바, 이원수, 김요섭, 이영호에 대한 연구들은 1960년대 문학의 지평에서 본격적으로 연구되지는 않았다. 언급한 대로 1960년대 아동문학

---

36) 이시대의 아동문학, 『시와 동화』21호, 2002, 가을.
37) 이재철, 앞의 책.
38) 최지훈, 「겨레가 당한 질곡의 증언」, 『아동문학평론』69호, 아동문학평론사, 1993, 겨울.

이 이전과는 달리 한층 성숙하고 발전된 양상을 보인다면, 이들이 이룬 성취가 중요하게 기여한 때문이라 할 수 있다. 그렇기 때문에 전후와 구별되는 이들의 1960년대적 성취에 대해서 정당한 문학사적 평가가 이루어져야 할 것이다. 본고는 이런 사실을 전제로 이들 세 작가가 이룩한 1960년대의 성과를 고찰하고, 그것이 갖는 아동문학사적 의미를 규명하고자 한다.

2   1960년대 사회 현실과 아동문단

1) 4 · 19 혁명과 아동문단

4 · 19는 어떤 의미일까? 4 · 19의 의미는 성공한 혁명이냐 실패한 혁명이냐를 따지는 이론적 논쟁 자체에서 찾을 수 있는 것은 아니다. 그 의미는 4 · 19가 가능하게 만든 정치, 사회, 문화 등 각 분야에서의 인식 전환과 새로움에 대한 각성에 숨어 있다. 문학적 측면에서 4 · 19는 전후의 자기 연민과 피해의식의 문학에서 벗어나 문학의 사회적 역할과 책임에 대한 주의를 환기시켰으며, 그로 인한 충격과 인식의 전환은 이후 많은 작품들에 중요한 영향을 주었다.[39] 그 중 하나가 1950년대 내내 작가들을 억압했던 쓸 수 있는 것과 쓸 수 없는 것의 경계선이 제거되었다는 점이다. 4 · 19가 문학인들에게 가져다 준 선물의 하나는 이데올로기 콤플렉스로부터의 탈출이라고 부를 수 있는 표현의 자유인 것이다.[40]

---

39) 황정현, 「4 · 19 체험과 현실 비판 정신의 계승」, 『한국논단』4월호, 1998, 373쪽.
40) 홍정선, 「4 · 19와 한국 문학의 방향」, 『해방 50년과 현대문학의 전개』(해방 50주년 특별 기획 심포지엄 자료집), 민족문학사학회, 1995, 52쪽.

1950년대 이승만 정권 하에서의 정치적 이데올로기는 표면적으로 자유민주주의였지만 실질적으로는 철저한 반공주의였다. 이승만 정권이 반공을 최우선 정책으로 삼고 사회운동의 탄압수단으로 이용했다는 것은 익히 알려진 사실이다. 이와 같은 현실적 무게를 견디지 못한 1950년대 작가들은 지배 이데올로기인 반공주의에 안주하거나 함몰되었다고 할 수 있다. 이런 상황을 변화시키는 계기가 마련된 것이 바로 4·19이다.

이와 같은 식으로 4·19 정신과 경험은 문인들이 기본 인식과 시각을 다듬고, 새로운 가능성을 모색할 수 있도록 만들어 주었다. 그래서인지 4·19는 역사적 사실로서 단순한 소재로 차용되는 단계를 넘어서 계승되고 발전되어야 할 하나의 이념 혹은 정신으로 수용되기에 이르렀다. 한마디로 1960년 이후 현 시점에 이르기까지 한국문단에서 4·19는 사실보다는 의미로, 단순한 소재보다는 정신과 이념의 담지자나 매개체로 훨씬 더 많이 다루어져 왔다.[41] 아동문학계에서도 4·19는 자각과 반성의 실마리를 제공하여 아동문학을 본격 문학으로 정리하고 형성케[42] 하는 전기를 제공하였다.

문학의 현실 참여 여부를 두고 어느 쪽이 참다운 리얼리즘 정신이며 올바른 기능인가를 두고 격론을 벌이고, 어용주의나 교훈주의 문학, 대중 상업주의 경향의 문학 등에 대해 반성하는 등 문학으로서의 아동문학에 접근하는 논의들이 문단 내부[43]에서 일어났다.

금년은 예년보다 더 심한 출판난의 해요, 월간지의 흉년이었으나 일간신문이 큰 무대를 마련해 주어서 많은 작품이 발표되었다. (…) 이러한 현상은 아동문학이 유아나 저학년 아동을 주인공으로 하여 그들의 좁은 생활범위에서 그들을 애무해 온 듯한 작품세계에서 벗어나와, 아동의 사회적인 생활에 파고

---

41) 조남현, 「한국문학에 나타난 4·19혁명」, 『한국논단』4월호, 1998, 126쪽.
42) 이재철, 『아동문학개론』, 집문당, 1988, 86~87쪽.
43) 박춘식, 『아동문학의 이론과 실제』, 학문사, 1983, 159쪽.

들어 대중성을 획득하여 새로운 국면을 타개하게 된 것이라 하겠다. 이것은 자칫하면 아동문학의 통속화의 길이 될 수도 있는 것이나, 광범한 아동대중에게 침투하여 그들을 문학으로서 싸주기 위해서는 효과적이요, 올바른 길이라 할 것이다. 과거 현재를 막론하고 아동문학의 예술성이 희박하여 통속으로 추락한 것이 있는 것은, 우리나라의 경우, 성인문학과는 사정이 달라 수신 교재적인 교육성을 가지려한데서 비롯했다고 할 것이다. 그것은 종전부터 정권에의 아부나 현실 도피, 부정의 엄폐, 낡은 도덕에의 맹종 등으로 나타났으며 아동문학을 문학 아닌 속된 것으로 떨어뜨리는 커다란 병폐로 되어 있는 것이다. 혁명과 아동문학 사월혁명은 이러한 비민주적인 문학에의 반성과 정화의 기회를 주었다고 보며 따라서 아동문학의 정당한 발달을 촉진시키는 데 강한 영향을 주었다.[44](밑줄 인용자)

위 글도 4 · 19로 인한 아동문학의 변화를 언급하고 있다. 위 글에 의하면, 아동문학은 1960년대 들어서 지면이 확대되고 아동의 사회적인 생활에 파고들어 대중성을 획득하는 방면으로 작품 세계가 변화되는 등 새로운 국면을 맞게 된다. 중요한 점은 종전의 아동문학은 정권에의 아부나 현실 도피 등의 병폐로 인해 통속화되는 식의 비민주적인 문학이었으며, 이에 대한 반성과 정화의 기회를 준 것이 바로 4 · 19이고, 그에 따라 아동문학의 정당한 발전이 이루어진 것이라고 그 새로운 국면을 평가하고 있는 대목이다. 4 · 19 이후 대중들의 내면에 자유와 개인에 대한 개념적 자각이 일어나게 되며, 전쟁 이후 급격하게 밀려들어 온 서구의 문화를 경험하면서 대중들이 이전과는 다른 새로운 것을 요구하기 시작했다는[45] 점도 아동문학의 반성과 정화가 4 · 19로 인해 가능해졌다는 점을 증명해준다.

이런 반성과 정화를 토대로 아동문학과 아동문단을 새롭게 형성하려는 움직임이 일어났다.

---

44) 이원수, 「1960年度 兒童文學 自由民主的인 文學에의 努力」, 『동아일보』, 1960. 12. 22.
45) 백로라, 『1960년대 희곡과 이데올로기』, 연극과 인간, 2004, 12쪽.

아동문학이 성인문학에 비해서 부진하고 경시되어온 사실을 솔직히 인정한
다면 그 원인이 어디에 있었던가를 규명해 보아야 할 것이다. (…) 필자는 이
것을 아동문학 자체에 돌리지 않고, 첫째 작가의 아동문학관 및 창작 태도에
서 그 중요한 원인을 보며, 둘째로 실제 아동문학에 참가하고 있는 작가의
문학적 실력부족에 그 원인이 있지 않는가 생각하는 것이다. (…) 아동문학관
및 창작 태도 문제는 아동문학에 대한 이해부족, 그릇된 정의 내지 판단에서
오는 것이다. 실제 아동을 〈미숙한 성인〉으로 보고 〈아동으로서 완전한 인간〉
으로 보지 않으려는 낡은 아동관에서 문학으로 표현하는 데까지 인색거나,
문학에 있어서의 동심이란 것을 편협하게 평가하여 아동의 자체를 실사회에
서 분리하려하거나, 혹은 아동의 소박한 사고와 범위 좁은 생활권에 구애되어
깊이 파고들어야 할 세계가 없는 것처럼 착각하거나, 데모크라틱하고 자유로
운 아동의 성장을 위하는 일보다는 논의하지 않고 어른의 말을 잘 듣는 복
종ㆍ 충효ㆍ 예의적인 백성을 만들려거나 하는 작가가 많다는 것이다. (…)
다음으로 둘째 원인, 작가의 실력부족을 어떻게 보강할 것인가의 문제는 무엇
보다 작가들의 문학수련에 기대할 수밖에 없다. 그러나 첫째 원인인 아동문학
가의 문학관과 창작태도를 바로 잡아서 순수한 문학으로 인식을 고쳐간다면
아동 문학계에 혼란을 일으키고 있는 작가 아닌 작가도 판별되어 인적으로
정화될 것이요 력역 있는 작가의 참가도 보게 될 것이다.[46]

위 글에서 이원수가 말하는 바와 같이 아동문학관의 정립을 요청하는 일 역
시 그 움직임의 일환이다. 이원수는 아동문학이 성인문학에 비해 부진하고 경
시되어 온 원인은 아동문학 자체에 있는 것이 아니라, 작가의 아동문학에 대한
이해 부족, 그릇된 정의와 판단에서 온 것이라고 말한다. 아동을 사회에서 구
분하여 미성숙한 인간으로 보고, 아동의 성장을 위하는 일보다는 어른들의 말
을 잘 듣는 어린이로 만드는 일을 하려고 하는 낡은 아동관을 질타하고 있다.
그리고 이원수는 아동문학관의 올바른 정립과 아동문학가의 정화를 통해 아동
문학의 부진과 멸시를 면해야 한다고 결론 내린다. 이와 같은 새로운 아동문학
관 정립 요청은 윤석중의 글에서도 확인할 수 있다.

---

46) 이원수, 「兒童文學의 當面課題」, 『경향신문』, 1961. 1. 30.

아동문학의 문학적 수준을 올리는데 무엇보다도 중요한 것은 성인문학과 아동문학의 담을 무너버리는 일이다. 이 말은 어른들의 통속소설이나 신세타령을 어린이에게도 읽히자는 것이 아니라 그와 반대로 <u>어린이를 위한 작품이면서 어른들에게 감명을 줄 수 있는 작품을 낳자는 것이다.</u>[47](밑줄 인용자)

윤석중은 아동문학의 수준을 한 단계 높일 수 있는 것은 어린이를 위한 작품이면서 어른들에게도 감동을 줄 수 있는 작품을 산출하는 일이라 말한다. 그리고 이와 같은 아동문학관을 바탕으로 한 구체적 방향으로 주제의식 강화, 동심의 새로운 추구, 동심과의 접목을 통한 시적 아동소설에의 모색, 농촌 소재에의 탐색 등이 서서히 나타나게 된다.[48] 그에 따라 이 시기 아동소설은 그 동안의 부진과 경시를 떨치고, 동화 문학에의 인식 증대를 이끌었으며, 산문문학의 창작방향 전환을 꾀했다. 이러한 60년대 아동소설의 변모상은 비문학적 아동소설을 문학으로 이끌어 올리는 과정이었으며, 그것은 아동소설가의 문학적 반성과 자각을 바탕으로 한 본격 문학 운동의 결과물이라 풀이 할 수 있다. 새로운 아동소설관 정립에 대한 인식과 요청에서 드러나듯이 문학으로서의 아동소설이 지향해야 할 새로운 출구 모색이 나타나기 때문이다.

4 · 19혁명은 이처럼 종전과는 다른 새로운 아동문학을 탐색하는 데 기여하였다. 그렇다면 그 새로운 아동문학의 구체적 내용은 어떤 것이었을까. 다음 몇 가지를 거론해 볼 수 있다.

첫째, 현실에 대한 인식의 심화와 확대로, 실제적이고 구체적인 현실을 그려내게 되었다는 점이다. 4 · 19혁명은 비록 미완의 혁명이었을지라도 완전한 자유는 아니더라도 원칙적으로 자유가 용납될 수 있는 사회를 만듦으로써 개인과 사회의 문제를 제기할 수 있는 리얼리즘적 공간을 만들었다.[49] 그리고 이

---

47) 윤석중, 「兒童文學의 止揚性」, 『동아일보』, 1960. 8. 18.
48) 이재철, 『아동문학개론』, 집문당, 1983. 43쪽.
49) 김윤식, 「어떤 4 · 19 세대의 내면풍경」, 『운명과 형식』, 솔, 1998. 23쪽.

전 시대로부터 어느 정도의 거리를 획득하고, 그에 대한 결별 의지를 내세우면서 체험에 대한 비판적 성찰, 즉 체험의 객관화가 가능해지게 되었다. 리얼리즘적 공간의 확보와 체험의 객관화는 과거의 삶을 되돌아보고, 현재의 삶을 탐구하는 길을 열어주었다. 즉, 과거의 삶이 어떻게 잘못되었는지를 살피는 일로부터 출발해 현재의 삶의 현실이 어떤 모습인지를 파헤치는 일이 가능해졌다는 것이다. 이에 따라 1950년대 문학이 관념적이고 추상적인 현실 탐구를 보이는 데 반해, 1960년대 문학은 실제적이고 구체적인 현실을 성찰할 수 있게 되었다. 이는 성인문학에만 국한되는 일이 아니다. 아동문학에서도 이전 시기와는 다른 성찰 방식이 나타난다. 4·19를 배경으로 한 이원수의『메아리 소년』은 이런 리얼리즘적 작품 경향을 이론적으로 뒷받침하고 있다.

성인문학계와는 달리 아동문학계에서 이와 같은 현실에 대한 인식의 심화와 확대의 밑거름 역할을 한 것 중 하나는 전쟁 직후 아동문학에 대거 참여한 일반 소설가들이 사실주의 기법의 아동소설을 창작했었다는 점이다. 창작 동화가 양적 측면에서 크게 부진하던 상황에서 이들의 활발한 집필로 한국 창작동화의 외연과 내포를 크게 팽창시킬 수 있었다. 이러한 팽창은 미학적 가치와는 별개로 동시대에 대한 문학사적 증언이라는 측면에서 긴요한 의의를 가진다.[50] 그리고 이들의 참여로 1950년대의 적나라한 생활상이 아동소설의 장에 폭넓게 수용될 수 있었다. 그리고 아동문학의 현실적 기능 문제에 대한 시각을 새롭게 하는 등 1960년대 아동문학의 현실에 대한 인식의 심화와 확대에 일정

---

50) 선안나, 앞의 논문, 62쪽. 선안나는 일반 소설가들이 전쟁 직후 대거 아동소설을 창작하게 된 까닭은, 물질적 기반이 파괴된 현실에서의 경제적 이유 때문일 것이라고 하면서 당시 대개의 작품들이 치열한 문학적 긴장을 유지하지 못하고 대부분의 경우 현실 세태를 피상적으로 묘사하는 차원에 머물렀으며, 흥미를 유발시키는 소재와 줄거리에 의존하는 안일함을 보여주었다고 말한다. 그리고는 일반 소설에서 상당한 수준의 미학적 성취를 보여주는 작가들조차 현저히 떨어지는 아동소설을 양산한 데는 애들이 읽는 글이라 가볍게 여기는 여긴 면도 없지 않았다고 한다. 그러나 이와 달리 계용묵의「오리알」, 손창섭의「장님 강아지」,「돌아온 쎼리」,「싸움동무」등은 객관적 현실과 그 현실에 대응하는 인물의 성격을 치밀하고 힘 있게 그려낸 작품들이며, 이에 따라 아동소설의 지평이 확대되었다고 평가한다.

정도 기여하였다고 할 수 있다.

둘째, 아동문학의 신인 등용문이 달라지면서 1950년대 문학과는 다른 질적 차별성을 지니게 되었다는 점이다. 전쟁 이후 중단되었던 신춘문예가 1950년대 중반부터 완전히 정착되고, 문예지의 신인 추천제가 확립되면서 신인 등용문이 제도화된다.[51] 여기서 신춘문예와 문예지의 추천제에 따른 신인 등단은 중요한 의미를 갖는다. 새로운 아동문학에 대한 열망으로 유능한 신인을 등장시키기 위해 관문 제도를 정비하는 일과 직결되는 문제이기 때문이다. 실력을 인정받은 신인들이 이전 세대의 친목 위주 문학에서 벗어나, 실제 작품 활동 중심의 체제로 각종 동인 단체를 만들어 문단을 형성했다는 것도 풍토 개선이라는 측면에서 새로운 아동문학을 정립하는 데 일조하였다.

또한 이들은 과거의 모순을 지적하고 그것을 극복하려고 하였으며, 신인들의 이와 같은 열정은 기성세대로까지 전파된다. 그리하여 이전 문학이 지니고 있던 감정의 과잉 상태와 같은 병폐를 극복할 수 있었고, 세계와 일상적 삶에 대한 자기 인식을 확보해 나갈 수 있었다. 특히 신춘문예로 등단한 이영호, 조대현, 손춘익 등은 1960년대 신인들 중 가장 주목해야 할 작가들이다.[52] 그 이유는 이들이 '아동과 세계에 대한 인식', '자기 세계 구축' 등 이전 문학과는

---

51) 1960년대 신춘문예는 신인들을 매년 배출하지만, 문예지의 신인 추천제는 그리 활성화되지 못하였다. 가령 1960년대를 대표할 수 있는 『아동문학』지의 경우, 창간호부터 추천제로 신인을 양성하겠다는 의지를 갖고 공고를 하였으나 거의 신인을 뽑지 못했다. 투고하는 독자가 별로 없었을 수도 있고 작품의 질적 문제로 선정하지 않았을 수도 있다. 하지만 이전의 아동문단이 안면인식으로 작품을 수록하였던 것을 상기한다면, 1960년대 신인 추천제의 추천 방식 혹은 추천제 공고는 아동문학을 더 이상 안일하게 두고 볼 수 없다는 인식 전환 측면에서 어느 정도 의의를 갖는 것으로 보인다.

52) 이 세 작가는 1966년 같은 해에 등단하였다는 점—이영호(『경향신문』), 조대현(『서울신문』), 손춘익(『조선일보』)—과 이전 세대와 달리 아동문학은 아동 중심이라는 문학관을 가졌다는 점에서 공통된다. 그러나 이영호는 뛰어난 구성력과 세부적인 묘사로 아이들의 생활을 설득력 있게 나타낸다는 점에서, 조대현은 아이들을 중심에 두되 교훈적인 생활 동화를 창작했다는 점에서, 손춘익은 시대를 풍자하는 것이 세계를 보여주는 방식이라는 점에서 각기 다른 특징을 갖는다.

다른 아동문학 이론과 작품에 대한 확실한 인식과 각성을 근거로 자기 세대만의 특수성을 규정하려고 노력했기 때문이다. 역량 있는 신인 작가들의 등장은 관문 제도 정비와 아동 문학의 본격적인 문학으로의 발전을 의미한다는 점에서 새로운 아동문학으로 향하는 방법 중 하나였다고 할 수 있다.

셋째, 아동문학의 저속성 탈피[53]이다. 1950년대 아동문학계에서는 만화를 비롯해 모험 탐정소설, 순정소설, 명랑 소설 등 오락 위주의 통속 대중 소설이 쏟아져 나와 독자들을 매료시켰다.[54] 이러한 1950년대 통속적 대중문학의 팽창을 조장하는 데 가장 큰 역할을 담당했던 것이 바로 아동소설이다. 선안나의 지적처럼, 전쟁과 전후의 혼란 속에서 읽을거리가 부족했던 시대의 사회 현상으로 볼 수 있으며, 때문에 부정적 가치 평가 이전에 카오스적 역동성의 표출 양상으로 이해할 수도 있지만, 흥미와 오락 위주의 이런 아동소설들이 아동문학의 질적 저하와 문학적 폄하를 야기했다는 것도 간과할 수 없는 사실이다. 이처럼 1950년대 아동소설의 장편 붐이 통속적 대중문학의 팽창과 관련된 일시적일지도 모를 현상에 불과했다는 점에서, 1960년대 아동소설의 새로운 아동문학을 찾아내려는 움직임은 불가피했다고 할 수 있다. 그리하여 1960년대에는 이전의 비문학적 저속성을 탈피하려는 의식적인 움직임이 일어나게 된다. 앞의 이원수 글에서 확인한, 1960년대 들어서 이루어진 다양한 지면 확대와 아동의 사회적인 생활을 파고드는 작품 세계 확장은 그 움직임의 일환이었다고 할 수 있을 것이다.

마지막으로 창작의 변모와 더불어 아동문학 이론과 평론 분야에서 활기를

---

53) 여기서 저속성은 통속성, 상업성, 목적성을 의미한다. 이러한 저속성은 문학성 결여로 직결될 수 있는데, 아동문화 운동으로서의 계몽담론 일색의 이전 문학이나 당대의 정치 맥락에 부합하는 목적으로 창작된 목적 문학인 1950년대 문학이 바로 그런 행보를 보였다고 할 수 있다. 또한 선안나의 지적처럼 전쟁 직후 일반 소설가들의 아동소설이 긍정과 부정의 의미를 동시에 내재하고 있는 것도 같은 맥락에서 이해할 수 있을 것이다.

54) 선안나, 앞의 논문, 63쪽.

띠게 되었다는 점이다.[55] 먼저 1960년대 평론 부재에 관련해 언급한 윤석중의 글을 보자.

> 아동문학 전문가 중에는 문인이 아닌 사람이 섞여 있다. 그들에 대한 작가
> 적인 역량 평가는 독자에 한발 앞서 평론가의 힘을 빌 수밖에 없는데 우리나
> 라에는 8·15 이전에는 송모, 윤모, 신모 모조리 월북들이 아동문학에 관한
> 평필을 든 이후 이렇다 할 평문을 본 일이 없다. 이럭저럭 오십년 역사를 지닌
> 우리나라 아동문학이 자기비판을 거친 총정리를 서둘러야 할 때는 왔다. 우거
> 진 잡초를 뽑아버리지 않고서는 아무리 거름을 주더라도 좋은 열매를 맺지
> 못할 것이다.[56]

윤석중은 이전 작가들이 명확한 기준 없이 작품 활동한 것을 반성해야 한다
면서 문단의 재정비를 역설한다. 그리고 그 일을 위해서는 작가의 역량을 평가
할 수 있는 평론가가 필요한데, 아동문학계에 해방 이전에는 몇몇 평론가들이
있었지만, 그들이 월북한 이후 특별한 평론가가 없다고 말하면서 아동문학 평
론가가 시급하다는 것을 피력한다. 아동문학을 변화시켜 발전하기 위해서는
인상적이고 단편적인 언급에 그칠 것이 아니라, 보다 전문적인 비평을 할 수
있는 평론가가 필요하다는 것이다.

때문에 아동문학 이론을 다루는 등 아동문학에 문학으로서 접근한 『아동문
학』지의 존재에 주목하지 않을 수 없다. 1962년 창간된 『아동문학』은 아동문
학 이론에 집중적인 관심을 기울인 잡지로, 아동문학 이론의 선구적인 역할을
했다고 할 수 있다. 아동문학을 '문학'으로서 인식하고 각성을 꾀하려는 노력
을 기울인 최초의 문예지라는 점에서 1960년대뿐 아니라 이후의 아동문학사
에서 중요한 위치에 자리매김되어 있다고 할 수 있다.

이제까지 살핀 바, 4·19 혁명 이후 1960년대 아동문학은 이전 시기와는 다

---

55) 이상현, 「아동문학강의」, 일지사, 1987, 305쪽.
56) 윤석중, 「兒童文學의 止揚性」, 『동아일보』, 1960. 8. 18.

른 새로운 아동문학 정립을 위한 발걸음을 옮겨놓았다고 할 수 있다. 그리고 그것은 현실에 대한 인식의 심화와 확대, 등용 관문의 제도 정비, 저속성 탈피, 이론과 평론에의 천착 등 문학으로서의 아동문학에 접근하는 길을 열어주었으며, 이 점에서 1960년대 아동문학은 이전 시기의 문학과 결별하고 이후 시기의 문학이 나아가야 할 바를 확립해 주었다고 할 수 있다.

물론 이와 같은 1960년대 아동문학의 동향의 원인으로 4·19 혁명만을 꼽을 수 있는 것은 아니다. 4·19 혁명의 정신과 경험이 아동문학계에 수용된 것은 분명하다. 그러나 그것은 뚜렷한 실체를 드러낼 정도로 직접적인 영향을 끼쳤다고 말할 수 없는 수준의 것이다. 당시 아동문학계가 4·19로 인해 촉발된 역사의식, 문학의 주체성, 순수 대 참여 등의 문제 해결에 온전히 대응하진 못했다는 점도 그것을 뒷받침할 수 있을 것이다. 하지만 새로운 문학에 대한 인식과 각성이 4·19의 자장 안에서 가능한 일이었으며, 그러므로 1960년대 아동문학에 4·19 혁명이 간접적으로 영향을 끼치고 있다고 볼 수 있다는 것도 부인할 수 없는 일이다. 그렇다면, 1960년대 아동문학에서 4·19 혁명의 영향과 아동문학계 자체가 지닌 내적 가능성이 결합되었다고 보는 것이 타당할 것이다. 다시 말해, 종전의 문학에 대한 반성과 새로운 문학에 대한 자각, 그리고 그에 따른 동향들은 아동 문학 자체 내의 고조된 기운이 4·19 혁명의 정신과 경험으로 분출되어 나온 것이라 이해할 수 있다는 것이다.

2) 출판시장의 팽창과 아동문단의 확대

1960년대 아동문학과 관련해서 주의 깊게 살펴야 할 사회적 변화는 출판문화 측면에서 전집 붐이 일었다는 사실이다. 아동을 대상으로 한 도서들 역시 마찬가지여서 1960년대에 아동 전집과 선집의 발간 건수만 헤아려도 수십 종에 이른다.[57] 1960년대 아동문학을 논의하는 데 있어서 출판문화의 변화를 살피는 이유는 사회 발전에 따라 요구되는 지식의 전파가 출판 산업에 전적으로 의존한다고 할 때, 아동도서는 독자층인 어린이들에게 시대와 사회가 요구하는 바를 전파하는 역할을 담당하며, 이것이 아동문학의 특수성이기도 한 교시적 기능 강조와 일맥상통하기 때문이다. 즉, 시대와 사회가 원하는 것을 아동에게 전하는 데 아동도서가 일정한 몫을 하게 되며, 이것이 1960년대 아동문학의 일부분을 형성한다고 볼 수 있는 까닭이다.

---

57) 1960년대 발간된 아동전집(선집)은 다음과 같다. 『세계명작선집』10권(한국교육문화원, 1960), 『세계소년소녀문학전집』10권(신태양사, 1961), 『어린이세계문학독본』6권(계몽사, 1962), 『소년소녀세계문학전집』50권(계몽사, 1962), 『어린이세계명작』6권(홍자출판사, 1962), 『한국아동문학전집』12권(민중서관,1962), 『소년소녀세계문학전집』20권(문선각, 1962), 『소년소녀세계전기전집』12권(삼화출판사, 1962), 『소년소녀세계과학모험전집』(아데네사, 1962), 『한국아동문학독본』10권(을유문화사, 1963), 『한국현대명작동화선집』8권(계진문화사, 1963), 『세계아동문학독본』12권(을유문화사, 1963), 『원색어린이그림책』5권(재동문화사, 1963), 『한국기인전집』10권(정문사, 1963), 『세계명작동화전집』5권(현문사, 1964), 『안데르센동화선집』9권(구미서관, 1964), 『세계명작동화전집』20권(상지사, 1964), 『한국아동문학선집』3권(교학사, 1964), 『강소천아동문학전집』6권(탑영사, 1964), 『한국소년소설선집』2권(교학사, 1964), 『한국위인·지사전기전집』20권(정문사, 1964), 『소년소녀세계명작전집』20권(삼성출판사, 1964), 『세계아동문학독본』12권(을유문화사, 1965), 『학원명작선집』30권(학원사, 1965), 『그림동화선집』6권(구미서관, 1965), 『세계동화선집』15권(삼화출판사, 1965), 『소파아동문학전집』5권(삼도사, 1965), 『소년소녀한국고대문학전집』10권(상구문화사, 1965), 『아동문학전집』36권(대한출판사, 1966), 『세계어린이동화전집』10권(성동문화사, 1966), 『소년소녀세계명작선집』10권(박영사, 1966), 『세계어린이문학전집』40권(대한출판사, 1966), 『소년소녀세계명작전집』10권(교문사, 1966), 『세계아동문학상전집』5권(보음출판사, 1966), 『소파아동문학전집』5권(동양출판사, 1966), 『한국아동문학전집』12권(민중서관, 1966), 『한국그림동요집』5권(계몽사, 1966), 『소년소녀한국전기전집』15권(계몽사, 1966), 『한국소년소녀전집』20권(정음사, 1967), 『소년소녀과학전집』12권(계몽사, 1967), 『소년소녀세계문학전집』30권(문선각, 1968), 『명작그림책』10권(삼성출판사, 1968), 『소년소녀세계위인자전집』10권(계몽사, 1968), 『소년소녀세계문학전집』12권(어문각, 1969), 『안데르센 동화전집』5권(일신사, 1969), 『세계명작동화전집』5권(육민사, 1969), 『컬러판어린이세계명작』10권(계몽사, 1969), 『소년소녀승공실화전집』6권(삼일각, 1969), 『발견발명이야기전집』10권(영민사, 1969), 『자연과학이야기전집』12권(중앙교육문화사, 1969), 『소년소녀세계과학명작전집』12권(문예출판사, 1969), 『소년소녀우주과학모험전집』10권(교학사, 1969), 『세계과학모험전집』12권(광음사, 1969). 이상 아동전집(선집) 출판 목록은 『한국출판연감』(49~57년판, 63년판, 64년판, 66년판, 68년판), 어효선의 「거의가 문예물 집대성-아동도서 출판사 20년사」(『출판문화』, 1966, 5월호), 「해방 이후 아동전집 출판에 관한 역사적 고찰」의 부록(정복화, 동국대 석사논문, 2000), 「한국아동전집출판의 통시적 연구」(오경호, 『92 출판학 연구』)에 수록된 것을 참조하였다.

1960년대 출판문화를 논의하기 위해서는 출판 매체의 존재 방식이 단지 문화산업이라는 미명하에 고립된 산업으로서가 아니라 사회구성체 속에서 다른 사회 구조와의 역동적인 상호관련성 속에서 이루어지고 있다는 대전제가 선행[58]되어야 할 것이다. 문화적 현상은 사회 경제적 변화 속에서 끊임없이 만들어지고 변형되며 이어져 가는 연속성의 형태를 보여준다. 문화적 현상이란 아무리 사소한 것이라도 결코 우연히 발생하지 않는다. 하나의 현상이 생겨나고 그 현상이 급속도로 확산되는 것은 어떤 부분에서 동시대의 사회구조적 측면과 일치하는 부분이 있기 때문이다. 사회 구조적 측면은 사회적 테두리 안에서 정의되는 바 그 사회적 테두리란 사회 경제 제도를 통해서 형성되는 범주를 의미한다.[59] 간단히 말해서, 전집 붐이라는 출판문화의 급격한 변화는 동시대의 정치 · 사회 · 경제 · 문화 등 사회구조적 측면의 제반 여건들의 변화와 맞물려 있다는 것이다. 따라서 본 장에서는 그 사회를 구성하는 제반 여건들을 살피면서 당대 출판문화의 변화를 엿보기로 한다.

1960년대 출판문화와 연관된 제반 여건 중 급격한 변화를 보인 분야로 경제와 교육을 들 수 있다. 세계적으로 유엔이 주도하고 있던 제 1의 개발연대 기치 아래 국가 발진과 교육 계획이 강조[60]되었고, 이에 따라 경제개발 5개년 계획의 추진과 함께 교육 계획의 수립도 이루어졌다.

5 · 16 쿠데타로 권력을 잡은 박정희 정권은 선거라는 절차는 거쳤지만, 정통성 측면에서 약점을 갖고 있었다. 그래서 박정희 정권은 정권 획득의 명분을 살리고, 집권 기반도 다지기 위해 5 · 16 당시 내걸었던 '자주경제 건설'을 추진하는 근대화 정책을 강력하게 밀어붙였다. 경제개발을 가장 우선순위에 놓고 경제발전을 위한 총력체제를 구축한 것이다.[61] 이와 같은 '조국 근대화'를

---

58) 박미경, 「사회변화가 한국 출판현상에 미친 영향 연구」, 중앙대학교 석사논문, 1997, 1~5쪽.
59) 이동순, 『한국인의 세대별 문학의식』, 집문당, 2001, 19쪽.
60) 문교부, 『문교 40년사』, 1988, 대한교과서주식회사, 231쪽.

슬로건으로 한 박정희 정권의 개발 독재는 상상조차 못했던 대변화를 일으켜 경제의 비약적인 발전과 생활 방식의 일대 혁신을 가져다주었다. 1960년대의 경제 환경은 눈에 띄게 좋아졌으며, 다소나마 경제적인 여유를 갖게 되었다. 경제적 환경의 변화는 사회 전반에 영향을 끼쳤다. 군사 독재 정권 아래에서 행해진 일이었지만 전쟁의 폐허를 재건하기 시작하면서 전체 사회의 틀이 어느 정도 안정기에 접어들었던 것이다. 이와 같은 경제적 여유와 사회적 안정은 교육 분야의 변화에 기여하였다.

정부의 각별한 관심도 당대 교육 분야의 변화를 야기한 요소 중 하나이다. 앞서 언급한 교육 계획 수립, 이에 덧붙여 의무 교육 정착 추진 등 교육 측면에 각별한 주의를 기울였기 때문이다. 그에 따라 교육계도 변동과 발전의 국면에 접어들었고, 양적 성장의 정점을 이룰 정도로 교육 시설[62]과 교육인구가 증가[63]한다.

정부의 관심을 사회 교육 분야로도 이어진다. 4·19와 5·16을 거친 박정희 정권은 국민 교육 정신 강화를 계획하지 않을 수 없었다. 이런 맥락에서 1961년 6월 12일에 재건국민운동[64]에 관한 법률 공포를 이해해 볼 수 있을 것이

---

61) 총력을 다한 결과 12차에 걸친 경제개발계획은 상당한 성과를 거두었다. 계획기간 동안 전체적으로 7%를 상회하는 경제성장률이 달성되었고, 공업화가 진전되면서 산업구조에서 2차 산업의 비중도 상당히 높아졌다.

62) 문교부, 앞의 책, 108쪽. 본격적인 산업사회를 위한 국가 발전 계획이 강력히 추진되고 경제개발 5개년 계획의 추진과 함께 교육 계획의 수립도 이루어졌다. 2차 경제 개발 5개년 계획 이후에는 의무교육시설 및 실업교육 시설의 확충 등이 경제개발 특별 회계 속에 포함되었고 교육 재정도 크게 확충 강화되었다. 의무 교육을 위한 정부의 시설투자와 재정투자는 1962년부터 1966년까지 제 1차 의무교육시설 확충 계획, 1967년부터 197년까지 제 2차 의무 교육 시설 확충에 이르기까지 지속된다. (…) 의무 교육 시설 확충계획은 경제 개발 5개년 계획의 1차 계획 및 2차 계획 기간과 일치한다. 이는 국가가 교육을 국가 발전의 핵심사업과 계획으로 간주하고 의무 교육에 집중적으로 투자하였음을 나타낸다.

63) 문교부, 위의 책, 218쪽. 교육인구의 구성과 변화 기반은 전체 인구의 성장과 변동을 일컫는다. 우리나라 인구는 일제 강점기 하에서는 증가율이 미미하였으나 해방 이후부터 1949년까지 연평균 증가율이 4.9%였으며 6·25전쟁 이후 1955~1960년 사이 출산율이 급증하여 인구 증가율은 2.9%까지 급증하였다는 점이다.

다. 재건국민운동은 그 기본 성격이 범국민적인 사회 교육 운동이라고 할 수 있으며, 주요 사업으로 문맹 교육, 문고 보급 운동 등을 실행하였다. 사회 교육 부문의 일환으로 실행된 문고 보급 운동은 마을문고 보내기 운동65)으로 전개되었고, 이는 곧 국민 독서 운동으로 발전하였다.

교육 분야의 변화에서 또 하나 주목되는 현상은 베이비붐(baby boom)의 출현이다. 베이비붐 세대는 대체로 1953~60년 사이에 출생한 사람들을 말한다. 이들은 정부 주도 하의 경제개발 계획이 이루어지기 시작하면서 경제적 여건이 비교적 양호한 환경에서 성장하였으나, 베이비버스터(baby buster)들처럼 물질적 풍요를 누리지는 못하였다. 그와 더불어 생활양식도 여전히 대가족 속에서 부모의 가치관에 영향을 받고 자랐다. 이들은 개인주의적 성향이 강하고 권위를 부정적으로 볼 뿐 아니라, 권위에 도전하는 것을 합리적이라고 생각한다. 베이비붐 세대는 많은 양의 교육을 받았으며, 그들의 전통적 권위의식을 퇴색시키는 역할을 한 것은 단적으로 교육이라 할 수 있다. 이러한 베이비붐 세대는 성장기에서 1950년대에 전쟁과 분단 상황을 다룬 반공문학과 그에 연계하는 순수문학 및 모더니즘 경향을 띤 문학작품을 접하였다. 그리고 그들의

---

64) 재건국민운동은 생활 혁명, 정신 혁명, 인간 개조, 도의 재건을 위한 운동 등으로 표현되면서 저명 인사와 대중 매체의 협조로 활발히 전개되었다. 그 기본 성격과 사업 내용이 범국민적 사회 교육 운동이라고 할 수 있으며, 주요 사업으로 지도자 훈련, 순회 교육 계획, 문맹 교육, 학생 계층 및 봉사 활동지도, 문고 보급 운동, 선전 계몽 운동, 생활 개선 지도 사업 등을 들 수 있다. 국민정신을 개선하기 위한 개혁 운동을 전개했을 뿐만 아니라 사회 각 분야에 걸쳐 많은 변화와 개혁을 꾀했다고 할 수 있다. 따라서 사회 교육 정책도 다른 부문의 정책과 마찬가지로 이러한 사회적 변화에 따라 변모할 수밖에 없었다.

65) 1963년 3월 7일자로 마을문고 보내기 운동이 정식으로 전개되었으며, 정부 기관과 그 산하 단체 그리고 각종 매스컴의 협조가 뒷받침되어 활기를 띠게 되었다. 사실 문고 보내기 운동은 서적이 잘 보급되지 않은 농촌이나 문화적으로 낙후된 지역에 작은 도서책자나 간이 독서실을 마련하여 이들 지역 국민들에게 독서의 기회를 제공하자는 운동으로 광복 후 일어나기 시작하였으며, 전국적으로 확산되기 시작한 것은 5·16혁명 이후이다. 사단법인 마을 진흥회가 발족되면서 명칭이 마을문고로 통일되었으며, 또 정부의 후원을 받아 보급 지역을 전국적으로 넓혀 나갈 수 있었다. 마을문고 진흥회는 문고와 도서의 보급 사업 외에도 독서 클럽의 조직과 독서 지도 및 마을문고 운영에 대하여 지도해 주었다. 문교부, 앞의 책, 324쪽.

문학 표현 형태는 4 · 19 혁명 이후 문학이 사회성을 지녀야 한다는 인식의 고조 속에서 리얼리즘적 성향을 지닌 경우가 많았다.[66] 이런 베이비붐 세대의 등장은 교육인구의 증가[67]를 불러 왔고, 그것이 점차 교육 양상과 제도에 큰 영향을 미쳤다. 베이비붐 세대가 초등학교에 입학하면서 이른바 '콩나물 교실'과 '2부제 수업'이라는 양상이 나타났고, 중학교 입시경쟁이 치열해지면서 교육 제도의 변화[68]가 야기되었다.

이러한 베이비붐 세대의 교육인구 증가는 교육계에서 양적 성장 위주의 변화를 이끌어냈으며, 그 이면에는 부모 세대의 지나친 교육열[69]이 작용하고 있었다. 일본의 군국주의와 6 · 25 이후의 혼란의 시대를 살아오면서 부모 세대가 터득한 삶의 진리는 강자만이 살아남는다는 논리였다. 이에 덧붙여 학력사회로서의 자유주의적 자본주의 사회가 도래하면서 상층으로의 이동과 부의 획득을 위해서는 교육이 가장 확실한 투자라는 인식이 팽배해졌다. 급속한 산업화와 도시화 등 사회 변동의 와중에서 계층 상승의 가장 효과적인 수단으로 학벌을 꼽게 된 것이다.[70] 이에 따라 부모 세대가 자녀에게 토지나 돈보다 교육을 유산으로 물려주어야 한다고 여기게 되면서[71] 교육열이 높아지게 된 것이라 할 수 있다.

1960년대에 나타난 경제적 여유, 사회적 안정, 정부의 관심과 베이비붐 세대의 출현, 부모 세대의 교육열과 같은 교육계의 변화 등은 전집 붐이라는 출

---

66) 이동순, 『한국인의 세대별 문학의식』, 집문당, 2001, 106쪽.
67) 6 · 25 이후 1955년부터 1960년까지 5년간 약 350만 명의 인구가 증가하여 연평균 2.9%의 높은 자연 증가율을 나타냈다. 이는 1960년대 초반기에 초등교육인구를 연 6% 이상의 높은 수준으로 급증시키는 요인이 되었다는 점에서 주목된다. 1955~60년까지 출생한 인구가 초등학교에 취학하는 연도는 1961~67년이 된다.
68) 김태헌, 「우리나라 인구전개에서 베이비붐 세대의 의미」, 『연금포럼』, 2010, 봄, 9쪽.
69) 문교부, 앞의 책, 220쪽.
70) 한국역사연구회, 『우리는 지난 100년 동안 어떻게 살았을까』, 역사비평사, 1998, 187쪽.
71) 여성한국사회연구회 편, 『가족과 한국사회』, 경문사, 2001, 256쪽.

판문화의 변화로 이어진다.

1958년 '학원사'에서 대백과 사전을 출간한 뒤, 외판 방식에 의한 월부제를 과감히 도입하여 판매에 성공을 거두자[72] 다른 출판사에서도 전집을 출간하기 시작하였다. 1959년 '을유문화사'를 필두로 '정음사', '동아출판사'에서 연이어 100권 분량의 방대한 세계문학전집을 출간하면서 붐이 형성되었고, 1960년대 내내 지속된다. 1950년대 말기에 전집 매체가 회생되기 시작한 아동도서도 1960년대에 들어서 본격적으로 전집 붐에 가담한다.[73] 특히 1961년 '아동우량 도서선정위원회'의 발족과 1963년 도서관법 제정[74]은 아동도서 출판에 활기를 불어넣어 준 것은 물론이고, 아동 전집류의 기초도 마련해 주었다.

아동 전집이 처음으로 발행된 것은 해방 후, 조선아동문학인협의회가 펴낸 『소파아동독본』(5권, 1946)이다. 그러나 『소파아동독본』을 포함하여 1947년까지 발간된 아동도서는 거의가 해방 전에 집필 또는 발표된 것이었다. 아동도서가 창작되어 발간되기 시작한 것은 1948년부터였다. 그리고 이후 1950년대 말부터 1960년대 초에 성행하면서 전집 발간으로 나아간 것이다. 1960년대 중반 이전까지 아동용 전집류는 대개가 문예물이었다. 먼저, 1960년대를 전후하여 다수의 소년소녀세계 명작 전집류가 출판된다. 어효선이 가장 완성된 세

---

72) 강진호, 『문화예술』, 한국문화예술진흥원, 2002, 11월호, 157쪽.
73) 오경호, 「한국아동전집출판의 통시적 연구」, 『92 출판학 연구』, 한국출판학회 편, 범우사, 161~170쪽. 오경호는 1960년대 성행했던 전집 붐은 1970년대 초에 와서 절정을 이루었다고 한다. 1968년 7월 15일 중학교 무시험 진학제를 수립함으로써 입학시험의 부담에서 벗어나게 되자 아동 도서 및 독서에 관한 인식이 부각되었기 때문이다. 출판연감에 의하면, 아동도서의 발행 종수가 1969년 268종에서 1975년 1069종으로 거의 5배가 증가하였다고 한다. 1960년대 초 일어난 전집 붐이 지속된 경제 성장으로 1970년대에 와서 절정에 이른 것이라 할 수 있다.
74) 도서관법은 1963년 10월 28일자로 제정, 공포되었으며, 이에 따라 도서관 시설 확충과 그 기능의 정상적 회복이 가능해졌다. (…) 도서관은 문화 시설 가운데에서 사회 교육과 가장 관계가 깊은 시설로, 특히 공익 도서관의 도서 자료를 수집, 정리, 보존하여 공익의 교양과 조사, 연구 및 레크레이션 등의 제공을 목적으로 한다. 지역 사회 주민에게 새로운 정보를 제공하고 교육적 문화적 활동을 지원하는 역할을 한다. 문교부, 앞의 책, 326~327쪽.

계 명작의 집대성이라 평한『세계 명작동화』포함한 이 시기의 세계 명작 전집류는 대개가 일본어판 중역으로 20세기 전반 일본의 어린이 추천 도서를 기준으로 한 것이었는데,『보물섬』,『로빈슨크루소』,『소공자』,『소공녀』등이 그 목록을 이루고 있다. 목록에서 알 수 있는 바, 이 전집류의 작품들은 백인 우월주의 시각에서 제국주의의 팽창 정책에 적합한 침략성을 정당화시키는 내용을 담고 있다. 유럽의 열강들의 세계적인 팽창 시기에 그에 필요한 꿈을 자국의 어린이들에게 심어주기 위한 목적에서 출판된 작품들을 일제가 그들의 팽창정책 실행을 위해 명치유신(明治維新) 이후에 모아서 세계 명작이라 소개한 것이라 할 수 있다.

1960년대의 위인전 및 역사물은 사회적 분위기를 그대로 반영하고 있다. 사실 위인전과 역사물은 시대적으로 요청되며, 사회가 필요로 하는 인물상을 담아 간행되게 마련이다. 1960년대에도 마찬가지로 충효를 지배적인 규범으로 내세우고, 인간관계도 수직적 관계를 보다 우선시하는 등 당대에 필요한 인물과 가치관이 강조되었다. 과학 전집 출판은 주로 1960년대 후반에 이루어지는데, 1970년대에 들어서 더욱 활발해진다. 1970년대를 전후로 생활 중심에서 학문 중심으로 변화된 미국 교육 개혁이 과학 지식의 구조화를 추구하는 방향으로 아동 전집 간행에 영향을 미쳤으리라 볼 수 있다.

이렇듯 1960년대 여타 사회구조의 변화는 출판시장에 영향을 미쳐 전집 붐이라는 출판문화의 변화를 이끌어냈다. 그렇다면, 이런 출판문화의 변화가 1960년대 아동문학과 관련해 갖는 의미는 무엇일까.

우선 부정적인 면부터 살펴보자면, 출판문화의 상업성으로 인한 악영향이다. 세계명작, 위인전, 역사물, 과학 등 전집류는 그것이 시대적 요청과 사회적 필요를 반영한다는 점에서 기업의 경제적 이윤 창출을 목적으로 출판된 것이라 할 수 있다. 시대와 사회가 원하는 바에 민감하게 반응하여 보다 잘 팔릴 수 있는 책들을 출간하는 것이 당대 출판계의 경향이었던 것이다. 이런 식의 당대 출판문화의 상업성은 아동문학과 관련된 문제를 낳기에 이른다. 이를테면, 어린이들의 정서에 악영향을 끼치는 책들이 범람하게 되었다. 한국 아동문화 위원회가 출판을 적절히 규제하고 그 내용을 순화하도록 하는 사전 심의기구[75]를 만들었다는 것은 출판문화의 상업성으로 인한 폐단이 심각한 수준이었음을 입증한다.

그러나 긍정적인 면도 존재한다. 단적으로 말해서, 출판문화의 전집 붐은 아동들의 독서 욕구를 충족시켜 줄 수 있는 새로운 읽을거리를 제공하였다. 1961년 '우량아동도서선정위원회'의 발족과 1963년 도서관법 제정 공포는 초등학교 학급도서 설치 운동과 학교 도서관 증대로 이어졌다. 또한 1968년 정부가 과외 열풍이라는 사회적 문제를 해결하기 위해 실시한 중학교 무시험 진학제로 어린이들이 책을 읽을 수 있는 시간이 대폭 늘어나게 되었다. 이렇게 독서 환경이 조성되자 아동 도서에 대한 독서 욕망이 증가하게 되었으며, 당시 읽을거리가 부족한 상황에서 다양한 전집물이 등장하여 그 욕망을 충족시켰던 것이다.

세계 명작류에서 시작하였으나 이후 점차 문학성을 가미한 아동문학전집/선집이 등장하였다는 점에도 긍정적 의미를 부여할 수 있다. 방정환, 마해송, 윤석중, 이주홍, 이원수, 강소천, 임인수, 박화목 등의 『한국 아동문학 독본』10권(을유문화사, 1963)과 『강소천 아동문학전집』6권(탐영사, 1964), 『소파 아동문학전집』(1965, 삼도사) 등의 한국 아동문학 작품집이 출간되어 아동들의 새로운 읽을거리에 대한 욕구를 충족시켰을 뿐 아니라 1960년대 아동문학의 생성기반을 조성하였기 때문이다.

한 권의 책은, 한 사회의 정치 · 경제 · 사회 · 문화를 총망라한 상황 속에서 태어나 그 시대의 사상과 감정을 담아낸다. 아동도서 역시 사회 환경의 소산이

---

75) 금성출판 30년사 편찬위원회 편, 『금성출판사 30년사』, 금성출판사, 1995, 80~82쪽.

다. 뿐만 아니라 아동도서는 독자층인 어린이들에게 시대와 사회가 요구하는 바를 전파하는 역할을 담당한다는 점에서 성인을 대상으로 한 도서보다 중요하다. 이런 측면에서 1960년대 출판문화에서 일어난 전집 붐을 그것을 가능하게 한 제반 여건들을 밝히고, 그 구체적 양상을 알아보고, 1960년대 아동문학과 관련된 의미를 짚어내는 순서로 살펴보았다. 1960년대 출판문화에서 일어난 전집 붐은 아동문학과 관련해 상업성에 의한 폐단이라는 부정적 의미와 함께 한국 아동문학 전집(선집)의 출판에서 나타나듯이 새로운 읽을거리에 대한 아동들의 욕구를 충족시켜 주었다는 긍정적 의미를 동시에 갖는다고 할 수 있다.

3) 신인 작가의 양산과 등단제도의 활성화

앞서 1절에서 밝힌 바처럼, 1960년대 아동문학계는 새로운 아동문학으로의 발걸음을 옮겨 놓았다. 이번 절에서는 그 일환으로 기울인 노력 중 이론과 평론에의 천착과 등용 관문 제도 정비의 구체적 모습을 살펴보기로 한다.

먼저, 1960년대 아동문학의 이론과 평론에의 천착을 『아동문학』지를 중심으로 해명해 보고자 한다. 1960년대 대부분의 잡지들이 지속적으로 발행되지 못하면서 창간, 복간, 폐간을 오가는 상황에서 간행된 아동잡지를 열거해보자면, 이전부터 발간되던 『새벗』, 1960년 1월에 창간한 『카톨릭 소년』, 1964년 5월에 창간한 『새소년』, 재간행을 시작한 『소년세계』를 우선 들 수 있다. 이 잡지들은 만화가 전체의 30%에 이르는 등 흥미와 오락 위주의 내용을 담고 있었다. 1960년대 후반에 나온 『어깨동무』, 『소년 중앙』 역시 그와 같은 상업주의에 영합하는 내용 일색이었다. 이런 상황에서 성인을 위한 아동문학전문지인 『아동문학』이 창간되었다는 것은 주목을 요한다. 비평 부재의 아동문학계의 반성을 촉구하고, 문학으로서의 아동문학 노선을 표방하는 등 단순한 흥미와 오락 위주의 읽을거리에서 벗어나 문예 전문지로서 1960년대 아동문학의 새로운 모습을 정립하는 데 중요한 역할을 수행하기 때문이다. 『아동문학』지는 1969년 폐간 이후에도 1970년 6월 김요섭이 창간한 『아동문학사상』에 매호 특집을 마련하는 편집의 틀을 제공하는 등 아동문학계에 직간접적인 영향을 미친다.

물론 『아동문학』지의 창간 이유를 1960년대 제기된 새로운 아동문학 정립 요청으로만 볼 수는 없다. 1962년 새로운 교육자 양성기관으로서 교육대학이 전국적으로 설립되면서 초등 교사를 위한 교육과정에 아동문학이 설정되자, 자연스럽게 아동문학이 학문적 대상으로 떠오르게 되었다는 점도 간과할 수 없다.[76] 아동문학지에 초등 교사를 위한 내용들, 가령 글짓기 잘 가르치는 방법이나 어린이들의 글쓰기를 평가하는 난과 같은 내용들이 수록된 데에는 그런 이유가 작용하고 있을 것이다. 그러나 그 창간에 또 다른 이유가 존재한다고 해서 1960년대 내내 문학으로서의 아동문학 정립에 힘쓴 『아동문학』지의 의의가 상실되는 것은 아니다. 『아동문학』지는 1960년대 아동문학의 중심점 역할을 수행했던 것이다.

전쟁 이후 중단되었던 신춘문예의 부활과 정착은 새로운 아동문학에 대한 열망으로 유능한 신인을 등장시키기 위해 관문 제도를 정비한 일이라 할 수 있다. 신춘문예로 등단한 실력을 인정받은 신인들이 이전 세대의 친목 위주 문학에서 벗어나, 실제 작품 활동 중심의 체제로 각종 동인 단체를 만들어 문단 풍토를 개선했다는 점도 이 시대 아동문학계에서 일어난 제도적 차원에서의 새로운 정비라 할 수 있겠다.

또한 신춘문예 출신 신인들은 과거의 모순을 지적하고 그것을 극복하려고 하였으며, 이와 같은 열정은 기성세대로까지 전파된다. 그리하여 이전 문학이

---

76) 최지훈, 『시와동화』, 2008, 겨울, 508쪽.

지니고 있던 감정의 과잉 상태와 같은 병폐를 극복하고, 이후 문학으로 이어지는 세계와 일상적 삶에 대한 자기 인식을 확보해 나가는 등 1960년대 아동문학 형성에 커다란 역할을 수행한다. 따라서 신인들의 패기와 열정을 펼치는 장인 신춘문예 작품을 통해 당대 문학이 갈구한 것은 무엇이며, 그 양상은 어떻게 나타났는지를 살펴보기로 한다.

(1) 『아동문학』지의 창작과 이론 탐구

1962년 10월 창간된 『아동문학』지는 1965년 5월, 19집으로 종간될 때까지 아동문학의 기초 이론과 아동문학사 정리 등 60년대 아동문학 연구에서 중추적인 역할을 수행하였다. 다시 말해 문학으로서 아동문학에 접근하여 그 본질적 측면인 아동문학관 정립을 목적으로 삼았다는 것이다. 1집 '편집을 마치고'에서 이를 엿볼 수 있다.

> 이 땅에 아동문학의 싹이 움트기 40년을 헤아리나 아직도 이렇다 할 연구와 평론이 없었음은 문학을 위해서도 교육을 위해서 안타까운 사실, 이래서 "아동 문학"은 탄생할 필연성에서 제 1집을 낸다. (…) 첫 출발 기념으로 심포지엄 "아동문학이란 무엇인가?"를 특집했다. 우리는 먼저 올바른 아동문학관부터 세워야겠다.[77]

편집진은 아동문학에 대한 이렇다 할 연구와 평론이 없다는 점을 들면서 『아동문학』지 창간 배경을 밝히고, 때문에 첫 호에 '아동문학이 무엇인가'를 특집으로 다룬다고 말하고 있다. 그 특집에는 김동리의 제안을 시작으로 강소천, 최태호, 조지훈, 박목월 등의 글이 수록되었다. 이런 내용은 그동안 아동문학에 대한 문학적 접근을 아쉬워하던 독자들에게 신선함을 던져 주었다.

---

77) 「편집을 마치고」, 『아동문학』1집, 1962, 79쪽.

『아동문학』 1집에 대한 독자의 후기가 그것을 증명한다.

〈편집을 마치고〉에 그 취지가 뚜렷하게 나타나 있었습니다만 기대가 여간 큰 게 아닙니다. 사실이지 제가 알기엔 지금껏 신문의 문화면에서나 대부분 수명이 길지 않은 어린이 잡지에 아동문학작품이 발표되었지만 그건 거의 작품에 그치는 정도였는데 이제 아동문학의 연구와 실제를 목표로 탄생한 〈아동문학〉은 진정 아동문학의 요람이라 하고 싶습니다.[78]

1집만 보고 잡지의 특성을 논하기는 성급한 감이 있지만, 『아동문학』지가 다른 잡지와 달리 아동문학 연구와 실제를 목표로 하고 있었음을 알 수 있는 대목이다. 강소천이 창간호에서 가장 시급한 것으로 '아동문학의 평가 방법'을 꼽고 '아동의 대변자가 되며 아동을 진정으로 이해하는 아동 편에 선 문학평론가의 출현만이 좋은 아동문학 작가를 낳을 줄 안다.'라고 말한 점도 그것을 뒷받침한다. 즉, 이론과 평론 면에서 아동문학관 정립을 우선시한 것이 『아동문학』지인 것이다.

그에 따라 『아동문학』지는 아동문학 이론 탐구와 작품 비평에 주력한다. 덧붙여 창간호에 〈아동문학이란 무엇인가?〉를 시작으로 〈동화와 소설〉(2집), 〈동요와 동시의 구분〉(3집), 〈아동문학의 나아갈 길〉(4집), 〈아동문학의 문제점〉(5집), 〈아동문학의 방향〉(6집) 등을 수록하여 아동문학의 본질적인 장르 문제와 쟁점을 체계적으로 분석한다.

이렇듯 『아동문학』지는 아동문학 이론과 평론을 우선시하고, 장르 문제와 쟁점을 다루는 등 아동문학을 본격 문학의 궤도에 올리기 위한 노력을 보여주고 있다고 할 수 있다. 즉, 아동문학관을 새롭게 정립하여 문학으로서의 아동문학에 접근하는 본격 아동문학 시대를 열어간 것이다. 이처럼 『아동문학』지는 이전까지 문화운동적 차원에 머물러 있던 아동문학이 문학적 차원으로 올

---

78) 「아동문학의 요람이 되기를」, 『아동문학』2집, 1962, 47쪽.

라서는 데 중대한 계기를 마련해 주었다는 점에서 그 의의[79]가 크다.

실제 작품 분석을 통해 그 양상이 어떻게 나타나는지를 살피기로 한다.

(가) 세계 공존의 두 양상

① 어른의 시선과 훈육

김성도의 「전화」(4집, 1963. 3.)는 전화라는 매개물을 통해 어린 옥희가 가지고 있는 생각 혹은 시사에 대한 이야기를 털어놓는다. 재미를 주면서 그 안에 시사적인 내용을 담고 있다. 불쌍한 원아들에게 관심을 가지라는 것, 버스 사고를 당한 사람이 죽지 않게 해달라 것, 만화가 나쁜데 왜 그것을 없애지 않느냐는 등의 내용이다. 그리고 당시 인공위성을 쏘아 올린 소련을 거론하면서 미국은 무엇을 하고 있는지에 대한 것 등을 담고 있다. 물론 이 작품은 마지막 부분에서 개연성이 떨어지지만, 어린 아이들을 단순히 어리게만 볼 것이 아니라, 세상을 보는 시선과 사고를 가지고 있는 인격체로서 보아야 한다는 점을 시사하고 있다. 이렇듯 1960년대는 어린이들의 세상에 대한 관심이 표면으로 드러나기 시작한다. 이는 시대를 반영하는 작품에서 알 수 있다.

먼저, 「큰꽃 작은 꽃」(오영민, 1집, 1962. 10.)은 4·19 의미를 그리는 작품이다. 4·19 당시 국민학교 4학년이던 영임이는, 자신의 위험을 무릅쓰고 무릎을 다친 대학생을 구해 준다. 그 대학생은 영임이의 아름다운 마음을 그려 국전에서 대통령상을 받게 된다. 4·19 정신 즉, 정의가 무엇인지를 생각하게 한다.

그리고 1960년대 『아동문학』지에서 가장 많이 소재가 된 것은 6·25 전쟁이 남긴 전후의 상처이다. 1963년에 신춘문예로 등단한 이희성(『동아일보』)과 최효섭(『한국일보』)은 같은 해에 전후를 소재로 한 작품을 발표한다. 이희성

---

79) 이재철, 앞의 책, 584쪽.

의 「아버지의 고향」(5집, 1963. 6.)에서 덕수 아버지는 6 · 25 때 유엔군으로 한국 전선에 왔던 영국 사람으로 덕수가 두 살 때 돌아가셨다. 덕수는 눈동자가 파랗고 머리털은 밤빛에 가까운 노랑색이어서 아이들에게 양키라고 놀림 받는다는 내용으로 6 · 25 이후 혼혈아들이 겪는 애환을 그리고 있다. 전후 시대를 반영하고 있으며, 소외된 인물들을 조명하고 있다는 점에서 눈여겨 볼 작품이다. 6 · 25 전쟁에 참전했던 다른 나라 사람들의 고마움을 담고 있으며, 엄마와 아버지가 만난 과정을 아름답게 그렸다. 그러나 이 땅에서 설움을 받고 있는 것을 부각시키기 위한 것인지, 결말에 엄마가 아버지의 나라 영국을 환상적으로 묘사하고, 덕수는 아버지 나라로 가고 싶어하는 점은 흠을 남기지만, 6 · 25 이후 또다른 모습으로 사는 사람들을 조명하고 있다는 점에서 의미 있다.

최효섭의 「노래를 낳는 구름 울타리」(5집, 1963. 6.)는 전쟁놀이를 즐기던 용호가 꿈에서 전쟁의 참혹함을 느끼고, 스스로 나무총을 부수고 더 이상 전쟁놀이를 하지 않는다는 내용이다. 타인의 도움도 아닌 스스로 그 참혹함을 알게 되는 과정이 인상적이다. 단, 본문에 환상적인 내용이 현실과는 거리가 있다는 것이 흠이다. 전쟁의 참혹함을 알게 하는 것을 생각해 본다는 점에서 인상적이고 시사하는 바가 크다. 본문 중간 중간에 노래를 삽입하여 재미와 새로움을 모색하려는 시도를 보이고 있다.

「우리집」(박홍근, 10집, 1964. 12.)은 1 · 4후퇴로 변화를 맞게 된 모습을 그리고 있다. 동수는 미술시간에 자신이 사는 초라한 집을 그려야하는 데, 반대로 멋진 집을 그려 아이들에게 놀림을 받는다. 그리고 담임 선생님이 가정 방문을 하면서 다른 아이들 집에는 들어가지만 동수 집에는 들어가지 않는다. 이에 속상해 하는 동수를 보고 아버지는 1 · 4후퇴만 아니었어도 고향에 있는 좋은 집에서 살았을 것이라고 한다. 표면상으로는 가정 형편 문제이지만, 그 이면에는 6 · 25가 빚은 참담함을 담고 있다.

「붉은 병정개미」(최인학, 10집, 1964. 12.)는 북한의 실체를 알리는 의인동화이다. 붉은 병정개미들의 대장은 인간은 과학 때문에 멸망할 것이라고 한다. 안전하게 살기 위해 노예들을 많이 잡아 오고 땅 밑으로 굴을 파게하고 먹을 것을 저장해 두자고 부하들을 꼬인다. 그 말을 믿은 일개미들은 대장의 말을 듣고 따른다. 그러나 나중에 대장의 말이 간교한 술수였다는 것을 알고 부하 개미들이 대장 개미를 죽인다.

주미의 「소풍」(11집, 1965. 4.)은 6 · 25 전쟁으로 인해 부모 없는 응숙이 친구로부터 왕따 당하는데, 전후 남긴 흔적으로 고아들을 어떻게 대해주어야 하는지를 보여 주고 있다.

1960년대 초반 『아동문학』지의 6 · 25 전쟁을 소재로 한 작품들은 전쟁이 남긴 상처를 중심으로 한다. 여기서 눈여겨 볼 것은 한 호에 동일한 소재의 작품을 수록하였다는 것이다. 가령 다른 소재의 동화를 수록하지만(한 호당 평균 4편정도의 작품을 수록) 5집과 10집의 동일한 소재가 발표되었다는 것은 계획된 편집의도로 볼 수 있다. 이는 잡지의 편집 방향이면서 당대의 시대 요청으로 보인다. 그리고 「전화」를 비롯해 앞의 작품들은 대개가 어른의 시선으로 세상을 보고 있다. 어린이를 주인공으로 하지만 약자를 향한 따뜻한 마음, 정의 등의 주제는 어린이들이 성장하면서 필요로 하는 어른의 훈육 일환인 것이다.

② 동등한 구성원과 다른 시선

「아버지의 재혼」(주미, 8집, 1964. 4.)은 재혼을 소재로 하고 있다. 관식이 아버지는 재혼을 하기 위해 할머니에게 새어머니가 될 사람을 보여주는데, 관식이가 몰래 엿 본다. 관식이는 새 어머니 겉모습이 수수하지 않아서 실망하고 아버지 재혼을 싫어한다. 그러나 다시 집에 인사 하러 온 새어머니의 또다른 모습을 보고 생각을 달리 하게 된다. 이 작품은 재혼을 긍정적으로 그리고 있다. 관식의 반감이 아버지의 재혼에 있는 것이 아니라, 새어머니 모습이 수수해 보이지 않다는 점에 비롯된 것을 보면, 재혼을 관대하게 보고 있기 때문이다. 즉, 사람은 겉모습을 보고 판단하는 것이 아니라 속마음을 보거나 겪어보고 판단해야 한다는 것을 주제로 하고 있다.

주미의 「아버지의 재혼」이 재혼 전의 과정을 소재로 한 것이라면, 「영이와 강아지」(장수철, 12집, 1965. 7.)는 재혼한 가정의 문제를 소재로 하고 있다. 영이는 사사건건 자신을 싫어하는 엄마가 친엄마가 아니라는 것을 모른다. 엄마의 계속된 구박에 정을 못 붙이던 영이가, 길에서 만난 강아지를 자신 모습처럼 생각하고 데려 오지만 엄마의 반대로 키울 수 없다. 그런 영이는 강아지를 데리고 집을 나가고 아버지는 영이를 찾아 나선다. 새어머니로 인해 고통받는 아이의 애처로운 모습을 그리는 것으로, 앞의 「아버지의 재혼」이 재혼을 쉽게 그린 것과는 또다른 양상을 띤다.

그리고 가난을 배경으로 아이들이 겪는 모습을 그린 작품도 눈에 띤다. 「사랑 열매 동실동실」(손동인, 11집, 1965. 4.)은 주인공 석민이는 공부를 잘하지만 집이 가난하여 수석을 하고서도 중학교에 갈 수 없다. 졸업식에도 돈을 벌로 나간 부모님 때문에 쓸쓸하게 식장에 간다. 그러나 졸업식에 아버지도 오고, 창수 공부를 봐준 덕택에 창수 아버지가 입학금을 내줘서 중학교 갈 수 있게 된다. 결국 가난해도 실망하지 말고 꿋꿋이 살면 하늘이 돕는다는 주제를 담고 있다.

「산이 하는 말을 듣고」(박홍민, 11집, 1965. 4.)는 아버지가 편찮아서 중학교에 갈 수 없는 경아를 주인공으로 한다. 경아는 친구들이 중학교 시험을 치르러 간 날 산에 올라가 목 놓아 운다. 정신없이 울고 있는데 어디선가 목소리가 들린다. 중학교 못 간다고 좋은 사람이 못되는 것도 아니고 혼자서도 얼마든지 공부 할 수 있다는 말에 힘을 얻는다. 가난한 형편이지만 중학교에 가고 싶은 어린 아이의 좌절과 극복을 그렸다. 이 작품은 처음에는 주인공의 생각을 사실적이면서 섬세하게 잘 표현했으나, 결말에 가서 너무 갑작스럽게 어른의 목소리가 드러나고 빨리 봉합하려는 흠을 남긴다.

「경수와 메리」(박홍근, 8집, 1964. 4.)에서 고아인 경수는 강아지인 메리를 의지하고 살지만 메리가 차에 치어 죽는다. 메리가 죽고 경수는 외로움을 느낀다. 자동차가 가진 빠른 속도와 세상의 속도를 그린 것으로, 자동차를 가진 사람이 가진 자의 모습이라면 경수를 돕는 주변 사람들은 없는 사람들로 비유할 수 있다.

앞에서 살핀 것처럼 1960년대 『아동문학』지에 수록된 작품들은 어린아이가 단지 물리적으로 어린 것이지 어른과 동등한 인격체라는 것을 보여 주고 있다. 「전화」에서 어린 옥희가 그릇된 세상에 대해 질타하는 데서 그러하며, 전후가 남긴 상처를 안고 세상을 사는 아이들의 삶 조명 역시 어린이를 타자화하지 않고 사회의 한 구성원으로 인식하는 것이라 할 수 있다.

하지만 어린이가 사회의 일원이지만 어른과는 다른 시선으로 세상을 보고 있다는 것을 보여주고 있다. 가령 「어항」(김영일, 6집, 1963. 9.)은 어른들의 생각과 어린이의 생각이 확연히 다르다는 것을 내용으로 한다. 가난한 살림살이 때문에 겨울이 싫은 엄마와 달리 추운 날씨에 작은 생명이 죽어가는 것을 걱정하는 삼돌이의 대비된 모습은 어른의 삶과 어린이의 삶의 차이를 재현하는 것이다. 이렇듯 1960년대는 어른의 시선과 어린이의 시선이 다르다는 것을 구분하고 있다.

(나) 자아 성찰과 주체

「수남이와 수남이」(강소천, 1집, 1962. 10.)에서 수남이는 친구들로부터 겁장이라고 놀림 받는다. 의기소침해진 수남이는 친구들과 어울리지 못하고, 자신의 그림자이면서 심장인 수남이와 대화를 하다가 점차 자신감을 얻는다. 이에 수남이는 밤에 서낭당 느티나무 굴 안에 돌멩이를 갖다 놓고 온 이후 용기를 갖게 되고, 그동안 자신을 괴롭히던 아이들에게 복수를 한다. 하지만 그로 인해 또다른 고통에 시달리다가 스스로 반성하고 뉘우친다. 이 작품은 자신 스스로 치유를 하면서 반성과 성찰한다.

1961년 『한국일보』 신춘문예로 등단한 이준연의 「마네킹이 그리워하는 것」(3집, 1963. 1.)은 예쁜 소녀가 되고 싶은 마네킹과 예쁘고 화려한 마네킹이 되고 싶은 소녀의 이야기다. 이 작품은 자신의 좋은 모습보다 상대가 가진 모습을 보고 좋아하는 것에 대한 반성을 담고 있다. 스스로 반성하게 하는 것과 어른들의 시선이 아닌 아이 스스로 무언가를 깨닫게 하고 있다.

동화의 첫 추천을 받은 작품[80]으로, 「하얀 코스모스 꽃잎」(김영자, 3집, 1963. 1.)은 꽃밭에 핀 코스모스가 나비가 되고 싶어한다. 꿈 속에서 나비가 된 하얀 꽃은 들국화를 만나 이야기를 나누고, 서울의 어느 집 응접실에서 꽃이 사람들에게 사랑을 받는 것을 보고 자신이 나비가 되고자 했던 것을 후회하면서 잠에서 깨는 내용이다. 이 작품 역시 앞의 「수남이와 수남이」, 「마네킹이 그리워하는 것」과 닮았다. 자아를 찾고, 정체성을 찾는 과정에 있어서 스스로 해결한다는 점에서 그러하다.

『아동문학』지는 2집 심포지엄에서 동화와 소설을 주제로 한다. 당시 강소천

---

80) 이후 김영자는 「달과 가로등」(8집, 1964. 4.)으로 두 번째 추천을 받는다. 이 작품은 각자의 몫에 대해 생각하는 것이 주제이다. 가로등은 자신이 쓸모없는 존재로 생각하지만, 밤늦게까지 숨바꼭질을 하면서 노는 아이들에게 환한 불빛을 비춰주면서 자신의 가치를 깨닫게 된다. 너무 틀에 박힌 이야기로 새로움, 실험적인 모색도 없다. 『아동문학』지는 역량 있는 신인 발굴 의지를 보이며 창간호부터 차례 앞에 〈작품 공모〉를 소개한다. 동화·소설, 동요·동시, 동극, 평론 등으로 하며, 3회에 걸쳐 추천되어야 기성 작가로 대우하는 방식이었다. 하지만 12집부터는 기존의 3회 추천제가 다소 완화되어 동요·동시는 3회, 동화·소설, 동극, 평론은 2회 추천제로 변한다. 심사위원은 처음에 편집위원들로만 구성되었던 것이, 11집부터 윤석중, 이원수가 포함되어 6인 체제로 한다. 하지만 실제 추천제로 등단하는 것은 쉽지 않았다. 동시는 추천을 받아 등단하는 경우도 있었으나, 동화는 추천도 거의 없었다. 이는 작품 응모자가 많지 않았는지, 아니면 좋은 작품이 많지 않았는지는 알 수 없다.

은 동화와 소설(여기서 아동소설을 일컬음)의 기준을 소설은 아동들에게 진실을 가르치기 위해서 인간의 추한 면, 부정적인 면도 폭로하고 보여 주어야 한다고 하였으며, 동화는 보다 따뜻하고 보다 아름다운 인간의 긍정적인 면을 보여 주는 것[81]이라고 한다. 우리나라 동화나 소설에도 장편을 많이 필요로 한다고 하면서 새로운 아동관과 아동상의 필요성을 들었다.

> 어떤 아동들이 어떤 환경에서 어떤 사건을 만났을 때, 어떻게 그 장애를 물리치나 하는 그들의 성장을 도와주며 영혼의 성장까지를 그리는 좋은 작품들을 써내야겠다.[82]

앞에서 언급한 「수남이와 수남이」를 비롯해 「마네킹이 그리워하는 것」, 「하얀 코스모스 꽃잎」 등은 주인공 인물들이 스스로 성장해 나갈 수 있는 것, 즉 영혼의 성장을 그리고 있는 것이다. 또한 남미영의 「금붕어」(9집, 1964. 7.)역시 성장의 의미를 담고 있다. 이 작품은 어항 속의 금붕어들이 나눈 대화를 통해 진수가 개구쟁이 행동을 반성하는 것이다. 진수는 숙제를 안 해서 남아서 하게 된다. 진수는 교실 어항 속에서 금붕어 두 마리가 나누는 대화를 듣게 된다. 아이들이 금붕어의 지느러미를 흔들고, 눈을 다치게 하는 등의 이야기를 한다. 이야기를 듣던 진수는 창피해 한다. 금붕어를 괴롭히던 아이가 진수 자신이라는 것을 알고 마음이 답답해하던 때, 선생님이 들어와서 꿈에서 깨어난다. 개구쟁이를 직설적으로 혼내는 것이 아니라, 간접적이면서 큰 효과를 자아낸다.

「골목에 사는 아이들」(백인빈, 3집, 1963. 1.)은 또래 아이들만이 느낄 수 있는 심리를 다루었다. 새 동네에 이사 가서 친구를 사귀는 과정을 담고 있다.

---

81) 『아동문학』 2집, 1962, 17쪽.
82) 『아동문학』 2집, 18쪽.

잘 알기 전에 겉모습 혹은 다른 사람들이 하는 이야기보다 자신이 경험하고 깨닫는 것이 중요하다는 것이 주제다. 어른이 등장하지 않고 아이들만의 세계, 심리를 그린 것이 인상적이다.

「집」(김이석, 4집, 1963. 3.)은 홍수로 집을 잃은 덕선이, 일룡이, 선일이는 한 동네에 산다. 집을 짓고 사는 일룡이, 선일이네와 달리 덕선이네는 집을 짓지 못하고 판자집에 산다. 그런 덕선이네가 집을 짓게 되자 모두가 도와주기로 한다. 가난하게 사는 이들이 서로 도우면서 살아가는 모습을 불만과 구김 없는 모습으로 그리고 있다. 당시 가난하게 사는 사람들의 삶이 담겨 있는 작품이다.

유년동화인 「하얀 배가 된 아파트」(이영희, 6집, 1963. 9.)는 아파트 꼭대기에 달려 있는 풍선이 아이들의 심리에 따라 색깔을 달리한다. 아이들이 좋아하는 놀이를 할 때는 파란색, 싫어하는 공부를 할 때는 빨간색으로 변한다. 작중 인물이 실제 등장하지 않고 목소리만으로 서술하고 있다. 아주 짧은 내용으로 아이들의 내면 심리를 잘 그리고 있다. 이 작품은 유년동화라는 명칭으로 표기하고 있으며, 이 작품 외에도 이영희는 한편의 동시같은 이야기, 즉 시적동화 「무지개 나라가 보였읍니다」라는 작품을 싣고 있다.

특별한 주제는 없지만, 어린아이가 싫어하는 것을 무조건 강요하기보다 올바른 교육이 무엇인지에 대해 생각하게 하는 작품으로 「옛말 해 주는 집」(박홍근, 6집, 1963. 9.)을 들 수 있다. 이 작품은 머리 깎기를 싫어하는 아이가 좋아하는 옛이야기를 들으면서 쉽게 머리를 깎는다는 내용이다. 이 작품에서 눈여겨 볼 것은 어린이를 다루는 방식 문제를 들 수 있다. 어린이들이 싫어하는 것을 무조건 강요하는 것이 아니라 다른 방식으로 다루는 것을 작품을 통해 간접적으로 볼 수 있다. 이는 이 작품에만 국한하는 것이 아니라 아동문학의 주체가 누구인가하는 문제와도 연결되는 것이다.

(다) 새로움 모색과 난해성

당시는 새로운 소재에 갈급함을 느끼던 시기이다. 공상 소설인 「박쥐굴의 화성인」(서석규, 2집, 1962. 10.)은 사촌간인 성일, 성칠은 방학동안 로켓을 만들려고 한다. 어른들의 잔소리 때문에 몰래 숨어서 만든다. 장수바위 밑에서 로켓을 만드는데, 일찍 와서 만들던 성일은 자신들이 만들던 것보다 더 낫게 된 것을 보고 누군가 왔다 간 것을 알고 우연히 쪽지를 발견한다. 화성인이라고 칭하는 인물이 로키트 설계도를 수정, 조언해 주어 이들은 방학 동안 로키트를 만들 수 있게 된다. 그리고 화성인의 초대로 굴 건너편 길에 있는 굴을 향해 간다. 그곳에서 화성인 다이머스를 통해 화성인의 목소리를 듣게 된다.

지구 이외의 행성에 대한 관심으로 볼 수 있으며, 좀더 다른 작품을 구상한 것으로 보인다. 아이들이 어려운 부분을 구도자인 어른, 즉 화성인을 설정하여 해결을 하게 한다. 이는 다른 동화와 달리 과학이라는 생소한 분야이기 때문일 것이다. 개연성이 떨어지기는 하지만, 당시 현실적이 소재를 취하고 실험적인 측면에서는 눈여겨 볼 수 있다.

그리고 그 외에 난해한 작품으로 「앵무새」(김요섭, 2집, 1962. 10.)는 당시 표현의 금지를 문제 삼고 있다. 소설을 쓰던 파이프 선생은 소설이 말썽이 되어 집필금지를 당하고 항구로 내려가 앵무새를 키운다. 파이프 선생은 글을 종이에 쓰지 않고 앵무새에게 외우게 한다. 그런데 파이프 선생이 집을 비운 날 낯선 사람들이 와서 앵무새를 훔쳐 간다. 앵무새를 잃은 파이프 선생은 앵무새를 찾은 즉시 항구를 벗어날 생각을 한다. 이 작품은 감추고 있는 세상의 또 다른 면을 보여주는 것은 의미 있다. 하지만 작품상의 난해한 내용은 과연 어린 독자를 상정하고 있다고 보기에는 어려운 작품이다. 때문에 좋은 주제임에도 그 난해성으로 인해 조명하기 어려운 작품이다.

신지식의 「은행나무의 이야기」(4집, 1963. 3.)는 인간의 원초적인 안식처 고향과 인간이 살면서 잊어버리지 말아야 하는 것을 그린 것이다. 마을 사람들은 은행나무를 무척 아꼈고, 더운 여름날이면 은행나무 그늘 아래 모여 이야기도 하고 노인들은 바둑을 두는 등 은행나무는 동네에서 없어서는 안 될 존재다. 주인공 역시 은행나무 곁을 찾아가곤 하는데, 은행나무로부터 이야기를 듣는다. 사람들의 희로애락이 담겨 있는 이야기를 비롯해 아이들이 좋아하는 것, 무서워하는 것 등의 이야기를 듣는다. 사람들이 무서워하는 것은 강도, 감옥, 수소폭탄, 노동하는 사람은 무식한 것, 거지는 굶주림, 병자는 죽음 등등 다양하다. 그러나 마지막으로 한 할아버지는 헛된 인생을 만들어 버리는 망각이 가장 무섭다고 한다. 잊어버리는 망각이라는 단어가 가장 무섭다는 것은 인생을 헛되이 살지 말자는 교훈을 내재한 것이다. 구성 방식도 순차적이지 않고 은행나무가 회상하는 형식을 취한다.

아동문학은 다른 문학과 달리 상대적으로 이데올로기적 명징성을 갖는 것이 사실이다. 그 예로 아동문학의 계몽성을 들 수 있다. 문학으로서의 아동문학을 염두에 둔다면 계몽성을 최대한 약화시키는 것이 필요하지만, 어린 독자를 전제로 한다는 점에서 계몽성을 전적으로 도외시하기도 힘들다. 때문에 문제는 계몽성의 장치가 아니라 어떤 계몽성이냐이다. 1960년대 아동문학 잡지에 나타난 작품은 어린이를 위한 문학이라는 인식으로 출발하고 새로움을 강구하려는 흔적을 발견할 수 있었다. 하지만 어른의 시선으로 훈육하려는 작품과 어린이의 시선으로 세상으로 보려는 움직임이 혼재하고 있다.

(2) 신춘문예와 다양한 작가 배출

우리 문학사에서 신춘문예와 같은 신문사 주최의 현상 공모가 실시된 것은 1923년이다. 동아일보사가 지령 1천호를 기념해서 여러 분야에 걸친 현상공모를 실시했던 것이 신춘문예의 시발점인 것이다. 물론 그 당시의 현상공모는 현재의 신춘문예와 다소 거리가 있었다. 당시의 현상공모가 신인 발굴보다는 사회 계몽에 더 치중했기 때문이다. 계몽적인 성격이 상대적으로 약화되고 모집 분야도 문학으로 한정되면서 오늘날의 신춘문예처럼 신인 발굴의 기능을 본격적으로 수행하게 된 것은 1930년대 이후부터였다. 단편소설·동요·동화·희곡으로 분야가 획정되고 역량 있는 작가들이 본격적으로 배출되기 시작한다. 하지만 식민치하의 신춘문예는 1940년도를 마지막으로 중단된다. 일제가 전쟁을 본격화하면서 『동아일보』와 『조선일보』가 폐간되어 더 이상 신문을 발간할 수 없었기 때문이다. 해방이 되고 뒤이어 전쟁이 발발하면서 일시적인 공백 기간이 지속되다가 1954년부터 각 신문사들이 신춘문예를 부활시켜 다시 신인 발굴에 나선다.[83)]

이처럼 1950년대 중반 등단제도가 전폭적으로 부활 시행될 수 있었던 데에는 두 가지 이유가 있다. 신문계에 시장 원칙에 입각한 무제한적 경쟁체제가 조성되자, 신문 매체들이 공통적으로 문학을 매개로 하여 신문과 독자의 긴밀한 관계를 꾀하는 데 주력했다는 것이 첫 번째 이유이다. 그 양상은 대체로 독자문예란을 통해 대중의 문학 취향을 수용하고, 문학을 중심으로 한 문화란을 신설하거나 확대하며, 장편 연재물 위주에서 벗어나 동화(소년소설), 단편 릴레이, 만화 등 게재 장르를 다변화하여 독자들의 교양적 욕구를 해소하는 방식으로 문학을 활용하는 형태가 주종을 이룬다. 두 번째 이유는 독서계의 확장에 따른 문학 수요의 증가이다. 당대 독서인구의 규모를 정확히 파악하기란 불가능하지만 적어도 과거 독서계를 제한했던 요소들, 이를테면 문자 미해독 층의 광범한 분포와 출판계의 토대 허약, 그리고 독서대중들의 열악한 경제력(구매력)이 극복되어 새로운 독자층을 창출하고 확대시키는 결과를 낳았으리라 판단된다.[84)] 이에 따라 문학에 대한 수요가 증가하자 신문계가 발 빠르

83) 강진호, 『문화예술』, 2003, 2월호, 한국문화예술진흥원, 58~61쪽.
84) 이봉범, 「1950년대 등단제도 연구」, 『한국문학연구』36권, 동국대학교한국문학연구소,

게 대응했다고 볼 수 있다.

신춘문예의 부활과 정착은 6·25 이후 작가 부족 현상을 겪고 있던 우리 문단에 역량 있는 신인작가를 공급하는 등 기여한 바가 크다. 앞서 거론한 바와 같이, 특히 1960년대 새로운 아동문학에의 요청을 제도적으로, 문학적으로 반영하는 모습을 보여주는 것이 바로 신춘문예이다. 즉, 새로운 등용 관문 제도 정비로서, 새로운 경향의 작품 양산으로서 문학으로서의 아동문학을 정립하려 하여 본격 아동문학 시대를 여는 데 일조했던 것이다. 그러므로 심사위원의 심사평을 중심으로 당대의 문학관을 엿본 후, 신춘문예 당선(가작 포함) 동화를 대상으로 작품이 어떻게 형상화 되었는지 살펴고자 한다. 분석 대상은『조선일보』,『동아일보』,『경향신문』,『한국일보』,『서울신문』,『중앙일보』등 6대 중앙지로 한정한다.

아동문학 부문에서 심사위원은 거의 고정되어 있었으며, 그래서인지 당선 작품 경향도 유사하다. 심사위원 중 21번 심사에 참여하여 가장 많은 횟수를 기록하고 있는 사람은 마해송이다. 1967년 작고하기 전까지 한 해도 빠지지 않고 참여하였으며, 1967년『경향신문』이 동화, 동요 대신 시행한 주부의 생활 수기 심사에도 이름을 올리는 등 마해송은 1960년대 신춘문예 심사위원 중 가장 큰 위력을 발휘한다. 만약 작고하지 않았더라면 그 횟수는 더 많았을 것으로 짐작된다.

마해송 다음은 16회 참여한 윤석중이다. 윤석중은『조선일보』신춘문예 심사에서 한 번도 빠지지 않았을 뿐 아니라 마해송과 함께한 65년과 66년 두 번을 제외하면 모두 단독 심사였다. 그리고 마해송의 작고 후 그가 참여하던『동아일보』의 동요, 동시 심사를 이어받는다. 13회 참여한 이원수는『동아일보』에서 주로 동화 부문 심사를 하였다. 그 외에 김요섭(5회), 강소천(3회),

2009, 367~376쪽.

장수철(2회), 어효선(2회), 최정희(2회), 황영애(2회), 박목월(2회), 박홍근(2회), 조지훈(1회), 전영택(1회), 김영일(1회) 등이 1960년대 신춘문예 아동문학 분야 심사에 참여한 심사위원들이다.

표 1. 1960년대 신춘문예 심사위원 일람(동화/동요 · 동시부문)85)

신문 / 연도	조선일보	동아일보	경향신문	한국일보	서울신문	중앙일보
1960년	동화, 동요: 윤석중	동화, 동시: 마해송	신춘문예 공모 없음	동화: 이원수 / 동요: 강소천	동화: 이원수 / 동요: 윤석중	
1961년	동화, 동요: 윤석중	동화, 동요 : 마해송	동화: 마해송 / 동요: 윤석중	동화: 강소천 / 동시: 마해송	동화 공모 없음 / 동요: 전영택, 강소천	
1962년	동화, 동요: 윤석중	심사 위원 찾지 못함	동화: 마해송 / 동요: 윤석중	동화: 이원수 / 동시: 마해송	찾지 못함	
1963년	동화, 동요: 윤석중	동화: 마해송 / 동요: 강소천	동화, 동요 공모 없음	동화: 김영일 / 동시: 마해송	동화, 동요 공모 없음	
1964년	동화, 동요: 윤석중	동화: 이원수 / 동요: 마해송	동화: 마해송 / 동시: 박목월, 조지훈	동화, 동요 공모 없음	동화: 마해송	
1965년	동화: 마해송, 윤석중	동화: 이원수 / 동요: 마해송	동화: 마해송	동화: 마해송, 이원수	동화: 마해송	1965년 9월 22일 창간
1966년	동화: 마해송, 윤석중	동화: 이원수 / 동시: 마해송	동화: 마해송	동요 · 동시: 박목월 (동화 공모 없음)	동화: 마해송, 이원수	동화: 마해송 / 동요: 이원수
1967년	동화: 윤석중	동화: 이원수 / 동시: 윤석중	동화, 동요 공모 없음	동화: 최정희, 김요섭	동화: 어효선	동화: 이원수 / 동요: 김요섭
1968년	동화: 윤석중	동화: 이원수 / 동시: 윤석중	동화: 박홍근, 김요섭	동화: 최정희, 김요섭	동화: 어효선, 황영애	동화: 장수철 / 동시: 박홍근
1969년	동화: 윤석중	동화: 이원수 / 동요: 윤석중	희곡만 공모	동화: 김요섭, 이원수	심사 위원 찾지 못함	동화: 장수철 / 동시: 김요섭

---

85) 심사위원 명단은 연장자가 심사총평을 썼으므로 동화, 동요 · 동시 부문 모두 수록한다.

1960년대 신춘문예 당선 기준 분석은 심사 참여 횟수가 많은 마해송, 윤석중, 이원수, 김요섭의 심사평을 중심으로 살피기로 한다.

마해송은 "모두가 기의 많이 듣던 작품 아니면, 기성 작가들의 작품의 모형과 같은 것이었고 어디 한 군데도 새로운 것이 없다"[86]고 할 정도로 새로움을 강조한다. 가작으로 입선한 「앓는 양」을 어른들의 교훈과 상투적인 태도 등에 문제가 있으며 "주제도 새로운 것이 아니"[87]라고 말하고, 「먼 나라의 눈」은 "실소를 자아내게 하는 엉뚱한 소재를 섬세한 필치로 엮은 색다른 작품"[88]이라고 평가하는 등 "신춘문예는 좀 서투른 작품이라도 새로운 작품"[89]이어야 한다는 것을 재차 강조한다. 만약 주제 면에서 새롭지 않다면 구성면에서라도 특별함을 지녀야 한다는 것이다.

구성면에서의 특별함 때문에 당선시킨 작품으로 「아기 송아지」를 들 수 있다. 이 작품에 대해 "끝이 빛났다"[90]고 평하고 있는데, 그 평가의 이유로 결말 부분의 반전을 들고 있다. 아기 송아지에 대해 냉담한 반응을 보였던 다른 가족들이 결말 부분에서 주인공처럼 아기 송아지를 예뻐해 왔다고 묘사되는데, 이런 반전이 이전 작품들에서 갈등이 순차적으로 해결되는 것과는 다른 구성을 보여주고 있다는 것이다.

"다른 작품이 틀에 박힌 것, 유형이 있는 소재"[91]를 다루고 있으므로 탈락시키고, 「꽃씨」가 "문장이 미흡한 점이 있으나 큰 흠 없이 곱게 다루어있다"[92]며 당선시킨 것에서는 비록 문장이 미흡할지라도 그 외 측면에서 틀에 박히지 않

86) 『동아일보』, 1960. 1. 24.
87) 『경향신문』, 1962. 1. 1.
88) 『동아일보』, 1963. 1. 1.
89) 『동아일보』, 1963. 1. 1.
90) 『동아일보』, 1964. 1. 6.
91) 『서울신문』, 1964. 1. 1.
92) 『서울신문』, 1964. 1. 1.

은 점을 높이 사고 있다는 것을 알 수 있다.

키가 작은 언니와 키가 자라는 동생의 심리를 다룬 작품인 「비오는 날」은 "앞 뒤의 짜임새가 잘 되었다"[93]는 점, 아동심리를 잘 다루고 있다는 점을 들어 좋은 작품이라고 평가한다. 아동의 심리 반영을 당선 이유로 든 작품으로는 「토끼」를 들 수 있다. 다른 작품이 아동심리를 외면한 반면, 이 작품은 그렇지 않은 점에서 "좋은 작품"[94]이라고 평가하기 때문이다.

그리고 마해송은 캐릭터를 잘 그려낸 것도 중요하게 여긴다. 「화야랑, 서규랑, 왕코 할아버지」에 대해 "주인공의 우정과 그의 언행이 생생하게 살아있고 또 이야기 속에 나오는 왕코 할아버지도 뚜렷이 드러나 있다. 이만큼 작중인물을 살린 아동 소설은 보기 드문 것으로 동화를 쓰려는 사람들이 흔히 빠지기 쉬운 관념적인 작품에서 멀리 떨어져 나온 점으로 만해도 반가운 일"[95]이라고 말하면서 작품을 높이 평가하고 있다. 캐릭터들의 말과 행동이 선명하게 드러나는 것이 장점이며, 주제 또한 관념적이지 않으므로 좋은 작품이라는 것이다.

결국 마해송은 새로운 것을 강조하는 성향을 보인다고 할 수 있다. 주제든, 구성이든 기존의 틀에서 벗어나는 것이 좋은 작품이라 말하고 있는 것이다. 아동의 심리에 대해 세밀하게 묘사하는 것이나 작중 인물을 생생하게 그려내는 것 역시 새로움에 대한 강조이다. 이전 시기의 문학과 다른 새로움, 이를테면 실제성과 구체성을 획득해야 한다고 말하는 것과 다름없기 때문이다.

윤석중 역시 실제성과 구체성을 획득한 작품을 당선작으로 뽑았다. 「남수와 닭」에서 "글이 순하고 이야기에 무리가 없고, 남수를 통하여 어린이 심리를 자연스럽게 묘사하는데 성공"[96]한 점을, 「키다리 풍선 장수 아저씨」에서 "문

---

93) 『동아일보』, 1965. 1. 9.
94) 『경향신문』, 1966. 1. 4.
95) 『중앙일보』, 1966. 1. 6.
96) 『조선일보』, 1961. 1. 1.

장은 좋다고 할 수 없으나, 우선 재미있다. 키다리 아저씨와 털보 아저씨의 수작은 웃음을 자아내고, 키다리 아저씨의 속사정은 눈물을 자아"[97]낸다는 점을 당선 이유로 들고 있는 데서 그것을 확인할 수 있다. 어린이의 심리를 자연스럽게 묘사했다는 것, 키다리 아저씨와 털보 아저씨라는 작중 인물을 생생하게 그려냈다는 것을 높이 평가하고 있다고 말할 수 있기 때문이다. 이원수가 선정한 작품들이 대개가 리얼리즘 계열이라는 것도 그가 실제성과 구체성을 심사 기준으로 염두에 두고 있었음을 나타낸다.

다른 작가가 주제만을 심사 대상으로 삼는 반면 이원수는 문학적 요소 전체를 고려하는 듯하다. 「들국화」를 평가하면서 "줄거리를 끌고 나간 형식이라든지 작중인물들의 대화라든지가 대체로 무리 없이 되어 있을 뿐 아니라 죽은 언니 생각과 오빠의 병과 그러한 우울스런 환경에서 오빠의 건강에 마음 쓰는 소녀의 심정이 생생하게 나타나 있어서 좋았다"[98]고 말하는 데서 그것을 알 수 있다. 작품의 줄거리, 작중인물의 대화, 심리 묘사, 주제 등 작품의 요소 전체를 심사 대상으로 삼아 평가하고 있기 때문이다. 「운동화」에 대한 "구성과 소재가 무난하고 허술한 데가 없고, 주인공 덕이의 심리묘사도 좋고 해결로 끌고 가는 솜씨도 좋다"[99]는 평가도 그 맥락으로 이해할 수 있다.

그러나 이원수도 실제성과 구체성을 고려한 심사평을 말하고 있다. 「당나귀」에 대해 "리얼한 현실묘사 휴머니티를 가졌을 뿐 아니라 어휘의 적절한 사용 무리 없는 교육성 등이 작품의 조화된 짜임새를 보여 주었"[100]다고 평가하는 데서 그것이 드러난다. 또한 이원수는 아동의 세계와 밀접한 문제를 다룰 것을 요청한다. 「발이 큰 아이」의 작가에게 "좀더 현대 우리 아동 세계의 절실한

---

97) 『조선일보』, 1965. 1. 5.
98) 『경향신문』, 1965. 1. 4.
99) 『중앙일보』, 1967. 1. 12.
100) 『한국일보』, 1965. 1. 14.

문제를 다루었"으면 한다고 말하는 심사평이 그에 속하는데, 아동 세계에 대한 밀접한 접근이란 달리 표현해 아동을 둘러싼 현실에 대한 실제성과 구체성 획득을 의미한다는 점에서 앞서 살핀 심사평과 공통적인 것이라 할 수 있다.

김요섭은 작중 인물을 생생하게 그려내는 것을 중시하는 듯하다. 「틸샤쓰」에서 형상화된 주인공이 "가난이 때처럼 누추하게 뿜어 있지 않다"[101]고 평한 것, 「골목대장 혁이」의 "주인공의 페이소스가 무늬지고 회화의 전개가 경쾌"[102]고 말한 것을 그 예로 들 수 있다. 또한 「눈 오는 밤의 심부름」에 대해 "다른 작품에서는 찾아볼 수 없는 섬세하고 날카로운 감각의 묘사력이 문장 속에서 반짝이었다. 그리고 우리 사회의 모나진 어두운 국면을 소재로 다루었으나 조금도 흥분하지 않고 차분한 자세로 이 작품을 이끌고 나간 작자의 침착성이 믿음직했다"[103]고 말하는 것으로 볼 때, 김요섭도 틀에 박힌 주제나 인물보다는 새로운 것을 추구하려 했다고 볼 수 있다.

이제까지 살핀 심사평들에서 주목할 수 있는 것은 한 마디로 새로움에 대한 강조이다. 종전의 작품들이 지녔던 틀을 벗어나는 것, 이를테면 어린이의 현실을 나타내고, 어린이의 심리를 파헤치고, 작중 인물들을 생생하게 그려내는 식으로 새로운 아동문학의 길로 나아가는 것을 공통점으로 꼽을 수 있기 때문이다.

1960년대 아동문학계가 원하던 것이 이처럼 이전과는 다른 새로운 문학상이었기 때문인지, 실제 신춘문예 당선작들은 보다 밀접하게 어린이에게 접근하여 어린이의 일상을 실감나게 그려내는 작품들, 어린이의 어린이다운 심리를 파헤치는 작품들이 주를 이루고 있다.

---

101) 『한국일보』, 1967. 1. 10.
102) 『경향신문』, 1968. 1. 4.
103) 『한국일보』, 1969. 1. 5.

표 2. 1960년대 신춘문예 당선작 일람(동화부문)

신문 연도	조선일보	동아일보	경향신문	한국일보	서울신문	중앙일보
1960년	「낙엽과 바람」 (당선, 조운) 「홍시를 지키는 아이」 (가작, 신탄)	「돌이와 누나」 (당선, 김용성)	신춘문예 공모 없음	「작은 씨앗의 꿈」 (당선, 최숙경)	당선작 없음	
1961년	「남수와 닭」 (당선, 오문조) 「새로운 깡깡이」 (가작, 윤택기)	당선작 없음	당선작 없음	「인형이 가져온 편지」 (당선, 이준연)	동화 공모 없음	
1962년	당선작 없음, 「강마을」 (가작, 이재실)	당선작 없음 「꽃 공」 (가작, 허나미) 「엄마 돈· 누나 돈」 (가작, 이희성)	「앓는 양」 (가작, 노경자)	「학처럼」 (당선, 김영순) 「슬픈 메아리」 (가작, 성기문)	찾지 못함	
1963년	당선작 없음	「먼 나라의 눈」 (당선, 이희성) 「수현이와 옥진이」 (가작)	동화, 동요 공모 없음	「철이와 호랑이」 (당선, 최효섭) 「점 있는 아이」 (가작)	동화, 동요 공모 없음	
1964년	「밤비」 (당선, 이현주)	「아기송아지」 (당선, 남미영)	「바람을 그리는 아이」 (당선, 유여촌)	동화, 동요 공모 없음	「꽃씨」 (당선, 김종한)	
1965년	「키다리 풍선 장수 아저씨」 (당선, 유재용)	「비오는 날」 (당선, 조현례)	「들국화」 (당선, 권용철)	「당나귀」 (당선, 이관)	「분이와 들국화」 (당선, 김한주)	1965년 9월 22일 창간
1966년	「선생님을 찾아온 아이들」 (당선, 손춘익)	「철이와 아버지」 (당선, 오탁번)	「토끼」 (당선, 이영호) 「엄마와 선생님」 (가작, 김영자)	동화 공모 없음	「영이의 꿈」 (당선, 조대현)	「화야랑, 서규랑, 왕코 할아버지랑」 (당선, 김민부)
1967년	「손전등」 (당선, 유시도)	「발이 큰 아이」 (당선, 이덕자)	동화, 동요 공모 없음	「털샤쓰」 (당선, 고계영)	「웅이와 염소」 (당선, 강향림)	「운동화」 (당선, 김일환) 「따뜻한 손」 (가작, 이상금)

신문 / 연도	조선일보	동아일보	경향신문	한국일보	서울신문	중앙일보
1968년	「성 너머 아이」 (당선, 장승남)	「개구리」 (당선, 유정옥)	「골목대장 혁이」 (당선, 김석호)	「달마산의 아이들」 (당선, 임신행)	「이른 봄에 운 매미」 (당선, 권태문)	「아기중」 (당선, 오세발) 「대장과 아이둘」 (가작, 한상연)
1969년	「기차」 (당선, 임영금)	「네발달린 우산」 (당선, 이효성)	희곡만 공모	「눈 오는 밤의 심부름」 (당선, 김미영)	「도토리는 서서 잔다」 (당선, 최영애)	「리베랄군의 감기」 (당선, 장부일)

(가) 일상을 통한 세계 인식과 어린이의 세계

「낙엽과 바람」은 앞을 못 보는 소경에 대한 이야기로 장애를 가진 가족의 애환과 가족애를 나타내고 있다. 「돌이와 누나」는 가난한 남매의 애틋한 정을 중심 내용으로 하고 있는 이야기이며, 「비오는 날」은 키가 작은 언니와 언니보다 키가 큰 동생이 자매 간의 우애를 다지는 이야기다. 이와 같은 작품들은 아이들의 일상을 다루면서도 가족애를 생각할 수 있게 해주는 내용을 담고 있다고 할 수 있다.

다음 작품들은 아이들의 일상 세계를 보다 직접적으로 다루고 있다.

「남수와 닭」은 어른의 세계와 아이의 세계가 다르다는 것을 보여주는 작품이다. 할머니 댁에서 얻어 온 남수의 닭을 아버지가 직장 상사의 아들에게 보약으로 줘버려 남수가 슬퍼하는 내용이다. 자신이 아끼는 것에 대한 집착과 애정, 즉 아이만이 가질 수 있는 심리가 잘 드러나 있고, 남수 아버지의 행동을 통해 어른들의 세계와 어린이들의 세계가 다르다는 것을 나타내고 있다.

「엄마돈, 누나 돈」은 아이들의 돈에 대한 욕망을 다룬 것이다. 주인공이 처음으로 큰돈을 가지면서 그동안 하고 싶었던 것, 사고 싶었던 것을 하는 어린이의 심리를 다룬 작품이다. 돈 때문에 발생하는 또 다른 이야기로 「영이의 꿈」을 들 수 있다. 엄마 돈을 몰래 꺼내 쓰던 영이가 꿈 속에서 빵집 할머니와 자신이 아끼는 물건들로부터 비난을 받으면서 잘못을 뉘우치고 엄마에게 용서를 비는 내용이다. 이 작품 역시 돈을 쓰고 싶은 아이의 심리를 반영한 것이다.

그리고 가난한 아이가 골목대장을 하면서 씩씩하게 사는 모습을 그린 작품도 눈에 띤다. 「골목대장 혁이」는 어머니가 떡장사를 하고 아버지가 계시지 않아도 항상 골목대장을 하는 아이의 이야기로, 전쟁을 겪고 난 후, 일상에서 전쟁놀이를 하는 아이들의 모습을 담고 있다. 이 작품은 15세 소년이 작가로 밝혀지면서 눈길을 끈다.

「달마산의 아이들」은 달마산에서 자라는 아이들과 달마산을 마음 속에 두고 사는 어른의 이야기다. 달마산에서 즐겁게 놀던 아이들이 심심해서 산불놀이를 하다가 큰 불을 내고 학교로 도망을 가는데, 아이들을 찾으러 온 덕이 아버지가 동네 어른들도 어릴 때 산불을 내서 산에서 잤다고 하는 이야기를 통해 서로를 이해하게 된다. 작품 중간 중간에 노래를 삽입하고 산골에 사는 아이들의 놀이와 일상의 모습을 그리면서 재미와 생각거리를 동시에 담은 작품이다.

아동문학의 주제는 문학의 본질에 바탕을 두면서 어린이 정서와 지적 발달을 해치지 않아야 한다는 조건을 내포한다. 어린 이를 독자로 상정하기에 일반 문학처럼 인생의 추한 면까지 사실적으로 제시되는 문학이어서는 곤란하다는 것이다. 이는 아동문학이 특수문학이라는 점을 의미하는 것이기도 하다.

(나) 삶의 의미와 가치관 형성을 위한 작품

「토끼」는 밤마다 토끼 꿈을 꾼다. 성아는 산에서 잡은 새끼 토끼를 집에 가지고 와서 산에서 사는 것보다 훨씬 잘 키워 보려고 한다. 하지만 새끼 토끼는 먹이도 잘 먹지 않고 산에서처럼 기운도 팔팔하지 않다. 보다 못한 성아가 다시 한 마리를 더 잡으러 갔다가 새끼 토끼를 보고 좋아하는 엄마 토끼를 보면서 새끼 토끼를 놓아준다. 이 작품은 꿈→현실로 연결되는 방식이다. 작품

내에서 특별한 갈등이 없으나 소유하고 싶은 것을 무조건 소유하는 것이 문제를 불러일으킨다는 주제를 담고 있는 것이다.

「웅이와 염소」는 아무도 키울 사람이 없어서 웅이는 염소를 키워야 한다. 웅이는 못 생긴 염소가 귀찮고 싫다. 하지만 항상 염소를 데리고 다녀야 하는 웅이는 비가 많이 오자 밖에 매어 둔 염소가 생각나 염소를 찾으러 간다. 그러나 염소가 있어야 할 장소에 염소는 없고 다시 집으로 돌아온 웅이는 집에서 염소를 보고 반가워한다. 아무도 자신과 친구해 주지 않는 자신의 처지를 염소와의 관계로 설정하여 거울 효과를 통해서 자신을 생각하는 방식이다.

「화야랑, 서규랑, 왕코 할아버지」는 화야가 서규에게 딴 구슬을 들고 서규를 찾아가지만, 이사 가고 없다. 동네에는 화야랑 같이 놀만한 아이가 없어 외로워하는데 서규의 엽서를 받고 서규와 있었던 일을 떠올린다. 떠난 친구를 생각하면서 그동안에 있었던 일을 회상하는 내용으로 친구와의 우정이야기다.

「들국화」에서 들국화는 메마른 황토흙인데다 다른 꽃들이 빽빽이 들어서는 곳에 살기 때문에 어려움을 어떻게 뚫을 수 있을까 고민한다. 하지만 자신의 환경을 비관하는 망초와 달리 들국화는 가뭄을 이겨내고 멋지게 자라 양옥집의 부녀의 사랑을 받는다. 즉, 신세 한단보다는 스스로 열심히 사는 마음가짐의 중요성을 내용으로 하는 것이다.

「학처럼」은 비록 가난한 환경이지만 희망을 버리거나 좌절하지 않고 학처럼 살아야 한다는 계몽의식을 담고 있다.

「운동화」는 가난해도 정직하게 살자는 교훈과 남에게 손해를 끼치면 언젠가 자기에게도 그런 손해가 온다는 인과응보 정신을 담고 있다.

(다) 풍속을 소재로 다룬 작품

「키다리 풍선 장수 아저씨」는 실종된 아들을 찾으러 다니는 아버지, 즉 부정(父情)을 그린 작품이다. 이 작품은 지금도 문제가 되고 있는 어린이 실종 사건을 다루고 있으며, 이는 1960년대 사회를 볼 수 있다.

「먼 나라의 눈」의 이희성은 「엄마 돈, 누나돈」으로 이미 전 해에 가작으로 입선하였던 이력을 가진 작가로, 같은 신문사에 재도전하여 당선한다. 남아선호 사상을 풍자하며 유머로 푼 이 작품은, 남자 아이를 원하는 사회의 노골적인 반영묘사로 외할머니의 비속어, 미경이 자매를 대하는 말투 등으로 당대의 남아선호 사상을 꼬집고 있다. 이러한 주제 반영에 당시 당선평은 "신춘문예는 좀 서투른 작품이라도 새로운 작품"이어야 한다는 신춘문예 취지에 부합하는 작품이기도 하다. 즉, 많은 작품들이 어린이들의 세계를 조망하는데 비해 이 작품은 남아선호 사상을 부르짖는 기성세대의 보수적인 전통관과 그에 희생당하는 여자 아이의 심리 반영을 높이 평가할 수 있는 작품이다.

「눈 오는 밤의 심부름」은 외제품을 사고파는 부정거래를 소재로 하여 당대 사회의 어두운 면을 거리의 화려한 모습과 대비하여 사회의 한 이면을 드러내고 있다. 특히 외제품, 미군, 양공주 등을 묘사하고 있는 것도 이전의 신춘문예에서 볼 수 없었던 것으로 눈에 띄는 작품이다. 그리고 작품에서 아이들이 유혹당하는 극장, 문방구의 화려한 문구용품 등의 설정은 결국 어른들의 세계 유혹과 다르지 않다. 엄마가 자신의 아이들에게 외제품심부름을 시키는 것은 어른들이 자신의 아이는 물론 이 세상을 병들게 하는 것으로 설정한 것도 인상적이다. 결국 어른의 모습이 아이에게 투영되는 것이다.

「리베랄 군의 감기」는 사람과 똑같은 인조 인간 리베랄과 형제가 된 복돌이가 리베랄을 시기하여 벌어지는 내용이다. 형제 없는 아이의 심리를 반영하고 있으며, 인조인간을 설정한 상상력이 돋보이는 작품이다.

주제별로 분류를 한 결과 1960년대 신춘문예 동화는 아이들의 일상을 소재로 하여 가족간의 관계와 아이들이 내재하고 있는 욕망을 중심으로 하였다. 그리고 풍속적인 면 역시 주제로 하였으며, 어린이 독자를 염두에 두어서인지 삶의 가치관 형성에 필요한 주제가 다수를 이루었다. 특히 아이들이 일상에서 가장 많이 접하는 가족과의 관계에서 빚어지는 일들로, 형제간의 갈등을 다룬 것은 당시 많은 부분이 가족을 중심으로 형성되고 있었다는 것을 알 수 있다. 그리고 사회의 어두운 면을 드러내고 보여준, 풍속적인 주제는 아이들 역시 사회의 일원이며 구성원이라는 점에서 가두고 감추던 이전의 아동문학에서 진일보한 모습을 발견할 수 있다. 하지만 여전히 어린이의 인격형성을 위해서 삶의 가치관을 정립하려는 주제 역시 다른 어떤 것보다 큰 비중을 차지하고 있음을 알 수 있다.

지금까지 1960년대 신춘문예 심사평과 당선작의 특징을 고찰하였다. 앞서 살핀 것처럼, 신춘문예는 1960년대 아동문학계 내의 제도적 개혁인 동시에, 문학적 방향 지정이었다. 즉, 1960년대 아동문학의 새로움에 대한 요청을 제도적 측면에서 수용했으며, 그것을 반영한 작품을 산출한 것이 바로 신춘문예인 것이다.

3　1960년대 아동소설 연구

　앞서 살핀 2장이 1960년대 아동문학의 형성 배경을 밝힌 것이었다면, 이번 장은 개별 작가들의 작품 분석을 통해 1960년대 아동문학의 본격 아동문학으로의 정립이 구체적으로 어떤 양상을 띠고 이루어졌는지를 고찰하기로 한다. 그리고 그 일을 위해서는 1960년대까지 아동문학의 흐름을 대략적으로 개관하는 일이 선행되어야 할 필요가 있다. 종전의 아동문학이 어떤 것이었는지를 우선 밝혀야 그것과는 다른 1960년대 아동문학의 새로운 모색이 구체적으로 어떤 것이었는지를 대비해 보는 일이 가능할 것이기 때문이다.

　한국 아동문학의 태동에 있어서 중요한 시기는 1920년대이다. 20년대 중반에 접어들면서 아동 잡지가 다수 등장하는 등 아동문학이 사회로부터 관심의 대상이 되는 동시에 아동문학의 사회에 대한 접근이 이루어졌다고 설명[104]할 수 있는 까닭이다. 아동문학계가 『소년』과 『어린이』지의 발행인인 최남선과 방정환의 지배적인 영향력 아래 있다가 신인 아동문학가들이 본격적으로 등장하면서 인적 구성이 두터워진 것 역시 1920년대 중반이다. 이 시기를 동요 황

---

104) 이상현, 『아동문학강의』, 일지사, 1987, 261쪽.

금시대라 일컬을 만큼 윤석중, 이원수, 한정동, 최순애, 윤복진, 서덕출 등 다수의 동요 작가들이 아동문학계로 진출하였다. 동화의 경우에는 이미 활동 중이던 방정환과 마해송이 창작을 이어나가고 있었다. 이들은 당대의 요구 담론인 민족주의와 계몽주의 의식 파급에 기여 하는 등 1920년대 아동문학에서 중요한 역할을 수행한다.

1930년대로 들어서면서 아동문학은 다채로운 색깔을 지니게 된다. 방정환, 연성흠, 고한승, 이구조, 박영종, 김영일 등의 동심주의를 나타내는 작품, 마해송, 이원수, 노양근 등의 현실인식을 중심으로 시대 비판과 저항 정신을 담아내는 작품, 송완순, 박아지 등의 계급주의적이면서 투쟁적인 이야기를 하는 작품 등 다양한 내용의 작품들이 등장하기 때문이다. 하지만 이후 카프가 문학계에서 지배적인 위치를 점하자 아동문학 역시 그 영향 아래 계급주의 문학운동으로 점차 변모하였고, 이에 따라 계급문학이 주류를 이루게 된다. 당시 카프 작가들의 아동문학은 아동을 어른과 동등한 인격체로 인식하고 아동의 삶을 억압하는 대상에 주력하였다. 예컨대, 이주홍은 「청어 뼉다귀」와 「잉어와 윤첨지」에서 지주와 소작인의 관계를 통해 궁핍한 삶을 묘사하는 식으로 식민치하 어린이들의 삶의 실상과 사회의 구조적인 모순을 드러냈다.

그러나 1920년대 후반부터 30년대 중반까지 문단의 중심에 서 있었던 프로 아동문학은 아동문학의 본질보다는 현실 비판이나 고발 자체에 머물면서 가난과 비극성 묘파, 계층 간의 투쟁과 갈등의 문제를 제기하는 것에 그쳤다는 한계를 지닌다[105]는 평가로부터 자유롭지 못하다. 물론 어른의 세계와 아동의 세계는 밀접한 관계를 가지고 있다. 그러나 아동의 세계에 어른의 세계에서 찾아볼 수 없는 특수한 면모가 있다는 것 역시 부인하기 어렵다. 아동의 세계에 밀착해서 그 특수한 면모를 그려내는 것이 일반 문학과는 다른 아동문학의

---

105) 오길주, 「한국 동화 문학의 현실 인식 연구」, 카톨릭대학교 박사논문, 2004.

본질이라면, 이 시기 아동문학은 그 보다는 어른의 세계에서 일어나는 일들을 조명하는 데 더 치우쳐 있었던 것이다. 단적으로 말해서, 가난과 비극, 계층 간의 투쟁과 갈등 등 어른 세계의 일을 아동이 겪어나가는 내용을 형상화함으로써 어른 세계의 현실을 비판하고 고발하는 데 중점을 두고 있었다고 할 수 있다. 그러나 아동을 식민 치하 현실을 이루는 어른과 동등한 인격체로 인정했다는 점, 삶을 억압하는 대상에 천착함으로써 식민 치하 현실을 비판하고 고발하는 리얼리즘을 이끌어냈다는 점은 이 시기 아동문학의 성과이다.

1930년대 중반부터 아동문학은 새로운 변모를 띤다. 이른바 경향주의 문학 사조가 퇴조하면서 아동문학 본질적 측면, 이를테면 아동 세계의 특수한 면모라 할 만한 동심에 대한 인식이 나타나기 때문이다. 특히 현덕의 경우가 그러한데, 유년기 아동의 실생활을 소재로 삼고 있는 「고무신」은 눈여겨 볼만한 작품이다. 당대 프로 아동문학의 일반적 특성과 맥을 같이 하면서도 프로 아동문학에서 보기 힘든 일면을 가지고 있기 때문이다. 아동을 둘러싼 현실에 대한 깊이 있는 형상화가 이루어지고 있다는 것이 프로 아동문학과의 공통점이라면, 아기와 어머니 사이의 깊은 신뢰감과 친연성, 전체적으로 밝고 건강한 분위기를 이끈 긍정의 세계 등[106]은 프로 아동문학과의 차이점이라 할 수 있다. 이에 따라 이 작품은 서민 아동이 놓인 현실을 정직하게 반영하되 독자인 아동의 특성에 유념해서 작품의 분위기를 이끌어 냈고 나아가 아동의 존재를 민족의 앞날과 연결시키고 있다는 평가[107]를 받게 된다. 이와 같은 작품의 경향과 그에 대한 평가에 비추어 볼 때, 이 작품을 포함한 1930년대 후반 아동문학은 리얼리즘이 어른 세계의 현실 고발과 비판 자체에 머무르는 한계에서 벗어나 아동을 둘러싼 현실을 그 대상으로 삼게 되었고, 그 변모로 인해 실생활 속 아동의 심리나 동심에 대한 묘사가 생생하게 이루어지는 등 아동 세계에 대한

---

106) 원종찬, 『한국 근대 문학의 재조명』, 소명출판, 2005, 151쪽.
107) 원종찬, 위의 책, 152쪽.

탐구가 가능해지면서 아동문학의 본질적 측면에 대한 접근을 이루어냈다고 말할 수 있을 것이다. 당대를 읽어내는 리얼리즘을 유지하면서도 아동문학의 본질에 보다 근접하려는 양상을 띠고 있었던 것이다.

그러나 해방과 이후 좌우익의 반목, 대한민국 정부 수립, 6·25 전쟁을 겪어나가면서 아동문학계는 1930년대 후반 보여주었던 양상과 같은 아동문학의 본질에의 접근을 이어나가지 못하게 된다. 1950년대 아동문학은 오히려 향락 풍조에 빠진 대중과 영합하면서 순정소설, 명랑 소설, 모험 소설, 탐정 소설을 대거 양산하는 등 아동문학의 통속화와 대중화를 초래한다. 1950년대 아동문학이 안이한 히로이즘과 저속한 센티멘탈리즘의 세계에서 배회하고 있는 실정[108]이었다는 평가가 이를 입증한다.

1950년대 문학과 6·25 전쟁은 불가분의 상관관계를 갖는다. 1950년대는 인위적인 재난인 전쟁의 시대인 동시에 전쟁 체험과 전후 분위기가 편재화된 수난의 시대였던 것이다. 문학이 그 시대의 갈등과 고뇌를 반영한다는 보편적인 현상을 굳이 감안하지 않는다 할지라도 1950년대 문학의 제반 내용과 구조는 6·25의 체험과 영향을 배제하고서는 그 성격을 규명할 수 없을 만큼 전쟁의 자장 안에 위치하고 있다. 전쟁의 여파가 너무 거대했기 때문에 1950년대 문학은 그 체험과 영향에 매몰되어 절망과 허무의 늪에서 허우적댔다. 요컨대 어떤 요인이 삶의 비극을 초래했는지 성찰하지 못하고, 오로지 삶의 비극에 대해 허무주의적이고 비관주의적인 어조로 기록해나간 것이 1950년대 문학인 것이다. 아동문학계 역시 마찬가지여서 앞서 살핀 통속화와 대중화에 덧붙여 관념적이고 추상적인 현실 인식, 서술기법이나 주제의 획일화 등이 당대 문학을 지배하게 된다.

1950년대 아동문학에서 주목해야 할 점은 암울한 상황 속에서도 여타 작품

---

108) 이재철, 앞의 책, 36쪽.

들과는 차별화된 면모를 보이는 작가들이 존재한다는 것이다. 현실을 풍자적인 기법으로 그린 마해송과 리얼리즘 기법으로 재현한 이원수, 아동문학을 교육성과 연결한 강소천, 현실과 환상의 조화를 시도한 김요섭 등이 그들이다. 이 기성 작가들과 함께 1950년대 후반 등장한 이영희, 윤사섭, 황영애 등의 신진 작가들도 당시 아동문학의 병폐와는 거리가 있는 작품들을 창작했다는 점에서 주목해 볼 필요가 있다.

이영희의 『책이 산으로 된 이야기』는 1950년대 후반 아동문학계에 새로운 충격을 던져 주었다. 종전의 줄거리 중심의 창작 기법을 거부하고 이국적인 분위기의 환상을 위주로 한 상징적인 기법으로 어린이들에게 꿈을 심어주려고 했기 때문이다. 이영희의 뒤를 이어 주목받는 여류 작가로 등장한 황영애는 순수, 사랑, 생명력을 주제로 어린이의 동심과 그 세계를 발랄하고 흥미 있게 그려냄으로써 통속물 시대로 지칭되던 1950년대를 마감해 낸[109] 작가로 평가된다. 윤사섭은 동심천사주의를 바탕으로 어린이의 실생활에서의 심리를 잘 묘사해낸 작가이다. 요컨대 이들은 아동 세계에 밀착하여 아동의 현실과 심리를 그려내거나 새로운 창작 기법을 시도함으로써 당대 주류의 풍조에서 벗어나는 차이점을 획득할 수 있었던 것이다.

1950년대 아동문학의 또 다른 특징은 일반 문학 작가들이 대거 아동소설 창작에 참여하였다는 점이다. 전영택, 김내성, 방기환, 조남사, 박경리, 정비석, 조흔파, 박계주, 최정희, 최인욱, 김말봉[110]등이 그러한데, 이들의 참여가 전후의 경제적 궁핍에 따른 궁여지책의 일환이었으며, 때문에 그 창작에 아동문학의 특징에 대한 고려가 포함되지 못했다는 점에서 그 창작과 참여에 부정적 의미를 부여할 수도 있다. 그러나 일반 소설가들이 아동 소설을 창작함으로써 당대 어린이의 현실이 많은 부분 사실적으로 표현될 수 있었다는 점은 그 의의

---

109) 선안나, 「황영애 동화 구조 분석」, 『논집』2, 494~506쪽.
110) 이상현, 앞의 책, 302쪽.

로 손꼽을 수 있다. 동족상잔이라는 미증유의 참상을 겪은 시기에 어린이 삶의 직접적 형상화마저 없었다면 전후 한국 아동소설사는 공백상태로 남겨졌을 것이기 때문이다.[111] 그리고 이들의 사실주의가 1960년대 아동소설의 새로운 아동문학으로의 변모에 일정 기여를 했다는 점도 그 의의 중 하나라 말할 수 있다.

이처럼 1950년대 아동문학은 관념적이고 추상적인 현실 인식, 기법과 주제의 획일화 등 1950년대 문학의 특성을 공유하는 가운데 통속화와 대중화라는 폐단이 덧붙여지면서 암울한 상황에 처하게 된다. 그러나 이런 지배적인 양상에서 벗어난 경향이 일부 기성 작가들과 50년대 중 후반에 등장한 신진 작가들 사이에서 명맥을 유지한다. 그리고 그 경향은 1960년대 종전과는 다른 새로운 아동문학을 정립하려는 노력과 맞물려 전면에 등장함으로써 본격 아동문학 시기를 여는 밑거름이 된다. 1960년대 들어 이전 시대와 같은 여러 병폐를 안고 있는 아동문학을 극복해야 한다는 목소리가 커지게 된다. 또한 1960년대는 부모들이 아동 교육에 관심을 기울이기 시작하여 교육열이 가중되고, 그것이 서양 명작물의 무분별한 번역 출간으로 이어지면서 아동의 정서에 악영향을 끼치고, 우리의 고유성을 경시하고 서구 중심의 미적 기준과 가치관을 선호하는 현상을 초래하는 등 한국 아동문학의 기틀이 위협당하던 시기였다. 종전의 병폐를 더 이상 묵과할 수 없다는 아동문학계 내의 자각에 서구 문학에게 자리를 내줄지도 모른다는 상황에 대한 인식이 겹쳐지면서 아동문학은 이전의 풍조를 극복하고 새로운 아동문학의 길로 나아가려는 노력을 보이게 된다. 그리고 그 노력의 일환으로 등단 관문 제도가 정비되는데, 그런 제도를 통해 등장한 신인들이 과거의 모순을 지적하고 그것을 넘어서려는 자세를 취함으로써 새로운 아동문학으로의 길에 보다 적극적으로 참여했다는 것은 앞서 살핀 바이다.

---

111) 선안나, 앞의 논문, 139쪽.

이전 시기 문학과 결별하고 새로운 아동문학을 확립하기 위한 길은 대략 세 가지 측면에서 이루어진다. 과거 체험에 매몰되었던 현실 인식에서의 탈피를 기반으로 주제 의식을 강화하는 것, 기존의 평면적 산문성을 극복할 수 있는 새로운 창작 기법을 모색하는 것, 아동을 아동문학의 주체로 상정하여 아동 세계에 밀착하는 것이 바로 그 구체적 양상들이다. 그리하여 이를 통해 문학으로서의 아동문학에 접근하여 아동문학의 본질적 측면을 탐색하는 것이 1960년대 아동문학이 정립하려 했던 새로운 아동문학일 것이다.

그러므로 이 세 가지의 구체적 양상을 이원수, 김요섭, 이영호의 작품을 통해 분석해보려고 한다. 이들이 각각 식민지 시기, 해방기 그리고 1960년대를 대표하면서도 1960년대 새로운 아동문학의 태동을 이끈 작가들이라는 점도 밝혀둔다. 현실 인식의 변화를 바탕으로 한 주제 의식 강화 양상에서 이원수의 작품을 살피는 이유는 그가 현실에 대한 천착에 주력하는 리얼리즘 계열의 작가이고, 식민지 시대부터 활동을 해온 대표적인 기성 작가이기 때문이다. 이를테면, 이전 시대를 대표하는 입장에서 행해진 현실 인식과 주제 의식의 변모 규명이 이 시기에 등단한 작가의 그것을 밝히는 것보다 더 설득력이 있으리라 보는 까닭이다. 그리고 이전 시기 전쟁 체험과 영향에 매몰된 경향과의 차이점을 보다 잘 드러내기 위해 전쟁을 다루고 있되 그 시각이 남다른 『메아리 소년』을 분석 대상으로 삼는다. 앞서 연구사에서 살핀 바와 같이, 김요섭에 대한 기존의 논의들 대부분이 빠짐없이 거론하고 있는 환상성이야말로 실험적인 창작 기법의 일환이라 말할 수 있을 것이다. 그러므로 새로운 창작 기법 모색 양상에서는 현실과 환상을 접목시켜 환상동화의 새로운 세계를 개척하였다는 평가를 받으며 1960년대 실험적인 작품으로 거론되곤 하는 김요섭의 『날아다니는 코끼리』를 살필 것이다. 마지막으로 어른의 시선에서 어린이를 훈육하는 경향에서 벗어나 어린이의 시선에서 그들의 세계에 밀착한 양상에서는 이영호의 작품들을 살필 것이다. 여타 작가와 달리 이영호는 주변부 어린이들의 세계를 조망하였으며 이로 인해 동일한 경향 내에서도 특수한 위치를 점하고 있다고 말할 수 있기 때문이다.

1) 전쟁 상처의 극복과 평화로운 일상 – 이원수

1950년대 문학의 6·25 인식은 개별적 편차에도 불구하고 한국인의 일방적인 수난사라는 범주로 수렴될 것이다. 6·25 전쟁의 독특한 성격과 경과가 그런 해석을 부추기기도 했겠지만, 전쟁의 현장에서 감당하기 힘든 충격을 직접 경험한 50년대 작가에게 전쟁에서 한 발 물러나 그것을 달리 바라볼 수 있는 가능성을 기대하는 것은 지나친 욕심일지도 모른다. 피해자 입장에서 전쟁을 바라보는 관점으로부터 벗어나는 것은 다음 세대의 몫이었다. 그런 점에서 4·19와 더불어 시작된 60년대의 문학은 의의를 획득한다. 6·25 전쟁을 어느 정도 객관적으로 드러낼 수 있는 시간적 거리 확보는 1960년대[112]부터였다. 그에 따라 작가들은 6·25 동란의 중심에서 조금 비켜나 그것을 다소 객관적이고 냉정하게 관찰하고 인식할 수 있었다.[113] 전쟁으로부터 시간적 거리를 획득하자, 삶의 비극을 단순하게 기록하던 양상에서 벗어나 어떤 요인들이 삶의 비극을 초래했는가를 살펴보는 양상으로 나아감으로써 현실을 이루고 있는 제반 여건들에 대한 성찰을 하기 시작했으며, 이에 따라 작품의 주제 의식도 변화를 겪었던 것이다.

그 중 하나가 바로 이데올로기 문제이다. 1960년대 문학은 정치, 사회, 경제적 이데올로기의 문제를 정면으로 다룬다. 이러한 경향은 전후 문학의 이데올로기 접근 방식의 한계를 극복하려는 의도에서 시작된 것이라 말할 수 있다. 6·25를 대부분의 사람들이 피해자 입장에서 일방적인 수난이라 생각했으며,

---

112) 김교봉, 「전후소설의 현대적 성격」, 『국어국문학연구』25집, 국어국문학회, 1997, 527쪽.
113) 김병익, 『상황과 상상력』, 문학과지성사, 1979, 20쪽.

정권들이 이런 생각들을 이용하여 자신들의 권력을 위협할 수 있는 반발을 잠재우기 위한 방법으로 반공주의를 내세웠다는 것은 익히 알려진 사실이다. 전후 문학도 이에 침윤되어 반공주의 일색의 경향을 나타냈으며, 전쟁과 분단의 원인 중 하나라 할 수 있는 이데올로기 문제에는 무관심했다. 그러던 중 1960년대에 들어서 전쟁으로부터의 거리가 확보되고, 삶의 비극을 초래한 제반 여건들을 성찰하는 현실 인식이 가능해지자, 그 원인 중 하나인 이데올로기 문제에 관심을 가지기 시작[114]한 것이다.

전후 문학의 특성이라 할만한 것들, 이를테면 인간성 상실, 현실패배의식, 열등감, 허무, 염세주의, 도덕성의 타락 등은 아동문학에까지 스며들어 질적 저하를 초래하였다.[115] 아동문학 작품들은 훈계와 교육 일변도의 경향을 유지하면서 동란의 비극적인 모습을 회의적으로 나타내고, 동란 이후 참담한 시대상을 안이한 현실도피적 측면에서 묘사하였으며, 반공이념에 경직되어 있었다. 그러나 이원수는 여타 작가들과는 다른 시선으로 6·25를 작품화하였다. 6·25 전쟁을 소재로 삼고 있으면서도 전쟁이 남긴 상흔에 매몰되는 것이 아니라 냉철한 시선으로 그것을 바라봄으로써 현실로부터 한 발 물러난 객관적 인식을 획득한 것이다. 그에 따라 전쟁과 그 이후의 삶이라는 현실을 이루는 제반 여건들에 대한 성찰이 가능해지면서, 이데올로기 문제라는 종전의 작품들과는 다른 새로운 주제 의식도 나타내게 된다. 이런 맥락에서 이원수에게 6·25 전쟁이라든지 4·19 혁명에 대해서 사상성을 의심받을 정도로 문학이라는 형식을 빌려 신랄한 비평을 가하는[116] 작가라는 평가가 내려졌다고 볼 수 있다.

역사적 체험은 한 개인에게만 국한되지 않는다. 그러나 그것을 어떻게 느끼

---

114) 권오현, 「1960년대 소설의 현실변형 방법 연구」, 계명대학교 박사논문, 1997, 53쪽.
115) 최용, 「분단시대의 아동문학」, 『아동문학평론』44호, 아동문학평론사, 1987, 가을, 195쪽.
116) 이균상, 「이원수 소년소설의 현실 수용양상 연구」, 235쪽.

고 받아들였느냐는 오로지 작가 개인의 문제이다. 그리고 그 개인적 체험을 형상화하는 과정에서 어떤 것을 취하고 어떤 것을 버리느냐를 결정하는 것 역시 작가의 개인적 문제이다. 역사가 주어지는 순간, 그 체험을 형상화하기 위해 선택하고 배제하는 데는 어디까지나 작가의 주관적 의식이 작용하고 있는 것이다. 이처럼 작가는 뚜렷한 주관적 의식을 갖고 역사와 현실, 삶을 투시하여 그것을 작품에 나타내야 하는 무거운 짐을 진다. 바꿔 말해, 작가의 역사와 현실, 삶에 대한 투시 방법, 즉 그에 대한 총체적 인식이 형상화되어 있는 것이 바로 작품인 것이다. 이런 측면에서 이원수의 『메아리 소년』에 나타나는 역사와 현실, 삶에 대한 인식을 밝히고, 그에 따라 가능해진 이데올로기 문제라는 주제 의식을 살피는 방향으로 논의를 진행하려 한다.

(1) 전쟁으로 인한 가정 해체

전쟁은 분열과 증오, 살육과 고통, 죽음과 굶주림을 야기했다. 덧붙여 가족과의 생이별, 고달픈 피난살이 등이 담겨 있었던 것이 바로 전쟁이다. 여기에 전쟁 이후 온갖 희생을 치렀음에도 불구하고 아무런 대가를 얻지 못했다는 것, 비극을 초래한 책임을 누구에게 추궁할 수도 없다는 것, 그 참혹한 결과만을 감내해야 한다는 것이 추가되어 전쟁의 상흔이 되었다. 이와 같은 전쟁의 상흔은 완료형이 아니라 현재진행형으로 오늘도 끊임없이 우리를 갉아먹고 있다[117]는 것을 이원수는 『메아리 소년』[118]을 통해 증언하고 있다. 다시 말해 전쟁이 이후의 삶에 어떤 변화를 야기했는지를 쫓아 그 여파를 형상화하고 있다는 것이다.

주목해야 할 점은 그 형상화가 피해자의 입장에서 겪은 일방적인 수난을 기

117) 김영화, 『분단 상황과 문학』, 국학자료원, 1992, 72쪽.
118) 『메아리 소년』은 『카톨릭 소년』에 1964년 7월호부터 1965년 12월호까지 연재된 작품이다. 본고는 1968년 새벗 문고에서 발행한 단행본을 중심으로 할 것이다. 이하 쪽수만을 명기하기로 한다. 띄어쓰기와 맞춤법은 원문 그대로 따른다.

록하는 방향으로 이루어지지 않았다는 것이다. 이 작품이 형상화하고 있는 전쟁으로 인해 변화된 삶을 겪는 인물들은 전쟁의 체험에 매몰되어 아군과 적군을 나누는 식으로 반공주의를 표방하던 전후 작품에 등장하는 인물들과는 다르다. 이 작품에서는 전쟁의 가해자이자 피해자일 수 있는, 바꿔 말해 전쟁으로 인한 모든 희생양들을 인물로 등장시키고 있다. 전쟁 이후 삶의 모습의 변화를 통해 전쟁이 어떤 여파를 미쳤는지를 탐색한다는 점에서, 전쟁의 모든 희생양을 그 대상으로 삼고 있다는 점에서 이 작품은 전쟁에 대한 거리를 확보한 상태에서 냉철한 시선으로 바라본 현실 인식에 기반하고 있다고 할 수 있다. 전쟁 이전과 이후의 삶을 비교하여 전쟁이 미친 여파를 탐색하는 일이 가능해질 만큼, 일방적인 피해자의 입장에서 벗어나 모든 전쟁의 희생양을 대상으로 삼을 만큼 전쟁으로부터 한 발 물러나 현실에 대한 성찰을 감행하고 있다고 볼 수 있기 때문이다. 『메아리 소년』은 새로운 시각의 현실 인식을 제시하고 있는 것이다.

우선, 전쟁이 이후의 삶에 어떤 변화를 야기했는지, 즉 전쟁 이전과 이후의 삶은 어떻게 다른지 그 양상부터 살펴보자. 『메아리 소년』에서 이야기의 시작점은 가을이다. 온갖 곡식이 무르익은 풍요로운 가을이라는 계절적 배경은 전쟁으로부터 일정 시간이 지났다는 것, 그리고 전쟁의 폐허가 어느 정도 복구되어 풍성한 수확물을 거둘 수 있게 되었다는 것을 의미한다. 그러나 그 이면에는 전쟁의 상흔이 여전히 내재하고 있는데, 주인공 민이의 가족이 전쟁 이전과 이후 다른 모습을 갖게 되었다는 내용에서 그것을 확인할 수 있다.

> 아버지는 회사에 다니시고 어머니는 집에서 틈만 있으면 꽃밭을 가꾸시며 작은 소리로 노래를 부르시고…… 그런 어머니 품에서 자란 민이였다. 아버지가 군대에서 돌아왔을 때, 어머니가 그 동안의 고생과 병이 덥쳐 세상을 떠난 것이었다. 그 후로 새어머니가 오시고, 그 후로부터 민이의 집안은 아주 달라졌다.(32쪽)

전쟁 이전 민이는 회사원 아버지, 꽃밭을 가꾸면서 노래를 흥얼거리는 어머니 아래 평온한 생활을 하고 있었다. 그러나 전쟁이 발발하자 아버지가 군대에 끌려갔으며, 어머니는 그 빈자리를 메우느라 고생을 하다가 결국 병을 얻게 된다. 전쟁 이후 군에 갔던 아버지가 돌아오지만, 그 동안 집안을 건사하던 어머니가 세상을 떠나게 되고, 새어머니가 들어와 새로운 가족이 형성된다. 또한 새어머니가 술집을 운영하게 되자 술에 취한 손님들이 일으키는 소동 때문에 집에서는 책을 펼칠 수조차 없게 된 민이는 집밖으로 떠돌게 된다. 집밖에서도 술집 아이라는 것으로 인해 놀림을 받는 등 또래 아이들과 어울리지 못하게 된 민이는 결국 고립된 생활을 하게 된다.

> 민이가 있는 건넌방에 손님이 들지 않아도 민이는 거기서 책을 펼칠 수는 없었다. 마루 건넌방에서 술 취한 손님들이 떠드는 소리, 노래 부르는 소리, 그보다 민이에게 가장 싫은 것은 상스러운 이야기와 주정으로 싸우는 소리였다. (…) 간혹 조용히 술을 마시고 재미있게 이야기하며 노는 손님도 있긴 했다. 그러나 대개가 싫은 소리, 싸움, 노래, 그런 소동을 하는 손님이었다. 그래 민이는 앉을 곳이 없고, 공부할 자리가 없었다. (…) 그래 생각해 낸 게 이 검정 바위에 와서 책을 읽거나 앉아서 볕을 쬐거나 하는 일이었다. (14~15쪽)

작가는 이처럼 전쟁 이후 확연히 달라진 민이네 가정의 외현과 민이의 일상생활을 통해 전쟁이 자아내는 비극을 묘사하고 있다. 전쟁은 평범하고 평온했던 가정의 외현을 일순간에 변모시켰을 뿐 아니라 민이의 일상생활에도 악영향을 끼쳤다. 그리고 이어지는 아버지의 이유를 알 수 없는 행동은 민이네 가정을 더욱 뒤흔든다.

> "나 좀! 나 좀 숨겨 줘!" 하고 허겁지겁 달려든 사람은 아버지였다. 극심한 두려움에 떠는 듯한 소리로 어머니 곁으로 달려오는 아버지를 바라보자, 민이와 어머니는 자지러질 듯이 놀랐다. (24쪽)

어느 순간부터 달라진 아버지의 행동에 민이와 새어머니는 충격을 받는다. 그리고 아버지의 이유를 알 수 없는 행동이 반복되자, 참지 못한 새어머니가 가출을 하게 된다. 인용문에서 알 수 있듯이, 아버지의 이상한 행동은 전쟁으로 인한 정신적 외상에서 비롯된 것이 분명하다. 그리고 그런 아버지의 행동 때문에 새어머니가 집을 나가버림으로써 겉모습이나마 정상적인 가족의 형태를 유지하던 민이네 가정이 파탄을 맞게 되는 것이다.

주목해야 할 점은 주인공 민이가 전쟁과 직접적인 관계를 맺고 있지 않다는 것이다. 민이는 시간상 전쟁으로부터 한참 떨어져 있어 전쟁을 직접 경험하지 않은 인물이다. 이런 민이를 둘러싼 가족이 해체되고, 그의 일상 생활이 고립되어 가는 모습을 형상화함으로써 전쟁의 폐해가 전쟁을 직접 경험한 세대 뿐 아니라 이후의 세대에게도 되물림된다는 것을 나타내고 있는 것이다.

전쟁의 상흔은 눈에 보이는 측면에서만 나타나는 것이 아니다. 뿐만 아니라 눈으로 확인할 수 있는 전쟁의 상처는 보다 쉽게 극복될 수 있다. 전쟁이 남긴 후유증이 극복하기 힘들 정도로 강하게 작용하는 데는 민이가 겪게 된 가족의 해체와 일상 생활의 변화와 같은 눈에 보이지 않는 측면일 것이다. 이 작품은 전쟁과 무관한 어린 소년의 가족과 일상이 변화하는 모습을 통해 전쟁의 참혹성을 보여주고 있는 것이다.

그러나 그 참혹성은 소년의 눈에 의해 증언된다. 문제적 현실과 직접적인 관련을 맺고 있으며 그에 대한 의견을 피력하는 것은 소년이다. 요컨대, 어른의 시선으로 어른 세계의 일을 형상화하고 있는 것이 아니라 소년의 시선으로 소년 세계의 일을 말하고 있다는 것이다. 이원수는 소년의 수준에서 이해하는 현실 상황을 말하고 소년의 시각에서 그에 대한 평가를 내린다. 비판받아야 할 부정적인 현실의 모습을 권위적인 서술자의 목소리를 빌리지 않고, 소설 내의 시선과 목소리를 통해 보여주고 있다는 점은[119] 어린이의 세계에 밀착하여 어린이의 생활과 심리를 그려내려는 의도의 산물이라 말할 수 있다. 즉,

현실의 부정적 모습을 드러내되 그것이 어린이의 세계에서 어떤 양상으로 나타나는지에 초점을 맞춰 형상화하고 있다는 것이다. 요컨대, 어린이의 세계를 어린이의 시선으로 그려 내려함으로써 아동문학의 본질에 보다 접근하고 있다고 할 수 있다.

(2) 전후 비극과 수난자들

전후 소설은 비인간적 재난에 직면하여 겪은 죽음과 상처, 가치의 붕괴, 지표와 방향 상실, 수난과 굶주림, 이데올로기의 힘 등 전사 체험과 전후 삶을 두드러지게 보여 주고 있을 뿐 아니라, 시간이 지나면서 내성화된 후유증의 환기라든가 기억에의 탐색화 현상이 나타나게 된다. 이 현상에서 간과할 수 없는 것은 전쟁과 그 경험적 사건이 기억의 시공 내용으로 남아서, 현재 속에서 잠복하고 지속되는 상처의 근원으로 제시되고 있다는 점이다.[120] 이러한 정신적 외상은 어떠한 사건으로 인해 즉자적으로 발현되는 것이 아니라 일정 기간 의식하지 못하는 가운데 내재된다는 측면에서 피폐해져 가는 삶의 또 다른 모습을 드러내[121]는 것이다. 이 작품에서 민이 아버지의 이유를 알 수 없는 행동 역시 정신적 외상으로 인한 것이다.

> 안방에서 타악 가라앉은 목소리가 들렸다. "왔냐? 그 애 왔구나." (…) "날 죽여 다오. 내가 죽어야 해. 자, 쏘아라, 쏘아! 너만 억울하게 당해서 되냐? 날 죽여, 어서어서!" (…) 좀 큰 소리가 났다. "죽여! 죽이라니까." 그러나 아무 대꾸도 없었다. 아버지가 또 소리친다. "왜? 왜 그러고 있어? 응? 왜 그러고 있느냐 말야. 날 죽여 줘, 어서어서."(37~38쪽)

---

119) 김혜정, 「이원수 소년소설 연구」, 서강대학교 석사논문, 2008, 34쪽.
120) 송은미, 앞의 논문, 14쪽.
121) 안남일, 「한국현대소설에 나타난 분단 콤플렉스의 고착 양상연구」, 『우리어문연구』, 우리어문학회, 2002, 187쪽.

민이 아버지는 "동생을 죽인 자신의 죄를 속죄하는 방식으로 개를 죽이면서 자신은 죽은 것이나 마찬가지로 생각"(62쪽)하는, 즉 살아있지만 산 사람이 아닌 인물이다. 여기서 민이네 가정이 서서히 파괴되는 상황에서 민이 아버지의 행동은 중요하다. 민이 아버지가 단지 가정을 파괴하는 자리에 있기 때문이 아니라, 전쟁으로 인한 정신적 외상으로 점차 인물이 변한다는 점에서 작품의 주제가 드러나기 때문이다. 민이 아버지가 어떤 사람인지를 제대로 이해하기 위해서는 결과보다 과정이 중요하다. 따라서 『메아리 소년』은 민이의 일상이 표면적인 주제라면 전쟁 당시 동생을 죽인 괴로움으로 고뇌하는 민이 아버지의 정신적 외상이 이면의 주제이다.

사실 역사적 비극은 한 개인의 육체적, 정신적 고통과 생애를 통해 반복된다. 그리고 그 역사의 비극이 이데올로기에 의해 제대로 밝혀지지 못하는 데에서 생기는 억압의 심리는 결국 한 인간을 파괴한다. 혈육을 죽인 민이 아버지 역시 역사적 비극으로 인해 파멸하게 된다. 가령 민이 아버지가 부인이 집을 나간 것보다 동생을 죽인 자괴감을 표출하는 데서 알 수 있다.

> 난 여편네 때문에 괴로워하는 사람이 아냐. 난 죄인이야. 죄인이라서 괴롭지 여편네가 가서 괴로운 게 아니란 말야. (…) 죄인은 무어 말라 죽은 죄인야? (…) 어째서 죄인이 아닌가. 난 나를 죽였어, 나를! 아니다. 더 귀한 걸 죽였어. 내 동생. 그 녀석이 얼마나 나를 따랐더랬는데? 어릴 땐 늘 내가 업어 주었지. 그 녀석이 커서 장가를 들려고 할 때, 전쟁이 났어. 전쟁이 나서 결혼도 못하고 병정이 됐지. 그런 걸 내가 손으로 쏘아 죽였단 말야. (…) 차라리 내 가슴에다 총을 솔 걸 그놈에게다 대고 총을 쏘았어. 내가 못난 놈이지. 그러니까 늘 그놈이 내 곁에 와서 울고불고하지 않겠나.(98~99쪽)

이렇듯 전쟁은 기존의 모든 가치와 질서, 제도가 지닌 모순과 부조리를 적나라하게 드러낸다. 모순과 부조리로 가득 찬 인간세계의 내막을 알아차렸을 때, 각 개인은 자신의 존재 의미에 대해 의문을 제기할 수밖에 없다. 이 때 개인의 실존을 위협하고 파괴하는 요소들로 가득한 현실 세계에 대한 적극적인 저항의 방법으로, 죽음이 선택되기도 한다.[122] 이 작품에서 민이 아버지는 결국 동생을 죽인 정신적 충격으로 죽게 된다. 이는 다른 누구보다도 형을 따르던 동생을 죽인 죄책감에 의한 것으로 해석할 수 있다. 그러나 여기서 아버지의 죽음은 또다른 해석이 필요하다. 민이 아버지가 동생을 죽이고 받은 정신적 충격은 이해를 할 수 있지만, 또다른 측면에서 작가 의식을 고민하게 된다. 즉 정신적 외상을 갖고 있던 아버지의 죽음은 결국 가정이 파괴되고 민이가 홀로 남는 것은 고난의 연속이며 악순환의 반복이기 때문이다. 가족은 최초의 사회이면서 가장 중요한 사회화 기관이다. 오늘날 우리 사회에서 가족은 과거처럼 모든 사회화의 부분을 다 담당하고 있는 것은 아니지만, 어린이에게 가족은 여전히 제일 중요한 사회화 기관이다. 가족은 밀접하고 강렬하고 지속적인 감정적 집착으로 오랫동안 지속되는 기본적 관계일 뿐 아니라 어린이가 합당한 사회화와 정서발달을 하기 위해서도 결정적이고 중요한 역할을 하는 일차적 집단[123]이기 때문이다. 따라서 아버지가 죽고 새어머니도 없는 민이의 삶은 또 다른 고난을 자아낸다는 점에서 작가의 의식을 생각해 보게 된다.

6·25 전쟁과 전후 사회는 분단으로 인해 서로 대립 충돌하면서 모순으로 가득 찬 시기였다. 이 시기는 사회의 중심을 이루는 주류 계층에 의하여 그들의 권력과 이해관계가 생산한 지배 이데올로기가 상대를 끊임없이 타자화 하고 주변화 시키면서 지배층의 권력을 유지, 강화하려 하였다. 이러한 이데올로기들은 개인을 타자화, 전체화, 획일화한다. 개인의 삶에서 느끼는 구체적인 경험의 결, 즉 개성, 정서, 자유, 양심, 자아와 같은 인간적인 독자성은 무시되고 연대성과 사회적 실천이라는 이름으로 지배 이데올로기에 대한 복종과 통

---

122) 구수경, 「1950년대 전후소설의 서사기법 연구」, 『국어국문학』136호, 국어국문학회, 2004, 368쪽.
123) 프레드릭 엘킨, 『아동과 사회』, 삼일당, 1980, 59쪽.

합을 강요한다.[124] 결국 이러한 특정 이데올로기가 그 사회를 어떻게 의미화하고 그 의미화 형식이 어떤 형태로 나타났는가를 살펴보는 것이 『메아리 소년』의 또 다른 주제이기도 하다. 전후로부터 시간적 거리를 확보한 『메아리 소년』은 시대가 만들어 낸 이데올로기가 어떻게 사람들을 관장하고 있는지를 생각하게 한다. 이런 점에서 정님의 외삼촌 설정을 눈여겨보아야 할 것이다. 정님의 외삼촌은 1·4 후퇴 때 고향 함흥에서 대한민국으로 온 인물이다.

① 몰아치는 찬바람과 전화 속에서 가족과도 뿔뿔이 헤어져 배에 오른 후로 그는 이 날짜까지 아내와 자식을 생각해야 했고, 또 먹고 살기 위해 부산에서 지게를 지고 푼돈을 버는 일까지 했다. 유엔 군의 지휘에 따라 버젓이 왔건마는 부산서의 삼사 년 동안 정씨는 여러 가지 괴로운 일이 많았다. 일자리를 찾기에도 고생을 했고, 또 한편 북한에서 온 사람이라 하여 감시도 많이 받았던 것이다. (…) 그런데 그가 술을 마시면 전에 쓰던 말이 곧잘 자기도 모르게 튀어 나오곤 했던 것이다. 그러면 사람들은 공산당이라고 하며 꺼린다.(195~198쪽)

② 아내나 자식들이 북한에 남아있을까? 같이 오지 못했으니 남아 있겠지. 그렇다면 아버지가 남한에 갔다고, 구박을 받을 것도 뻔한 일이다. 어떤 고생을 당하고 있는지도 모른다. 처자식까지 다 버리고 온 나를…… 동무란 말 한마디 했다고 이렇게까지 따돌린단 말인가?(199~200쪽)

위 인용문은 전후 당시 월남한 사람들이 겪은 비애를 묘사한 것이다. 여기서 작가가 월남한 정님의 외삼촌이 겪은 고초 서술은 『메아리 소년』은 이해하는 데 중요하다. 이러한 접근은 이전의 작가들에게서는 보이지 않던 것으로, 자유를 표방한다는 남한 사람들 또한 신랄히 비판받아야 한다는 것을 재현하고 있기 때문이다. 물론 선조가 저지른 악행으로 인해 갈등이 대립되고 있는 데서 갈등을 해소할 수 있는 방안을 모색하기가 쉽지 않다. 여기에 남북 분단의 풀

---

124) 권국명, 「문학과 이데올로기」, 『동서문학』, 동서문학사, 1988, 83쪽.

기 어려운 매듭이 있다고 하겠다. 갈등의 직접적인 당사자가 아닌 그 후손들이 선조가 남긴 유산들을 짊어지고 풀어가야 하는 것이 남북 분단의 현실이기 때문이다. 또한 이러한 점을 잘 인식하고 분단의 갈등을 해소하기 위해서 고민[125])이 필요하다는 것을 작가는 정님의 외삼촌의 고뇌를 통해 표출하고 있다.

또한 전쟁은 어떤 전쟁이든 사람들에게 상처를 남긴다. 한국전쟁은 그것이 동족상잔이었다는 점에서 상처의 진폭은 더 크다 할 것이다. 그러기에 한민족의 생존권 자체의 문제로 6·25 전쟁이 제기될 때에는 깊은 죄의식이 수반되지 않을 수 없다. 다른 사람의 죄를 대신해서 고통을 받거나 죽임을 당하는 것이 모두 희생양이 될 수 있다.[126]) 『메아리 소년』은 전쟁은 모두가 희생양이 될 수 있다는 것으로 "곧 시집갈 나이의 처녀도 말 할 수 없는 욕을 당"(110쪽)한 미친 여자를 설정하고 있다.

> 여자가 참 창피하게 벌거벗는 건 뭐야. (…) 저것도 그놈의 전쟁 때문이란다. (…) 전쟁 때문에요? 전쟁 때문에 왜 벌거벗어요? 소영이가 이상하다는 얼굴로 물었다. 민이 어머니는 띄엄띄엄 말했다. 저 여자 남편이 죽을 때 발가벗겨 놓고 총을 쏘아 죽였대. 저 여자도 벗겨 놓고 총을 쏘았는데 쓰러졌다가 나중에 살아난 모양이지?(175~176쪽)

여기서 미친 여자 설정은 전쟁에 의한 희생자로 전쟁이 주는 여성적인 피해를 대리하는 것이다. 전쟁의 희생 양상이 반드시 남녀를 엄격하게 구분해서 서로 다르게 일어나는 것은 아니다. 인명이 살상된다는 점에서 있어서 남녀의 경우가 별다를 수는 없기 때문이다. 그러나 전쟁의 본질인 전투에서 대량적인 살상을 겪게 되는 것은 남성의 몫인 반면 살아있는 자로서 전쟁의 고통을 철저히 경험하고 황막한 삶에 당면하는 것은 여성의 몫인 것이다.[127]) 때문에 이 작

---

125) 조구호, 「분단의 갈등과 화해의 논리」, 『한국언어문학』, 한국어문학회, 2007, 353쪽.
126) 박신헌, 「한국전후소설의 속죄의식 연구」, 『어문학』64집, 한국어문학회, 1998, 269쪽.

품은 전쟁 중에 여성이 겪은 극단적인 방식을 그리기 위해 비정상적인 인물인 미친 여성을 설정하고 있다.

어느 시대에나 문학은 독자들에게 인간 유형의 의미 있는 초상화를 그려 보여준다.[128] 『메아리 소년』에서 민이 아버지, 정님의 외삼촌, 미친 여성은 주요한 인물이다. 이들은 주인공 민이를 비롯해 평범한 사람들이다. 말하자면 전쟁이란 사태를 가장 구체적이고 즉물적으로 겪은 사람들이며 그래서 그들을 통해 묘사되는 6·25는 관념적이거나 가치관적인 것이 아니라 실제로 고통 받고 불구가 되며 남편과 혈육을 잃은 현실적 삶의 수난자들이다. 여기서 이들을 역사적 피해자라고 말할 수 있는 것은, 바로 그들이 받은 피해가 현대 한민족사의 비극적인 궤적과 함께 하고 있으며 그 비극의 실제적 현물[129]이기 때문이다.

한국 전쟁은 전쟁의 원인이나 전후 현실의 재편성이라는 측면에서 볼 때 서구의 상황과는 차별적인 성격을 지닌다. 이념적 냉전에 의한 강대국의 대리전의 성격으로 발발한 전쟁은 불모의 현실을 남겨둔 채 잠정적으로 마무리되고 말았다.[130] 하지만 한국전쟁의 의미는 전쟁 자체를 통해 제기되는 보편적인 인간의 본질에 대한 인식 문제와 한국 특수한 상황으로서의 전후 재편성 문제로 구분해서 생각해 볼 수 있다. 때문에 아버지가 죽은 후 민이와 민이 담임이 애국자와 비애국자에 대해 나누는 대사는 중요하다.

> "선생님, 저의 아버지는 애국자였죠?" (…) "그렇다 나라를 위해 동생까지도 죽이게 된 것만 해도 애국자지! 하지만 민이 아버지는 슬픈 애국자였어! 아버지가 자식을 쏘고, 형이 동생을 쏘고, 한겨레끼리 이런 싸움을 해서 애국을 한들 그게 떳떳한 애국자가 되겠느냐? 그래 가지고 편히 산다고 행복하다

---

127) 이재선, 『현대한국소설사』, 민음사, 1991, 113쪽.
128) 리오 로웬달, 『문학과 인간상』, 이화여자대학교 출판부, 1984, 12쪽.
129) 김병익, 앞의 책, 20쪽.
130) 신종곤, 「1950년대 전후소설에 나타난 현실인식의 굴절 양상」, 『현대소설연구』16호, 한국현대소설학회, 2002, 330쪽.

고 하겠느냐? 우리는 남의 나라들 때문에 갈라져서, 남의 힘 때문에 동포끼리 싸워야 했다. 그러면서도 대포를 쏘며 온 괴뢰군 뒤에 보이지 않는 적을 쏘지 못하고 내 겨레를 쏴야 했다. 슬픈 전쟁이고 슬픈 애국 용사들이었지…… 하지만 이 담에 너희들이 자라서는 그런 불행이 없어야 할 텐데…… 우선 내 형제, 내 겨레를 사랑하는 세상이 돼야 하는데"(260쪽)

1960년의 4·19 혁명의 전후는 역사적, 사회적 의미가 새로운 시대의 개막으로 이해될 만큼 중요한 시기이다. 1960년대 전후 문학은 전쟁의 후유증이 기존의 사회 틀을 바꾸고 다양한 양상으로 탐색하기 때문에 의미를 부여할 수 있다. 이러한 시대적 요청 혹은 작가 의식에 의해 재현된『메아리 소년』은 단순히 적을 증오하고 적대시하는 대결 심리를 조장하던 이전의 작품과 달리 전쟁의 원인과 고통을 성찰하는 방향에서 이뤄졌다는 점에서 의미를 부여할 수 있다. 실제로 아동과 아동문학은 이데올로기의 압력이나 정치적 전략에 무방비로 노출될 수 있는 약한 존재란 점에서 한층 사려 깊은 교육적 논의가 필요[131] 하다는 점을 상기한다면, 『메아리 소년』은 아동을 독자로 한 이데올로기 접근 방식에서 눈여겨 볼 작품이다.

(3) 가치중립과 이데올로기 극복

『메아리 소년』은 소년을 목격자로 설정하여 전후 세계를 밀착하고 있다. 민이라는 소년의 시선으로 천진한 세계와 어두운 세계를 극명하게 대비하고 나아가서 모순으로 가득 찬 세계가 가져다주는 충격을 환기시키는 작품이다. 물론 어린 소년을 주인공으로 설정하여 전후 세계의 이면을 깊이 있게 천착하고 상황의 의미를 건져 올리는 데는 어느 정도 한계를 지니기도 한다. 하지만 여기서 소년의 시선과 설정은, 편견과 사시(斜視)로부터 벗어날 수 있었고 동시

---

131) 이주형, 『한국아동청소년문학 연구』, 한국문화사, 2009, 162쪽.

에 6 · 25의 한 단면을 거짓 없이 떠낼 수 있다. 이는 6 · 25 문학의 양식화 방법이 새로운 시각의 요청에 직면해 있음을 의미[132]하는 것이기도 하다. 어린 소년은 전쟁에 대해 어떤 규정을 하거나 판단을 할 능력이 없다. 그래서 소년이 보는 전쟁은 일면적으로는 어른의 경우보다 파편화, 단순화되어 나타나겠지만 다른 한편으로는 가치를 배제한 체 바라보기 때문에 중립적인 면모로 나타날 수 있다.[133] 이 작품에서 민이가 도입부에서 편향적이었던 시각이 차츰 중립적인 면모를 띤다는 점에서 눈여겨보아야 할 것이다.

작품 초반에서 민이를 괴롭힌 것은 또래 아이들이 겪을 수 있는 고민으로 협소한 세계이다. 민이의 고민은 술집을 하는 자신의 환경이 다른 아이들과 다른 것에서 시작한다. "집에 들어가도 보기 싫은 걸 보아야 하"(12쪽)고, "집에는 술 취한 손님들이 떠든 소리, 노래 부른 소리, 그보다 민이에게 가장 싫은 것은 상스러운 이야기와 주정으로 싸우는 소리였다."(15쪽) 때문에 민이는 술장사를 하는 집이 싫고 그런 자신에게 술집 아이라고 놀리는 아이들과 관계를 하지 않는 것으로 고립된 세계를 산다. 새어머니가 집을 나가고, 친하게 지내던 소영이가 이사를 가고, 아버지가 이름 모를 병을 앓는 것이 괴롭다. "어머니와 누이동생과 그리고 아버지도 다 잃은 것 같"(102쪽)은 심경으로 산다. 이렇듯 민이는 친어머니도 아니고, 친누이 동생도 아닌 이들을 유난히 그리워하고 상심해 한다. 여기서 민이의 고민은 또래 아이들이 가질 수 있는 고민이다. 민이를 비롯한 소년(들)에게 중요한 것은 전쟁, 이념, 이데올로기가 아니다. 그들에게 중요한 것은 혼자라는 외로움이다. 하지만 이런 민이가 협소한 세계를 벗어나게 되는 것은 아버지가 정신적으로 이상 증세를 나타내면서부터이다.

---

132) 조남현, 앞의 책, 37쪽.
133) 전흥남, 「분단소설에 나타난 아비찾기 모티프와 그 문학적 의미」, 『한국언어문학』42집, 한국언어문학회, 1999, 522~523쪽.

민이는 아버지가 도깨비에 홀려서 다치고 난 후, 아버지를 대신하여 도깨비를 잡으려고 한다. 민이는 처음 아버지가 피를 흘리면서 집으로 왔을 때, 누군가와 싸웠을 것이라는 정도로 가볍게 여긴다. 그러나 이후 아버지가 계속 헛소리를 하자 민이는 도깨비의 실체를 생각하게 된다.

> 그 도깨비가 정말 아버지의 정신을 뺏아 가서 아버지가 그렇게 실신한 사람처럼 된 것인지도 모른다. 그렇다면 그 도깨비란 것은 어디서 나타나는 것일까 도깨비란 것이 없다고 생각해 온 민이도 이제는 그 도끼비를 잡아 없애 버려야 아버지가 그런 두려운 데서 구함을 받을 것이란 생각을 하게 되엇다. 도깨비를 잡아 없애면 아버지가 그런 불행 속에서 구함을 받게 될 게 아닌가. 도깨비란 건 세상에 없다고 생각하비만 만일이레도 그런 게 잇다면 잡아서 그 정체를 밝혀 놓는 것이 좋을 거야. (…) 도깨비가 정말 있다고 하는 생각은 과학 공부와는 단 세상의 일 같다. 그러면서도 세상에는 과학이 아직 알지 못하는 것도 있을 지 누가 아니(43~56쪽)

이렇듯 민이가 자신의 주변 환경을 고민하던, 즉 협소한 세계에 머물던 것이 아버지의 이상 증세를 보면서 보다 넓은 세계로 나아간다.

작품 초반에서 민이는 세상에는 과학으로 알지 못하는 것이 있다는 생각을 통해 도깨비의 실체를 찾으려고 한다. 여기서 도깨비의 실체는 말 그대로 실체가 없는 즉, 이데올로기이다. 민이 아버지가 동생을 죽인 동족간의 살육을 상기한다면, 6·25의 동족상잔 비극은 실체를 알 수 없는 도깨비이면서 과학으로도 해결하지 못한다는 아이러니를 의미하는 것이다.

이런 민이는 아버지를 위해 도깨비의 실체를 찾고 싶지만, 쉽지 않다. 때문에 작품 초반에서 민이의 신념 역시 흔들린다. 먼저, 민이는 아버지가 나라를 위해 동생을 죽이고도 애국이 다 뭐냐고 호통을 하는 것을 떠올린다. 그런 이해할 수 없는 아버지의 행동이 나라 사랑을 하지 않는 사람으로 비춰질까, 다른 사람이 알까 두려워한다.

그리고 공민 선생과 애국, 비애국에 대해 토론을 하다가 북괴군이 아버지라면 쏘지 않겠다는 말을 해서 아이들로부터 "간첩이니 빨갱이니 하는 소리"(130쪽)를 듣고 속상해 하는 데서도 발견할 수 있다. 아이들의 놀림으로 아버지를 위해 도깨비를 잡겠다는 신념은 사라지고 오히려 혈육을 죽인 아버지를 애국자라고 생각하게 된다. 즉, 친구들이 놀리는 것이 괴로워, 자신도 아버지 못지않은 애국심을 갖고 있고, 나라를 위해서 아버지한테도 지지 않을 것이라는 당찬 생각을 한다. 그런 생각을 갖고 있던 민이는 산에서 수상한 사람을 만나고 신고하는 것으로 애국심을 증명한다. 자신의 사상을 의심하는 공민선생과 아이들을 생각해서 단지 그 사람의 옷차림이 말투가 수상하다는 이유로 말이다.

하지만 산에서 본 사람을 간첩으로 신고하고 경찰서에서 나오다가, 정작 자신이 그리워하던 새어머니를 길에서 보고도 놓치고 만다. 여기서 간첩과 어머니의 대비되는 구도는 진정 애국과 비애국이 무엇이냐의 물음이기도 하다. 자아가 성립되지 못한 민이는 간첩을 잡고 애국자가 되지만, 여전히 외롭고 괴롭다. 정작 민이가 괴로운 것은 간첩을 잡아서 공민 선생에 의해 애국반공소년이라고 명명될 때이다. "교단에 올라선 민이는 죄짓고 꾸중 듣는 아이처럼 부끄러운 표정"(156쪽)이 된다. 그리고 아이들이 애국반공소년이라 부르지만, 오히려 그 말을 창피해 하고 아이들과 싸움을 벌인다. 또한 그 싸움에서 한 아이가 "애국자 땜에 사람 다치겠"(156쪽)다는 말은 전후가 남긴 씨앗이 사회의 불신을 조장한다는 것을 보여준다. 애국을 강요하는 사상이 개개인의 불신을 조장한다는 것을 알 수 있다. 이러한 시대의 불신을 조장하는 대표적인 인물로 공민 선생을 들 수 있다. 공민 시간에 공민 선생과 아이들의 대사이다.

공민 선생은 민주주의에 대한 이야기를 하시다가 반공 사상에까지 이야기를 마쳤다. 공산주의를 쳐부수기 위해서는 우리 국민은 한 사람도 마음을 게

을리 해서는 안 된다고 하시면서 만약에라도 북한 공산당을 비호하거나 동정하는 사람이 우리 대한민국에 한 사람이라도 있어서는 큰일이라고 하셨다. 그리고 북괴군이 일가친척이라면 어떻게 하냐는 민이의 물음에도 스스럼없이 답한다. (…) 애국심은 일가라 해서 버릴 수 없는 것이야. 나 자신까지라도 희생하며 나라를 위해 목숨을 바치는데 친척이라 해서 적을 끌어들이거나 동정하거나 해서 되겠니? (…) 입으로만 애국이니 반공이니 해서는 되는 게 아니야. 누구나 행동으로써 애국도 반공도 해야 하는 거야.(126~155쪽)

이렇듯 이 시대의 애국은 말이 아닌, 행동으로 실천을 요구한다. 공민 선생이 아이들을 대상으로 시대가 요구하는 애국을 부르짖은 것이라면 박선생과 춘천댁의 남편이 나누는 대사는 전후가 남긴 상처와 혼란을 여실히 드러낸다.

우리 사람 내쫓을 의논하지 않았어. 우린 갈 데도 없단 말이야. 전투에서 죽지 않고 살아왔다고 괄시냐 죽었으면 좋았겠나. 이 가슴패기를 봐 빗발 같은 적에 맞고도 적군과 싸운 용사다. 쫓아낼테면 해 봐. 아니 여보 용사가 아니랬소 내가 뭐랬소 6·25의 상처를 당신만 받은 게 아니란 말이오. 이 집 어른도 상처에 탈이 나서 죽은 거요.(275쪽)

이렇게 둘의 싸움은 단지 그들만의 싸움이 아니라 전후의 풍경을 여실히 보여 주는 것이다. 전쟁은 어느 한 개인의 문제가 아니라 우리 민족 모두에게 상처를 남겼다는 것으로 해석할 수 있다. 결국 민이는 자신의 주변에 있는 인물들의 사상을 통해 협소한 세계를 벗어난다. 동생을 죽이 아버지의 행동은 이해할 수도 하지 않을 수도 없다는 것을 생각하게 된다. 또한 전쟁이 무엇인지를 생각하면서 편향된 시각에서 벗어난다.

정말 죽느냐 사느냐 하는 운명이 눈앞에 닥쳐 온 것이었다. 죽음의 자리가 바로 여기냐, 아니면 백 미터 앞이냐 하는 것만이 모르는 일이지 죽는다는 것은 이미 결정되어 있는 것 같았다. 그러나 살길이 있다는 생각은 있었다. 그건 다른 것이 아니다. 상대방을 죽이는 일이다. 적군을 죽이는 길만이 내가 사는 길이었다.(112쪽)

전쟁이란 아군만의 희생이 아니라, 적군 또한 희생되었다는 것이다. 선우휘는 한국 작가에게 중요한 것으로 6·25의 역사적 사실에 대한 객관적 인식의 문제를 들었다. 이는 전쟁문학에 대한 작가들의 관점이나 의식에 대한 우려로 "작가들이 국군의 죽음보다 인민군의 죽음에 깊은 의미를 형상화하는 식으로 끌고 가는 것은 곤란하"고, "6·25를 통해 우리가 왜 사람을 죽였고, 또 죽이지 않을 수 없었던가의 그 역사적 고뇌의 의미 규명"[134]이 필요하다고 하였다. 결국 한국전쟁을 소재로 하는 전후 문학은 또 다른 시선에서 재고되어야 할 사안이라는 것을 알 수 있다.

6·25 전쟁은 그 시대를 살았던 아동들에게 이유를 알 수 없는 두려움과 잊을 수 없는 기막힌 고통 그 자체였다. 그렇지만 이원수는 아동들이 어떻게 두려움과 고통을 극복하는지에 관심을 가졌고, 이 과정을 통해 미래에 대한 희망을 얘기하고자 한다.[135] 6·25 전쟁은 이원수 소년소설에 자주 등장하는 소재인데, 작가는 6·25 전쟁 자체를 배경으로 이야기를 풀어가지 않고 6·25 전쟁의 후유증으로 소년에게 직접적으로 영향을 주는 것을 보여준다. 아동소설은 아동이 이해할 수 있는 형식으로서 아동 사회의 생활에 도움을 줄 수 있고 아동의 바른 성장을 돕는 배려 아래 씌어져야[136]한다. 사실 분단 문제는 그 원인이나 과정은 도외시되고 그것이 남긴 상처만을 강조해서는 분단의 상처는 치유되기 어려울 것이다.[137]

여기서 진정한 한국 전쟁 문학이 쓰이지 못하는 이유는 어디에 있을까를 생각해 볼 수 있다. 그것은 그 전쟁을 객관적으로 인식하고 해석할 수 있는 정신적 자유로움이 부족하기 때문이다. 아직도 우리는 직 간접적으로 전쟁의 상흔

---

134) 『조선일보』, 1984. 6. 23.
135) 오판진, 앞의 논문, 305쪽.
136) 김혜정, 앞의 논문, 13쪽.
137) 조구호, 앞의 논문, 361쪽.

에서 벗어나지 못하고 있기에 그 시대 역사적인 상황은 나의 상황으로만 좁혀 논의하고 있다. 우리가 우리의 분단 상황을 중립적으로 인식할 때 전쟁을 소재로 한 작품은 의미를 가질 수 있을 것이다. 결국 6 · 25 문학이라는 것이 계속 씌어져 나가야 된다면, 객관적 사실에서 어떤 주체적인 동기를 찾아내가지고 거기에서 적극적이고 능동적인 계기를 발견해야 된다.[138] 여기서 전후를 보다 객관적으로 그린 『메아리 소년』이 어느 정도 성과를 얻고 있다고 할 수 있다. 물론 『메아리 소년』은 주인공과 부주인공 사이에 대립 관계에 놓인데 대한 원인 설정이 명쾌하지 못한 점과 사건 전개에서 일관성의 결여로 스토리 자체가 매끄럽게 이해되지 않는 부분이 있으며, 결말 처리가 매끄럽지 못한 작품과 결말을 맺지 않은 작품이다. 그러나 어린이들의 참담한 현실을 그대로 두지 않고 이러한 현실의 원인 제공자인 어른들에 대하여 작품을 통해서나마 질타하면서 어린이들을 바른 길로 방향을 제시하였다. 그래서 부정적인 판단 이 현실을 수용하는 자세가 방관자로 끝나지 않고 밝은 미래로 향하는 길을 제시한 면이 그의 작품에서 돋[139]보인다. 또한 『메아리 소년』은 전후 삶의 실정에 대해 이야기를 하고 있지만 편향된 측면을 부인할 수 없다. 그럼에도 이 작품이 의미가 있는 것은 6 · 25가 지나고 어느 정도 시간적 거리를 두고 전후에 남겨진 상흔을 소재로 하여 비극적인 역사의 희생자들의 아픔을 들여다보면서 이데올로기 문제를 짚는다. 이러한 점은 이후 전후와 분단을 소재로 하는 작품의 근간이 될 것이다.

문학과 사회는 긴밀한 유추 관계를 맺고 있다. 문학작품에 나타난 현실은 허구의 현실이기 때문에 그것을 실제 현실과 동일시 할 수 없다. 마찬가지로 실제 현실은 그것을 그대로 문학 작품화 할 수 없다. 곧 일정한 거리를 두고 실제 현실을 가공하여야만 비로소 문학작품이 되는 것이다. 위대한 작가는 그

---

138) 김윤식, 성민엽, 「6 · 25 문학을 어떻게 볼 것인가」, 『신동아』, 1986, 6월호, 625쪽.
139) 이균상, 앞의 논문, 244~245쪽.

사회 구조에서 가장 중요한 세계관이 무엇인가를 간취하고 상상력을 동원하여 허구적 문학작품을 통하여 현실에서 전달할 수 없는 사실까지 독자들에게 알리는 사람이다.[140] 어린이는 사회를 구성하는 일원이지만, 사회적으로 스스로 가치를 판단하고 행동할 수 있는 지적 상태가 성인에 비할 때 낮은 것이 사실이다. 이러한 점을 감안할 때 어린이 문학에서 한국 전쟁이라는 역사적 사실을 소재 또는 주제로 선택할 때는 무엇보다도 작가가 한국전쟁에 대하여 정확한 정보를 수집하고 폭넓게 이해하고 있어야 하며, 나아가 어린이의 환상성이나 심미성을 고려하여 전쟁에 대한 묘사와 의미 설정에 유의하여야 할 것이다.[141] 전쟁의 물리적 피해보다도 더 큰 정신적 피폐감을 초래하는 것이 6·25가 야기한 문제점들이다. 때문에 6·25를 소재로 한다고 해서 6·25 본질에 접근하는 것이 아니라 6·25가 야기한 폐해들을 예리한 촉수로 포착하는 것이 6·25 본질에 더 가까이 갈 수 있을 것이다.

2) 유토피아와 평등 사회 구현 - 김요섭

문학은 사회의 반영이라고 일컬어지는 것처럼, 문학 작품은 진공에 밀폐된 한 개인에 의해 창조되는 것이 아니다. 작가의 기능적 윤곽인 언어 표현, 경험, 인생의 제반 요소들은 모두 사회와 많은 함수 관계를 갖고 있다. 가령 한 작가가 한 인물을 그리고 있는 경우 그와 같은 인물은 벌써 그가 살고 있는 사회와 밀접한 상호작용을 갖는 상황에 주어져 있는 것이다. 때문에 소설에 제시된 인간상들은 대개가 사회 및 정치적 경제적 변동과 관련되어 있으며 또 사회적인 영향력이 개인 생활에 깊숙이 침투해 있기 마련이다.[142] 이렇듯 문

---

140) 문학과사회연구회 엮음, 『현대사회와 문학적 상상력』, 거름, 1997, 18쪽.
141) 정대련, 「아동문학에 나타난 한국 전쟁」, 『어린이문학교육연구』4권, 한국어린이문학교육학회, 2003, 48쪽.
142) 권유, 「이범선 소설에 나타난 분단의식」, 『한민족문화연구』6집, 한민족문화학회, 2000,

학과 사회는 불가분의 관계에 있으며, 문학 작품의 실험적 시도 또한 사회와 함수 관계에 놓여 있다.

우리나라는 식민치하와 해방, 6·25 전쟁 등을 겪으면서 상상이나 환상 세계를 꿈꾸는 것은 허무맹랑하거나 사치로 여겼다. 때문에 우리나라 아동문학은 대개가 생활을 소재로 한 생활동화와 의인동화가 주를 이루었다. 해방 이후 대개의 아동문학가들 역시 판타지는 시대의 비판정신을 외면하고 관념을 담아내는 정도로만 간주하여 생활동화를 쓰는데 주력하였다. 하지만 김요섭은 1960년대 들어 어린이에게 새로운 방식으로 또 다른 세계를 보여주려고 한다. 식민치하, 해방의 혼란, 6·25 전쟁 등 지난한 현실에서 오는 절망과 허무감을 환상의 힘으로 해결해 보고자 한 것이다. 『날아다니는 코끼리』에서 현실과 환상 세계를 구축하려고 한 것이 그러한 시도이다. 『날아다니는 코끼리』는 현실과 환상 세계라는 공간을 통해 물질주의 사상을 비판하고 어른들의 세계를 풍자, 억압된 어린이의 내적 욕망을 탐색한다. 즉 바람직한 세계를 구현하기 위해 환상이라는 장치로 시대와 세계를 풍자한 작품이다.

아동문학에서 환상은 삶과 사회를 구현하는 방법으로 환상, 동경 등 낭만주의적 요소를 도입하여 눈에 보이는 현상 뒤에 숨겨진 세계를 소망하고, 세계에 대한 새로운 해석을 발견하는 것이다. 환상은 실제 현실과는 다르면서도 궁극적으로는 비슷한 '또 다른 리얼리티'를 찾는다. 환상은 바로 그 '또 다른 리얼리티'를 전달하고 제공해 주는 효과적인 장치가 된다.[143] 아동문학에서 환상의 장치는 현실을 보는 또 하나의 방법이다. 현실의 모순을 드러내어 세계를 직시하거나, 잊고 있거나 잃고 있는 삶의 본질을 보게 한다. 그러므로 환상은 현실과 괴리된 것이 아니라, 현실을 반영하는 것으로 기능한다. 따라서 환상 세계는 유토피아일 수도 있고, 소망의 세계가 될 수 있다. 그리고 아동문학의 발전

170쪽.
143) 김성곤, 『퓨전시대의 새로운 문화 읽기』, 문학사상사, 2003, 166쪽.

은 '대상'으로서의 아동이 '주체'로서 인식되는 과정을 통해 가능하였으며, 근대화가 가져온 변화를 기반으로 해서 아동을 위한 이야기가 문학으로 자리 잡게 되는 과정을 거친다. 이러한 역사적 단계를 풀어가는 접근 코드로 환상의 역할은 의미가 매우 크다.[144] 따라서 『날아다니는 코끼리』는 환상 세계가 창조해 낸 낯선 공간과 인물, 신비로운 세계의 장치로 당대의 현실을 예리하게 꿰뚫어 보고 반영한다는 점에서 눈여겨 볼 작품이다.

(1) 현실 초극과 미래지향의 환상

김요섭의 작품 세계는 크게 해방 이후, 6 · 25 전쟁, 1960년대 이후로 구분[145]할 수 있으며, 문학적 특징은 현실을 반영하는 것이다. 초기 작품부터 여러 차례 변모하지만, 김요섭이 끝까지 고수한 것은 현실을 반영한 강한 주제의식이다. 물론 현실을 반영한 주제의식이 문학 세계 전체에서 일관된 것은 아니다. 하지만 김요섭의 대개의 작품에서 현실반영의 강한 주제의식은 부인할 수 없다. 그리고 김요섭에게서 보다 주목하는 것은 어린이를 중심으로 한 아동문학의 지향성이다. 여타 작가의 문학관과는 또 달리 어린이를 중심으로 한 문학이라는 것이다. 가령 초기 작품인 「연」이후 판타지 시도는 한국 아동문학의 다양한 실험문학으로 끌어올리는 데 구심점 역할을 한다. 특히 장편동화 『날아다니는 코끼리』[146]는 현실과 환상을 접목시켜 환상동화의 새로운 세계를 개

---

144) 차은정, 『판타지 아동문학과 사회』, 생각의 나무, 2009, 10쪽.
145) 김요섭의 작품세계 특징은 다음과 같이 세 시기로 구분할 수 있다
먼저, 우울한 현실을 배경으로 민족적 성향을 띠는 해방 이후 시기이다. 이 시기는 해방을 맞았지만 혼란하고 슬픈 현실을 사실적으로 작품화한 「연」과 「늙은 나무의 노래」를 들 수 있다. 둘째, 6 · 25 전쟁 이후로, 전쟁과 현실에 대한 저항의식과 허무주의가 투영된 시기이다. 6 · 25 전쟁으로 인해 잃어버린 고향을 그리워하는 「잔디밭에 그린 지도」, 클라리넷에서 나오는 군가 소리를 듣고 전쟁에 나간 아들을 그리워하는 할머니의 이야기 「은하수」를 들 수 있다. 셋째, 1960년대 이후로, 판타지와 신비한 세계의 추구, 그리고 문명비판적인 내용이 함축되어 있는 시기이다. 애드벌룬을 타고 세 어린이가 여름방학을 이용하여 신비의 세계를 탐험하는 모험과 화산을 그린 『날아다니는 코끼리』를 들 수 있다.

척하면서 1960년대 아동문학은 물론 작가 개인에게도 새로운 장을 열었다. 이 작품 역시 어린이가 주체인 어린이 공화국을 세우는 등 어린이를 중심으로 하였다는 것을 여실히 느낄 수 있다.

『날아다니는 코끼리』는 수영, 상범, 난희 세 어린이가 애드벌룬을 타고 신비의 세계를 탐험하는 모험동화이다. 여름방학이 되어도 별다른 계획이 없는 세 어린이는 수영이 할아버지가 다니는 회사의 선전용 코끼리 애드벌룬을 내리려다가 줄이 끊어지는 바람에 하늘로 올라가 여행을 하게 된다. 정글 속에서 맞게 된 죽음, 해적선의 납치, 사막에서 서커스단에 팔리는 몸이 되어 동양의 가짜 왕자와 공주가 되는 모험을 비롯해 어린이 공화국 등 장소를 옮겨가면서 펼쳐지는 환상 속 모험 이야기다. 즉 아프리카 → 해적선장 → 사막 → 서어커스단 → 어린이 공화국 → 얼음나라 → 어린이 공화국 등 자유롭게 장소를 옮겨가면서 전개된다는 점에서 모험동화이면서 환상 세계라는 장치를 통해 벌어진다는 점에서 환상동화라 할 수 있다. 또한 세 어린이가 위험과 난관에 부딪치고 그것을 해결하고 성장한다는 점에서 성장소설이라 할 수 있다.

『날아다니는 코끼리』는 "웅대한 스케일과 수법상에 있어 서구동화에 접근하여 우리 동화의 방향을 제시하려는 몸부림"[147]과 "장대한 규모로 그려낸 발랄한 상상력은 한국 환상동화에 굵은 획을 그은 것"[148]으로 평가 받는다. 해방 이후 대개의 아동문학가들이 생활동화에 주력할 때, 김요섭의 환상 동화는 한국 동화의 새로운 활로를 모색한 것으로 해석할 수 있다. 발랄한 상상력으로 한국 동화의 방향을 제시한 『날아다니는 코끼리』는 리얼리티에 기반하여 삶의 이야기를 담아내고 있으며 환상과 리얼리티의 조화를 통해 현실 직접적으로

---

146) 본 장에서 다룰 『날아다니는 코끼리』는 1968년 발행한 현암사 작품을 대상으로 한다. 이하 쪽수만을 명기할 것이다. 띄어쓰기와 맞춤법은 원문 그대로 따른다.
147) 이재철, 앞의 글.
148) 김현숙, 앞의 글.

드러내지 않고, 의인화된 비유나 상징으로 환상 기법을 표현하고 있다. 그리고 요소요소에 재미를 장치하여 즐거움을 준다. 가령 세 어린이는 사막에서 별 점을 친다는 여인을 만나는데, 그 여인이 부른 노래가 그러하다.

> 어이들손길 어이들손길/ 오시가 고쉬 숨한/ 이별 한상이 느나 느나/ 다니 입인여 느있 고키지/ 든거하상이 이꿈 밤젯어/ 오시보가 고치 을점/ 어이들손 길 어이들손길/ 오시가 고보쳐 번 한 점 내/ 길 한험 은막사/ 오시가 고보쳐 번 한 점 별 내//(81쪽)[149]

세 어린이는 별 점 치는 여자가 부르는 노래를 처음에는 알 수 없어 의아해 하지만, 여인이 노래를 거꾸로 부른다는 것을 알고 재미있어 한다. 하지만 이 노래는 단지 재미만 주는 것이 아니라 진체의 구구 할 내용을 일은다. 이른 중심이고 주체인 세상에서 어린이는 단지 존재 아닌 존재에서 어린이 또한 세 상의 중심이고 주체라는 것을 일깨우는 것으로 세상이 변화되어야 한다는 것 을 보여 주는 것이다. 그리고 사막에서 만난 키 작은 대상이 세 어린이를 위협 하는 과정에서 "일부러 장난감 권총을 가지고 달가락거리는 소리"(91쪽)와 키 다리 대상이 물을 마시기 위해 빈 컵을 들이키는 장면도 재미를 준다. 어린이 보다 성숙할 것으로 생각되는 어른들의 우스꽝스런 행동묘사는 재미를 주는 동시에 어른들에 대한 기존 이미지 전복으로 해석할 수 있다.

이처럼 『날아다니는 코끼리』는 재미를 장치하여 새로운 세계를 보여주려 한 다. 확산된 공간에서 펼쳐지는 환상동화로 김요섭은 물론 당대에 새로운 시도 였던 것이다. 이때 환상 세계는 현실과 전혀 다른 차원의 세계가 아니라 현실 의 불합리한 상황과 연계되는 세계이며 현실에 존재하는 세계다. 리얼리티에

---

149) 이 노래 내용을 바르게 옮기면 다음과 같다. 길손들이여 길손들이여/ 한숨 쉬고 가시오/ 나는 나는 이상한 별이/ 지키고 있는 여인입니다/ 어젯밤 꿈이 이상하거든/ 점을 치고 가보 시오/ 길손들이여 길손들이여/ 내 점 한 번 쳐보고 가시오/ 사막은 험한 길/ 내 별 점 한 번 쳐보고 가시오//

기반하여 현실의 문제를 담아내고 있다는 점에서 『날아다니는 코끼리』의 환상은 허무맹랑한 것이 아니라 시대와 세계를 보여준다는 점에서 우리의 지적 유희와 자유를 보여 주는 환상이다. 어떤 방향을 취하는 것이건 간에 문학과 사회에 관한 일체의 논의는 그것이 문학을 사회와 연결시켜 보고자 하는 입장인 만큼, 문학의 탈사회화란 신화에 대해 공격적인 입장에 선다고 할 수 있다. 문학사회학의 일차적인 공적은 문학이 근본적이며 본질적으로 사회성을 갖는다는 사실을 분명한 논리로 해명해 준 데 있을 것이다. 환상적인 이야기를 다루고 있는 작품이라도 불가피하게 사회성을 갖는다는 것이 대체적으로 인정되고 있는 형편이다.[150] 해방 이후 대개의 아동문학가들이 생활동화에 주력할 때, 김요섭은 새로운 방식, 즉 환상을 장치하여 새로운 세계를 보여주려 한다. 이는 한편으로는 지난한 우리 역사의 절망과 허무를 환상의 힘으로 해결하고자 한 것이기도 하며, 다른 한편으로는 약자인 어린이 그들의 세계를 만들어 주기 위한 것이다. 앞에서 언급한 것처럼 김요섭은 어린이를 중심으로 하는 아동문학에 고심한다. 아동문학의 주체가 누구이며, 어린이가 즐길 수 있는 재미의 필요성을 생각한다. 한 사회 구성원들이 그 사회를 바라보는 태도는 동일하지 않다. 사회의 상층에 위치한 특권층은 그 사회를 긍정적이고 낙관적으로 바라보며, 자기들의 특권을 보증해 주는 현존 사회질서를 그대로 유지하려는 보수적 편향을 갖는 것이 보통이다. 반면 사회의 하층에 위치하여 상대적으로 불리한 입장에 자신들이 고통 받고 있음을 자각하는 사람들은 그 사회를 부정적으로 바라보며 그 사회 질서란 파괴되고 수정되어야 할 것으로 생각한다.[151] 여기서 사회의 하층이란 다양한 층위가 있지만, 어른 중심인 이 세계에서 어린이는 사회의 약자이다. 세계와 사회의 약자인 어린이를 중심으로 생각하고자 한 것이 김요섭의 아동문학 세계관으로 보인다.

---

150) 이동렬, 『문학과 사회 묘사』, 민음사, 1988, 224~225쪽.
151) 이동렬, 위의 책, 224~225쪽.

이렇듯 김요섭의 환상은 허무맹랑한 것이 아니라 현실을 바탕으로 하는 환상이다. 그 현실은 고립된 현실이 아니라 상상으로 이어지는 당위적 현실이다. 즉, 있어야 하는 현실은 가변적인 있는 현실을 초극하여 미래지향성에 의해 완성하려는 그날의 현실이다. 그것은 있는 현실의 해부와 고발이며 초극에 의해 이루어지고 역사의식에 의해 구성되고 정립되어지는 당위의 현실이요, 총체적 현실이다. 있어야 하는 현실은 인간의 영원히 추구해 가는 유토피아이면서도, 당대의 의미에 그치지 않고, 인간이 이루려는 그날에 이르는 도정으로서의 역사적 의미를 지닌 현실이다.[152] 따라서『날아다니는 코끼리』는 현실을 바탕으로 하여 현실 세계와 환상 세계의 통로를 통해 인간이 추구하고자 하는 유토피아 세계이면서 진실된 세계를 구축하기 위해 환상을 장치한 것이다.

(2) 물질만능주의와 위악한 세계 풍자

1960년대 산업화는 경제 개발이라는 표면의 성장과 □□□□□□□□□□□는 부정적인 요소를 안고 있다. 산업화가 진행되면서 물질□□□□□□□□를 앞서게 되고 이로 인해 물질만능주의가 만연하게 된□. □□□□□□□ 중요하다고 생각하는 물질만능주의는 결국 개인주의와 이기주의는 물론 갖가지 사회적인 문제를 야기한다. 김요섭은 이런 부조리하고 무질서한 세계를『날아다니는 코끼리』에서 고발한다. 그 세계는 "비행기를 타고 세계의 술과 요리를 먹으러 다니는 정치가가 있는 판"(58쪽)이며, 어린이를 어른들 마음대로 "팔고 사고"(97쪽), 평범한 어린이들을 "궁성을 탈출해 나온 장난꾸러기 왕자와 공주"(98쪽)라고 위장해 몸값을 높이려고 거짓말을 스스럼없이 하는 곳이다. 또한 어른들의 위악함을 숨기려고 "서어커스 구경을 공짜로 할 수 있는 표"(105쪽)를 주는 등 뇌물이 성행하는 세계이다. 이렇듯『날아다니는 코끼리』

---

152) 구인환, 앞의 책, 41~49쪽.

는 부조리함이 만연한 세계인데, 이는 단지 환상 세계라는 공간만이 아니라 우리 사는 세상의 한 단면이면서 현실을 풍자하는 것이다. 이런 부조리한 세계를 구성하는 인물 역시 보이는 것을 중시 여기는 위악함으로 형상화된다.

> ① 해적 선장은 얼른 금테를 두른 모자를 쓰고 가에 종이로 만든 훈장을 단 다음, 망원경을 목에 걸고는 한쪽 다리를 절둑거리며 갑판으로 뛰쳐나왔습니다. (63쪽)

> ② 가죽으로 지은 모자를 꾹 눌러 쓰고, 왼쪽 윗 포켓에는 빨간 손수건을 접어서 넣은 것이 반쯤 보입니다. 그러나, 땀을 닦을 때마다 그 빨간 손수건으로 닦지 않고, 아래 포켓에서 때가 묻은 검으스레한 손수건으로 꺼내 닦았습니다. (92쪽)

①은 세 어린이가 만난 해적 선장의 모습이다. 금테를 두르고 모자를 쓴 모습과 가슴에 단 종이 훈장은 권위를 내세우려는 해적 선장의 허위의식 조롱이다. ②는 세 어린이를 서커스단에 팔려는 사막의 대상의 행동이다. 사막의 대상은 겉으로 보이는 것을 중요시 여기는 인물로, 상대에게 보여야 하는 경우는 깨끗한 빨간 손수건으로 대신하고 그렇지 않은 경우는 때 묻은 손수건으로 대신한다. 즉 보이는 것과 보이지 않는 것의 대비로 대상의 허영적인 모습을 비판한다. 작품에서 인물과 사건에 대한 작가의 태도에서, 작가는 여러 가지의 톤을 나타낼 수도 있다. 작가는 주인공을 그릴 때 존경할 만한 사람이거나 싫은 사람으로, 어리석은 사람이나 고상한 사람으로, 비참한 사람이나 비극적인 사람으로 그릴 수 있으며, 이런 작가의 태도는 직접적 설명이거나 극적 표현 혹은 역설적인 언어로서 나타낼 수 있다. 톤은 또한 가치평가의 원천이 되기도 한다. 작가 태도의 반영을 통해서 가치평가의 단서를 발견할 수 있기 때문이며, 이는 주제를 발견하는 단서가 되기도 한다.[153] 따라서 가슴에 종이 훈장을 단 해적 선장과 보이는 것과 보이지 않는 것의 위악적인 사막의 대상 설정은

세계를 풍자 비판하는 것으로 이 작품의 주제를 이해하는 단서가 될 수 있다. 이 외에도 작가는 부정적인 인물의 행동을 통해 시대의 문제점을 생각하게 한다. 다음의 인용문을 보자.

> 지금 눈앞에 있는 아이들을 보니까, 눈빛도 다르고 얼굴빛도 다른데, 서어커스단에 팔아먹기에 꼭 안성맞춤이었습니다. 거기다가 코끼리까지 덤으로 주겠다고 하면 틀림없이 서어커스단에서는 사 줄 것은 뻔한 일이었습니다.(84쪽)

위 인용문은 물질만능주의 사회에서 사막의 대상이 어린이를 인격체로 보는 것이 아니라 상품의 가치로 여기는 것이다. 어린이들을 비싼 값에 팔아넘기기 위해서는 거짓말도 마다하지 않는다. 또한 세 어린이들에게 "왕자와 공주라고 말"(107쪽)하라고 시키면서 신비와 꿈의 "동양의 궁성에서 날아온 왕자와 공주이야기로 위장하여 동화보다 더 아기자기 한 얘기"(107쪽)로 만들어 어린이들의 돈을 갈취해 이득을 취하려고 한다. 어린이보다 돈을 목적으로 하면서 "어린이를 위한 사랑의 서어커스단"(124쪽)이라고 이름을 지으면서 말이다.

이렇듯 세 어린이가 만나는 어른들은 힘으로 어린이들을 제압하려 하고 어른들의 세계에 가두려고 한다. 자유도 없고 희망도 없는 세계에서 피해를 보는 이들은 힘없고 약한 어린이들이다. 김요섭은 힘의 지배, 권력 앞에서 고통 받는 어린이들에게 환상 공간을 만들어 새 세계를 만들고자 하였다. 현실 세계에서는 불가능하기 때문에 환상 공간을 장치하여 새 세계를 건설하려는 것이다. 그래서 그는 환상을 강조하면서 작가의 가치관과 주제의식을 녹이고 있다. 이 작품에서 이상 세계를 구현하는 데 흰 코끼리는 주요한 인물이다. 세 어린이를 모험의 세계로 데리고 가는 인물인 동시에 어린이들이 위기에 처했을 때 모면하게 하는 조력자 역할을 하기 때문이다.

---

153) 구인환, 앞의 책, 152쪽.

토인들은 함정만 파놓는 것이 아니다. 빠지기만 하면 못 벗어나게 그물을
처놓고 있다. 그물 위에는 아무도 함정인 줄 모르게 나무 잎사귀를 덮어 놓고
는 누구든지 빠지면 나중에 그 난꽃의 다발을 묶어 놓은 바아를 잡아 당기기
만 하면 함정에 빠진 사람이나 짐승을 잡아당길 수가 있다.(53쪽)

　난희가 함정에 빠졌을 때 흰 코끼리의 힘으로 함정을 빠져나오는 장면이다.
이 작품에서 흰 코끼리는 세 어린이에게 지혜와 용기를 가르쳐 주면서 어린이
들이 변할 수 있는 매개 역할을 한다. 협소한 세계에 살아서 자신들이 사는
나라 외에는 알지 못하는 어린이들에게 다른 나라를 보여 주고 모험을 하도록
한다. 세 어린이는 점차 흰 코끼리에게 지혜와 용기를 배우면서 변하는데, 수
동적이던 어린이들이 흰 코끼리가 유럽의 아름다운 나라로 가자고 할 때 "씩씩
한 용기와 새 경험을 얻어 가지고 돌아가고 싶"(58쪽)다고 하는 데서 이를 알
수 있다.

　작품의 도입부에서 세 어린이가 모험을 떠나게 된 것도 흰 코끼리에 의해서
이며, 작품 전체에서 세 어린이를 모험의 세계로 인도하는 것도 흰 코끼리이
다. 이런 점에서 본다면 이 작품에서 흰 코끼리는 작가를 대변하는 것이기도
하다. 흰 코끼리는 어린이들에게 조력자 역할을 하며 앞에서 언급한 것처럼
당시 정치계에 대한 비판적인 시선도 놓지 않는다. 이처럼 『날아다니는 코끼
리』는 어른들의 위악한 모습을 통해 현실의 부정적인 모습을 선명히 보여주면
서 세계를 구현하고 있다.

　김요섭은 『날아다니는 코끼리』에서 물질만능과 배금주의 사상에 젖은 어른
들의 모습을 풍자 대상으로 삼는다. 풍자는 현실에 대한 작가의 부정적 인식이
형상화 과정 속에 나타나며, 작가가 지향하는 세계관에 의해 현실 상황이나
부정적인 인물에 대한 선명한 인식을 드러내는 것이다. 현실 상황과 부정적인
인물의 형상은 그것과 대조되는 진정성의 가치를 환기시킨다는 점에서 또 다
른 세계상 창조라고 할 수 있다. 그러므로 김요섭은 『날아다니는 코끼리』에서

어른들의 위악한 묘사와 세계에 대한 풍자로 또 다른 세계를 구현하고 있는 것이다.

환상 문학은 환상 세계에서 일어나는 일들을 다루고 있지만 그 궁극적 목적은 현실에 대한 풍자와 비판이다. 즉 환상을 통해 결국은 현실로 귀의하는 것이다. 환상은 우리의 인식 지평을 현저하게 넓혀주고 지적인 자유와 유희를 허용함으로써 궁극적으로는 현실에 대한 또 다른 시작과 현세에 대한 다각도의 점검을 가능케 한다. 환상세계 속에서도 마주치는 문제는 현실 속에서도 부딪히고 경험하는 문제들이다. 리얼리즘 문학에서 형상화된 현실이 있는 그대로의 현실이 아닌 구성된 현실임을 인식해 볼 때 리얼리즘 문학 속 세계가 현실법칙대로 움직이는 구성된 현실인 것에 반해 환상 문학은 단지 새로운 법칙으로 보이는 현실의 모습일 뿐인 것이다.[154]

문학에서 환상은 세계를 보는 또 하나의 방법이다. 현실의 모순을 들추어 은폐되어 있던 진실을 직면하고 삶의 본질을 복원시킨다. 때문에 환상은 현실과 괴리되고 분리된 것이 아니라 현실의 거울이자 대안의 공간으로 기능하는데, 그 환상의 세계는 현실의 부족함을 채우려는 소망의 세계이면서 유토피아 세계인 것이다. 따라서 김요섭은 『날아다니는 코끼리』에서 각박한 현실의 어린이들에게 환상의 세계를 보여줌으로써 정신 세계를 성숙시켜 어린이들의 내적 성장을 돕고 있다.

(3) 어린이 중심의 어린이 공화국 건설

김요섭이 아동문학의 문학성을 획득할 수 있는 방안으로 주장한 것은 아동문학에 대한 올바른 정립이다. 그동안 이어져 내려온 아동문학관은 어린이와는 분리되어 있는 즉, 어른의 시선과 중심으로 창작된 것이기에 아동문학 소재

---

154) 차은정, 앞의 책, 145쪽.

로서 적합하지 않은 것이었다. 이러한 폐단을 김요섭은 과감히 깨뜨리면서 어린이와 어른을 분리하여 어린이 중심으로 생각한다. 물론 어린이 역시 사회 속에서 살고 있다는 것을 배제하지는 않았다. 관념적인 세계관과 이전의 아동문학관에 대한 비판을 염두에 두고 현실의 어린이를 창조하고자 하는데, 『날아다니는 코끼리』에서 현실 세계에서는 볼 수 없는 어린이 공화국 건설이 이를 뒷받침한다. 어린이 공화국에서 어린이는 모든 것의 중심이며 주체가 된다. 어린이들이 원하는 것은 무엇이든지 할 수 있고 얻을 수 있으며, 어린이가 자유롭게 생각할 수 있는 세계인 것이다. "하늘에서 내려다 본 어린이 공화국은 바다가 있는 아름다운 도시"(127쪽)이며, "어린이들이 행복하게 사는 나라"(129쪽)로, "어린이는 누구든지 무료 입장"(129쪽)할 수 있는 환상적인 곳이다. 하지만 어린이 공화국은 어린이에게 낭만적인 것과 달리 어른들에게는 반성의 공간이다. 작가는 그동안 어른 중심으로 살아온 현실 세계의 어른들에게 반성을 하게 한다. 그 내용을 인용하면 다음과 같다.

1. 어린이를 함부로 구박하는 일이 없습니까?
1. 어린이한테 과자와 과일을 많이 사줍니까?
1. 어린이한테 동화를 비롯한 좋은 책을 많이 사줍니까?
1. 어린이가 친구들과 구슬치기 할 시간도 없이 공부만 하라고 공갈 위협내 지는 폭행한 사실이 없습니까?
1. 천재 어린이를 만들기 위해서 피아노 같은 것을 어린이한테 중노동식으로 연습시킨 사실은 없습니까?(130쪽)

어린이 공화국은 소방수가 불이 난 집에서 어린이와 어린이의 책가방, 책상을 건져 내지만, 어린이가 제일 사랑하던 인형을 구하지 못해 소방수가 청소부로 전락하는 곳이다. "어린이들이 총소리 때문에 공부를 못하겠다고 절대 반대하여 전쟁이 일어나지 않는"(134쪽) 곳이다. 아름다운 분수가 있고 공원의 철문에서도 피아노 소리 같은 맑은 음악 소리가 나는 어린이 공화국에서 어린이들이 아무런 걱정 없이 평화롭게 꿈을 꾸며 살 수 있다. 이렇듯 어린이 공화국은 환상의 공간으로 어린이들이 소망하는 공간이자 이상 세계이다. 작가는 앞으로 펼쳐질 세계에 대해 미리 예견하는 즉, "21세기는 어린이의 세기"(117쪽)라는 데서 알 수 있다.

얼음과자의 나라는 궁전을 비롯해 모두 얼음으로 되어있으며, 사계절 겨울이지만 척박한 환경을 이겨낸 사람들이 행복하게 사는 곳이다. 세계 "모든 어린이에게 좀더 많은 과자를 먹이기 위한 헌법을 만들"(171쪽)어, 우유와 빵으로만 살 수 없는 어린이에게 과자를 많이 먹으라고 외치는 곳이다.

이렇듯 세 어린이는 흰 코끼리에 의해 아프리카, 사막, 해적선, 어린이 공화국, 얼음과자의 나라를 여행한다. 그 중에서도 어린이 공화국, 얼음과자의 나라는 우리가 살고 있는 세계가 아니다. 그곳에서는 현실 세계에서는 볼 수 없는 일들이 펼쳐진다. 특히 어린이 공화국과 얼음과자의 나라 두 나라의 공통점은 어린이가 어른보다 우선시 된다는 점이다. 어린이 공화국에서 어린이는 모든 것의 중심이며 주체가 된다. 어린이들이 원하는 것이면 무엇이든지 할 수 있고 얻을 수 있다. 그래서 어린이가 아끼는 인형을 살리지 못했다고 벌을 받는 소방수가 있고, 금붕어를 잃은 어린이 때문에 교통이 통제가 된다. 어린이들은 낚시를 하는 아버지들 때문에 데모를 한다. 또한 수영, 상범, 난희 세 어린이는 비록 어리지만 어린이 공화국에서 교장 선생님이 되어 그곳 아이들을 가르친다. 얼음과자의 나라도 어린이를 중심으로 모든 것이 펼쳐지며, 어린이를 위해 법이 만들어지는 곳이다.

어린이는 어른이 만든 세상을 원하는 것이 아니다. 어린이 자신들이 세계를 만들고자 한다. 어린이가 자유롭게 생각하고 이상을 펼쳐 나갈 수 있는 환경을 원하는 것이며 이러한 세계를 김요섭은 환상을 장치하여 만든 것이다. 그 세계는 우리가 살고 있는 현실 세계와 유사하지만, 그 세계에서만 통하는 법칙에 의해 움직이는 신비하고 환상적인 공간이다.

이러한 환상적인 공간, 즉 미지의 세계로의 여행은 결국 인간 내면에 대한 탐구이다. 또한 인간 본질의 회복에 대한 갈구이다. 때문에 세 어린이들의 여행은 현실의 한계에 대한 극복이기도 하다. 환상은 그것을 통해 우리가 우리 자신을 발견하는 은유이다. 그러므로 환상 동화의 초점은 모험, 초자연적 현상, 환상성, 그 자체에 있다기보다는 그것이 우리 내면과 현실을 향해 가리키고 있는 손에 있다. 초자연적이고 비현실적으로 보이는 요소들이 주인공을 어떻게 변화시키는가가 중요[155]하다. 따라서 세 어린이가 모험을 하면서 어떻게 변화했는가에 주목하게 된다.

처음 세 어린이는 모험을 떠나면서 흔히 볼 수 있는 평범한 어린이에 지나지 않았다. 코끼리에 의해 움직이고 생각하는 수동적인 인물들이었다. 그리고 작품 전체에서 이 어린이들이 능동적으로 행동하는 것은 그리 많지 않다. 단지 어린이 공화국에 가서 교장 선생님이 되어 일주일 동안 일한 것을 제외한다면 정작 세 어린이가 주체가 된 것은 많지 않다. 오히려 세 어린이로 인해 주변 인물들의 변화가 생긴다.

애드벌룬 날려 보내 직장에서 자리를 잃게 된 수영이 할아버지는 세 어린이의 용기 덕분에 과자회사를 홍보하였다고 상사로부터 칭찬을 받고 신분이 변한다. 그리고 세 어린이 덕분에 많은 어린이들이 캐러멜 선물을 받고 기뻐한다.

> 헬리콥터가 아침부터 서울의 하늘을 빙빙 돌았다. 시장은 또 한 가지 명령을 내렸다. 헬리콥터에서 캐러멜을 어린이들을 위하여 내려뜨리라는 명령이었다. 다시 두 대의 헬리콥터는 캐러멜을 가득 싣고 하늘을 내리기 시작했다. 어린이 공원, 한강 백사장, 만화가게가 있는 골목을 헬리콥터는 찾아다니면서 캐러멜을 떨어뜨렸다. 어린이들은 영문으로 모르고 캐러멜을 줍기에 바빴읍니다. (204쪽)

---

155) 차은정, 앞의 책, 143쪽.

김요섭이 동화를 선택한 것은 상상의 자유를 확보하기 위해서다. 동화 속에서 추구한 자유로운 상상은 현실을 더욱 뚜렷하고 생생하게 전달할 수 있는 역동적인 공간이 될 수 있었다. 이런 자유 추구에 대한 인식은 개인의 체험에 따라 달라질 수밖에 없다. 팬터지 부분에 속하는 책이 문학 속에서 영구적인 위치를 차지할 것이냐의 여부를 결정하는 것은 상상력뿐만 아니라, 또 다른 몇 가지의 요건이 있다. 가령 작자의 인생 경험이든가 표현력 같은 것이 그것이다. 그러나 작자가 팬터지를 쓰려고 뜻하였다면 어느 정도의 독창적인 상상력을 가지고 있는가가 우리한테 있어서는 최대의 관심사가 된다. 독창적인 상상력이라는 것은 단순히 무슨 일이든지 고안해 내는 재주를 말하는 것이 아니다. 추상의 세계에서 생명을 창조하는 것이다.[156] 이런 점에서 비록 세 어린이가 능동적인 행동을 취할 수 없었지만, 평범한 세 어린이가 용기를 갖고 모험을 하면서 새로운 세계의 역동적인 공간 창출은 생명을 창조한 것이라 할 수 있다. 즉, 앞에서 인용한 것처럼 세 어린이로 인해 많은 어린이들이 뜻하지 않은 캐러멜선물을 받은 것은 존재의 가치를 모르고 있던 어린이들에게 신선함을 주는 것이다. 어떤 상상력도 현실적인 것을 매개로 하지 않는 한, 그리고 현실에 대해서 모종의 상관성을 갖지 않는 한 상상력 본연의 목적인 자유의 이미지를 전달할 수는 없었다.[157] 때문에 작가는 어둠 속 현실의 어린이들에게 상상력을 주어 자유를 누리고 현실을 극복하기를 기원한 것이다. 그것은 그가 어린이들에게 생명력을 심어주기 위한 것에서 비롯되었다.

물론 『날아다니는 코끼리』는 현실에 뿌리내리지 못한 허구성과 치밀하지 못한 구성 등이 취약점으로 지적된다. 가령 어린이 공화국이 어린이를 중심으로 한 이상적인 공간이지만, 그곳의 폐해 또한 간과할 수 없다. 대 난국에 처한 어린이 공화국은 "부정부패 민생은 도탄에 빠져 있"(179쪽)으며, "어린이의 권

---

156) 릴리언 스미스, 『아동문학론』, 교학연구사, 1966, 204~205쪽.
157) 권오룡 외, 『문학 · 현실 · 상상력』, 문학과지성사, 1985, 321쪽.

리에 대한 문제가 가장 큰 문제이다. 어린이들의 권리가 너무 커지자 이 권리가 그만 폭력으로 변"(179쪽)한다. 이는 어린이를 중심으로 한 이상적인 공간이 현실에서 불가능한 이상세계라는 의미도 있지만, 다른 한편으로는 어린이에게 권리를 주지 않겠다는 세상의 논리에 부합하는 것일 수 있다. 어린이를 주체로 하는 세상은 이루어질 수 없다는 것으로 해석할 수 있는데, 그렇다면 작가가 처음부터 세운 어린이 공화국은 결국 현실의 또 다른 희망의 공간이 아니라 피상적인 공간으로 치부될 수 있을 것이다. 어린이를 중심으로 하고 주체로 상정한다면 어린이 공화국이 피상적인 공간이 아니라, 희망의 공간, 소망할 수 있는 공간으로 설정하였어야 할 것이다. 이런 점에서 『날아다니는 코끼리』는 치밀하지 못한 구성이라는 한계를 안고 있다.

하지만 생활동화에 주력 하던 당시를 생각한다면 어린이들에게 재미를 주고 또 다른 방식으로 새로운 세계를 접할 수 있게 한 점은 높이 평가되어야 할 것이다. 이전의 아동문학이 진정한 어린이의 실체를 탐구하지 않고, 관념적인 아동관 또는 동심을 비판 없이 받아들였던 것을 상기한다면, 김요섭이 이들과 어느 정도 거리를 둔 상태에서 시대적 문제를 다루고, 인간의 공통적 내면을 담아내는 즉, 보다 독립적인 기치로 새로움을 확보했다는 점을 간과할 수 없다.

이렇듯 『날아다니는 코끼리』는 선악 대결구도가 아닌, 어른 대 어린이 대결구도이다. 사막의 대상, 해적 선장, 서커스 단장, 과자회사 선전과장 같은 어른들은 어린이를 인격체가 아닌 물질적인 요소로 보는 인물들이다. 이러한 어른들을 비롯해 현실의 어른들에게 반성하게 하고, 각박한 현실 세계를 벗어나 환상의 공간에서 희망을 보여주고 삶의 본질을 구현하는 것이 『날아다니는 코끼리』의 주제다. 즉 어른과 어린이는 상하관계가 아니라 수평관계라는 것을 말이다. 로크는 어린이는 태어나면서 백지 같은 존재로 이후 후천적으로 어떤 교육을 받는가에 따라 달라진다고 한다. 때문에 김요섭의 『날아다니는 코끼리』는 환상의 세계를 보여줌으로써 간접 경험을 통해 어린이들이 현실의 팝진함을 해소하고 새로운 세계를 보여 주려고 한 작품이라 할 수 있다. 문학에 있어서 구성방식은 시대에 따라 변한다. 이는 사회가 다르고 작가들이 추구하고자 하는 현실이 다르기 때문이다. 김요섭은 시대가 변하고 있고 변해야 한다는 필연성을 『날아다니는 코끼리』에서 구현하였다.

3) 일상의 발견과 어린이 세계 탐색 - 이영호

아동문학의 교육적 가치는 가르쳐서 알게 하는 것이 아니라 어린이 스스로 깨닫게 하는 것이라고 한다. 아동문학의 중심 연구에는 언제나 교육적 가치를 수반하면서 많은 문제점을 내포하고 있다. 이는 어린이를 미성숙한 존재, 즉 완전한 인간으로 보지 않고 어른들이 만든 체제의 규율에 복종하도록 훈육하는 존재로만 인식하는 것이다.[158] 이는 어린이의 고유한 본질을 억압하고 다른 것으로 채우려한다는 점에서 범죄다.[159] 즉, 어린이를 훈육의 대상이 아닌 세계 속의 구성체 일원으로 간주하고 세계를 보여 주어야 한다는 것이다. 때문에 작가는 자기 시대가 다른 시대와 다른 점이 무엇인가를 알아보고, 이렇게 파악된 당대의 모습을 사회의 조건에 맞게 작품으로 생산하여야 한다. 1960년대는 부모들이 아동 교육에 관심을 기울이기 시작하여 교육열이 가중되고, 서양 명작물의 무분별한 번역 출간으로 이어지면서 아동의 정서에 악영향을 끼치는 등 한국 아동문학의 기틀이 위협 당하던 시기였다. 종전의 병폐는 물론 당대의 병폐를 더이상 묵과할 수 없는 지경에서 이영호는 새로운 아동문학에 고심한다. 이전의 관념적이고 추상적인 현실 인식, 기법과 주제의 획일성 등을 벗어나 종전과는 다른 새로운 아동문학을 정립하려 한다. 이영호는 이전 시기 문학과 결별하고 새로운 아동문학을 확립하기 위해 어린이를 아동문학의 주체

---

158) 송은미, 앞의 논문, 2쪽.
159) 엘렌 케이, 『어린이의 세기』, 지식을 만드는 지식, 2009, 26쪽.

로 상정하여 어린이의 세계에 밀착한다. 즉, 문학으로서의 아동문학에 접근하여 아동문학의 본질적 측면을 탐색하면서 1960년대 아동소설의 성과를 거둔 작가라 할 수 있다.

(1) 주변부에서 중심부로의 전이

이영호는 1966년 『경향신문』신춘문예에 동화가 당선되면서 문단활동을 한다. 당선작인 「토끼」는 다른 작품이 어린이를 대상으로 하면서도 그들의 심리를 외면한 것과 달리, 아동 심리를 반영한 작품이라는 평을 받았다. 아동문학은 아이들의 생활을 돌아보지 않고 개념이나 사고만으로 작품이 될 수는 없다. 좋은 작품이라면 얼마만치 아동 생활을 잘 그리며, 얼마만큼 옳은 것을 찾아내어 쓰는가에서 그 작품이 지닌 미의 가치[160]가 지워진다. 결국 관념적이거나 어린이의 생활을 외면한 작품은 좋은 작품이 될 수 없다는 것이다. 「토끼」는 주인공 소년이 자신의 노력으로 무언가 이룬 성취감과 책임감, 어미 토끼와 새끼 토끼의 관계를 통해 모성애 등을 깨닫는 과정에서 어린이 심리가 잘 담겨 있는 작품이다. 농촌 아이들의 생활을 묘사하고 아이들이 가져야 할 이상을 찾아내, 이를 작품화한 것이 인상적이다. 이영호는 「토끼」 이후에도 아동의 직접적인 세계를 배경으로 아동심리를 반영하는 작품으로 주목받는다. 특히 그의 등단 초기 작품은 대개가 투철한 작가 정신과 탄탄한 구조, 강한 메시지를 느낄 수 있다. 당선과 동시에 펴낸 『배냇소 누렁이』는 첫 창작집이지만 작품 수준이 고른 편이어서 좋은 반응을 얻는다. 작품집의 대부분이 농촌을 배경으로 한 것인데, 농촌 어린이의 삶을 조명한 것은 그동안 소외된 어린이에 관심을 가졌다는 데서 의미를 찾아 볼 수 있다. 이원수가 쓴 『배냇소 누렁이』 발문에서 이를 발견할 수 있다.

---

160) 이원수, 『아동문학입문』, 웅진출판, 1984, 165쪽.

요즈음 어린이들과 함께 생활하며 작품을 쓰는 분들 가운데서 진실된 생각과 태도로 동화를 쓰며, 특히 농촌 어린이들의 생활을 그리는 일이 많아진 것은 참으로 반가운 일입니다. (…) 더구나 도시 어린이들만 상대하여 쓴 동화가 많은 우리나라에서 농촌에서 자라는 어린 동무들을 상대로 글을 쓴다는 것은 여간 대견한 일이 아닙니다.[161)]

이원수의 글을 보면, 당시 대개의 작품들이 농촌 어린이의 생활보다 도시 어린이의 생활을 소재로 하였다. 그러나 이영호는 그동안 소외되었던 농촌 어린이를 대상으로 그들의 삶을 다루었다는 점에서 주목할 작가로 본다. 당시 아동문학계 실정은 아동의 실생활과 담을 쌓은 아동문학, 절대 다수 서민층 아동의 고생스런 생활이나 농촌 아동의 심정을 그리는 것을 불온하고 비교육적인 문학이라고 모함하려 들면서, 안락한 환경의 아동 생활만이 아동문학의 옳은 소재라고 생각[162)]하였다. 이런 연유에서 이원수는 아동의 현실을 직시하고 진실과 애정으로 아동 세계를 그려야 한다고 하였다. 부유한 가정의 아동보다 노력하면서 살아가는 서민층, 농촌 아동들의 생활을 그리고 그들의 심정을 그리는 것을 무슨 불온한 일이라도 되는 것처럼 생각하는 것은 자라는 어린아이들에게 다양한 세계를 보여주지 못한다는 점에서 올바른 것이 아니라고 한다. 즉, 소수 부유한 아동보다 절대 다수의 농촌과 서민층의 아동의 삶을 많이 그려서 보다 많은 아이들의 삶을 제시하는 것이 필요하다는 것이다. 결국 이영호가 농촌 어린이들의 생활을 주 배경으로 하는 것은 다양한 아이들의 다양한 세계를 제시한 것, 즉 소재의 범위 확장과 어린이 세계 조명의 확장이라는 점에서 그 의미를 부여할 수 있다. 이는 이영호가 이전의 아동소설이 아동의 세계를 외면하고 상업적인 목적에 부합하는 관념적인 소재에서 변모하려는 것이

---

161) 이원수, 『배냇소 누렁이』, 발문, 태화출판사, 1966. 본 장에서 다룰 『배냇소 누렁이』는 1966년 발행한 태화출판사 단행본을 중심으로 한다. 이하 쪽수만을 명기하기로 한다. 띄어쓰기와 맞춤법은 원문 그대로 따른다.
162) 이원수, 앞의 책, 173쪽.

기도 하다. 현실과 분리된 삶을 그리는 동화와 달리 현실과 대립하고 갈등하며 긴장 상태를 유지하는 아동소설을 통해 그들의 직접적인 세계를 보여주려는 것이 이영호의 작가관이다. 여기서 첫 창작집의 표제작「배냇소 누렁이」는 농촌 아이들의 삶을 여실히 드러낸다는 점에서 주목하게 된다. 최지훈도「배냇소 누렁이」는 공모의 당선작인「토끼」와「돌팔매」보다 손색이 없으며 오히려 탁월하다고 한다.

「베냇소 누렁이」는 아랫마을 삼영이네 누렁이와 윗마을 덕수네 검둥이의 소 싸움 이야기다. 당시 볼거리와 놀거리가 드문 농촌 아이들이 소를 가지고 싸움시키는 것을 보여 주는 것으로 농촌 아이들의 일상을 담은 것이다. 가난하여 잘 못 먹이는 삼영이네 누렁이가 정미소를 하는 덕수네 소를 이기자 덕수네는 덩치가 더 큰 소를 산다. 삼영이는 덩치 큰 소와 다시 싸워야 하는 누렁이가 불쌍하지만, 싸움은 불가피하다. 다시 붙은 싸움에서도 삼영이네 소가 이긴다. 삼영이는 자신의 자존심을 세워준 누렁이가 자랑스럽다. 하지만 자신의 소로 알고 있었던 누렁이는 배냇소였고 주인이 와서 데리고 가는 것이 중심서사이며, 삼영이의 자존심을 세워 준 누렁이가 원래 주인을 찾아가면서 끝을 맺는다. 우리 사는 세상이 이상이 이닌, 현실인 것처럼 이 작품의 결말은 행복이 아니라 있는 그대로의 현실을 보여주고 있다. 행복한 결말은 아동문학에 대한 전통적인 정의에서 가장 주요한 기준 중의 하나일 뿐 아니라 가장 보편적인 선입견 중의 하나이다. 그런데 행복한 결말에 대한 생각은 문화적, 역사적 상황[163])에 따라 달라진다는 것을 이영호는 염두에 둔 것으로 보인다. 그리고 이 작품을 보다 주목하는 이유는, 표면과 달리 이면에 함축하고 있는 세계 양상 때문이다. 표면의 소 싸움이 결국 가난한 집 아이와 부유한 집 아이의 대리 싸움으로 아이들 세계도 어른 세계처럼 경제 논리가 좌우한다는 것을 암묵적

---

163) 마리아 니콜라예바, 앞의 책, 138쪽.

으로 보여 주는 것이다. 이렇듯 이영호는 농촌 아이들의 세계를 그리면서 그들의 세계 역시 어른과 다르지 않다는 것을 보여 주고 있다.

이영호는 『배냇소 누렁이』를 비롯해, 초기 작품에서는 농촌 아이들의 삶을 소재로 하여 그들의 일상을 그린다. 『배냇소 누렁이』이후 물질문명과 전쟁 비판 등을 그리면서 아이들의 삶을 조명한다. 물론 이후 도시 아이들의 삶으로 넘어오지만, 1960년대 등단 초창기 이영호는 농촌 아이들의 삶 조명으로 아동 소설의 소재 범위 확장이라는 측면에서 이후 작가들에게도 영향을 미친다. 사실 이영호는 소설적 문체, 폭넓은 소재, 작가 의식이 투철한 작가의식과 주제 등으로 아동 소설을 문학의 영역으로 끌어올리는데 일정 정도 기여했다고 할 수 있다.

(2) 내면 발견과 일상적 주체

어린이들은 공허한 관념에는 흥미가 없으며, 오히려 그것에 구애받는 어른들을 반성하게 만든다. 사실을 추상화하는 일이 어른들에게는 대단한 놀이지만 어린이들에게는 대수롭지 않은 일이다. 따라서 아동문학 작가들은 사물 그 자체에 흥미를 갖고, 거기서 어떤 느낌을 받을 것인지에 대해서 일일이 언급하지 않[164]는 즉, 어린이들의 세계를 들여다 볼 수 있어야 한다. 여기서 이영호를 언급할 수 있다. 이영호는 어린이 그들만이 갖고 있는 심리와 세계를 세밀히 들여다보는 작가라 할 수 있다.

「꽃다발」은 전근 가는 선생님을 위해 꽃다발을 만들지만, 늦잠을 자는 바람에 전하지 못한다는 내용이다. 이 작품은 새로운 선생님에 대한 환상을 가지는 아이의 심리 묘사를 눈여겨 볼 수 있다. 길만이는 새로 전근 온 선생님이 마음에 들어 자신의 담임이 되었으면 하는 생각을 갖는다.

---

164) 폴 아자르, 『책 · 어린이 · 어른』, 시공주니어, 1999, 216쪽.

지난 해 삼월, 김 선생님은 길만이네 학교로 왔습니다. 첫 눈에도, 매양 대하는 길만이네 학교 선생님과는 뭔가 다른 데가 있는 것 같은 분이었습니다. 후리후리한 키에 차림도 자못 깔끔해서 사진에서나 가끔 본 그런 멋진 신사처럼 생각되었습니다. (…) 김 선생님은 정말 인사 말까지 여태 들어 본 다른 선생님의 인사말과는 사뭇 다르게 들렸습니다. 조용한 목소리, 정확한 표준말……. 길만이는 대번에 김 선생님이 좋아졌습니다. 길만이는 김 선생님을 담임으로 모실 수 있었으면 하고 은근히 바랐습니다. 그랬더니 정말 뜻밖에도 길만이의 생각대로 김 선생님은 길만이네 담임이 되셨습니다. 길만이는 뛸 듯이 기뻤습니다.(9~10쪽)

길만이는 새로 온 선생님이 담임이 되어 기뻐한다. 담임이 된 선생님에 대한 호감을 가지고 더욱 좋아할 수 있는 것은 운동화를 잃어버린 길만이에게 선생님이 운동화를 사 주기 때문이다. 길만이는 자신의 가난한 형편을 알고 운동화를 사 주는 선생님의 따뜻한 마음에 감동을 받는다. 그래서 선생님이 몸이 아파 학교를 그만둔다는 소식에 꽃을 꺾어다 꽃다발을 만든다. 선생님이 떠나는 아침에 늦잠을 자서 꽃다발을 전해 주지 못해 선생님이 타고 떠나는 버스를 보고 울음을 터뜨린다는 내용이다. 산골을 배경으로 하여 따뜻한 마음을 베풀어 주는 선생님의 마음에 감동을 받은 순박한 어린이의 모습을 볼 수 있는 작품이다. 그러나 이 작품은 순박한 어린이의 모습과 함께 자신보다는 타인을 더 의식하는 주인공의 인물 설정은 어른의 사고에 포획시키려는 어른 작가의 시선을 발견하게 된다.

다음날 아침 길만이는 생각했던 것보다 늦게까지 일어나지 못했습니다. 어제 들로 산으로 쏘다니느라 고단했던 모양입니다. 잠을 깬 길만이는 부랴부랴 선생님의 건강이 회복되시길 바랍니다. 라고 쓴 긴 종이를 화환에 붙여 들고 집을 나섰습니다. 선생님이 떠나신다던 첫 버스보다 먼저 학교의 앞 정류장에 닿으려면 바쁠 것 같아 안달이 났습니다. 운동화를 졸라매고 헐떡헐떡 달려갑니다. 오늘 아침에사 말고 늦잠을 잔 자신이 마구 꼬집고 싶도록 미워집니다.(17쪽)

선생님께 선물하고자 하는 마음은 이해할 수 있지만, 자신의 몸을 추스르지도 않고 버스 정류장을 향해 달려가는 어린이의 모습은 어른이 만든 어린이상일 것이다. 선물이란 반드시 전하지 않아도 그 노력으로도 의미를 획득할 수 있다. 그런데 선물을 전하지 못할 것 같아 불안해하는 마음을 갖고 운동화 끈을 졸라매고 뛰어 가는 어린 아이의 모습은 어른들이 원하는 어린이상 다름 아니다.

어린이의 욕망을 다룬 작품으로「연」을 들 수 있다. 진이는 형의 연이 갖고 싶은데, 형은 진이가 어리다는 이유로 연을 주지 않는다. 진이는 그런 형이 미워서, 형이 연 싸움을 할 때 졌으면 한다.

> 연줄이 풀리는 소리와 바람 소리가 무섭게 뒤얽혔습니다. 진이는 주먹을 꼬옥 쥐었습니다. "형 게 나가버려라. 형이 져라" 진이는 속으로 이런 생각을 했습니다. 그런 진이의 가슴 속은 까닭 모르게 두근거렸습니다. (…) "와아—나갔다 야야아!" 갑자기 아이들의 고함소리가 하늘을 찌를 듯 터져 올랐습니다. 정말 팽팽하게 실렸던 두 연 중의 하나가 바람에 불려서 팔랑거리며 날아 내리고 있었습니다. "병폐 연이 나갔다!" 아이들의 고함 소리에 진이는 저도 모르게 가슴을 쓸었습니다. 형이 져 버렸음 하던 좀 전의 자신을 까마득히 잊고 진이는 벙글거리며 세차게 손뼉을 쳤습니다. (27~28쪽)

하지만 진이는 형이 연 싸움을 하기 전과 달리 형이 연 싸움에서 이기자 이전의 생각은 잊고 기뻐한다. 이런 모습은 어린이만이 가질 수 있는 심리이다. 순간 자신의 감정을 있는 그대로 표출하는 아이의 심리를 그대로 묘사한 것이다. 그리고 이 작품은 연을 갖고 싶은 아이의 마음을 잘 드러내면서, 자신이 갖고 싶은 것을 무작정 그냥 얻는 것이 아니라, 노력을 한 다음에 얻을 수 있다는 것에 초점을 맞추고 있다.

「숙아와 에루와 선생님과」는 어린이가 동물을 아끼고 사랑(①)하는, 즉 인간과 동물을 동등한 인격체로 보는 반면, 어른들은 동물을 몸 보신용으로 보는 것(②)으로 어린이와 어른의 세계관 대조를 보여주는 작품이다. 먼저 인용문을 보자.

① 시방 숙아는 에루를 팔겠다고한 엄마가 한 없이 원망스러운 것입니다. (…) "에루야, 가지마! 가면 죽어! 에-루 가지마!" 숙아는 황급히 소리쳐 에루를 불렀습니다. 에루는 낑낑 거리며 되돌아왔습니다. 숙아는 에루를 꼭 껴안았습니다. 에루의 부드러운 털에 얼굴을 바고 다시 울음을 깨물기 시작했습니다.(43쪽)

② 넌 개란 건 말야, 길러 보면 물론 사랑스럽지, 하지만 그놈은 그렇게 살다 이렇게 죽으란 팔자를 타고 난 동물이야. 돼지, 닭, 염소, 토끼…… 다 그렇잖니?(46쪽)

숙아네는 돈이 없어서 기르던 개를 몸이 안 좋은 선생님께 판다. 팔려가는 개를 불쌍하게 생각하는 숙아(①)와 달리 동물의 타고난 팔자는(②) 그렇게 살다가 죽으라는 것이라는 선생님의 대사에서 어린이와 어른의 세계가 다른 것을 보여 주고 있다. 그리고 어른들에 의해 죽을 위기에 처한 에루가 도망을 갔는데, 아버지는 "개 한 마리를 똑똑히 죽이지 못하고 속을 썩인다고 개를 잡고 속을 썩"(47쪽)인다고 한다. 하지만 숙아는 도망간 에루를 걱정하고 다음 날 집 앞에 와서 죽은 에루를 가엾게 여긴다.

에루야, 날 용서해. 어쩔 수 없었어. 넌 착했으니까 천당엘 갔을 테지, 에루야 잘 가 응! 숙아는 가슴에 손을 모으며 이렇게 조용히 말했습니다. 숙아의 눈엔 금시 눈물이 맺혀 떨어졌습니다.(50쪽)

숙아를 비롯해 어린이들은 본능적으로 생명에 마음이 끌린다. 그들은 생명을 소중히 여기고 키워가려 한다. 어린이들은 생명에 마음이 끌렸을 때와 똑같은 충동에 사로 잡혀서, 그것들의 도덕적 가치나 수백 년에 걸친 경험을 통하여 생명의 최고 보호자임을 입증한 사회적 가치에 이끌려 간다.[165] 힘 없는 동물을 인간과 동일한 생명체를 가진 존재로 여기며 어린이들의 생활 속에서 벌어질 수 있는 일들을 소재로 하여 어린이 심리를 세밀하게 포착하고 있다. 이는 이영호가 어린이를 대상으로 하는 아동문학의 본질에 보다 더 근접하는 것으로 보이기도 하다.

　문공부 주최 '신인예술상'에 뽑힌 「돌팔매」는 뒷동산에서 공깃돌 놀이를 하고 있던 민구가 상두꾼 소리를 듣고 꽃상여로 향한다. 민구는 꽃상여 앞에 상주(喪酒)인 용제를 보고, 용제 할아버지와 있었던 일을 회상하는 것으로 현재 → 과거 → 현재로 돌아오는 구조다. 민구는 나무지게를 하러 갔다가 용제 할아버지한테 걸려 혼이 나자 용제네 논에 돌팔매질을 한다. 돌팔매질을 한 그날 밤, 용제는 무서운 꿈을 꾸고 용서를 구하러 가지만 용제 할아버지는 이미 돌아가셔서 기회를 놓치고 혼자 반성을한다는 내용이다. 돌팔매는 발생한 사건을 통해 자연스럽게 문제를 드러내고 그 문제를 스스로 반성하게 한다는 점에서 전개가 뛰어난 작품이다. 작품의 제목인 「돌팔매」는 제목 그 이상의 기능을 한다는 데서 그러하다. 즉, 자신을 혼낸 상대의 논에 돌팔매질을 해서 논을 망치는 것으로서의 돌팔매로 문제를 야기하는 기능과 용서를 해 줄 사람이 죽어 용서를 받을 수 없어서 결국 자신에게 돌팔매질을 하여 스스로를 반성한다는 기능으로 작용하기 때문이다. 이런 점에서 이영호는 한 작품 내에서 소재와 주제, 제목의 응집으로 문학성을 드러내고 있는 것으로 보인다. 이는 「외짝 고무신」에서도 발견할 수 있다. 「외짝 고무신」은 엿이 먹고 싶은 아이가 집에 있는 외짝 고무신을 들고 나가 엿을 사 먹는 이야기이다.

　　"민원아, 나 좀 줘!" 아이들은 다투어 손을 내밉니다. 민원이는 팩 돌아서며
　　세차게 도래지를 합니다. 손톱 길이 만큼의 엿을 베어 먹고 빈터 한 쪽으로

---

165) 폴 아자르, 앞의 책, 217쪽.

내뺍니다. 춘포도 일원을 내고 엿을 샀습니다. 옥자도 일원을 내밀었습니다. (…) 쌍수는 헐레벌떡 사립문을 뛰어들며 엄마를 부릅니다. 그러나 집 안에선 아무 대답도 없습니다. "엄마―!" 쌍구도 뛰어오며 빽 고함을 지릅니다. 역시 대답이 없습니다. 이웃집으로 나들이 가신 모양입니다. 쌍수는 냅다 마루 밑 으로 기어들어 갑니다. 껌껌한 마루 밑 구석에서 할머니의 헌 고무신을 찾아 쥐고 기어 나옵니다. "히야―! 있다, 신난다!" 쌍수는 옆이 터진 고무신을 치켜 들고 고함을 지르며 후닥닥 사립문 밖으로 달려 나갑니다.(160쪽)

쌍둥이 형제인 쌍수와 쌍구는 아이들이 엿을 사 먹는 모습을 보고 집으로 들어가 고무신을 찾아서 엿을 사 먹는다. 그런데 그 외짝 고무신은 아버지가 만수네 집에서 놀다가 고무신 한 짝을 바꿔 신고 와서 다시 바꾸려고 둔 것이 다. 고무신이 없어진 것을 알고 어머니는 쌍수와 쌍구에게 엿 값을 주고 다시 고무신을 찾아오게 한다. 절제가 어려운 어린이들의 먹고 싶은 욕망을 다룬 것으로 어린이의 심리 묘사가 뛰어난 작품이다. 이 작품에서 '외짝 고무신' 제 목은 사건을 만드는 요소이면서 쌍둥이 형제를 대변하는 것이기도 하다. 즉 고무신도 외짝이 아니라 두 짝이 있어야 제대로 된 신발인 것처럼, 쌍수, 쌍구 형제도 서로 같이 있어야 힘을 발휘한다는 것을 보여 주고 있다.

어린이들은 먼저, 극히 초보적인 감정이 찾아온다. 함께 있고 싶다는 바람, 남에게 도움이 되고 싶다는 배려, 동정, 상냥함, 친근함을 담은 신뢰감, 이들 은 행복하고 따뜻한 가정의 분위기에 싸여 일찍부터 길러지는 감정[166]이다. 이처럼 어린이들은 명쾌한 감정을 지니고 있다. 그들에게는 어두운 쾌락도 타

---

166) 셰드에 의하면, 12세까지의 어린이들은 이상적인 인문이나, 안전, 행복에 관심을 갖는다. 남들에게 관대하게 해 주기를 바리지만 사실 관대함에 대해서는 그들 자신도 잘 알고 있다고 한다. 어린이들은 용기나 명예심도 갖고 있다. 이는 천성적으로 타고난 공포나 남에게 칭찬 을 받고 싶어하는 욕구에서 자연스럽게 배어나온 감정들이다. 또 어린이들은 남에게 의지하 고 싶지 않으면 살아갈 수 없으므로 성실함이나 희생정신도 잘 아고 있다. 게다가 가족에 대한 감정은 그들의 이기심과 부모를 공경하는 감정을 지닌다. 그밖에 자유에 대한 사람을 품게 된다. 이런 감정들은 12세까지의 어린이들이 강하게 느끼는 것들이다. 셰드, 「어린이 의 문학적 감각의 발달」, 『책·어린이·어른』에서 재인용, 217쪽.

락도 없다. 어린이들은 슬픔 속에서 느끼는 즐거움, 일부러 고통스러워하며 이를 천천히 즐기는 즐거움 따위는 알지 못한다. 또 묘하게 거드름을 피우며 영혼의 불안을 자랑스럽게 내보이거나 각자의 인상이 어떤 식으로 변해 가는지 가만히 엿보거나 여러 갈래로 뻗은 생활 감정을 선악의 문제 이상으로 성가시게 캐고 드는 어리석은 짓은 하지 않는다.[167] 이영호는 어린이들의 기본적인 욕망, 즉 사랑받고 싶고, 타인에게 도움이 되고 싶고, 절제가 불가능한 물질적 욕망 등을 포착하여 그들의 세계를 묘사하면서 중층적 주제 의식을 내재하고 있다.

(3) 주제의 중층성과 미학 탐색

다음에서 살필 작품들은 표면적인 주제와 이면의 주제를 중층적으로 내재하고 있는 것이다. 먼저 「재구와 방학책」이다. 이 작품은 개학날 학교에 가야 하는 재구가 방학책이 없어서 속상해 하는 것으로 시작한다.

> "시, 아부지는 무식쟁이. 시, 방학책도 모르고, 선생님한테 뭐라쿠노, 선생님한테 매 대기 맞을 끼다, 시." 재구는 고개를 푹숙이고 느릿느릿 걸음을 떼어 놓으면서 연방 중얼거립니다. 생각할수록 아버지가 원망스러워집니다.(19쪽)

재구는 아버지가 방학책을 방바닥에 발랐기 때문에 책을 가져가지 못해서 선생님께 혼날 것을 예상하고 학교에 간다. 하지만 재구의 생각과 달리 선생님은 재구의 사연을 듣고 혼내지 않는다. 방학책을 못 가져 온 것은 전적으로 재구의 잘못이 아니기 때문이다. 그리고 이 작품에서 작가가 보다 중요하게 여긴 것은, 친구 사이에 있을 법한 질투를 중심으로 한 인물간의 갈등이다.

---

167) 폴 아자르, 위의 책, 216쪽.

① 재구야 같이 안 갈래! 그래도 발끝만 보고 걷습니다. 인수 녀석은 딱 싫습니다. 아버지가 반장이라고 뽐내는 것도 싫고, 형이 사왔다는 공을 가지고 괜히 으스대는 것도 싫습니다. 하지만 제일 미운 때는 공을 튀긴 다고 책보를 맡길 때입니다. 힘이 좀 세다고 제 멋대로 굽니다.(20쪽)

② "니, 방학책이 없어서 우짤기고? 잉" "선생님한테 세기 맞을끼다이." 인 수는 또 그 소릴 꺼냈습니다. 별일이다 했더니 책보를 들리는 것보다 그렇게 놀리는 것이 더 신나서 그랬는가 봅니다. 목구멍에서 뭐가 치밀 어 오릅니다. 침을 꿀컥 삼키고 입을 다뭅니다. "방학책은 방바닥에 붙 어 있심더 글캐라." 인수는 계속 야발댑니다. 재구는 못 들은 척 걸음을 재촉합니다.(20~21쪽)

재구는 아버지, 형, 자신의 (①)힘을 과시하는 인수가 싫다. 자신보다 여러 가지로 유리한 환경에 있는 인수와 친할 수 없고, 자신을 얕잡아 보는 태도 (②)를 용납할 수 없다. 인수보다 힘이 약한 재구는 인수의 행동에 대응하지 못하고, 말과 행동을 지켜볼 수밖에 없다. 인수의 행동은 선생님이 방학책을 검사하는 데까지 이어진다.

"왜 안 가셔 왔어?" (…) "재구 저거 아부지가 방학책으로 방을 안 발랐읍니 꺼." 인수 목소리가 뒤에서 크게 울려왔읍니다. "흐흑 으앙앙………" 기어이 재구는 울음보를 터뜨렸읍니다. 선생님은 눈을 휘둥굴 뜨셨읍니다. (…) "울지 말고 말을 해야 알지. 왜 방학책으로 방을 바르셨니 응?" (…) "재구 아부지는 글을 모릅니더. 그래서 고마 모르고 못 쓰는 책인 줄 알고 그랬다 쿱디더." 역시 인수입니다. 아이들의 웃음소리가 까르르 높아졌읍니다. 재구의 울음 소 리는 반 동무의 웃음소리보다 더 높아졌읍니다. (…) "왜 진작 말하지 않고— 그렇게 되었음 할 수 없잖니?" (…) "들어가서 앉아요. 괜찮아." 재구는 다른 애들처럼 선생님의 알밤을 먹지 않고 자리로 돌아왔읍니다. 그런데도 잘못해 서 실컷 얻어맞았을 때보다 더 서럽고 분해서 오래오래 훌적거려야 했읍니 다.(23~24쪽)

선생님이 재구에게 방학책에 대해 물을 때도 인수가 대답한다. 인수의 대답으로 교실은 웃음바다가 되고 재구는 결국 선생님께 맞지 않았는데도 울음을 터뜨린다. 여기서 재구의 울음은 여러 갈래로 해석할 수 있다. 글을 모르는 아버지에 대한 분노, 자신의 아버지를 놀리는 아이들의 웃음에 대한 분노이다. 그리고 보다 중요한 것은 자신이 약하다고 놀리는 인수의 행동을 선생님이 이해하고 자신을 혼내지 않은 선생님의 배려에 대한 고마움이다. 앞의 인용문에서 인수의 행동은 글을 모르는 재구 아버지를 놀리는 것이나 다름없다. 많은 아이들 앞에서 창피를 당한 재구를 배려하는 선생님 덕분에 재구는 서러움을 눈물로 표현한 것이다. 여기서 이영호의 사상을 엿 볼 수 있다. 아동 문학에서 깊이는 사상의 형상화이다. 이때 사상은 작가가 가지고 있는 자신의 사고방식이나 생활 방식의 문제이며, 이것이 얼마나 세밀하게 형상화되어 있는가 하는 것이 문제이다. 작가가 아무리 정열적으로 말하더라도 그것이 인간과 깊이 관련된 문제로서 개인과 개인의 갈등 또는 개인의 내적 갈등을 통해 그려지지 않는다면 작가 한 사람의 정의감으로 표현하는 것으로 끝나 버린다.[168] 이런 점에서 이영호는 한 작품에서 중층적인 주제를 담으면서 개인과 개인 간의 갈등, 개인의 내적 갈등을 내포하면서 작가의 사상을 드러내고 있다. 「재구와 방학책」처럼 재구와 아버지의 갈등, 재구와 인수의 갈등을 통해 주제 의식을 드러내고 있다. 또한 인물들 간의 갈등을 통해 주제 의식을 담고 있지만, 그

---

168) 우에노 료, 『현대 어린이 문학』, 사계절, 2003. 198쪽. 저자는 어린이 문학의 넓이와 깊이에 대해서 말한다. 넓이는 세 가지가 있는데, 어린이 문학을 만들어 내는 신비한 세계, 이상한 세계를 판타지, 어린이의 일상 세계를 묘사하고 그 속에 있을 수 있는 인간의 모습과 있어야 하는 인간의 모습을 탐구하는 것을 현실 세계, 일상적 세계를 뒤집어 이상한 세계를 만들어 내고 인간이나 세계가 이상해 질 수 있다는 형태로 인간 속에 있는 가능성을 찾는 것을 난센스로 보았다. 그리고 깊이는 사상의 형상화라고 하며, 이는 작가의 사고방식이나, 생활 방식의 문제로 보고 아무리 자유로운 어린이관을 갖고 있다 하더라도, 그것이 그대로 생동감 있는 형태를 갖지 못한다면 관념의 전달이나 포교로 끝나 버리는 것이므로, 어린이가 자유로이 즐길 수 있는 세계를 그려야 하며 인간과 깊이 관련된 문제를 그려야 하는 것을 중요하게 여긴다.

주제 의식을 형상화하는 데 있어서 보다 중점을 둔 것은 어떻게 말하느냐 하는 방식에 염두를 두면서 작품을 극대화하고 있다.

문학 작품이 우리 사는 인생의 이야기이듯, 이영호는 짧은 단편에서도 인생의 의미를 담고 있다. 「토끼 당번 날」은 기쁨→ 슬픔→ 애로→ 기쁨이라는 구도로 희로애락을 반영하고 있다. 이 작품의 전개 양상을 서사 연쇄로 드러내면 다음과 같다.

> S1 용구와 민수는 학교에서 토끼 당번을 한다.
> S2 토끼들이 풀을 맛있게 먹는 모습을 보고 기뻐한다.
> S3 더 많은 토끼풀을 뜯으러 비봉산에 간다.
> S4 토끼 먹이를 구하고 민수는 일선에 있는 형을 생각한다.
> S5 민수가 일선에 있는 형에게 가 보고 싶다고 하자, 용구는 시무룩해진다.
> S6 민수는 용구의 형이 월남에 가서 죽은 것을 떠올리고 용구를 위로한다.
> S7 민수는 용구의 아픔을 떨쳐 버리게 하려고 돌팔매 놀이를 하자고 한다.
> S8 아래로 던진 돌에 사람이 맞아 소리를 지른다.
> S9 돌에 맞은 사람의 아들이 와서 둘을 혼낸다.
> S10 돌에 맞은 사람이 와서 용서 해준다.
> S11 두 사람은 위기를 모면하고 학교로 돌아온다.

민수와 용구 두 인물이 학교를 벗어나 세계를 경험으로 하고 다시 학교로 돌아오는 설정으로 성장 소설의 구도를 띠고 있다. 토끼에게 먹이를 주면서 행복해 하는 것이 기쁨이라면, 친구 형의 죽음을 같이 슬퍼하는 것이 슬픔, 돌을 던져서 다른 사람을 맞혀 위기에 처한 것이 애로, 위기를 모면하고 원래의 자리로 돌아오는 기쁨의 구도를 갖고 있다. 친구간의 우정을 그리는 것이면서 아동들이 직접 부딪치고 있는 사회 현실이나 혹은 상상력에 의해 그들이 사회적으로 충분히 체험할 수 있는 현실적인 문제를 주로 다루고[169] 있다.

---

169) 이상현, 앞의 책, 85쪽.

「점박이와 참외 서리」는 6·25 전쟁이 지난 후, 전쟁 당시 희생된 사람들에 대한 감사함을 되새기는 작품이다. 용아 아버지는 점박이가 일을 잘 한다고 좋아한다. 하지만 용아는 다른 소들과 어울리지도 않고, 혼자 돌아다니는 점박이가 싫다. 그런 점박이를 소먹이 하러 갔다가 없어져 밤나뭇골에 들어간다. 용아는 밤나뭇골에서 6·25 전쟁 당시 죽은 사람들의 시체가 있는 널브러져 있는 것을 목격하고 점박이를 찾아 데리고 나온다. 이 작품은 소먹이를 하는 아이와 잃어버린 소를 찾는 에피소드로 보인다. 그러나 점박이를 통해 잊고 있던 6·25전쟁의 참혹함을 떠올리는 계기가 된다.

> 용아네가 소를 먹이고 있는 배나뭇골은 모태산 줄기에 있다. 모태산은
> 6·25때 괴뢰군 고지였다. 마주 앉아 있는 삼봉산은 미군이 진을 치고 있던
> 고지다. 삼봉산을 빼앗기면 마산까지 위태로운 판국이라 국군과 미군은 끝까
> 지 삼봉산을 지켜내노라 어찌나 치열하게 싸웠던지 용아네가 피란에서 돌아
> 와 보니 잿더미가 된 산 아랫마을까지 시체가 널려 있었다. 모태산은 온통
> 시체가 깔려 있고, 몇 천 개나 되는 지뢰가 묻혀 있는 삼봉산은 반이나 썩은
> 시체가 수없이 딩굴어져 있는 건 죄 괴뢰군의 시체였다. 밤나뭇골은 유독 더
> 했다. 시체가 차곡차곡 쌓이듯 했다. (…) 아이들 몇과 같이 시체를 묻으러
> 나온 어른들을 따라 멋모르고 놀러왔던 용아는 그 많은 시체를 보고 어찌나
> 질겁했던지 밤새도록 잠들지 못하고 앓는 소리했다. 시체가 묻힌 자리엔 몇
> 해가 지난 지금도 시꺼먼 잡초가 무성하게 자리하고 있었다. 그런 밤나뭇골이
> 라 마을 아이들은 아무도 그 쪽으로 소 먹이러 가지 않았다.(76쪽)

6·25 전쟁 당시 참혹함을 엿 볼 수 있는 대목이다. 6·25를 잊고 사는 당대인들에게 참혹함을 상기하면서 전쟁의 비극을 막으려는 의도로 보인다. 그런데 이 대목에서 주목할 수 있는 것은 수 없이 뒹굴어져 있는 괴뢰군의 시체이다. 전쟁은 쌍방간의 희생이 뒤따르는 것이다. 즉 국군과 미군의 시체는 없고 괴뢰군의 시체만 널브러졌다는 묘사는 작가의 인간애를 발견할 수 있는 지점이다. 그리고 이 작품은 60년대 중반에 발표된 것인데, 전쟁과 어느 정도

시간적 거리를 두면서 6·25에 대해 좀더 객관적으로 서술할 수 있는 시기라는 점에서 6·25를 보다 객관적으로 접근하려는 의도로 읽힌다. 가령 용아가 점박이를 찾아서 나오는 길에 돌멩이에 채여 쓰러지고 덩굴 가시에 긁히는 등 갖은 고통을 겪는 것 역시 6·25를 잊고 사는 인물들에 대한 채찍인 것이다. 이전 시대의 참혹함을 잊고 외면하고 사는 이들에게 경각심을 불러일으키는 것과 동시에 6·25의 폐해를 들여다 볼 수 있는 작품이다. 용아가 6·25의 참혹함을 눈으로 보고 다시금 되새길 수 있는 것에 고마움을 표한 데서 이를 알 수 있다.

> "점박이야, 아깐 잘못했어. 너 아니었음 오늘 나도 쟤네들 하고 싸워서 큰일을 저질렀을 지도 몰라. 그런 걸 모르고 난 너에게 몹쓸 짓을 했구나."(80쪽)

점박이를 찾으러 갔던 용아는 다른 아이들이 참외 서리를 하다가 걸려 혼이 나는 것을 보고 점박이를 미워했던 것을 뉘우친다. 하지만 이 작품은 표면적으로 점박이와 참외 서리에 얽힌 에피소드와 달리 그 이면에는 6·25를 좀더 객관적으로 생각하려는 의도를 담고 있는 작품이다. 이렇듯 이영호는 한 작품에서 표면의 가벼운 주제와 그 이면에 무게감 있는 주제를 녹이는 전략을 취한다. 일반적으로 주제는 작품 속에 내재한 작가의 정신이며 혼이다. 작품의 중심 사상이며 작가가 말하고자 하는 메시지이다. 아동소설은 동화의 독자와 달리 보다 높은 연령을 상정한다. 아동소설의 종류가 어떤 것이든 아동의 연령과 정서적, 교육적으로 미치는 영향을 염두에 두고, 밝고 건강한 정신과 삶의 슬기를 상상적으로 체험할 수 있도록 배려[170] 해 주는 것이 바람직하다. 이런 점에서 「점박이와 참외 서리」는 6·25라는 무거운 주제를 어린이 시선에서 이해할 수 있는 전략으로 재미를 장치하면서 교육적으로 접근한 작품이라 할 수 있다.

---

170) 이상현, 위의 책, 89쪽.

앞에서 살핀 것처럼, 이영호는 그동안 소외되었던 농촌 어린이를 대상으로 그들의 삶을 다룬다. 농촌 어린이들의 생활을 주 배경으로 소외된 아이들의 다양한 세계와 삶을 제시하는 등 소재의 범위를 확장하였다. 이전의 아동문학은 어린이의 실생활과 거리를 둔 소재로 안락한 환경의 어린이를 그리거나 그들의 세계를 외면하고 상업적인 목적에 부합하는 관념적인 소재에 주력하였다. 이는 어린이를 세계의 구성원으로 인식하지 않고, 단지 미숙한 존재로 인식하는 데서 기인한 것이기도 하다. 아동소설은 동화와는 달리 현실의 직접적인 문제, 가령 인간의 문제, 사회의 문제 등을 탐구하는 것이다. 때문에 현실과 분리된 삶이 아니라 현실과 대립하고 갈등하며 긴장 상태를 유지하는 그들의 직접적인 세계를 보여주는 것이 아동소설이며 여기에 이영호를 거론하게 된다.

물론 「꽃다발」의 주인공처럼 자신보다 타인을 더 배려하는 즉, 선생님께 선물하기 위해 자신의 몸을 추스르지도 않고 버스 정류장을 향해 달려가는 모습은 어린이를 어른의 사고에 포획하려는 작가의 시선 역시 배제할 수 없다.

하지만 「숙아와 에루와 선생님과」처럼 힘없는 동물을 인간과 동일한 생명체를 가진 존재로 여기며 어린이들의 생활 속에서 벌어질 수 있는 일들을 소재로 하여 어린이의 심리를 세밀하게 포착하는 것이 이영호의 특장이다. 이는 이영호가 어린이를 주독자로 하는 아동문학의 본질에 보다 더 근접하는 것이기도 하다. 어린이들의 기본적인 욕망, 즉 사랑받고 싶고, 타인에게 도움이 되고 싶고, 물질적인 욕망 등 어린이들의 심리를 예리하게 간파하여 어린이들이 알아야 할 세계 혹은 필요한 세계를 구현하는 작가이다.

여기서 이영호의 사상을 엿볼 수 있다. 아동 문학에서 깊이는 사상의 형상화이다. 이때 사상은 작가가 가지고 있는 자신의 사고방식이나 생활 방식의 문제이며, 이것이 얼마나 세밀하게 형상화되어 있는가 하는 것이 문제이다. 작가가 아무리 정열적으로 말하더라도 그것이 인간과 깊이 관련된 문제로서 개인과 개인의 갈등 또는 개인의 내적 갈등을 통해 그려지지 않는다면 작가 한 사람의 정의감으로 표현하는 것으로 끝나 버린다.[171] 이런 점에서 이영호는 한 작품에서 중층적인 주제를 담으면서 개인과 개인 간의 갈등, 개인의 내적 갈등을 내포하면서 작가의 사상을 드러내 아동들이 직접 부딪치고 있는 사회 현실이나 혹은 상상력에 의해 그들이 사회적으로 충분히 체험할 수 있는 현실적인 문제를 주로 다루고[172] 있다.

아동소설은 동화의 독자와 달리 보다 높은 연령을 상정하지만, 어린이 독자라는 점은 배제할 수 없다. 그렇기 때문에 인물 설정과 그에 따른 묘사가 제약을 받는 것도 사실이다. 하지만 이를 극복하는 방법 역시 묘사력에 의해 좌우되는데, 묘사력은 어린이의 심리, 생활 등 어린이의 세계에 대한 깊이 있고 예리한 관찰에 의해 나타난다. 이런 점에서 어린이의 심리와 세계를 예리하게 포착하여 다양하게 구현한 이영호의 아동소설은 당대는 물론 이후 1970년대 아동소설이 변모하는 데 일정정도 기여하였다고 할 수 있다.

---

171) 우에노 료, 앞의 책, 198쪽. 저자는 어린이 문학의 넓이와 깊이에 대해서 말한다. 넓이는 세 가지가 있는데, 어린이 문학을 만들어 내는 신비한 세계, 이상한 세계를 판타지, 어린이의 일상 세계를 묘사하고 그 속에 있을 수 있는 인간의 모습과 있어야 하는 인간의 모습을 탐구하는 것을 현실 세계, 일상적 세계를 뒤집어 이상한 세계를 만들어 내고 인간이나 세계가 이상해 질 수 있다는 형태로 인간 속에 있는 가능성을 찾는 것을 난센스로 보았다. 그리고 깊이는 사상의 형상화라고 하며, 이는 작가의 사고방식이나, 생활 방식의 문제로 보고 아무리 자유로운 어린이관을 갖고 있다 하더라도, 그것이 그대로 생동감 있는 형태를 갖지 못한다면 관념의 전달이나 포교로 끝나 버리는 것이므로, 어린이가 자유로이 즐길 수 있는 세계를 그려야 하며 인간과 깊이 관련된 문제를 그려야 하는 것을 중요하게 여긴다.

172) 이상현, 앞의 책, 85쪽.

4 1960년대 아동문학의 의미

1960년대 아동문학은 이전 시기의 문학과 결별하면서 새로운 문학의 가능성을 다양한 방식으로 보여주었다. 1950년대 아동문학은 6·25 전쟁의 체험으로부터 자유롭지 못하여, 참담하고 우울한 현실에 대한 기록물이라 해도 과언이 아닐 정도의 수준이었다. 그래서 작품에서는 무엇보다 전쟁을 통해 형성된 피해 의식과 참상이 주로 그려졌고, 한편으로는 전쟁의 비극을 치유하고자 하는 휴머니즘이 중요한 주제로 제시되었다. 말하자면, 인간의 살육 현장을 체험함으로써 역으로 어린이의 고유성에 대하여 살피게 되었다는 것이다. 그렇지만 이런 주제와 내용은 매우 추상적인 것이었다. 전쟁의 폐허에서 벗어나야 하고, 고통 받는 사람들에게 따스한 인간애를 베풀어야 한다는 것은, 그 주제의 진실성에도 불구하고 사실은 추상적인 연민과 동정의 수준을 벗어나지 못하였다. 막연한 동정과 연민, 온정의 시선은 고통의 원인에 대한 천착을 전제하지 않으면 추상적 담론의 수준에서 크게 벗어날 수 없다. 1960년대 아동문학은 이런 추상성을 넘어서는 지점에서 시작된다. 4·19와 더불어 자유당 독재가 붕괴되고, 5·16으로 인한 군사 정부의 출현으로 정치·사회적 혼란이 계속되었지만, 그것은 한편으로 현실을 보다 객관적으로 인식하게 하는 계기를 제공하였다. 또한 산업화가 진전되면서 상대적인 안정과 여유가 생기면서 현실을 보다 객관적으로 바라보는 의식이 형성되었다. 게다가 작가들이 활동할 수 있는 매체가 다양하게 등장하고, 작가들을 배출하는 신춘문예 등의 제도가 활성화되면서 1960년대에는 많은 작가들이 출현해서 왕성하게 작품을 발표한다.

1960년대 아동문학의 문학사적 의미는 이들 작가들의 활동에 의해서 만들어진다. 1960년대에 활동한 작가들을 크게 세 부류로 나누어 볼 수 있다. 등단 시기를 기준으로, 해방 이전부터 활동을 하던 이른바 구(舊)세대, 해방 후에 등장한 세대, 그리고 1960년대에 등단한 세대로 나누어진다. 구세대는 일제강점기를 몸소 겪었고 또 해방과 전쟁의 참상을 겪으면서 작품 활동을 해온 세대이다. 이들은 해방과 함께 남과 북이 나누어지고, 일부 좌익 계열의 작가들이 월북하는 과정을 몸소 겪으면서 작품을 창작하였다. 이 과정에서 이들은 기존의 문학적 특성과 가치를 유지하면서 변화된 현실에 적극 적응하는 모습을 보여준다. 이원수는 그런 구세대를 대표하는 작가이다. 그는 식민지 시대의 경험을 바탕으로 전쟁과 전후의 현실을 소화하면서 사실주의적인 창작방법으로 아동 현실을 문제 삼았다. 이원수를 통해서 일제강점기 세대가 1960년대 들어 어떠한 문제의식과 방법으로 작품 활동을 했는가를 상징적으로 이해할 수 있다.

김요섭은 해방 후에 등장한 세대를 대표한다. 김요섭은 전쟁과 이데올로기적 갈등의 참상을 몸소 체험하면서 작품 활동을 시작했기에, 아동문학에서는 그런 사실을 의도적으로 배제하고자 하였다. 장차 국가의 미래를 짊어질 세대로서 아동은 순수한 꿈과 희망 속에서 성장해야지 성인들의 추악한 갈등과 싸움 속에서 성장해서는 안 된다는 생각이고, 그래서 어린이들이 갖는 꿈과 환상을 주된 소재로 활용하였다. 그런 점에서 김요섭은 해방기에 등단한 작가로서의 특징을 보여주며, 1960년대 아동문단의 독특한 경향의 하나를 대표하게 된다.

이영호는 이들과는 전혀 다른 지점에서 작품 활동을 시작하였다. 그는 사회가 상대적으로 안정되고 경제적으로 여유를 갖기 시작한 1960년대 중반에 작품 활동을 시작하였다. 그래서 그의 작품에는 전쟁이라든가 이데올로기의 문제가 심각하게 제시되지 않는다. 그는 아동들의 실제 생활에 주목하면서 그들이 갖는 기쁨과 슬픔, 고통과 갈등의 문제에 주목하였다. 일상 현실에서 부딪히는 섬세한 심리적 갈등과 내면의 흐름 등이 그가 주목한 아동의 주요한 현실이었다. 그런 점에서 그는 이원수나 김요섭과 구별되는 1960년대의 특징을 전형적으로 보여주는 작가의 한 사람이다.

1960년대 아동문학은 이들의 다양한 활동에 의해 그 의미가 만들어진다.

첫째로 아동문학은 어린이와 관련된 문학이라는 사실과 연결지어 생각할 수 있다. 즉, 아동문학의 관련 양상은 어린이에 의한 문학, 어린이에 대한 문학, 그리고 어린이를 위한 문학으로 범주화할 수 있을 것이다. 어린이가 관심을 가질 만한 것이라면 그 모든 것에 대한 문학으로 어린이에 대한 특별한 관심의 결과물이다. 1960년대 아동문학은 어린이에 대한 관심을 본격적으로 기울인 문학이라고 할 수 있다. 아동문학의 독자인 어린이를 중심으로 세계를 보고 어린이의 세계를 들춰내고 조명하고 있다는 점에서 그러하다. 아동문학의 본질을 적실히 평가하기 위해서는 무엇보다 독자가 누구인가를 살펴야 할 것이다. 아동문학의 주체인 '어린이란 누구인가'를 생각해야 하는 것이다. 실제 어린이나 아동기를 생각하면서 독자를 규정짓는 것은 부정확한 것이기 때문에 대신 문학 자체를 들여다봐야 한다. 때문에 아동문학은 '어린이에 대해 무엇을 말해 줄 수 있는가'를 문제 삼아야 한다.[173] 따라서 1960년대 아동문학은 어린이에 대해 말하고 있다는 점에서 이전의 아동문학과는 구별되는 독특한 특성을 보여준다고 할 수 있다. 이원수는 어린이를 세계의 구성원으로 간주하여

---

173) 페리 노들먼, 『어린이 문학의 즐거움』1, 시공주니어, 2002, 53쪽.

세계를 대면하게 하였으며, 김요섭은 어린이공화국이라는 유토피아 공간으로 어린이 중심 세상을, 이영호는 어린이 내면을 들여다보고 그들의 욕망을 탐색하였다.

둘째로는 아동 현실의 수용과 형상화를 들 수 있다. 이원수의 경우에서 볼 수 있듯이, 1960년대 아동 작가들은 추상과 보편적 휴머니즘의 문제가 아니라 구체적인 일상과 삶을 작품의 중요한 소재로 수용하였다. 전쟁은 분열과 증오, 살육과 고통, 죽음과 굶주림, 덧붙여 가족과의 생이별, 고달픈 피난살이 등 구체적 일상이 이원수 작품에 나타난다. 전쟁으로부터 거리감을 갖고 이제 그 현실을 객관적으로 조망하기 시작한 것이다. 『메아리 소년』에서 볼 수 있듯이, 전쟁 이후 온갖 희생을 치렀음에도 불구하고 아무런 대가를 얻지 못했다는 것, 비극을 초래한 책임을 누구에게 추궁할 수도 없다는 것, 그 참혹한 결과만을 감내해야 한다는 것 등은 이전 시기의 작품에서는 볼 수 없었던 1960년대의 구체적인 성과라 할 수 있다.

그런 사실은 또한 이데올로기에 대한 아동문학적 수용을 통해서 한층 구체화되어 나타난다. 문학이 이데올로기를 담아야 하는가라는 문제는 흔히 문학과 정치와의 관계로 확대됨으로 해서 그 동안 우리 사회의 여러 사정으로 인해 쉽게 외면되거나 깊이 있는 논의가 이루어지지 못했다. 그러나 이 문제가 야기한 숱한 논쟁이 문학을 둘러싼 다른 사안들과는 달리 가장 첨예한 대립 양상을 드러낸 것에서 보듯, 문학과 이데올로기 문제는 문학을 이해하는데 있어서 중요한 요소임에 틀림없다. 즉 문학과 이데올로기의 관계는 문학 형상화의 좋고 나쁨 그리고 새로운 문체와 기법의 성공 여부 등의 여러 사소한 문제들을 아우르는 큰 문제로서 결국 문학의 본질과 효용을 제대로 이해하는데 중요한 역할을 수행한다. 이런 점에서 이원수의 『메아리 소년』은 문학과 이데올로기의 관계에서 문학의 본질과 효용을 이해하는데 중요한 역할을 하였다. 이전의 전쟁 혹은 전후를 소재로 한 작품들이 전쟁 상황에서 사상적 무기로서 아동소설을 창작하였던 만큼 어린이의 개별성이나 아동문학의 고유성은 고려 대상이 아니었으며, 북한과 남한을 선과 악으로 규정하는 양가치적 사고를 바탕으로 북한군을 타도의 대상으로만 묘사하였다. 그러나 이원수는 전쟁의 참상에 대한 반성적 성찰이나 인간 생명의 소중함과 대립의 원인에 대한 진지한 탐구를 보여주었다.

이러한 현실의 수용은 궁극적으로 사회 현실에 대한 고발과 비판으로 이어진다. 작가는 현실을 고발하는 비판적 지성이 되어야 한다는 생각에서, 사회 현실을 직시하고 일상생활의 바탕에 놓여 있는 사회 부조리에 대한 고발과 비판을 적극적으로 감행한 것이다. 여기에는 물론, 4·19로 초래된 당대적 변화가 작용한다. 1960년대 초반 이원수와 윤석중은 아동문학의 경시와 부진에 대한 문제를 반성하며 아동문학관의 올바른 정립과 문단의 재정비, 평론가의 필요성을 제기하였다. 이러한 아동문단 정비를 통해서 작가들은 이제 이전과는 달리 현실의 문제를 적극적으로 형상화하는 등의 변화를 보여준 것이다.

셋째로는 순수 동심과 예술적 기교의 추구를 들 수 있다. 아동문학은 단순한 계몽과 지식 전달의 도구가 아니라 문학의 한 갈래라는 점, 따라서 문학성과 예술성을 본격적으로 추구해야 한다는 자각이 1960년대 아동문학에서 본격화된다. 이원수의 리얼리즘적 추구와 성취, 김요섭의 환상과 동심의 추구, 이영호의 심리주의와 의식의 천착 등은 그런 기교적 다원화와 성숙의 구체적 사례들이다. 여기서 김요섭은 『날아다니는 코끼리』를 통해서 아동문학에서 어린이가 중심이라는 사실을 전제로 어린이들이 꿈꾸는 유토피아를 보여주었다. 스케일이 큰 환상동화의 새로운 전형을 제시하면서 아동문학의 지형을 넓히고 판타지 세계의 기초를 다져놓은 것이다. 하지만 장편 판타지 세계인 '어린이 공화국'과 '얼음과자의 나라'는 완벽하지 않고 미숙한 부분이 적지 않다. 작품상에서 완벽한 다른 세계를 구축하지는 못하고, 현실에 뿌리내리지 못한 허구의 비논리와 황당하고 치밀하지 못한 구성은 취약점으로 지적할 수 있다. 그렇지만 환상적 창작 기법의 도입은 이후 아동문학의 분화와 질적인 성숙의 밑거름이 된다는 점에서 높이 평가될 필요가 있다. 한편, 이영호는 아동소설의 주인공이 누구인가를 깊이 고심하였다. 아동문학은 어른이 쓰고 어린이가 독자라는 점에서 어른들이 만들고자 하는 어린이상을 반영하게 된다. 그렇다면 과연 아동문학의 주체가 누구인가를 생각하지 않을 수 없다. 때문에 이전의 아동문학 작품은 어린이의 세계와는 괴리가 심했다. 하지만 이영호는 아동문학의 주체를 어린이에 두고 그들의 세계와 보다 밀착된 작품을 창작하였다. 그런 사실을 전제로 이영호는 아동의 심리를 섬세하게 포착하는 한층 성숙한 기법을 보여주었다.

1960년대 아동문학에서 보이는 이러한 성취는 언급한 대로 1962년에 창간된 『아동문학』지의 역할과, 신춘문예 제도의 활성화에 힘입은 바 크다. 『아동문학』지는 최초의 아동문학 이론 연구지라는 점에서 당대 아동문학 평론에 활력을 불어넣는 등 본격적인 아동문학의 등장에 결정적인 역할을 했고, 특히 당대의 안이한 창작 풍토에 경종을 울리는 중요한 전기를 제공해 주었다. 아동문학은 단순한 계몽의 도구가 아니라 본격문학이라는 자각을 심어준 것은 이 잡지의 중요한 공적이다. 또한 전쟁으로 중단 되있던 신춘문예는, 1950년대 중반을 기점으로 부활되어 1960년대 들어서 많은 수의 신인들을 등단시켰다. 1960년대 아동문단에 새 바람을 불러일으킨 작가 군단의 상당수는 신춘문예 출신들로 이들은 다양한 실험의식과 주제 의식, 기법 창조 등에서 중요한 역할을 하였다. 새로운 기법과 정신을 바탕으로 이들은 1960년대 아동문학을 풍성하게 했고, 또 질적으로 한 단계 성숙시켰다.

마지막으로, 아동문학에 대한 일반 문학과 동일한 차원의 인식과 수용을 들 수 있다. 사실 아동문학은 성인 문학과 많은 형상들을 공유한다. 현실 세계 반영, 이데올로기적 가치 전달, 정신세계에 강력한 영향력을 미치는 것 등이 그것이다. 아동문학은 어린이의 성장 시기에 필요한 양식을 제공함으로 어린이의 인격 형성에 지대한 영향을 미친다는 점에서 성인 문학보다 더 강력한 영향력을 갖고 있기도 하다. 그럼에도 불구하고 아동문학을 일반 문학으로 인정하는 경우가 많지 않다. 이는 교육 담론의 일환으로 탄생한 아동문학의 특수성 때문이기도 하다. 어린이에게 교육시켜야 할 사회적 가치가 고스란히 녹아 있는 아동문학은 문학성보다는 교훈이나 메시지 전달을 목적으로 하는 즉, 사회 구성원으로서의 어린이 만들기와 가치관 주입이 무엇보다 중시되는 장르이기 때문이다. 그러나 1960년대 들어와서 아동문학을 문학적 차원으로 받아들이려는 노력이 본격화되었다. 리얼리즘의 측면에서 아동소설을 창작한 이원수와 환상의 기법을 도입해서 창작 방법을 심화시킨 김요섭, 섬세한 심리를 포착해서 작품의 미학을 성숙시킨 이영호 등은 모두 그런 의식을 갖고 작품을 창작하였다. 여기다가 신춘문예나 잡지를 통해서 등단한 신인들은 아동문학은 본격 문학으로 자각하면서 이전과는 다른 아동문학 창작의 시대를 열어 놓는다. 1960년대는 아동문학의 변화를 추구하면서 아동문학의 본질에 접근하려는 노력을 한층 구체적이고 적극적으로 보여준 시기이다. 아동문화 운동이 아닌 문학으로서의 접근을 통해 다양한 실험적 시도와 주제 의식 형상화 등으로 아동문학의 본질을 인식하는 계기를 구축하였다는 점에서 이후 아동문학의 변화를 가져온 중요한 시기인 것이다.

아동문학사의 측면에서 볼 때, 1960년대는 어린이에 대한 관심을 본격적으로 기울인 시기라고 할 수 있다. 아동문학의 독자인 어린이를 중심으로 세계를 보고 어린이의 세계를 들춰내고 조명하고 있다는 점, 그리고 아동문학의 독자는 어린이라는 점 등에 대한 자각을 보인 것은 그런 구체적 사례에 해당한다. 이런 인식을 바탕으로 1960년대 아동문학은 어린이의 생활과 심리, 꿈과 환상을 형상화하였고, 그것을 통해서 오늘날과 다름없는 본격적인 아동문학의 시대를 연 것이다.

5 결론

이 논문은 1960년대 아동문학의 형성과 그 양상을 연구하였다. 1960년대 발표된 아동소설을 중심으로 작가의식과 상상력이 작품에 투영된 점을 고찰하여, 1960년대 아동문학의 형성과 분화를 고찰하였다. 1960년대 아동문학계는 4·19와 5·16의 변혁적 상황이 수용되면서 자학과 반성을 통해서 새로운 변화를 맞는다. 당시의 사회 문화 및 구조가 전후의 혼란에서 벗어나고 한편으로 근내화가 신행되면서 점차 근대의 모순이 가시화되고 구체화되는 양상을 보였다는 점에서 이전 시대의 문학과는 다른 특징을 갖는다는 점에 주목하였다.

Ⅱ장에서는 1960년대 사회와 아동문단의 동향을 살펴보았다. 먼저, 1절에서는 문학과 사회의 상호 연관성을 염두에 두고 1960년대 사회와 아동문단의 동향을 살폈다. 1960년대 아동문단 역시 4·19와 5·16의 영향으로 새로움을 갈구하고 있음을 확인할 수 있었다. 1960년대 초반 이원수는 아동문학이 성인문학에 비해 부진하고 경시되어 온 원인을 아동문학 자체에 있는 것이 아니라 작가의 아동문학에 대한 이해 부족, 그릇된 정의와 판단에서 오는 것으로 진단하고, 아동문학관의 올바른 정립과 아동문학가의 정화를 모색하였다. 윤석중

역시 이전 작가들이 명확한 기준 없이 작품 활동한 것을 반성하며 문단의 재정비와 작가의 역량 평가를 위해 평론가의 필요성을 들었다. 이렇듯 1960년대 아동문단은 이전과 달리 아동문학의 변화를 모색하려는 움직임이 구체화되고 그에 따라 새롭게 형태를 갖추었음을 알 수 있다.

2절에서는 출판 매체의 존재 방식이 고립된 산업이 아니라 사회 구성체의 여러 구조와 역동적으로 관련을 맺으면서 이루어지고 있다는 점을 전제로, 1960년대 사회 변화와 출판시장을 결부시켜 살폈다. 이러한 전제는 1960년대 전집/선집 붐이 성행한 것이 정치 · 경제 · 사회 · 문화 현상과 무관하지 않다는 사실을 전제한다. 출판도 하나의 문화 사업이기에 사회적 환경과 여건에 따라 변화할 수밖에 없지만 어린이들이 교육 받는 환경의 중요한 부분을 도서가 차지하고 있다는 점에서 전집/선집 도서의 질은 매우 중요한 역할을 담당하고 있다고 할 수 있다. 그런 점에서 1960년대 전집 붐은 사회적 요구를 기반으로 출판되었기에 상업적인 요소를 안고 있지만 한국아동문학전집(선집)의 출판 등을 하여 한국아동문학사를 정리한 점에서는 어느 정도 의미를 부여할 수 있다. 따라서 1960년대 출판문화는 부정적인 요소와 긍정적인 요소를 동시에 내재한 사회 문화현상이었다.

3절에서는 최초의 아동문학 비평 전문지인『아동문학』지의 창간 배경과 특성과 의의를 살폈다. 1962년 창간된『아동문학』지는 아동문학을 문학 차원에서 접근한 것으로 그 의미를 부여할 수 있다. 비정기적으로 간행된『아동문학』지는 아동문학의 위상을 부각시키려는 노력에도 불구하고 1960년대 후반에 종간되었다. 하지만 최초의 아동문학 이론 연구를 중심으로 한『아동문학』지는 평론문학을 형성하면서 본격문학을 출현시킨 직접적인 동기가 되었으며, 작가의 안이한 자세와 문단 풍토를 개선시켰다는 점 등을 의의로 내세울 수 있다. 이후 아동문학 비평의 가능성으로 어느 정도 확장시켰다고 할 수 있다.

4절에서는 1960년대 발행된 중앙지의 '신춘문예'를 살폈다. 전쟁으로 중단

되었던 신춘문예는, 1950년대 중반을 기점으로 부활되어 1960년대에는 등단 제도의 중추적인 역할을 수행하였다. 1960년대 아동문단에 새 바람을 불러일으킨 작가 군단 역시 신춘문예 출신들로, 이들은 다양한 실험 의식과 주제 탐구, 아동 세계의 확대 등 기성 작가와는 다른 점을 모색하였다는 점에서 중요한 의미를 찾을 수 있다.

Ⅲ장은 이 논문의 중심 항목으로, 1960년대 아동문단의 특성과 의미를 구체적인 작가와 작품을 통해서 고찰하였다. 1960년대 다양한 지향의 작가들이 등장하여 활발하게 활동한 시기로, 그 구체적 양상을 이원수와 김요섭, 이영호를 중심으로 살펴보았다. 그 결과 1960년대 동화와 아동소설은 비문학적 저속성을 탈피하려는 의식적인 움직임을 통해서 사회와 어린이, 어린이와 성인의 생활이 불가분의 관계 속에 있다는 사실을 새삼 보여주었다. 이원수의 경우는 1950년대 쓰인 여타의 전후소설과는 달리 6·25를 바라보는 데 있어서 어느 정도의 시간적 거리를 두면서 객관적인 시선을 확보하였다. 이는 어린이들에게 주관의 세계에서 벗어나 세상을 객관적으로 볼 수 있는 계기를 제공하였다. 김요섭은 아동문학에 있어서 어린이가 중심이라는 점을 염두에 두고 어린이들이 꿈꾸는 유토피아를 천착하였다. 환상적인 요소늘이 작품의 질을 저하시키는 결과를 초래한 점도 있지만 다양한 실험을 통해 아동문학의 영역을 확장했다는 점에서 의미를 찾을 수 있다. 신춘문예 출신인 이영호는 기성 작가들과 달리 아동소설의 주인공이 누구여야 하는가를 고심하였다. 작품은 성인의 눈에 비친 어린이가 아니라 어린이의 시선으로 어린이들의 삶이 작품화된다. 기존 작가들이 어른의 시선을 빌려서 어린이를 훈육하려 했던 것과는 달리 이영호는 어린이의 세계를 밀착하여 그들의 생활과 심리를 세밀하게 그려내었다.

마지막 Ⅳ장은 지금까지 살펴본 내용을 토대로 1960년대 아동문학의 문학사적 의미를 정리하였다. 1960년대 아동문학은 격동과 혼란으로 서막을 열지만 점차 거기서 벗어나 새롭게 아동문단을 정립하고 분화되는 모습을 보여주었다는 데서 의의를 찾을 수 있다. 이전의 아동문학이 문화운동 차원에서 보다 큰 영향력을 발휘했다면, 1960년대 아동문학은 '문학'이라는 사실을 전제로 해서 전개되었다. 이는 정치·경제·사회 등 제반 여건과 맞물려 아동문단이 한 단계 도약하는 계기가 되었다. 이원수, 김요섭, 이영호 등의 다양한 실험과 주제 탐구 등으로 새롭게 아동문학을 정립하여 본격적인 아동문학의 형성을 가져온 것이다.

문학은 시대와 사회 현실과 긴밀하게 연관되어 있는 문화의 한 형태이다. 그 시대와 사회 현상을 본질적으로 가장 잘 표현해 주는 문화 매체이기에, 문학을 대상으로 하는 연구는 당대 사회에 대한 이해와 긴밀하게 연결된다. 특히 현실을 사실적으로 보여주는 아동소설은 사회와 어린이, 어린이와 사회를 구현한다는 점에서 시대를 읽는 유용한 자료이다. 따라서 1960년대 아동문학을 조망한다는 것은 당대의 문단과 작가와 작품을 통해서 아동들의 삶과 정신의 양상을 읽는 것이라고 할 수 있다. 그리고 그것은 오늘날 소위 베이비 붐(baby boom) 세대의 전사(前史)를 이해하는 일로, 전후 현실이 어떻게 안정을 찾고 기성과는 다른 가치관과 문화로 성장했는지를 보여주는 계기판과도 같다. 그동안 1960년대 아동문학은 거의 연구되지 않았다. 본 연구는 여러 가지로 미흡하지만, 1960년대 아동문학이 본격적으로 연구되는 하나의 계기를 제공하기를 희망한다.

II. 전후 현실과
아동문학

전후의 현실과 아동의 발견
– 『그리운 메아리』와 『메아리 소년』을 중심으로

1) 들어가며

 문학은 시대를 반영하고, 시대의 면면들은 문학에 다양한 형태로 투영된다. 현대문학에서 1950년 6 · 25전쟁은 그 어느 사건보다 문학적 상상력과 사건을 창조하는데 직접적으로 영향을 주었다.[1] 6 · 25전쟁은 동족상잔의 비극이라는 점에서 1950년대 문학은 가장 일반적이고 흔한 주제와 소재였다. 그런데 그것은 엄청난 살상과 파괴를 동반한 것이라는 점에서 수난과 피해의 측면이 주로 주목되었다. 특히 전쟁을 체험한 인물들은 그 엄청난 파괴와 살상을 깊은 내면의 트라우마로 간직한 상태였고, 그래서 작품은 그것을 증언하고 고백하는 형태로 나타난다.[2] 1950년대 문학이 절규와 신음소리와 고통의 단말마로 얼룩진 것은 당연한 일이었다. 그로부터 10여년이 경과한 뒤인 1960년대 문학은 그와는 다른 모습을 보여준다. 1950년대 문학이 전쟁 문학, 즉 전쟁이 존재론

---

1) 김윤식 외, 『한국현대문학사』, 현대문학, 1989, 335쪽.
2) 이재선, 『현대 한국소설사』, 민음사, 1991, 81~83쪽.

적으로 인물을 규정하는 모습을 보여준다면, 1960년대 문학은 전쟁 체험의 늪에서 거리를 두고 점차 현실을 객관화하는 인식 상의 변화를 보여준다. 즉, 전쟁 소재 문학은 50년대 이후 오늘에 이르기까지 일련의 변모 양상을 보이는데, 관점에 따라 다소의 차이는 있지만, 그 변모 양상은 현실에 대한 인식의 심화와 확대 과정[3]으로 파악할 수 있다.

따라서 6 · 25전쟁을 어느 정도 객관적으로 드러낼 수 있는 시간적 거리의 확보는 1960년대부터로, 6 · 25전쟁의 중심에서 조금 비켜나 그것을 다소 객관적이고 냉정하게 관찰하고 인식[4]할 수 있게 된 것이다. 전쟁으로부터 시간적 거리를 획득한 1960년대 작가들은 전쟁으로 인한 비극을 단순하게 묘사하던 이전의 양상에서 벗어나 전쟁으로 인해 어떤 요인들이 삶의 비극을 초래하는지, 비극을 초래하는 실제 제반 여건들이 무엇인지를 성찰하기 시작한다. 가령 전쟁으로 인한 분단, 실향민들의 비애가 전자라면 1960년대 반공 이데올로기가 전쟁과는 무관한 소시민들의 삶을 관장하면서 그들의 삶을 황폐화시킨 것이 후자이다. 이러한 인식의 전환은 1960년대 들어서 전쟁으로부터 어느 정도 거리가 확보되고, 삶의 비극을 초래한 제반 여건들을 성찰하는 인식 능력이 회복되면서 가능해진[5] 것이다.

그런 변화를 보여주는 대표적인 작가가 1960년대의 강소천과 이원수이다. 이 두 작가는 1950년의 전쟁을 체험한 세대이면서 점차 전쟁으로부터 거리를 두고 전쟁을 소재로 한 작품을 생산한 작가이다. 1960년대에 발표한 『그리운

---

3) 대체로 50년대는 비극적 현실에 대한 즉각적인 반응 혹은 즉각적인 피해 의식, 정신적 폐허, 이런 것을 공통점으로 잡고 있으니까 한마디로 수동적인 피해 의식 속에 있었다고 말할 수 있다. 그 다음 60년대에 들어서게 되면 4 · 19를 거치면서 민족문제로서 제기되었다는 점, 6 · 25와 어느 정도 시간적 거리가 생겼다는 점, 이런 것을 조건으로 해가지고 어느 정도는 6 · 25를 객관화할 수 있는 여건이 생기고 접근방식에 있어서도 대자적으로 접근하는 여유가 생겼다는 것이다. 김윤식, 성민엽 대담, 『신동아』, 1986, 6월, 615~616쪽.

4) 김병익, 『상황과 상상력』, 문학과지성사, 1979, 20쪽.

5) 권오현, 「1960년대 소설의 현실변형 방법 연구」, 계명대학교 박사논문, 1997, 53쪽.

메아리』와『메아리 소년』은 유사한 소재이면서 이를 인식하는 양상이 매우 다르다. 여기서는 두 작가의 유사한 소재의 다른 형상화 방식을 살펴봄으로써, 두 작가의 특성과 차이가 무엇인지를 규명해보고자 한다. 이를테면, 강소천의 『그리운 메아리』와 이원수의 『메아리 소년』을 중심으로 전후 아동소설의 형상화 양상을 고찰하고자 한다. 두 작가의 유사하면서도 다른 작품 연구를 통해 도출하고자 하는 것은 다음 두 가지다.

먼저, 두 작가의 문학적 특질과 작품의 내재적 형상화 원리로 작용하는 작가의식이다.『그리운 메아리』와『메아리 소년』의 형상화 방식은 확연히 다른데, 구체적인 작품 분석으로 작가의식은 물론 1960년대 전후 아동소설의 양상을 들여다 볼 수 있을 것이다. 가령 강소천은 독실한 크리스천으로 북한에서 공산당의 종교 탄압과 전 재산의 몰수로 홀로 월남한 인물이다. 따라서 가족과 고향에 대한 그리움은 강소천 문학의 원형질을 이루며, 북한과 공산주의에 대한 분노와 원망 역시 일관되게 표출된다. 강소천은 분단된 현실에서 실향민의 비애를 그리는데 작품 활동의 중심을 둔 작가이다. 이원수의 『메아리 소년』은 6·25 전쟁이 남긴 상흔을 냉철하고 객관적인 시선으로 인식한 작품을 창작하였다. 전후의 상흔들이 감정 과잉에서 나오는 즉자적인 것이 아니라 이데올로기 극복이라는 문제를 천착하면서 새로운 주제 의식을 보여준다. 이는 문학형상화의 측면에서 객관적인 거리감각의 확보라는 사실로 이해할 수 있다. 따라서 월남 작가인 강소천 문학의 원체험과 이원수의 객관적 거리감각의 확보를 통해서 1960년대 아동소설의 특성을 이해해 볼 수 있을 것이다.

다음으로, 어린이를 주 독자로 하는 아동문학에서 소재 문제의 편협성을 천착할 수 있다. 아동문학에서 전쟁과 이데올로기 소재는 민감한 사안 중의 하나이다. 아동문학은 어린이들의 성장과 직결되어 있어 그들에게 꿈과 아름다운 정서를 심어주어야 한다는 강박관념을 안고 있기 때문이다. 따라서 아동문학은 세계를 인식하고 재현하는 데 있어서 소재 선택이 매우 편협한 실정이다.

그러나 어린이 역시 사회 구성원의 하나이고 동시에 성인이 되어 사회를 이끄는 중추적인 역할을 하는 존재라는 점에서 보다 다양한 세계 인식이 필요하다. 이러한 점을 염두에 둘 때 아동문학에서 전쟁과 이데올로기라는 소재를 담고 있는 강소천과 이원수의 작품을 통해 작품 소재의 편협성을 거론할 수 있을 것이다.

여기서는 1960년대 강소천의 『그리운 메아리』와 이원수의 『메아리 소년』을 중심으로 전후 아동문학의 형상화 양상을 살피고, 이를 통해 아동문학 소재의 문제를 살펴볼 것이다. 전쟁이 발발하고 반세기를 훨씬 넘은 지금도 6·25전쟁은 아직까지 우리 기억 속에 잠재되어 있는 휴화산과도 같은 제재이다. 혹자는 6·25 이후 통일될 시점까지를 분단 시대로 규정하며 분단 극복을 민족사 최대의 과제[6]로 내세웠다. 다시 말해 우리는 여전히 분단이라는 시공에 살고 있고 그런 자장에서 단순히 적을 증오하고 적대시하는 대결 심리를 조장하는 것보다는 전쟁의 원인과 고통을 성찰하는 방향이 모색되어야 한다. 실제로 어린이와 아동문학은 다 같이 이데올로기의 압력이나 정치적 전략에 무방비로 노출될 수 있는 약한 존재란 점에서 한층 사려 깊은[7] 논의가 필요하다. 이런 점에서 1960년대 강소천의 『그리운 메아리』와 이원수의 『메아리 소년』을 중심으로 전후 아동소설을 살피기로 한다. 이는 아동문학의 외연과 내연 확장이라는 측면으로 연결될 수 있을 것이다.

2) 원체험과 양가치적 사고 - 강소천의 『그리운 메아리』[8]

6·25전쟁 이후 한국 사회는 이데올로기적 대립이 점차 심화된다. 이데올로

---

6) 강만길, 『한국현대사』, 창작과비평사, 1984, 서론 참조.
7) 이주형, 『한국아동청소년 문학 연구』, 한국문화사, 2009, 162쪽.
8) 『그리운 메아리』는 1963년 배영사에서 간행한 작품이다. 본고는 2006년 교학사에서 발행한 단행본을 중심으로 할 것이다. 이하 쪽수만을 명기할 것이다.

기적 갈등과 고통은 월남한 사람들에 의해서 보다 더 심각하게 나타난다. 월북인들도 이데올로기적 갈등을 비켜지나갈 수는 없었겠지만 1950년대의 이데올로기적 갈등은 주로 월남인들의 증언에 의해서 확인된다. 기독교의 경우, 북한 공산주의와의 숙명적 대결은 불가피했었다. 그리고 한국 전쟁 과정에서의 순교·투옥·납치 및 피난의 체험은 한국 기독교를 반공주의의 가장 강력한 보루로 만들었다.[9] 이런 양상은 1950년대뿐 아니라, 1960년대에도 그러하다. 월남인이고 기독교인인 강소천 역시 반공 이데올로기를 모티프로 한다. 그러나 그 양상은 조금씩 변화를 겪는다. 가령 초기는 작품 자체의 미학적 원리에 따라 체험적 반공 의식을 드러내지만 반공을 주목적으로 하지는 않는다. 그러나 시간이 흐를수록 작품 구조와 관계없이 반공 의식을 드러내는 양상이 도드라지며, 마지막 장편『그리운 메아리』에 이르면 반공 이데올로기를 강하게 드러낸다. 이는 그의 문학을 지배하는 원체험에서 기인한 것이라 할 수 있다. 서두에서 언급한 것처럼, 강소천은 독실한 크리스천으로 공산당의 종교 탄압으로 인한 고통과 지주로서 재산을 몰수당해 홀로 월남한 작가이다. 공산주의자들에 의해 가족과 고향을 잃은 슬픔, 그리움은 이후 강소천 문학의 원형질을 이루며, 그의 문학적 특징을 규정하는 하나의 틀로서 작용한다. 즉, 작가에게 원체험이란 어떠한 방식으로든 작용하는 것인데 월남인인 강소천에게 전쟁과 관련된 소재는 그의 작품을 형성 하는 밑그림으로 존재한다는 점에서 원체험은 강소천의 문학을 연구할 때 간과해서는 안 될 요소이다. 이런 점에서 강소천 작품의 전쟁, 전쟁 체험이 어떤 방식으로 구현되는가를 살피는 것은 한 작가는 물론이고 나아가 1960년대 전후 아동문학의 한 부분을 들여다보는 것이다.

『그리운 메아리』는 추리 기법을 활용하고 어린이들이 좋아하는 동요 삽입 등으로 재미를 주고 있다. 일반적인 문학의 기능에서도 흥미가 작품의 중요한

---

9)　김대환 외, 『한국 현대사를 어떻게 볼 것인가』, 열음사, 1987, 179쪽.

요소이다. 흥미가 없는 작품은 가치가 없다고까지 말하면서 흥미의 위치를 크게 내세우고 있다. 아동문학에서도 즐거움을 주는 기능이 반드시 있어야 한다. 재미없는 동화를 읽으려는 어린이는 없기 때문이다. 재미있는 작품일수록 어린이들에게 즐거움을 주게 된다.[10] 이렇게 본다면 강소천은 재미를 불러일으키는 한 방법으로 추리 기법과 다양한 요소를 활용하고 있다. 전쟁과 분단이라는 소재가 어린이들에게 실효성이 없다면 이를 강제적으로 주입하는 것이 아니라, 보다 재미있는 방식으로 작품을 형상화하려는 시도로 읽을 수 있다.

『그리운 메아리』는 두 갈래의 서사로 진행된다. 한 갈래는 월남한 박 박사가 고향을 그리워하던 나머지 마술 약을 먹고 제비가 되어 북한 땅으로 넘어가 그 곳의 생활을 들여다보는 것이다. 다른 한 갈래는 박 박사와 친하게 지내던 웅길 영길 형제가 박 박사가 만든 마술 약을 먹고 제비가 되어 남한 땅을 떠돌다 나쁜 사람 손에 넘어가 세상 구경을 하는 것이다.[11] 즉 북한과 남한이라는 두 세계를 동시에 들여다보면서 직·간접적으로 세계를 조망하고 있다. 『그리운 메아리』는 분단으로 인해 실향민들이 겪는 아픔을 서술한다. 먼저 이 작품에서 박 박사와 친하게 지내는 영길이가 부르는 노래를 주목할 수 있다. 영길이는 책상 앞에서 〈메아리〉, 〈그리운 언덕〉이라는 노래를 부른다. 이 노래들은 영길이, 웅길이가 박 박사와 함께 늘 부르던 것이다. 영길이는 박 박사가 이 노래들을 좋아하는 것은 단지 메아리가 들어가기 때문이라고 생각한다. 하지만 박 박사가 좋아하는 이 노래들은 어린 시절 동무들과 뛰어 놀던 언덕을 그리워하는 내용으로, 그 언덕과 고향에 대한 그리움을 담고 있다. 고향에 대한 그리움을 갈망하지만 박 박사의 소원은 이루어지기 힘들다. 6·25전쟁으로

---

10) 박춘식, 『아동문학의 이론과 실제』, 학문사, 1993, 39쪽.
11) 이 작품은 남한, 북한 두 갈래로 진행되지만 본고에서는 박 박사가 북한으로 가서 서술하는 부분을 집중 조명하기로 한다. 본고의 목적인 전후 아동소설의 특징 연구라는 점에서 북한의 서술만을 살필 것이다. 이 작품에서 공산주의인 북한과달리 남한의 경우는 자본주의 사회가 도래하여 그에 대한 병폐가 범람하는 것으로 묘사하고 있는데 이는 추후 연구 과제로 넘긴다.

인해 남한과 북한이 분단된 실정이기에 박 박사는 고향에 대한 그리움만을 안고 살 수밖에 없다. 즉, 동무들과 놀던 고향 언덕을 그리워하며 불러보아도 돌아오는 것은 메아리뿐이기에 박 박사는 육체적인 성장과 달리 정신은 유아적인 존재로 머물러 있다.

> ① 박사님은 음악을 좋아하셔서 늘 음악을 틀어 놓으셨습니다. 그보다도 더 좋아하시는 것은 어린이 시간인지도 모릅니다. 영길이와 웅길이는 저희들이 있으니까 어린이 시간을 함께 들으시나 했는데 그런 게 아닙니다. 혼자 계실 때에도 빼놓지 않고 어린이 시간을 들으신다는 것입니다.(39쪽)

> ② 내가 엿을 좋아하는 줄을 아셨나요? 나는 머리가 다 벗겨졌지만 마음은 어린애 같답니다. 그래서 어린이들이 좋아하는 음식도 잘 먹고 어린애들 노래도 좋아한답니다.(50쪽)

①, ②에서 볼 수 있듯이, 성인이 된 박 박사가 '어린이 시간을 즐기고 어린이들이 좋아하는 음식을 잘 먹고 어린애들 노래를 좋아한다'는 것은 어린이를 좋아하는 차원을 넘어서 어린이를 넘어서지 않겠다는 것을 의미한다. 앞에서 언급한 노래와 연결지어 보면, 어린 시절의 추억을 갖고 그 시간을 벗어나지 않으려는 마음인 것이다. 이러한 어린 시절의 향수를 안고 유아적인 존재로 머물고 있는 박 박사는 고향을 그리워하는 하는 마음으로 가득하다. 노래자랑에 나가서 '〈고향이 그리워도 못가는 신세〉'(41쪽)라는 노래를 부른 것 역시 이를 입증한다.

이렇듯 강소천은 전후 실향민들의 서글픔과 애환을 『그리운 메아리』를 통해서 보여준다. 작가의 문학적 원형질이 된 전쟁 체험과 실향민으로서의 애환은 결국 6·25전쟁으로 인해 야기된 것이기 때문에 늘 생각하는 것이 6·25라는 숫자이다. 박 박사는 고향을 잃고 가족과 헤어진 모든 것이 공산당 때문이라고 생각하고 "우리가 공산당을 쳐부수고 남북은 통일하는 날까지 이 숫자를 잊"(289쪽)어서는 안 된다고 역설한다. 이는 박 박사의 생각으로 국한하는 것이 아니라, 실향민으로서 남한에 정착한 강소천의 의식이기도 하다. 강소천은 자신의 전쟁 체험, 실향민으로서의 비애 등 원체험을 작품에서 구현한 것이다. 결국 이 작품은 실향민의 비애가 6·25전쟁에서 기인한 것이기에 북한에 대한 적개심을 노골적으로 드러낸다. 이는 마술 약을 마시고 제비가 되어 북한으로 날아간 박 박사가 6·25 전쟁 이후 북한의 현실과 공산당의 실체를 보여준다. 먼저, 북한 어린이들이 겨울에 날아다니는 제비를 보고 나누는 대사를 보자.

> "얘! 이게 무슨 새냐? 산새냐?" "글쎄, 산새 같지는 않은데……. 제비가 아니냐?" "제비? 제비가 뭐 겨울에 날아다닐까? 봄에야 오는 제비가 벌써 왔을까?" "아니야, 저거 봐! 정말 제비야. 봄에 왔다 가을에 가지 못하고 여태껏 있은 모양이지?" "저거 반동분자 제빈 게다. 혼자 겨울에 날아다니는 걸 보니……." "그래, 지주 아들인 게다. 강남에서 쫓겨나서 다시 강남엘 못 가는 게 아니야?" "그럼, 저 자식 간첩일는지도 모른다." "그래, 무슨 탐정을 왔나 보다. 고무줄을 가져다가 쏘아 버릴까?" "하하하……, 스파이 잡았다고 네가 소년단에서 상을 타겠구나!"(114~115쪽)

일반적으로 제비는 겨울에 날아다닐 수 없다. 새롭고 기이한 현상을 보면 놀라는 것이 어린이들의 특징인데, 제비를 보고 신기함은커녕 반동분자, 지주 아들, 간첩이라고 하는 북한 어린이들의 말은 어린이들의 순수성을 상실한 것으로 보인다. 즉 북한은 어린이들까지도 세뇌 교육을 시키고 있는 것으로 그리고 있다.

그리고 작가는 순수함이 없는 어린이들의 형상화와 함께 북한은 종교의 자유가 없다는 것을 진술한다. 북한은 세계 모든 사람들이 즐기는 크리스마스 이브조차 존재하지 않는다. 남한은 거리마다 집집마다 크리스마스 트리가 멋지게 꾸며지고 흥겨운 징글벨 소리가 울려나오는 반면, 북한은 크리스마스 이

브에 종소리 한번 들어볼 수 없는 곳이다. 그리고 "예배당을 빼앗아 '민주 선전실'로 쓰"(119쪽)는 것이 북한의 실정이다. 또한 "크리스마스 이브 행사를 한 것 때문에 아오지 탄광으로 끌려"(205쪽)가 강제 노동을 하는 곳이다. 이렇듯 북한은 어린이들의 순수성을 사갈시키고 종교의 자유까지 빼앗고 있다. 아울러 북한 당원들 역시 비인간적인 모습으로 형상화 된다.

> 바로 그 때였습니다. 내무서원 한 사람이, "저제 뭐야? 박쥔가?"하며 천장을 가리켰습니다. "제비가 아니야?" (…중략…) 정말 한 마리의 제비가 천장에서 날고 있었습니다. "재수 없게 겨울에 제비가 왜 날아다닐까?" "저놈을 박가 놈 대신 쏘아 맞혀 볼까?" (…중략…) "방문을 열어젖혀 놓고 밖으로 날려. 그리고 나가는 놈을 멋있게 쏘아 맞혀 봐!" "맞히면 어떻게 할 테야?" "내가 한 턱 내지!" (…중략…) "자, 그럼 동무가 문을 열어. 그러면 내가 쏠게."(…중략…) "하나! 둘! 셋!" 하자 문 여는 소리와 함께 '탕!' 하는 총 소리가 났습니다.(193쪽)

북한 당원들은 생명을 가진 제비를 보고 스스럼없이 죽이려 한다. 이는 생명을 경시하는 북한의 행태를 드러내는 것이기도 하다. 하지만 제비를 장난감 대용으로 여기는 북한 당원들과 달리 미군은 제비에게 과잉 친절을 보여준다. 북한 당원들이 제비를 대하는 것과 아주 상반된 것으로, 미군은 휴전선 근처에 떨어진 아픈 제비를 보고 곧장 상처를 치료해준다. 미군들은 "그 아픈 제비는 공산군들이 쏘았을 거다. 참새를 잡아먹는다는 말은 들었어도 제비를 잡아먹"(303쪽)고 "겨울 추위에 날아다니는 제비를 구해주지는 못할망정 어떻게 총으로 쏠"(303쪽)수 있을까 하는 의문을 갖고 제비를 마치 사람 대하듯 한다. 이 부분은 작품의 개연성이 떨어지는 것을 차치하고 북한 당원과 미군의 극단적인 대비를 생각하게 된다. 이 역시 작가가 북한에 대한 분노와 적개심을 노골적으로 형상화한 것으로 보인다. 분단의 실체가 북한이라고 규정하고 이를 여실히 드러내는 것이다. 이는 작가의 반공 체험이 깊게 작용한 것이 원인인

데, 이러한 작가의 양가치적 사고로 흑백논리를 서술하는 것이다. 그러나 작가의 체험만을 유일한 가치 기준으로 여겨 객관적 사실을 배제한 서술은 실제적으로 분단 규명은 물론 실향민들의 애환을 해결할 수 없다. 그러나 『그리운 메아리』에서 눈여겨 볼 것은 흔들리는 북한의 정책이다. 가령 겨울에 나타난 제비를 보고 공산당원인 리 인민위원장이 놀라는 데서 이를 발견할 수 있다. 수많은 사람을 보고 큰 소리를 치는 리 인민위원장은 제비를 보고 두려움을 감추지 못한다. 리 인민위원장이 부인과 나누는 대사를 들여다보자.

> "여보! 왜 갑자기 그렇게 놀라시우? 무슨 죄라도 지은 사람 같이……." (…중략…) "저 제비를 보니 '강'가 놈 생각이 난다!" (…중략…) "아니, 죽어버린 사람을 가지고 보기 싫은 사람이니 좋은 사람이니 할 필요가 없지 않우?" (…중략…) "마음을 안정하시구 그만 주무세요. 밤도 깊었는데……. 그만 불을 끌까요?" "아냐, 아냐! 불을 끄지 마! 불을 왜 끈다는 거야?" (…중략…) "여보, 정신을 차려요. 남이 들으면 어쩔려구. 당원이 제비를 무서워하고 귀신을 무서워하다니!" "듣기 싫어! 누가 날 당원으로 만들었어? 내가 되고 싶어 된 당원이야? 모두들 날 그렇게 만들었지. 그놈의 당원이 날 일가도 친척도 다 잡아먹도록 만든 거야! 내 주위에 누가 있나 말이야? 지금…….(126~127쪽)

수많은 사람들에게 큰 소리를 치는 당원이 제비 한 마리를 보고 불안해하는 모습이다. 당원의 불안한 심리 역시 흔들리는 북한의 현실인 것이다. 즉, 북한의 당원은 주체적인 의지가 아니라 강압에 의한 것으로 이 모든 것이 자유의사가 없는 것이기도 하다. 또한 감시와 비인간적인 당원은 결국 친척 모두와도 이별을 하게 되고, 부부간에도 믿지 못하는 것으로 드러난다. 가령 리 인민위원장의 불안한 행동과 말을 들은 부인은 "자기비판을 시키"(128쪽)겠다고 한다. 이런 부인의 모습을 본 리 인민위원장은 "인민을 위한다"(130쪽)는 공산당의 속임수에 넘어갔다는 것을 알게 된다. 말로만 인민을 위한다는 모습이 싫어진 리 인민위원장은 자신의 현재적 모습을 반성하게 된다.

이렇듯 『그리운 메아리』는 환상적 기법을 차용하여 북한의 현실을 들여다보고 분단이라는 상황이 한 인간의 삶에 어떻게 작용하는지를 제시한다. 역사의 시공이 실향민들에게 어떤 파장을 가져왔는가를 구현하고 있다. 그러나 작가의 원체험을 바탕으로 하였기에 객관성을 담보하기는 어렵다는 것 또한 사실이다. 즉, 분단의 원인을 객관적으로 접근했다기보다 주관에 치우친 작품이라 할 수 있다. 가령, 박 박사가 제비가 되어 북한에 다녀와서 '남한은 전란의 먼지가 완전히 가셔 버린' 것과 달리 '북한의 국민들의 생활은 말이 아니'라고 한다. 결국 "몸과 마음을 다 합해 하루 속히 남북을 통일시켜"(260쪽)야 한다는 부분에서 이를 알 수 있다. 그럼에도 이 작품이 의미가 있는 이유는 전후에 남겨진 상흔, 즉 분단의 문제로 접근하면서 실향민들의 아픔을 들여다보고 있다는 점이다. 50년대 6·25 문학이 일반적인 수난자로 형상화 되던 것이 1960년대 들어와 객관적 거리를 확보하면서 시선을 달리하고 있다. 이는 작가의 관점에 따라 다르겠지만, 강소천은 분단으로 인해 실향민들 이 겪는 아픔을 토로하는 것으로 6·25 전쟁을 다시 보고 있다. 6·25전쟁이 한 시대만을 풍미한 것이 아니라, 이후의 삶까지 관장하고 있다는 것으로 전쟁의 폐해를 드러내고 있다. 하지만 6·25를 보는 시각, 드러내는 방법론이 구태의연의 껍질을 벗고 혁신적으로 다시 드러나지 않는다면 그것은 무의미한 양적 증가의 기여에 그치고 말 것이다. 그것이 바로 우리 세대에게 남겨진 몫이고, 그 몫에서 내가 맡아야 할 소임이 무엇인가를 찾아내[12]는 것이 필요하다. 6·25 전쟁 이 종전이 아니라 휴전 상태라는 것이 이를 입증하는 것이며, 그렇기에 때문에 『그리운 메아리』의 6·25 전쟁에 대한 문제의식은 여전히 시의성을 잃지 않고 있[13]는 것이기도 하다.

---

12) 김승환·신범순, 『분단문학 비평』, 청하, 1987, 313쪽.
13) 권국명, 「문학과 이데올로기」, 『동서문학』, 동서문학사, 1988, 83쪽.

3) 이데올로기 극복과 객관적 거리 감각 – 이원수의『메아리 소년』14)

6 · 25 전쟁 이후 전후 사회는 분단으로 인해 사회 곳곳이 대립과 충돌이 가득한 시기였다. 특히 주류 계층은 그들의 권력과 이해관계를 위해 상대를 끊임없이 타자화하고 주변화시키면서 그들의 권력을 유지 · 강화하려 하였다.15) 이에 1960년대를 관통한 것으로 반공 이데올로기라 할 수 있다. 이러한 시대 속에서 이원수는『메아리 소년』을 통해 시대가 만들어 낸 이데올로기가 어떻게 사람들을 관장하고 있는지를 생각하게 하고, 새로운 시각으로 현실 인식을 제시한다.『메아리 소년』은 전쟁의 가해자이자 피해자일 수 있는, 즉 전쟁으로 인한 모든 희생양들을 등장시킨다. 전쟁 이후 삶의 모습 변화를 통해 전쟁이 어떤 여파를 미쳤는지를 탐색하는 것으로 전쟁의 모든 희생양을 그 대상으로 삼고 있다. 그리고 이 작품은 전쟁에 대한 거리를 확보하고 냉철한 시선으로 현실인식에 기반 하는 것으로 보인다. 전쟁 이전과 이후의 삶을 비교하여 전쟁이 미친 여파를 탐색하는 일이 가능해질 만큼, 일방적인 피해자의 입장에서 벗어나 모든 전쟁의 희생양을 대상으로 삼을 만큼 전쟁으로부터 한 발 물러나 현실에 대한 성찰을 감행하고 있다고 볼 수 있기 때문이다.

『메아리 소년』은 온갖 곡식이 무르익는 풍요로운 계절 가을부터 시작된다. 여기서 계절의 의미는 전쟁으로부터 일정 시간이 지났다는 것과 전쟁의 폐허가 어느 정도 복구되어 풍성한 수확물을 거둘 수 있게 되었다는 것이다. 그러나 그 이면에는 전쟁의 상흔이 여전히 내재하고16) 있는데, 인물 형상화에서 이를 알 수 있다. 전후 소설은 비인간적 재난에 직면하여 겪은 죽음과 상처,

---

14) 『메아리 소년』은 『카톨릭 소년』에 1964년 7월호부터 1965년 12월호까지 연재된 작품으로, 1968년 새벗 문고에서 단행본으로 발간되었다. 본고에서는 2002년 창비에서 발간한 텍스트를 중심으로 할 것이며, 이하 쪽수만을 명기하기로 한다.

15) 권국명, 위의 책, 83쪽.

16) 장영미, 「1960년대 아동문학의 분화와 위상 연구」, 성신여자대학교 박사논문, 2011, 69쪽.

가치의 붕괴, 지표와 방향 상실, 수난과 굶주림, 이데올로기의 힘 등 전사 체험과 전후 삶을 두드러지게 보여 주고 있을 뿐 아니라, 시간이 지나면서 내성화된 후유증의 환기라든가 기억에의 탐색화 현상이 나타나게 된다. 이 현상에서 간과할 수 없는 것은 전쟁과 그 경험적 사건이 기억의 시공 내용으로 남아서, 현재 속에서 잠복하고 지속되는 상처의 근원으로 제시되고 있다는 점이다. 이러한 정신적 외상은 어떠한 사건으로 인해 즉자적으로 발현되는 것이 아니라 일정기간 의식하지 못하는 가운데 내재된다는 측면에서 피폐해져 가는 삶의 또 다른 모습을 드러내는 것이다. 이 작품에서 민이 아버지의 이유를 알 수 없는 행동 역시 전쟁으로 인한 정신적 외상이다.

> 안방에서 타악 가라앉은 목소리가 들렸다. "왔냐? 그 애 왔구나." (…중략…) "날 죽여 다오. 내가 죽어야 해. 자, 쏘아라, 쏘아! 너만 억울하게 당해서 되나? 날 죽여, 어서어서!" (…중략…) 좀 큰 소리가 났다. "죽여! 죽이라니까." 그러나 아무 대꾸도 없었다. 아버지가 또 소리친다. "왜? 왜 그러고 있어? 응? 왜 그러고 있느냐 말야. 날 죽여 줘, 어서어서." "이 녀석아, 어물어물하지 말고 그 총으로 날 쏘란 말이다." (…중략…) "내가 지옥엘 갈테다. 애국자? 애국자가 되려고 널 쏘아야 했단 말이냐? 그런 애국자는 지옥엘 가야지. 지옥이다. 지옥이다!" (37~39쪽)

끊임없이 괴로워하는 민이 아버지는 산 사람이지만, 살아 있는 인물이 아니다. 동생을 죽인 자신을 비관하면서 자신을 개와 동일시하는 것으로 속죄하고 있다. 여기서 민이 아버지 행동은 이 작품을 해석하는 지점이기도 하다. 민이 아버지는 동생을 죽인 죄로 공산주의에 분노를 느끼고 적개심을 갖고 나아가 과연 애국이라는 것이 무엇인가를 생각하게 된다. 전쟁이라는 참혹한 체험을 통해서 민중들은 공산주의에 대한 분노와 적개심을 내면화하고 그것을 부정의식으로 간직하게 된 것이다. 전쟁은 상대방을 제거하는 것만을 종국의 목적으로 하며 따라서 이데올로기의 무게를 감당할 수 없는 일반인들에게는 정신병적 상황을 초래한다. 직접적인 피해를 당하지 않았다 하더라도 형제를 죽이는 일을 성전이라고 불러야 하는 상황을 정상인으로서 감당하기는 힘든 것이다.[17] 따라서 『메아리 소년』은 민이의 일상이 표면적인 주제라면 동생을 죽인 괴로움으로 고뇌하는 민이 아버지의 정신적 외상이 이면의 주제이다. 민이 아버지는 결국 동생을 죽인 정신적 충격으로 죽게 된다. 즉 정신적 외상을 갖고 있던 아버지의 죽음으로 가정이 해체되고 주변인물들이 고난과 악순환이 반복된다. 이렇듯 6·25 전쟁은 휴전이라는 단어가 내포하듯 여전히 많은 사람들의 삶을 황폐화시키고 있다. 이는 1·4 후퇴 때 함흥에서 남한으로 온 정님의 외삼촌에서도 발견할 수 있다.

① 몰아치는 찬바람과 전화 속에서 가족과도 뿔뿔이 헤어져 배에 오른 후로 그는 이 날까지 아내와 자식을 생각해야 했고, 또 먹고 살기 위해 부산에서 지게를 지고 푼돈을 버는 일까지 했다. 유엔군의 지휘에 따라 버젓이 왔건마는 부산에서의 삼사 년 동안 정씨는 여러 가지 괴로운 일이 많았다. 일자리를 찾기에도 고생을 했고, 또 한편 북한에서 온 사람이라 하여 감시도 많이 받았던 것이다. (…중략…) 그런데 그가 술을 마시면 전에 쓰던 말이 곧잘 자기도 모르게 튀어 나오곤 했던 것이다. 그러면 사람들은 공산당이라고 하며 꺼린다.(195~198쪽)

② 아내나 자식들이 북한에 남아있을까? 같이 오지 못했으니 남아 있겠지. 그렇다면 아버지가 남한에 갔다고, 구박을 받을 것도뻔한 일이다. 어떤 고생을 당하고 있는지도 모른다. 처까지 다 버리고 온 나를……동무란 말 한마디 했다고 이렇게까지 따돌린단 말인가?(199~200쪽)

위 인용문은 정님의 외삼촌이 유엔군의 지휘에 따라 월남하였지만, 남한 땅에서 겪은 고초를 보여준다. 헤어진 아내와 자식을 걱정해야 하고 경제적 궁핍

---

17) 김동춘, 『분단과 한국 사회』, 역사비평사, 1997, 58~59쪽. 강진호, 『현대소설사와 근대성의 아포리아』, 소명출판, 2009, 319쪽에서 재인용.

함을 이겨내야 하는 등 월남인으로 겪은 고초는 이루 말할 수 없다. 고초뿐 아니라 같은 민족이면서 말투가 다르다는 이유로 공산당이라고 억울한 누명까지 썼다는 서술에서 월남인들의 고통스런 삶을 여실히 느낄 수 있다. 여기서 월남한 정님의 외삼촌이 겪은 고초에 대한 서술은『메아리 소년』을 이해하는 데 중요하다. 이전의 전후 아동소설이 반공주의만을 표방하던, 즉 흑백논리와 달리『메아리 소년』은 좀 더 객관화된 시선을 확보하는 까닭이다. 월남한 사람들에게 가하는 남한 사람들의 시선을 포착하는 데서 그러하다. 자유를 표방한다는 남한 사람들 역시 비판받아야 한다는 것을 재현하고 있는 것이다. 이는 다른 한편으로 6·25 전쟁은 엄밀히 말해 소시민과는 아무런 상관이 없다는 것을 의미하는 것이기도 하다. 그러나 6·25 전쟁으로 인해 가장 피해를 입은 것은 소시민들인데, 이를 월남인들의 고초와 함께 남한에서도 적응하기 어려운 것으로 재현하고 있다. 결국 6·25전쟁은 전쟁이라는 물리적 사건은 종료되었지만, 국민들의 정신사에는 여전히 관류하고 있다는 것이다. 월남한 정님의 외삼촌 고초를 통해 분단의 갈등을 해소하기 위해서 고민이 필요하다는 것을 역설하고 있다. 그리고 6·25 전쟁으로 인한 희생은 남성과 월남인들에게만 해당되는 것은 아니다. 일상적 삶을 사는 여성들 역시 남성 못지않은 희생을 입은 인물들이다. 전후 문학은 전쟁을 겁탈이나 기아와 등식화하는 경우가 많다. 이 문제와 가장 밀접 되어 있는 것이 바로 여인들이 입는 강간과 잠재적인 위협이며 생활의 결핍이다. 그래서 전후 소설의 여성들은 흔히 전쟁의 폭력과 파괴력 앞에서 겁탈되거나 또는 결핍상태에 의해서 양공주 등으로서 성을 상품화하는 매춘의 전락한 삶으로 빠져들게 된다.[18]

『메아리 소년』역시 전쟁으로 인해 희생된 여성들을 발견할 수 있다. 먼저 정님이 약수터에서 만난 벌거숭이 여인이다. 벌거숭이 여성은 약수터 근처에

---

18) 이재선, 위의 책, 338쪽.

서 기거하며 아무데서나 옷을 벗고 심지어 입지 않고 다닌다. 온전한 정신이 아니기 때문에 창피한 것을 모른다. 어린이를 대상으로 하는 작품에서 벌거숭이 여성을 등장시킨 것은 전쟁, 이데올로기와 무관한 평범한 여성이 전쟁에 의해 희생당한 점을 역설하기 위해서이다. 다음 인용문은 벌거숭이 여성에게 옷을 입혀 주는 민이 엄마와 정님이 나누는 대화로 벌거숭이 여성이 결핍상태가 된 것을 알 수 있다.

> "여자가 참 창피하게 벌거벗는 건 뭐야!" (…중략…) "저것도 그놈의 전쟁 때문이란다." 하고 한숨을 쉬었다. "전쟁 때문에요? 전쟁 때문에 왜 발가벗어요?" 소영이가 이상하다는 얼굴로 물었다. 민이 어머니는 띄엄띄엄 말했다. "저 여자 남편이 죽을 때, 발가벗겨 놓고 총을 쏘아 죽였대. 저 여자도 벗겨 놓고 총을 쏘았는데 쓰러졌다가 나중에 살아난 모양이지?"(175~176쪽)

이렇듯 전쟁은 잔인함을 넘어 참혹 그 자체다. 벌거숭이 여성도 민이 아버지처럼 정신적 외상을 입어 온전한 정신을 가질 수 없어 이해 불가능한 행동을 한다. 결국 전쟁은 한갓 허상에 불과한 이념 때문에 무고한 사람들의 삶을 피폐하게 만든 것이다. 즉 작가는 과거의 사건을 소재로 하여 단지 과거사를 들여다보는 것이 아니라, 현재적 삶을 조망하고 나아가 미래의 궁극적인 삶까지 그리고 있다.

그리고 민이 새어머니 역시 전쟁으로 인해 희생당한 인물이다. 전쟁 이전 민이네는 회사를 다니는 아버지와 집안일을 하는 어머니로 구성되어 평온한 생활을 하고 있었다. 그러나 전쟁이 발발하자 아버지가 군대에 끌려가서 그동안 집안을 건사하던 어머니가 병을 얻은 세상을 떠나게 되고, 새어머니가 들어와 새로운 가족이 형성된다. 민이네는 새어머니가 술집을 운영하는 것으로 살아간다. 물론 술집 아들이라는 놀림을 받는 민이는 약간의 괴로움은 있지만, 새어머니와의 갈등은 없다. 오히려 새어머니라는 것을 의식하지 못할 정도로 민이와 새어머니의 관계는 좋다. 그러나 민이 아버지의 계속된 정신이상으로 인해 민이 새어머니는 집을 나가게 된다. 여기서 새어머니의 가출 문제보다 새로운 가정을 이뤄 살아가는 가운데 가정의 해체를 맞게 된 것 역시 전쟁으로 인한 것이라는 점을 눈여겨 볼 수 있다. 즉 전쟁으로 인해 한 여성의 삶이 파괴되는 것으로 전쟁이 남긴 폐해를 포착하는 것이다. 작품 전체에서 새어머니와 민이의 갈등은 전혀 없고, 민이 아버지가 정신적 이상을 가졌음에도 가정을 지키려 한 것에서 한 여성의 삶이 파괴되는 것은 전쟁의 상흔으로 해석할 수 있다. 결국 전후의 시공에서 정신적 외상으로 벌거숭이 여성과 민이 새어머니 모습은 여성들 역시 전쟁이 남긴 상흔 재현이다. 이처럼 『메아리 소년』은 전쟁으로 인해 희생당한 무고한 소시민들을 형상화하였다. 동생을 죽인 죄 때문에 정신적 외상을 안고 죽은 민이 아버지, 월남인으로 갖은 고초를 감내하며 사는 정님 외삼촌, 벌거숭이 여성, 민이 새어머니 등이 그러하다. 물론 전후라는 자장 속에서 상처를 안고 사는 민이 역시 예외가 아니다. 따라서 작가는 전쟁, 이념과는 무고한 사람들의 삶을 조명하면서 시대를 관장하고 있는 이데올로기 극복을 구현하고 있다.

여기서 이데올로기의 극복은 결국 다음 세대, 즉 민이를 통해서 가능하다는 것도 시사한다. 민이는 시간상 전쟁으로부터 한참 떨어져 있는 즉, 전쟁을 직접 경험하지 않은 인물이다. 그러나 민이 가족이 해체되고 일상이 피폐해져 가는 모습으로 형상화함으로써, 전쟁의 폐해가 전쟁을 직접 경험한 세대뿐 아니라 이후의 세대에게도 되물림된다는 것을 시사해준다. 전쟁 이후의 삶이 전쟁과 무관한 어린 소년의 일상을 파괴하는 것은 결국 전쟁의 참혹성을 여실히 보여주는 것이다. 물론 『메아리 소년』은 주인공과 부주인공의 대립 관계 설정과 사건 전개의 일관성의 결여 등 한계점을 내포하고 있다. 그럼에도 이 작품이 의미가 있는 것은 6 · 25 전쟁으로부터 어느 정도 시간적 거리를 두고 전후에 남겨진 상흔을 소재로 하여 비극적인 역사의 희생자들의 아픔을 들여다보면서 이데올로기 문제를 짚는 것이다. 이러한 점에서 『메아리 소년』은 1960년대 전후 아동문학의 한 특징을 읽을 수 있는 작품이다. 전쟁은 분열과 증오, 살육과 고통, 죽음과 굶주림을 야기했다. 덧붙여 가족과의 생이별, 고달픈 피난살이 등이 담겨 있었던 것이 바로 전쟁이다. 여기에 전쟁 이후 온갖 희생을 치름에도 불구하고 아무런 대가를 얻지 못했다는 것, 비극을 초래한 책임을 누구에게 추궁할 수도 없다는 것, 그 참혹한 결과만을 감내해야 한다는 것이 추가되어 전쟁의 상흔이 되었다. 이와 같은 전쟁의 상흔은 완료형이 아니라 현재 진행형으로 지금도 끊임없이 우리를 갉아 먹고 있다[19]는 것을 이원수는 『메아리 소년』을 통해 증언하고 있다.

4) 나오며

6·25전쟁에 대한 인식과 상상력은 시간이 흐르면서 상당히 변화되는 모습을 보인다. 1950년대 전쟁 체험 세대의 전쟁의 상처는 1960년대 들어와서 변화를 겪는다. 분단과 이산의 아픔, 이데올로기의 문제 등에서 인식 상의 변화가 이루어지는 것이다. 이러한 사실을 전제로 여기서는 강소천과 이원수의 작품을 살펴보았다.

월남 작가인 강소천은 공산주의자들에 의해 가족과 고향을 잃은 슬픔과 그리움을 원체험으로 간직하고 있고, 그것이 이후 그의 문학을 규정하는 원형적 틀이 된다. 그것은 그의 작품 곳곳에 나타나서 문학적 특질을 규정한다는 점에서 강소천 문학을 연구할 때 간과해서는 안 될 요인이다. 이러한 점은 『그리운 메아리』에서 여실히 드러난다. 분단으로 인해 실향민들이 겪는 아픔을 토로하지만, 실향민의 비애가 6·25전쟁에 기인한 까닭에 작가는 북한에 대한 적개심을 노골적으로 드러낸다.

---

19) 김영화, 『분단 상황과 문학』, 국학자료원, 1992, 72쪽.

이원수의 『메아리 소년』은 전쟁의 가해자이자 피해자일 수 있는, 즉 전쟁으로 인한 모든 희생자들을 등장시킨다. 전쟁 이후 삶의 변화를 통해 전쟁이 어떤 여파를 미쳤는지를 탐색하는 것도 전쟁의 희생자들을 대상으로 제시한다. 동생을 죽인 죄 때문에 정신적 외상을 안고 죽은 민이 아버지, 월남인으로서 갖은 고초를 감내하며 사는 정님 외삼촌, 벌거숭이 여성, 민이 새어머니, 민이 등이 그런 존재들이다. 사건 전개에서 일관성 결여로 스토리 자체가 매끄럽지 않은 부분이 있지만, 이 작품은 6·25전쟁으로부터 어느 정도 시간적 거리를 두고 전후에 남겨진 상흔을 소재로 하여 비극적인 역사의 희생자들의 아픔을 들여다 보면서 이데올로기 문제를 짚고 있기에 의미를 둘 수 있다. 결국 두 작품은 6·25전쟁을 소재로 하면서 작가 고유의 시선을 견지한다. 물론 작품의 질적인 면에서는 섣부른 판단을 유보해야 할 것이다. 그러나 1960년대 들어서 전후 아동소설에 대한 시각과 접근 방식 변이, 소재의 문제 측면에서 눈여겨보아야 할 작품들이다. 특히 소재 문제는 어린이들이 세계를 이해하는 방법 중 하나가 이야기를 통해서라는 점을 생각한다면 중요한 사안이다. 이야기는 어린이들에게 세계를 구조화하여 그들을 세계 속 존재로 형성하게 한다. 때문에 어린이들에게 세계를 보여주는 소재 문제는 중요하다. 따라서 경직된 반공 이념, 참담한 시대상을 소재로 하는 묘사는 보다 객관적인 방식으로 다루어져야 할 것이다. 이런 점에서 강소천과 이원수의 두 작품은 전쟁이라는 소재를 현재화하여 시대를 관통하고 있는 것으로 보인다.

결국 아동문학사 측면에서 1960년대는 어린이에 대한 관심을 본격적으로 드러낸 시기라고 할 수 있다. 아동문학의 독자인 어린이를 중심으로 세계의 다양한 방식을 보여주었다. 현실을 사실적으로 보여주려는 일환으로 전쟁, 이데올로기 등의 상처를 적극 끌어들여 아동문학의 변화를 모색하였다. 아동문학을 교육의 일환으로 가두고 감추는 것이 아닌, 현실을 적극적으로 반영하고 보여주는 것이 중요하다는 것을 알 수 있다. 여기서 살핀 강소천, 이원수의 전쟁을 소재로 한 작품들은 과거를 기반으로 하여 현재를 재구하고 나아가 미래를 형상화한 것으로 아동문학의 외연과 내연을 확장한 것으로 이해할 수 있을 것이다.

인간의 실존과 세계의 공존 방식
– 손창섭의 소년소설[1]을 중심으로

1) 들어가며

1945년 제 2차 세계대전이 끝난 뒤로 반세기는 평화보다는 혼동의 시기였다. 규모가 작긴 했지만 어린이 문학도 그런 현실에 조응하는 변화를 겪었다.

---

[1] 여기서 구분이 되어야 할 것은 동화와 아동소설(소년소설)이다. 일반적으로 아동문학을 일컬으면 동화라는 개념으로 통칭하는 경우가 흔하다. 동화는 메르헨(märchen)이나 페어리 테일(fairty tale) 에벤뛰데(eventyre) 뿐 아니라, 신화, 전설, 우화 등의 넓은 영역을 포함한다. 즉 현실에 속박 받지 않고 공상에 의해 비현실적인 이야기들을 일컫는 것이다. 아동소설은 성인소설에 병치되는 개념으로서 소설의 구성을 가진다. 아울러 동화가 흉내 낼 수 없는 강한 현실을 표현하여 한 사람의 사회인으로서 생활하는 아동이 보다 넓은 체험을 갖도록 하는 것이다. – 동화와 아동소설의 개념 정의는 이재철의 『아동문학개론』을 참조하였다. 이렇게 동화와 아동소설은 독자 연령층뿐만 아니라 기법적 측면에 있어서도 엄연히 달라, 구분이 되어야 하지만 아동을 대상으로 하는 이야기를 동화로 보고 있는 것이 현실이다. 이에 동화와 아동소설의 통칭은 시정되어야 할 것이다.
본고에서는 아동소설이 아닌 소년소설이라는 용어를 사용하기로 하겠다. "소년 소설은 소년·소녀 소설이라고 표현하는 것이 바람직하지만, 간편하게 소년 소설이라고 한다. 그러니까 소년 소설이라고 하면 소녀 소설을 포함한 의미로 받아들여야 하며, 어떤 이는 이런 번거로움 때문에 또는 다른 의도에서 아동소설이라고 표현하기도 한다."(박춘식 『아동문학의 이론과 실재』, 104~105쪽 참조)는 표현을 빌려 소년소설이라 칭하기로 한다.

어린이 문학 작가들과 편집자들은 세상은 위험한 곳이고, 아무도 그 안에서 안전하게 살 수 없다고 생각하였다. 어린 아이들은 그 세계의 영향을 상대적으로 덜 받았지만 좀 더 나이든 소년들은 안전한 세상에서 밀려나 혼돈의 세계로 진입했다. 그 소년들을 주인공으로 하는 소설은 이제 안전한 세상이 아닌 '있는 그대로 말'해야 하는 세계를 살게 된다.[2] 1950년대 전후의 혼란스러움은 정치·경제뿐만 아니라 사회 전반에 걸쳐 드러난다. 사회 전반의 혼란스런 환경 속에서 소년소설은 그들의 현실을 사실적으로 드러내면서 새롭게 형체를 드러낸다. 소년소설은 유행적인 붐을 타고 잡지 또는 단행본을 통해서 커다란 흐름을 형성한다. 동란 후 2년간 불모시대였던 아동잡지가 1952년을 기점으로 『소년세계』, 『새벗』을 중심으로 다시 나타난다. 동시에 1950년대에 『새벗』 잡지에 발표된 작품은 아동소설이 그 주류를 차지한다. 해방 이후 소년소설이 급격하게 대두한 것은 무엇보다 성인 문학가들의 적극적인 참여의 결과이다. 전례를 찾을 수 없을 정도로 많은 유무명 성인 소설가들이 소년소설물에 손을 대기 시작한 것이다.[3]

해방 이전의 아동문학이 동심을 위시하여 어린이에게 교훈·설교를 중심으로 한 것이 주류였다면, 해방 이후 소년소설이 대두되어 어린이들의 실제 모습을 보인 것은 아동문학사에 있어 눈여겨 볼 사안이다. 이는 어린이를 단지 어리다는 생물학적인 개념을 넘어서 사회의 한 구성원인 인격체로 보고, 주체로서의 개념으로 상정하였기 때문이다. 때문에 해방 이후 소년소설의 대두는 아동문학사의 중요한 지점이면서 아동의 사회 변이로서 의미를 지닌다. 또한 소년소설은 어린이들에게 인간관계의 일면을 보여주면서 인생관이나 사회관을 심어 주며, 인생과 우주의 진실을 스스로 터득할 수 있는 기회를 부여해 주고 동화에서 성인문학 또는 성인 소설로 들어서는 어린이들에게 양쪽을 이어주는

---

2) 존 로 타운젠트 지음, 강무홍 옮김, 『어린이책의 역사』, 시공사, 1996, 305~306쪽.
3) 이재철, 『한국현대아동문학사』, 일지사, 1978, 386~387쪽.

교량적인 기능을 하고 있기 때문에 중요한 위치를 점하고 있다.[4]

1950년대 전후 문학을 논할 때, 손창섭을 빼 놓을 수 없다. 고은이 손창섭은 1950년대 문학의 자화상이며, 전후 한국 사회의 정서와 분위기를 절실하게 표현한 작가가 없[5]기 때문이라고 하였듯, 손창섭은 소년소설에서도 그 자리를 간과할 수 없다. 전쟁이 남긴 상흔을 통해 인간의 존재 문제와 세계를 바라보는 방식이 소설뿐만 아니라 어린이를 대상으로 한 소년소설에서도 음각하기 때문이다. 손창섭은 『새벗』에 「꼬마와 현주」를 시작으로 소년소설을 썼다. 그동안 손창섭이 소년소설을 썼다는 것은 많이 알려지지 않[6]았다. 이는 손창섭이 50년대 소설에서 두각을 나타냈기 때문에 소년소설을 썼다는 점이 묻혔을 수도 있고, 아동문학이 성인문학과는 달리 변방에 있었기 때문일 수도 있다. 여하튼 손창섭의 소년소설을 살피는 것은 당대를 바라볼 수 있는 장(場)이 될 수 있으며, 어린이관을 볼 수 있다. 어른이 어린이를 어떻게 인식하는지 알 수 있는 좋은 소재 가운데 하나가 아동문학이다. 어른이 어린이를 위해서 쓰는 아동문학은 어린이에게 적합한 문학이 필요하다는 어른들의 생각, 즉 어른과 어린이 사이의 구별을 전제로 하고 있으므로 다양한 의미에서 그 사회의 어린이관을 확실히 반영하고 있다[7]는 점에서도 알 수 있다.

본고에서 손창섭 소년소설 연구의 주안점은 소재 문제보다는 그 소재를 통

---

4) 박춘식, 『아동문학의 이론과 실재』, 학문사, 1993, 105쪽.
5) 고은, 『1950년대』, 청하, 1989, 19쪽.
   사실 성인문학에서 손창섭의 연구는 동시대 작들에 비해 가장 많이 다루어졌으며, 크고 작은 비평도 100여편이 넘는다고 한다. 따라서 본고에서는 손창섭 소설의 특징을 서술하지 않겠다.
6) 손창섭은 『새벗』에서 발간한 『싸우는 아이』(1972년 판) 머리말에 '잡지와 신문에 발표해 온 어린이 소설로 장편이 둘, 단편이 십여 편 된다'고 하였다. 그렇게 본다면 새벗 문고에서 발행한 『싸우는 아이』를 비롯해 우리교육에서 발행한 『싸우는 아이』(2001년), 『장님 강아지』(2001년)에는 손창섭이 말한 전부의 작품이 수록되어 있지 않기 때문에 추후 모든 작품을 찾는 것도 하나의 과제이다.
7) 가와하라 카즈에 지음, 양미화 옮김, 『어린이관의 근대』, 소명출판, 2007, 17쪽.

해 독자들에게 전달하고자 하는 바를 밝히는 것이다. 메를리 퐁티가『지각의 현상학』에서 의미가 배어 있지 않을 정도로 완전히 순수한 성질이나 감각은 없다고 하였다. 작품상에서는 모든 것이 장치의 역할이며, 의미의 전달이라는 말이다. 그리고 헤르나디 또한 작가란 작품을 통해 독자에게 전달하고자 하는 전달의 수사학적 축이 있다고 하였다. 때문에 손창섭 또한 소년소설에서 난무하는 싸움과 인물 구현은 어린 독자들에게 전하고자 한 바가 있을 것이다. 이 점을 담지하면서 작품을 살펴보고자 한다.[8]

2) 극명한 대립구도의 인물 체현

(1) 악인을 통한 인간 존재 인식

손창섭의 소설에서 인물들은 우리 생활주변에서 흔히 볼 수 있는 평범한 인물들인 경우도 있고, 아주 파격적인 인물들인 경우도 있다.[9] 그리고 손창섭은 한 작품에서 반드시 선과 악을 지닌 인물을 동시에 등장시키는데, 이는 작가가 인간 존재를 리얼하게 반영한 것으로 보인다. 우리 삶이라는 것 자체가 무조건 아름다움만 있는 것이 아니라 추함과 악함이 동시에 존재한다는 것으로 인식하였다고 볼 수 있으며, 소년소설도 어디까지나 리얼한 표현을 생명으로 한다[10]는 점을 의식한 것이다. 손창섭 소년소설의 인물 대립 구도는 선명하다.

「돌아온 세리」에서 주인공 문식이는 주인집 개 세리를 '자기네 개나 다름없이 사랑'하는 인물이다. '네거리에 있는 음식집에서 손님들이 뜯어 먹고 버리

---

8) 미리 언급하자면 본고는 손창섭의 소설과 소년소설을 비교하는 장(場)이 아니다. 손창섭이 소년소설을 쓰면서 어린이 독자들에게 전언하고자 한 바가 무엇인지를 포착하기 위한 것이지만 필요시에는 소설과 비교할 수도 있다. 그리고 본고는 1972년 새벗 문고에서 발행한 『싸우는 아이』를 텍스트로 한다. 그리고 『싸우는 아이』에 수록되지 않은 「마지막 선물」은 우리교육에서 펴낸 것과, 『장님 강아지』에 수록된 것을 텍스트로 삼는다.

9) 김영화, 「권태형 인간상과 그 소설사적 의미」, 『손창섭』(송하춘 편), 새미, 2003, 122쪽.

10) 이원수, 『아동문학입문』, 웅진출판, 1984, 107쪽.

고 간 갈비뼈를 주워 가지고 와서 세리에게 먹이'는 등 자신의 개가 아닌데도 세리를 아끼고 사랑하는 문식이와 달리 개 도둑을 대척점에 놓고 있다. 주인을 잘 따르고 충성심이 많은 세리를 강조하면서 자신의 욕심을 위해 개를 훔치는 양심 없는 개 도둑을 설정해 놓고 있다. 가족 모두가 세리를 찾기 위해 고군분투한 정성 덕분인지, 이튿날 아침 세리는 돌아온다. 세리는 한길을 건너다가 지프차에 깔려 '뒷다리를 못 쓰고 질질 끌면서 앞발로만 간신히 기어'온다. 세리가 집으로 돌아오기는 왔지만, 불구가 된 몸이다. 개 도둑의 양심 없는 행동으로 인해 한 개체의 폐해와 삶이 망가졌다. 사회적 동물인 인간(동물)은 어떤 방식으로든 타인과 관계 맺기를 하게 되어 있다. 그 관계 여하에 따라 삶은 다양하게 변한다. 세리의 경우를 통해 이를 확인 할 수 있다. 작가는 작품상에서 반드시 이런 악한 인물(개 도둑)을 등장시켜 인간 내면의 다양성과 삶의 변화를 조망하고 있다. 이 점은「마지막 선물」에서도 간파된다.「마지막 선물」에서 '술만 취하면 동네가 떠나가도록 고함지르는 아버지와 단둘이 사는' 덕수를 가엾게 여기는 동조가 선한 인물이라면, 선생님을 비롯한 그 외 반 친구들은 악인이다.

> 선생님은 덕수를 미워하셨습니다. 동조는 반장에게 부탁해서 덕수의 딱한 사정을 선생님께 말씀드리게 했습니다. 그러나 선생님은 덕수를 잘 동정해 주시지 않았습니다. (중략) 반아이들도 모두 덕수를 놀림감으로 삼았습니다. 공연히 별명을 부르면서 업신여겼습니다. (중략) 아이들은 덕수를 업신여기고 못살게 굴었습니다. 자기네가 잘못한 일도 덮어 놓고 덕수에게 뒤집어 씌웠습니다. 화나는 일이 있으면 공연히 트집을 걸어 덕수를 툭툭 갈겼습니다. 〈「마지막 선물」, 125~126쪽〉[11]

---

[11] 손창섭, 「마지막 선물」, 『장님 강아지』, 우리교육, 2001, 125~126쪽.

선생님은 덕수가 무능력한 아버지와 살면서 살림까지 도맡아하는 딱한 처지를 알면서도 덕수를 이해해 주지 않는다. 딱한 사정의 덕수는 동정은커녕 반 아이들의 화풀이 대상이다. 작가는 인간이 가지고 있는 악한 모습을 그대로 묘사했는데, 사람 사는 세상은 꼭 선한 인물만 있는 것이 아니라 악한 인물도 존재한다는 것을 여실히 드러내면서, 동정이 없고 사회/주변으로부터 외면당한 인물의 삶은 변하게 됨을 보인다. 어디에도 정을 붙일 수 없는 덕수는 학교를 그만두고 구두를 닦으러 다니는데, 덕수가 다른 아이들처럼 학교를 다닐 수 없는 이유는 무능력한 아버지의 잘못도 있지만 덕수의 딱한 사정을 이해해 주지 않는 사회/주변으로 인한 장애요인이 크다는 것을 배면에 깔고 있다. 이처럼 작가는 선생님, 아이들 같은 악한 인물을 구현하면서 인간 내면의 이중적인 존재 양상을 현현하고 있다.

인간 내면의 이중적 양상은『싸우는 아이』에서 보다 선명하다. 『싸우는 아이』에서 예순이 넘은 찬수 할머니의 외상값을 떼먹으려는 상진 어머니, 영실이를 마구 부려 먹는 인구네를 비롯해 동네 아이들에서 그 모습을 찾아볼 수 있다. 찬수네는 누나가 직장을 다니지만 할머니가 보따리 장사를 하며 궁핍한 생계를 이어간다. 하지만 찬수네의 궁핍한 살림살이를 알면서도 상진 어머니는 외상값을 갚지 않고 이사를 가려고 한다. 이에 외상값을 갚으라는 할머니와 상진 어머니는 한바탕 싸움을 하게 된다. 싸움에서 상진 어머니는 나이가 많든 적든 상관하지 않는다.

> 상진이 어머니는 더 참을 수 없다는 듯이 달려 들어 찬수 할머니를 떠다 밀었습니다. 늙은 찬수 할머니는 마흔도 채 안 된 상진이 어머니의 힘을 당할 수가 없어서 힘껏 버티다가 마침내 땅바닥에 나가 동그라지고 말았습니다. 〈『싸우는 아이』, 17쪽〉[12]

---

12) 손창섭, 『싸우는 아이』, 새벗 문고, 1972, 17쪽.

찬수 할머니보다 젊은 상진 어머니의 행동은 자기방어라고 하여도 정당성을 획득하기 힘들다. 상진 어머니의 극악한 행동을 본 찬수는 '외상값을 받을 수 없을 것'같기에 상진이가 혼자 있는 틈을 타서 상진이의 돈을 빼앗고 싸워, 상진이에게 상처를 낸다. 이에 격분한 상진이 어머니는 찬수를 퇴학시키려고 한다. 이런 상진 어머니 모습에서 타인의 삶은 전혀 고려하지 않는 에고이스트적 모습을 발견하게 된다.

또한 부모 없는 어린 영실이를 마구 부려먹는 인구 어머니 모습도 예외는 아니다. '본래부터 깍쟁이인 인구 어머니는 찬수네 집에서 외상으로 내복을 여러 벌 가져다 입으면서 외상값을 갚을 때는 시장 가격보다 비싸다느니, 옷을 입어보고 물건이 나쁘다느니' 하는 식으로 트집을 잡는다. 그리고 어린 영실이가 '진지상을 들고 가다가 문턱에 걸려 넘어져 그릇이 깨지자' 길가까지 나와서 때린다.

> 아직도 이월 중순께라 몹시 추웠습니다. 그런데도 영실은 내복도 입지 않고 있었습니다. 두 팔을 높이 들어 이마를 고이고 있기 때문에 영실의 허리의 살이 드러나 보였던 것입니다. 발도 맨 발이었습니다. 그리고 손등은 터져서 죽죽 금이 가 있었고, 그 사이로 불긋불긋 핏자국 같은 것이 보였습니다. 〈『싸우는 아이』, 103쪽〉[13]

인구 어머니는 영실이를 식모로 데리고 있으면서 '조금만 잘못을 해도 막 욕을 하고 때리고' 한다. 어린 아이가 실수하는 것도 용서하지 않는 인구 어머니 모습 또한 상진 어머니 모습과 다르지 않다. 이처럼 손창섭의 소년소설에서는 악한 인물이 빠지지 않고 등장하는 것을 볼 수 있는데, 이는 작가가 작품에서 악인을 등장시킴으로서 인간의 양면성을 인식하게 하는 것이다. 즉 인간이 가지고 있는 모습은 선한 것만 있는 것이 아니라 악한 면이 있으며, 이를 통해

---

13) 손창섭, 위의 책, 103쪽.

우리 삶, 인간 존재를 제대로 인식하게 하려는 방편인 것이다. 『싸우는 아이』에서 악한 인물은, 상진 어머니와 인구 어머니 외에도 찬수가 시장에서 배추를 주울 때 누명을 씌운 배추 장사, 아이스크림을 먹고도 값을 지불하지 않고 오히려 싸움을 걸려고 하는 아이들의 모습에서도 발견된다. 이들의 모습은 전후 사회라는 삶의 버거움도 내재되어 있지만 작가가 보다 더 강조한 것은 우리 인간 내면에 존재하고 있는 이중성을 내포하는 것이다. 그러기에 손창섭은 인간 내면을 구현하는 데 있어 선과 악 사이에서 갈등하지 않고 극명하게 그리고 있다.

(2) 결핍된 애정 보상과 휴머니즘

손창섭의 소설 세계를 말할 때 빠지지 않는 것이 인물 특징이다. 특히 '잉여인간'으로 말이다. 거의 모든 작중 인물의 어떤 인물을 들어도, 어딘가 좀 모자란다는 감정에 사로잡힌 인물이 등장한다. 어떤 주인공이든 불안감, 실패감, 무력감, 자신감 상실, 그리고 절망감에 사로잡혀있다[14]는 특징을 가진다. 소년소설의 인물도 예외가 아니다. 하지만 손창섭의 소년소설에서 눈여겨 볼 것은 불구적인 인물보다는 그런 인물을 도와주는 따뜻한 주변인의 체현이다. 즉 손창섭 소설에서 등장하는 '잉여인간'과는 달리 소년소설의 인물들은 비록 가난과 싸우면서 조금은 약하지만 주변인에게 사랑을 나눠주는 인물이 있다.

먼저 「꼬마와 현주」를 보자. 「꼬마와 현주」에서 현주네 집에서 키우는 닭들은 '몸이 날씬한 게 언제나 기운이 팔팔하고 눈이 별처럼 빛났다.' 하지만 꼬마만은 '어려서부터 몸이 약했다. 모이도 잘 안 먹고 한 쪽에 오도카니 서서 졸기만' 하는 이런 꼬마에게 현주는 늘 안타까운 마음을 가진다. '상자에 보드라운 헝겊을 깔아 밤에는 혼자 자게 해주고, 모이도 끼니 때마다 사람이 먹는 음식

---

14) 김상일, 「손창섭 또는 비정의 신화」, 앞의 책, 55쪽.

가운데서 꼬마가 좋아하는 것만 골라 먹'였다. 그런데 어머니가 장래성이 없는 놈을 골라서 파는데 꼬마는 산란 성적이 나빠 팔린다. 현주는 그 이후로 '학교가 끝나고 돌아오는 길에는 꼬마에게 들러 학교에서 먹다 남은 점심 찌끼를 주기도 하고 물도 먹여' 주는 등 소설 속 인물들과 달리 소년소설에서는 휴머니스트이다. 비록 닭에게 보이는 사랑이지만 이는 병든 닭을 약자로 보면서 강자가 약자에게 보이는 인간애인 것이다. 이러한 점은 소설 작품에서 누락되었던 주위 사람들에 대한 배려를 적절하게 보전하고 있다.[15] 「장님 강아지」에서도 종수는 다리 근처에서 앞을 못 보는 장님 강아지를 발견하고 집으로 데리고 온다.

> 앞 못 보는 강아지를 아무도 가져가려는 사람은 없고, 팔려고 해도 사 가려는 사람도 없고, 그렇다고 자기 집에서 키우고 싶지는 않으니까, 이렇게 멀찍이 아주 내다 버리고 만 것이라고 종수는 해석을 내렸습니다. 갑자기 이 장님 강아지가 종수에게는 더 불쌍한 생각이 들었습니다. 〈「장님 강아지」, 178~179쪽〉[16]

종수는 버려진 강아지를 보면서 실명상이용사였던 돌아가신 아버지를 떠올리고, 강아지에게 측은한 마음을 갖는다. 장님 강아지로 인해 많은 문제가 생기지만 자신이 힘든 것보다 앞을 못 보는 강아지를 더 염려한다. 이는 소설에서 등장 인물들이 불우한 환경에 처한 인물을 보면 주변에만 머무르는 것과 달리, 소년소설에서는 인물들이 적극적인 행동으로 실천하는 것을 볼 수 있다. 즉 생각으로만 머무르는 것이 아니라 적극적인 행동을 실천하고 있다.

그리고 「마지막 선물」에서 동조 또한 휴머니스트이다. 동조는 '아버지와 단둘이 살고 공부는 아주 엉터리이며, 얼굴도 괴상하게 생긴' 덕수와 친하게 지

---

15) 최명표, 「세계의 폭력성에 대한 소년소설적 탐구」, 『시와 동화』, (2007, 여름호), 225쪽.
16) 손창섭, 앞의 책, 178~179쪽.

낸다. 다른 아이들이 덕수에게 '왕눈깔, 말라꽁이, 돌대가리, 빵꾸차'라는 별명을 부르고, 자기네가 잘못한 일도 덕수에게 뒤집어 씌우는 친구들과는 달리 동조는 덕수에게 따뜻하게 대해준다. 동조는 다른 아이들이 덕수의 겉모습을 보고 판단하는 것과 달리 덕수가 가지고 있는 '따뜻한 마음'을 보다 높이 산 것이다.

약한 아이에게 따뜻한 시선을 보내주는 것은『싸우는 아이』에서도 볼 수 있다.『싸우는 아이』에서 주인공 찬수는 자신도 어려운 환경에 처해 있음에도 불구하고 '6·25 사변 때 부모를 잃고 인구네 집에 애보기 겸 식모로 있는' 영실이를 측은하게 여기고 영실이를 빼돌려서 좋은 집에 소개시킨다. 인구네가 알면 큰 소동이 벌어질 것을 알지만, 찬수는 영실이가 구박받고 인간 대우를 받지 못하는 것을 보고 스스럼 없이 행동한다.

> "할머니, 걱정 마세요. 내가 책임지고 아무도 모르게 영실일 빼 낼 테니까요. 그러니까 미리 그 집에 가서 말해 놓고 나한테 그 집을 가리켜 주세요. 그러면 내가 영실일 살그머니 불러내 가지고, 감쪽같이 그 집에 데려다 주겠어요."〈『싸우는 아이』, 108쪽〉[17]

찬수는 자신의 입장이 난처해질 수 있는 상황을 안고서도 영실이의 딱한 처지를 그냥 보고 있지 않는다.『싸우는 아이』에서 찬수는 가난하지만 씩씩하고 긍정적이면서 따뜻한 시선을 갖고 행동하는 인물이다.

이처럼 손창섭은 소설과 달리 소년소설에서 주변 인물의 딱한 처지를 보고 방관하지 않고 따뜻한 마음과 행동으로 실천하는 모습을 구현한다. 이런 모습은 손창섭의 불우했던 어린 시절과도 연결해서 생각해 볼 수 있다. 손창섭은 '소학교 5학년 때 어머니가 개가하고 칠순이 가까운 노모를 모시면서 사는데

---

17) 손창섭, 앞의 책, 108쪽.

가까운 친척이 있기는 했지만 쌀 한 톨 보태 주는 일이라곤 거의 없었다'[18]고 한다. 열세 살 먹은 어린 아이가 힘들게 살지만 가까운 친척마저도 외면한 어린 시절을 떠올리면서, 작가 자신이 어린 시절에 절실했던 마음을 간접적으로 피력한 것으로 보인다. 작가 스스로도 말하기를 '작가는 자연히 자신이 걸어온 과거의 생활을 단편적으로나마 이야기 하는 수밖에 없다'[19]고 한 부분에서도 알 수 있다. 자신의 어린 시절을 회상해 보면 어린 자신에게 조금이나마 힘이 되어 줄 수 있는 사람이 있었으면 하는 바람이 간절했을 것이다. 그러기에 손창섭은 소설과 달리 소년소설에서 어린이들이 비록 힘든 세상을 살지만 주변에는 항상 따뜻한 인물이 있다는, 즉 희망을 주기 위한 의도이다.

희망을 던지는 방식으로 이해와 나눔으로 피력하고 있다. 「장님 강아지」에서 삼덕이네 개가 종수네 장님 강아지를 계속 못 살게 굴자 화가 난 종수가 삼덕이네 개를 때려서 죽인다. 그래서 화가 난 삼덕이 형이 몽둥이로 장님 강아지를 때리려고 하는 것을 보고 삼덕이네 부모가 오히려 '저보다 약하고 불쌍한 개를 깔보고 행패부린 누렁이는 죽어 마땅하다'라고 하며 나무란다. 그리고 『싸우는 아이』에서도 구박 받는 영실이를 따뜻하게 받아주는 변호사 부부의 사랑 실천도 빼놓을 수 없다. 이처럼 손창섭의 소년소설은 소설과 달리 따뜻한 시선을 가진 인물들을 묘사하면서 삶의 버거움을 나누려는 모습을 담고 있는데, 이는 작가가 어린 시절 경험했던 냉혹한 현실에 대한 갈음이다.

3) 세계의 공존 방식과 갈구하는 세계

손창섭의 소년소설에서 주인공들은 거의 정상적인 가정에서 자라지 않는다. 편모이거나, 편부 혹은 부모가 계시지 않는 결손 가정이다. 이들은 소설에서와

---

18) 손창섭, 「나의 작가 수업」, 『현대문학』(1955, 9월), 136쪽.
19) 손창섭, 위의 책, 136쪽.

마찬가지로 여전히 가난 속에서 힘들게 산다. 하지만 소년소설에서는 힘들게 사는 것을 생각하기보다 힘든 세상을 살아가기 위해서 강자만이 살아남거나 힘을 합쳐야 살아갈 수 있다는 것으로 보인다. 그렇기 때문에 불구인 인물이 등장하는 경우는 살지 못하고 죽는다. 「꼬마와 현주」에서 현주의 어머니는 현주가 병든 닭 꼬마를 '공들여 키웠다'는 것을 알면서도 내다팔아 버린다. 현주가 화를 내자 어머니를 대신하여 형님이 말한다.

> "오늘 돈 쓸 일도 있고 해서, 장래성 없는 놈을 몇 마리 골라 팔았다. 그런 건 놔 둬 봤자 산란 성적이 나빠서 결국 밥값도 못하는 거야."〈「꼬마와 현주」, 166쪽〉[20]

몸이 약한 꼬마를 불쌍하게 여기는 현주와 달리 어른들은 냉정하게 말한다. 힘든 세상에서 살아남으려면 결국 강해야 한다는 것이다. 닭이 닭으로서 제 임무를 다하지 못한다는 것은 더 이상의 가치가 없다. 이는 손창섭의 소설에서 인물들이 현실의 괴리에서 보여주는 모습과도 일치한다. 소설에서는 인물들이 우울, 무기력, 특이한 형상으로서 사회에 편입되지 못하고 '아웃사이더'로서의 모습을 보였다면, 소년소설에서는 약한 자는 살아남지 못한다는 식으로 삶의 방식을 표현하고 있다.

꼬마가 팔려 간 닭장 안에는 '서로 많이 먹겠다고 싸우는 놈, 멸치 대가리를 물고 달아나는 놈, 밥덩이를 한꺼번에 삼키려다가 목이 메어 캑캑 하는 놈' 등 다양한 인물들이 보인다. 결국 닭장 안의 다양한 인물들은 우리 사회에서 볼 수 있는 인물상이다. 닭이 사는 닭장 세계는 우리 사는 세계와 다를 바 없다. 서로 잘 살겠다고 싸우고 좀더 많이 가지겠다고 싸우는 치열한 곳이 바로 인간 세계인 것이다. 손창섭은 이렇게 치열하고 힘든 세상에서 약한 자는 살아남을

---

20) 손창섭, 위의 책, 166쪽.

수 없다는 것을 꼬마의 죽음으로 표현하였다. 꼬마를 다시 사 가기 위해서 할머니에게 돈을 얻어 온 현주의 노력에도 불구하고 꼬마는 죽어서 닭장을 떠나 있었다. 여기서 중요한 것은 손창섭이 꼬마와 현주의 관계를 통해 인간과 동물의 사랑을 피력한 것이 아니라, 힘든 현실 세계에서 결국 약한 자는 살아남지 못한다는 것을 표출한 것이다. 즉 닭장 세계처럼 '힘이 약한 자는 힘센 놈 밑에 깔리는' 우리 사는 세상을 시사하고 있으며, 이러한 모습은 손창섭의 소년소설에서 싸움이 빠지지 않고 등장하는 데서도 발견할 수 있다. 작품 요소요소에서 소년들은 싸움은 자주[21]한다. 그는 소설과 달리 아이들의 삶을 취급하는 소년소설의 특성을 살려서 전후 세계가 나아가 방향을 진지하게 탐색하였다. 그가 동원한 폭력 사태는 한국 전쟁의 폭력적 성격을 축소한 것을 당대를 지배하는 모순 구조 타파 의지를 형상화하기 위해 도입한 전략적 수단이었다.[22] 손창섭의 소년소설에서는 어린이들만이 가지고 있을 법한 놀이는 보이지 않고 오히려 싸움을 많이 한다. 문제를 해결하는 상황에서도 싸움으로 해결하고 있다. 이는 결국 우리들이 살아가는 삶 자체가 싸움처럼 치열하다는 것을 뜻하는 것이기도 하며, 그 안에서 강자만이 살아남고 약한 자의 자리는 미비하다는 세계의 표상이다.

하지만 손창섭은 소년소설에서 강자만이 살아남는 현실 세계만을 표출한 것은 아니다. 작품 속에서 인물들이 난처한 경우에는 혼자서 행동하기보다 주변 인물을 대동하는 데서 발견할 수 있다. 「심부름」에서 인철의 어머니는 인철에게 고모네 집으로 떡보따리 심부름을 보낸다. 고모네 집에 가려면 '중간에 샛

---

21) 싸움이 등장하는 작품(싸움으로 인해 주인공의 입장이 난처한 경우도 포함)으로는 제목이 『싸우는 아이』, 「싸움동무」를 비롯해, 「장님 강아지」, 「심부름」 등이다. 손창섭의 소년소설 가운데 확인된 것을 8편으로 본다면, 이렇게 싸움이 들어간 내용이 4편이라는 것은 큰 비중을 차지하는 것이다. 그리고 『싸우는 아이』와 「싸움동무」는 전체 이야기에서 싸움이 자주 일어나고, 『싸우는 아이』에서는 찬수의 할머니와 상진어머니의 싸움으로부터 이야기가 시작되고 있다.
22) 최명표, 앞의 글, 272쪽.

마을이라는 조그만 동네를 지나야 한다. 하지만 며칠 전 인철이가 그 동네에 사는 '상준이를 때려 준 일'이 있어서 혼자 갈 수가 없어 골목 대장 태식이를 데려간다. 인철이와 태식이는 심부름 가는 길에 몰래 떡을 먹으면서 고모네 집에 도착하여 떡보따리를 전한다. 이 작품에서는 심부름을 통해 자신의 난처한 입장을 이해하고 같이 가 준 인철이와 태식이의 *끈끈한* 우정이다. 그러면서 사람은 힘든 일을 하기보다는 혼자서 서로 힘을 나눠 가지고, 도움을 주고받을 수 있다는 관계를 간접적으로 시사하고 있다.

그리고 『싸우는 아이』에서도 찬수는 상진이 어머니에게 외상값을 받아오라는 할머니의 말에 선뜻 나설 수가 없다. 외상값 때문에 큰 싸움이 벌어져 찬수는 상진이와 서먹서먹한 사이다. 그래서 찬수는 할머니가 상진이네 심부름을 보낼 때 혼자 가기를 두려워한다.

> 동네 아이들을 하나하나 생각해 보아도 별로 시원한 애가 없었습니다. 대개가 겁쟁이거나 그렇지 않으면 약아 빠져서 살살 꽁무니를 뺄 애들뿐입니다. 찬수 편이 되어서 용감하게 같이 싸워 줄 아이가 쉽지 않았습니다.
> "옳아, 광호를 데리고 가자."
> 찬수는 마침내 힘이 될 만한 광호를 생각해 낸 것입니다. 쇠고깃집 아들인 광호는 엔간히 주먹이 센 편입니다. 지금은 딴 반이라도, 사학년 때까지는 쭉 같은 반이어사 찬수와는 꽤 친한 축이었습니다.
> 광호를 생각하니 찬수는 갑자기 마음이 든든해졌습니다. 만일에 상진이 동네 아이 두 서넛과 패를 짜 가지고 덤벼든대도 광호와 둘이서라면, 별로 꿀리지 않을 자신이 있었습니다. 〈『싸우는 아이』, 15쪽)[23]

「심부름」에서도 그렇고 『싸우는 아이』에서도 주인공들은 혼자서 해결하기 어려운 경우는 주변의 도움을 구한다. 손창섭이 『싸우는 아이』의 머리말에서 '어른보다는 어린이에게 더 많은 희망과 기대를 걸고 있는 사람'[24]이라는 점을

---

23) 손창섭, 위의 책, 15쪽.

곱씹어 본다면 손창섭이 소설과는 달리 소년소설에서 그린 곤궁한 환경에서 주변인의 도움은 단지 따뜻한 시선을 넘어서 그들에게 무엇을 전달하고자 하는지 작가의 의도를 간파할 수 있다. 소설과 달리 소년소설에서 인물을 사회로부터 고립시키지 않고 사회로의 편입(더불어 사는 삶을 인식시키게 하는 것)을 보이고 있는 것은 소년소설에서 찾아볼 수 있는 미학이다. 즉 어린이들에게 치열한 현실을 인식하게 하는 동시에 인간은 혼자서 사는 것이 아니라 더불어 살아가는 면모를 보여 주었다는 데 그 미학이 있다.

또한 소년소설에서 보이는 미학은 결말의 처리에서도 발견할 수 있다. 소설에서는 결말의 대부분이 '미해결의 장'으로 처리한 반면, 소년소설에서의 결말은 '해결의 장'이다. 그 예로 『싸우는 아이』에서도 제목은 싸움만 일삼는 것으로 보이지만 실상은 그렇지 않다. 『싸우는 아이』는 4·19 이후에 나온 작품[25]으로 싸움을 소재로 하지만 그 안에서 치열하게 살아가고, 동시에 영실이에게 자유를 누리게 하는 것이다. 찬수는 영실이를 빼내기 노력하는 자신의 모습을 보면서 '사월 혁명 때, 자유를 어쩌라고 막 외치며 용감하게 데모를 하던 대학생들의 모습이 눈 앞에 선히 떠올랐고, 갑자기 자신이 훌륭해지는' 것을 느낀다. 비록 찬수가 영실이를 빼내고 인구네 가족들로부터 고통을 받지만 결국 구속된 인물에게 자유를 찾아 주면서 끝을 맺는 것도 소설에서 결말이 미진한 것과는 대조적이다. 이처럼 작가가 소년소설에서 갈망하는 '해결의 장'은 구체적으로 평등한 세계에서 가능하다는 것을 알 수 있다.

「싸움 동무」에서 주인공 덕기는 누나와 단둘이 산다. '누구의 부하도 하고

---

24) 손창섭, 앞의 책, 3쪽.
25) 『싸우는 아이』는 이원수의 『아동과 문학』에서 금년의 문제작으로 꼽은 것을 볼 수 있다.(1960년 12월 21일, 동아일보)내용을 보면, 4월 혁명은 비민주적인 문학에 반성과 정화의 기회를 주었으며 아동 문학의 정당한 발달을 촉진시키는 데 강한 영향을 주었으며, 4월 혁명을 똑바로 보고 반성을 하는 데 있어서 바람직한 문제작이라고 한다. 이원수, 『아동과 문학』, 웅진출판, 1984, 295~297쪽.

싶지 않고 그렇다고 문수처럼 골목대장도 하고 싶지 않은 인물이다. 덕기는 동네 아이들과 가까이 지내고 싶지 않았지만 아이들은 덕기를 자주 찾아온다. 그런데 덕기네 집에서 씨름을 하다가 덕기가 문수 부하 셋을 차례로 이기고 마지막으로 덕기와 문수가 한 판 붙으면서 옥신각신하다가 문수의 머리가 벽에 쪼인다. 이에 화가 난 문수가 덕기에게 덤벼들어 싸움이 일어나지만 결국 덕기가 이기고 문수는 무릎을 꿇으면서 덕기를 대장으로 하고자 제안한다. 그러나 덕기는 이를 거절한다.

> "난 대장도 되고 싶지 않아. 그리고 부하 노릇도 하고 싶지 않아. 그저 우리
> 들은 인제부터 사이좋게 지내면 되는 거야." 〈「싸움 동무」, 227쪽〉[26]

동네 아이들이 계속 괴롭혔던 것에도 불구하고 덕기가 원하는 것은 모두가 사이좋게 지내는 것이다. 수직적인 관계는 언젠가 또다시 문제를 야기하기 때문에 결국 수평적인 관계를 선점하여 세계를 평정하는 것으로 처리한다. 비록 강자와 약자의 세계에서 강자만이 살아남는다는 공식을 그렸지만, 손창섭의 소년소설 세계에서 보다 궁극적으로 추구하는 것은 모두의 화합, 세계의 화합이다. 소설에서의 인물들이 폐쇄적인 공간과 닫힌 결말을 노정한 반면, 소년소설에서는 열린 공간을 제시하면서 더불어 살아가는 희망의 세계를 구축하고 있다.

4) 나오며

손창섭의 소년소설에서는 어린이가 독자임에도 불구하고 악인을 선명히 그리고 있다. 인간 내면에 존재하는 인간상은 분명 선만 있는 것이 아니라 악도

---

[26] 손창섭, 앞의 책, 227쪽.

있다는 것을 인식시키기 위한 것이다. 그리고 작가의 유년 시절을 상기한 듯, 결핍된 애정을 보상받으려는 측면에서 휴머니즘이 강조되었다. 이런 점에서 본다면 손창섭의 소년소설은 소설과 다르면서도 닮아 있다. 소설에서 따뜻한 시선을 가진 인물을 구현하지 않은 반면 소년소설에서 그것이 발견된다는 것은 주목할 현상이다. 소설과 소년소설에서 인물들이 무조건 선하지 않고 악한 인물이 등장한다는 점에서 소년소설은 일반 소설과 닮아 있다. 손창섭의 소년소설이 가지고 있는 의미는 소설과 소년소설의 닮음과 다름이 아니라 어린이들에게도 현실의 삶을 그대로 반영하면서 삶을 이해할 수 있도록 하였다는 데 있다. 즉 손창섭은 소년소설에서 현실세계를 리얼하게 노정하면서, 희망을 갈구하는 세계를 제시하였다.

소년소설은 동화와 이웃해 있지만 한편으로는 리얼리즘적 특성을 갖는 문학이다. 리얼리즘이란 것 자체도 여러 방향에서 그 뜻을 말할 수 있지만 소박하게 해석한다 하더라도 그것은 그 작품 방법으로서 리얼리티를 갖게 하는 면뿐 아니라 사회를 보는 작가의 눈 자체의 문제가 되어야 한다.[27] 이런 점에서 손창섭의 소년소설은 리얼리즘의 한 줄기로서의 역할을 하였다. 물론 전후 공간에서 성인 작가들의 아동문학으로의 대거 참여는 상업주의라는 눈총을 배제할 수 없지만, 성인 작가들이 동참함으로서 동화와 성인 문학의 교량적 역할을 행했다는 것을 간과할 수 없다. 즉 앞에서도 밝힌 것처럼 동화를 읽던 어린이들이 소설이라는 장르로 넘어가기 전에 읽는 소년소설은 나름의 중요한 역할을 갖고 있기 때문이다. 그러므로 손창섭을 비롯해 여타 작가들의 소년소설을 살피는 것은 필요하다. 이는 단지 성인 작가들이 쓴 소설과 소년소설의 비교가 아니라 어린이에서 어른 세계로 진입하는 어린 독자들에게 세상을 어떻게 보여주고 무엇을 알려주는지 알 수 있기 때문이다.

---

27) 이원수, 위의 책, 255쪽.

3

가족의 삶과 행복에의 욕망
– 박경리의 「돌아온 고양이」와 『은하수』를 중심으로

1) 전후의 상흔과 세계의 반영

이 글은 박경리의 아동소설을 대상으로 아동이 학교라는 공식적인 과정 이외에 어떠한 과정을 거쳐 사회 구성원으로 성장하는지를 살피고, 이를 통해 박경리의 아동관과 아동소설의 특징을 고찰하고자 한다. 박경리의 아동소설 중, 전후를 배경으로 한 작품에 주목할 것이다. 주지하다시피, 한국사에서 전후라는 시 · 공간은 성인뿐 아니라 아동에게도 지대한 영향을 미친 때이다. 6 · 25전쟁은 분열과 증오, 살육과 고통, 죽음을 야기하였으며, 가족과의 생이별, 고달픈 피난살이 등의 비극을 초래하였다. 그리고 온갖 희생에도 불구하고 아무런 대가를 얻지 못했다는 것, 비극을 초래한 책임을 누구에게도 추궁할 수 없다는 것, 참혹한 결과만을 감내[1]해야 하는 것이 6 · 25전쟁의 흔적이다. 이런 점에서 6 · 25전쟁은 그 이후 한국 문학에 있어 문학적 상상력과 성격을 형성하는데 직 · 간접적인 요인과 계기로 작용[2]하였다. 이는 사회문화적 환경

---

1) 장영미, 「전후 아동소설 연구」, 『한국아동문학연구』22, 한국아동문학학회, 2012, 223쪽.

이 모든 이들에게 영향을 미친다는 의미이다. 이런 측면에서 전쟁으로 인해 험난하게 사는 아동의 삶을 그린 박경리 아동소설을 주목하고자 한다. 박경리가 남긴 몇 편의 아동소설(동화)에서 발견되는 공통 요소는, 전쟁으로 인해 핍진한 삶이 진행되기 때문이다. 따라서 이 글은 박경리의 아동소설을 대상으로 하여 전후 아동 생활을 살피고 사회문화적 환경이 아동에게 어떠한 영향을 미치는지를 규명할 것이다. 그렇기에 이 주제는 사회문화적 환경에 따른 아동의 사회화 방식을 탐구하는 일이기도 하다.

사실, 박경리의 초기 작품은 대개가 작가 자신과 처지가 비슷한 여성을 주인공으로 하여 비극적인 삶을 주제로 한다. 가령 「불신시대」의 주인공 진영은 9·28 수복 직전에 남편을 잃고 1·4후퇴 때는 아들을 잃어 피난길에 나서는 미망인이며, 「암흑시대」 역시 전쟁으로 인해 남편을 잃고 가산을 탕진하고 남매와 어머니를 부양하는 미망인이다. 그리고 「영주와 고양이」는 사변 때 남편을 잃고 이후 아들까지 잃어 어린 딸과 사는 인물이다. 이처럼 박경리 작품에서 주인공은 대체로 전쟁으로 인해 미망인이 되고 홀로 된 어머니와 어린 자식을 건사하고 있다. 작가는 전쟁을 겪으면서 남편과 자식을 잃게 된 기구한 운명이 무의식적으로 규율하였고 그것이 초기작의 대부분을 형성한 것으로 보인다. 즉, 작가의 체험을 작품 표면에 여과 없이 드러내기 때문에 작품의 구성력이 약화되거나 미적 거리감이 파괴되는 등의 부자연스러움이 드러나는 것도 사실이다.[3] 이런 연유 때문인지, 박경리의 초기 단편은 대체로 자서전적 글쓰기, 자기 확인의 글쓰기로 모아졌다. 이는 초기 단편이 주로 개인적인 자아에서 사회적 자아로 나아가지 못했다는 결함을 지적 받는 것과도 같은 맥락이다. 그러나 아동소설에서는 그 양상을 달리하고 있다. 미리 언급하자면, 성인을 대상으로 한 작품에서는 인물이 사회로 진입하지 못하지만 아동소설에서의 인물

2) 이재선, 『현대 한국소설사』, 민음사, 1991, 81~83쪽.
3) 강진호, 『현대소설사와 근대성의 아포리아』, 소명출판, 2004, 80~81쪽.

은 사회적으로 진입하거나(혹은 하려는) 경향을 드러낸다. 이는 작가가 성장하는 어린이를 대상으로 하기 때문에 성장소설에 비중을 둔 것으로 판단된다. 성장소설이란 어린이나 젊은이를 주인공으로 하여 시련을 겪어가면서 세계와 현실에 대한 변화와 성숙화의 과정을 보여주는 형태이다. 따라서 특별한 성장 이념에 근거하여 내적결정의 자기 발전과정을 보여주는 것으로서, 초점이 주어지는 중심인물은 배우고 성장하며 사회와 현실은 그에 대한 안티고스트요 삶과 경험의 장소가 되는 것이다.[4] 이런 점에서 박경리의 아동소설에 등장하는 인물은 전후 험난한 세계를 경험하고 이를 극복하면서 성장하기 때문에 성자소설로 읽을 수 있다. 그렇기에 박경리의 아동소설을 대상으로 전후 환경이 아동에게 구체적으로 어떤 영향을 미치는지, 아동은 이를 어떻게 해결하는지 살필 필요가 있을 것이다. 본고의 대상은 『새벗』[5]에 발표한 단편 「돌아온 고양이」(1958년 3월호)와 장편 『은하수』(1958년 6월~1959년 6월)[6]이다.

마리아 니콜라예바에 의하면, 아동문학은 현실세계를 반영하고 이데올로기적 가치를 전달하고 정신에 강력한 영향력을 행사하며 우리의 감정에 호소한다. 아동문학이 그 나름의 미학을 갖는다는 점을 수용하고 이를 전제로 하여 아동문학이 어떻게 기능하고 어떤 방식으로 독자에게 영향을 미치는지 이해해야 한다[7]고 하였다. 이는 박경리의 전후 아동소설을 통해 일정정도 규명할 수

---

4) 이금란, 「가족 서사로 본 박경리 소설 연구」, 『현대소설연구』19, 한국현대소설학회, 2003, 340쪽.
5) 『새벗』은 1952년 창간하였는데, 이 잡지는 당시 아동문학가들과 일반 문학가들의 작품을 수록하였다. 여기서 일반문학가들의 참여는 생계용이라는 부정적 측면과 아동소설의 확장이라는 긍정적인 측면을 동시에 내포하고 있다. 그러나 본고는 부정적인 측면보다는 『새벗』잡지의 창간 동기, '처참한 전쟁 때문에 고생하는 어린이들에게 무엇인가 해주고 싶은 충동'에서 시작되었다는 긍정적인 측면을 주목하고자 한다.
6) 『은하수』는 1958년 6월부터 1959년 6월까지 한 호도 빠지지 않고 총 13회 연재한다. 간혹 박경리 작품연보에 『은하수』12회 연재라고 표기되어 있는데, 이는 1958년 12월이 7회 연재인 것을 잡지에 6회라고 적어놓으면서 이후 착오가 생긴 것으로 보인다. 박경리의 작품연보에 『은하수』12회 연재라고 표기한 것을 13회로 정정한다.
7) 마리아 니콜라예바, 위의 책, 8쪽.

있을 것으로 여겨진다. 박경리가 성인문학에서 현실을 바라보는 시선이 비극적이고 실제적인 것에 비해 아동문학에서는 그 양상이 유사하면서도 다르기 때문이다. 그러므로 박경리의 작품을 대상으로 인물들이 처한 상황을 살피고 이들이 그 세계를 어떻게 대처하는지 등을 포착하여 그의 아동관과 아동소설의 특징을 연구하기로 한다. 이를 통해 박경리의 성인 대상 소설과 아동 대상 소설의 유사점과 차이점 또한 발견할 수 있을 것이다.

2) 강인한 육체와 정신을 통한 성장

「돌아온 고양이」는 성인 대상으로 쓴 「영주와 고양이」[8]를 아동 대상으로 다시 쓴 작품이다.[9] 두 작품은 제목과 인물의 외형, 처한 환경까지 흡사하다. 가령 「영주와 고양이」에서 반 동무들이 모두 꼬마라고 부르는 영주는 "병아리처럼 선이 가늘고 몸이 작고 얄팍한 눈까풀을 지닌 눈매는 고왔다. 그러나 슬픈 눈"[10]을 가진 아이이다. 「돌아온 고양이」의 선주 역시 꼬마로 불리고 "슬픈 눈을 지닌 아이였고 호수처럼 맑은 눈에 서린 슬픔"[11]을 가진 인물이다. 이런 외모의 유사한 설정을 비롯해 고양이 역시 다갈색과 노랑, 흰 빛깔의 줄무늬를 지닌 동종이며, 여자 아이가 사변 때 아버지를 잃고 이후 동생을 잃은 환경 역시 비슷하다. 그러나 작품을 면면이 들여다보면 표면의 유사함과 달리 이면에 담고 있는 주제는 다른 양상을 띤다.

먼저, 「영주와 고양이」를 보자. 「영주와 고양이」는 영주와 고양이의 관계를 통해 엄마인 민혜가 숙명에 대해 천착하는 것이다. 어린 영주는 엄마가 아이를

---

8) 박경리, 『불신시대』, 지식산업사, 1987, 10쪽.
9) 박경리, 『돌아온 고양이』, 그레이트북스, 2009. 본문에서는 본 출판사를 기준으로 하고 추후 쪽수만 표기한다.
10) 『불신시대』, 308쪽.
11) 『돌아온 고양이』, 6쪽.

키우는 것처럼 고양이를 자식처럼 다룬다.[12] 민혜는 그런 영주의 행동을 보며 한편으로 즐겁고 다른 한편으로 자신의 구차한 삶을 따를 것 같은 생각에 불안하다. 초도로우의 어머니 역할의 재생산을 보면, 아이와 어머니 사이에서 어머니는 아이를 돌보는 주된 사람으로서 어머니인 여성은 어린이에게 모두 타자, 즉 대상이 되고 대상으로 존재한다고 한다. 남자 어린이와 달리 여자 어린이의 성정체성은 어머니와의 동일성, 연속성, 그리고 동일화 위에서 형성된다고 한다.[13] 이런 점에서 민혜는 어린 딸의 말과 행동을 보고 자신과 동일화되는(혹은 될 것 같은) 딸의 모습을 발견하고 화를 내는 것이다. 즉, 남편의 죽음, 아들의 죽음이 몰고 온 비극은 결국 민혜가 어머니에게 외동딸인 것처럼, 영주에게도 동일한 틀이 형성될 수 있을 것 같아 불안해하는 것이다. 그러므로 「영주와 고양이」는 어머니와 딸의 관계를 통해 숙명이라는 문제를 천착한 것이라 할 수 있다.

반면, 「돌아온 고양이」는 가족의 의미를 담고 있다. 박경리의 초기 작품들은 대개가 전쟁으로 인해 가정이 해체되면서 살아남은 사람들이 겪는 애환을 그린다. 「돌아온 고양이」의 선주네는 6·25때 아버지가 죽고 서울을 떠나 시골로 피난 내려가 산다. 선주는 어머니노 없는 낯선 곳에서 남의 집에 얹혀살

---

12) 다음의 대사와 행동에서 이를 알 수 있다.
「내가 이제 엄마야 그리구 넌 영주다아. 알았니?」 영주는 맞은편에 앉은 고양이 대가리를 살짝 두드리며 말한다. 고양이는 대답처럼 야옹! 하고 운다. 영주는 밥을 씹으며 고양이를 무섭게 노려본다. 「밥알 흘리지 말고 곱게 먹어.」 고양이는 국에서 건져낸 멸치를 먹느라고 정신없다. 「허덕허덕하니 굶주린 사람처럼 그게 뭐야.」 영주는 제법 엄하게 민혜의 목소리를 흉내내내 것이었다. 그것을 보고 있는 민혜가 그만 두통을 잊고 깔깔 웃어버린다. (…중략…) 「찹쌀떡 사려어 찹쌀떡 사려!」 처량한 목소리를 뽑는다. 민혜는 그 순간 발딱 일어섰다. 민혜는 자기 자신도 모르는 사이에 영주의 뺨을 찰싹 갈기고 있었다. 「이놈의 기집애 하필 찹쌀떡 장수야!」 깜짝 놀란 영주는 부리나케 고양이가 든 상자를 방바닥에다 내리고 민혜를 빤히 쳐다본다. 「그래 엄마 죽고 나면 찹쌀떡 장사 하려무나 참 그 꼴 좋겠다.」 민혜는 몹시 씨근덕거렸다. 그러나 두 번째의 말은 가시처럼 마음속에 걸리는 듯 했다. 민혜는 아차하고 뉘우쳤으나 영주의 눈에는 아무런 그늘도 없었다. 민혜는 자리에 쓰러져서 이불을 뒤집어쓰고 말았다. (『불신시대』, 311~312쪽)
13) 김열규, 『페미니즘과 문학』, 문예출판사, 1990, 43쪽.

기 때문에 전쟁 이전의 온전한 가족 형태를 그리워한다. 이는 전쟁이 가져온 비극의 한 형태로 전쟁은 남녀노소 모두에게 해당된다는 의미이기도 하다. 가령 선주 동생 민이와 집주인인 할머니의 손주 문이가 다투는 데서 이를 알 수 있다.

> 민이는 육촌뻘이 되는 안집의 문이 하고 잘 싸웁니다. 그럴 적마다 할머니의 속이 상하는 모양이었습니다. 어느 날도 문이는 민이에게 약을 올려 주고 있었습니다.
> "엄마도, 아빠도, 집도 없는 넌 거지새끼야. 알았어?"
> 민이는 분해서 덤벼들었습니다. 옆에 섰던 선주도 얼굴이 벌개지며 문이의 멱살을 쥐고
> "뭐라고 했어, 한번 더 말해봐."
> "거지라고 했다."
> "이까짓 게 집이야, 난리만 없었음 우리가 이 거지 같은 집에 살 줄 알아. 왜 우리 엄마가 없어, 당당하게 서울에 계신다. 너네 엄마 따위는 백을 모아도 우리 엄마 반몫도 못 당하는 거야. 똑똑히 알고 말을 하란 말이야."
> 한참 흥분이 되어 지껄이던 선주는 기어이 민이를 안고 울어 버리는 것이었습니다.
> 어머니가 그리웠습니다.
> 오지 않는 어머니가 미웠습니다.
> 이러한 말다툼을 들은 할머니는 그저 문이 엄마가 들을까봐 얼른 쫓아 나와서 선주의 입을 막습니다.
> "다 큰 계집애가 그게 뭐냐, 시끄럽게 울구……."
> 선주는 민이를 사랑했습니다. 그래서 민이의 역성을 드느라고 간혹 마을 아이들과 싸우지 않으면 안 되었습니다.[14]

인용문에서 알 수 있듯, 선주와 민이는 남의 집에 살면서 갖은 구박을 받고 또래 아이들과 싸우지 않으면 안 된다. 결국 선주 남매는 전쟁으로 인해 가정이 해체되고 세상과 싸워야 하는 환경에 처한다. 그러나 이 과정에서 동생 민이는 바람 부는 날 뒷동산에 올라갔다가 바위에서 떨어져 죽는다. 이 작품에서

---

14) 「돌아온 고양이」, 13~14쪽.

동생 민이는 몸과 마음이 약한 인물이기도 하지만, 민이의 죽음은 약한 육체와 정신으로는 험한 세상에서 살아남을 수 없다는 것이다.

특히 작가는 여자 주인공에게 강한 인물상을 부여하고 있다. 작가의 분신이라고 할 수 있는, 여자 어린이를 주인공으로 하여 위기를 극복케 하여 사회화하는 과정을 그리고 있다. 이는 어린이 독자를 대상으로 한다는 점을 염두에 둔 것으로 보인다. 작가는 어른들의 세계는 불신과 암흑이 내재하지만, 어린이들의 세계는 밝고 희망적인 세계를 그린다. 박경리에 의하면 "슬픈 것을 견디고 어두운 것을 감추어 버리려는 어른에게도 벅찬 일을, 벌써부터 엷고 약한 감성에 그러한 인간을 대하는 복잡한 그늘이 깃들어 있다는 것, 그것은 너무 애처로운 일"[15]이라고 한다. 이런 점에서 선주는 시련과 위기를 겪고 이를 극복하는 등 다양한 삶을 산다. 선주가 작은 체구로 공주나 여왕 그림을 즐겨 그리는 것만 보면 전형적인 여자 아이이다. 그러나 슬퍼도 울지 않고 동네 아이들과 맞서 싸우고 동생을 향한 모성애 강한 인물이다. 특히 선주의 모성애는 새끼 고양이를 보살피는 데서도 나타난다. 가령 선주는 학교에서 배급 받아온 우유를 고양이에게 먹이고 이름을 지어주는 등 고양이를 살뜰히 보살핀다. 여기서 선주의 행동은 한편으로 여자아이에게 모성애를 강요하는 것이기도 하지만, 다른 한편으로 전후라는 극악한 환경 속에서 강한 여성을 원하는 시대적 요구라고 할 수 있다. 다시 말해 몸과 마음이 약해서 죽는 민이와 달리 선주는 피폐해진 육신이지만 시련을 이겨내는 강한 인물로 하여 세상과 세계로 나아가게 하고 있다. 선주 역시 아버지를 잃고 어머니와 헤어져 살고 또래 아이들에게 수모를 당하지만 강한 의지로 시대를 살아낸다.

여기서 작가가 성인 대상 소설과 달리 아동소설에서 어린이들이 위기를 극복하도록 설정한 매개체를 주목할 수 있다. 「돌아온 고양이」에서는 고양이가

---

15) 박경리, 『Q씨에게』, 풀빛, 1979, 310쪽.

그 역할을 한다. 슬픔에 잠긴 선주를 위해 할머니가 새끼 고양이를 사주는데, 고양이는 "너무 작아서 바람 불면 훅 하고 날아갈 것 같"[16]은 선주의 모습과 닮았다. 그러나 이 작품에서 고양이 설정은 단순한 것이 아니다. 고양이는 외로운 인물이 의지하기 위한 것이 아니라, 인물이 매개체를 통해 성장할 수 있는 역할을 하기 때문이다. 가령 선주는 고양이의 작고 여린 모습을 보면서 엄마가 보고 싶은 자신처럼 고양이 역시 어미를 보고 싶어 할 것 같은 동일한 감정을 갖는다. 그래서 선주는 고양이를 정성껏 돌보고 자신과 고양이, 자신과 엄마의 모습으로 대체하여 자아를 형성하고 성장한다. 외롭고 힘든 시간을 고양이를 통해 반면교사 하여 사회 구성원이 되는 과정을 담고 있다.

이렇듯 「돌아온 고양이」는 전쟁으로 인해 가정 파탄과 해체를 맞고 이를 극복해 가는 작품이다. 이는 시대·사회적 환경은 당대를 사는 어린이들 역시 예외가 아니라는 것을 의미한다. 그러므로 「돌아온 고양이」는 작가가 핍진한 환경과 사회 속에서 어떻게 살아야 하는지에 대한, 즉 삶의 태도를 다루는 것으로 판단된다. 전후, 모두가 곤궁한 삶 속에서 이를 어떻게 받아들여야 하는지, 어떻게 대처해야 하는지를 모색한 것이라 할 수 있다. 이를 위해 외적 매개물(고양이)과 죽음을 장치한다. 이 작품에서는 선주 동생 민이가 죽는데, 이 또한 작가의 경험에서 비롯된 것으로 보인다. 박경리는 생애 가장 쓰라렸던 사건으로 아이의 사망을 꼽는다.[17] 아이의 사망이 「불신시대」를 쓰게 하였는데, 이 작품으로 현대문학 신인문학상을 받았지만 수상은 서글픈 행사였다고 말한다. 작가에게 아이의 죽음은 인생의 인고를 스스로 강요하는 결과를 가져왔을 정도로 큰 사건으로 꼽고 "살아남은 아이에 대한 사랑에 준열한 의무감을

---

16) 『돌아온 고양이』, 18쪽.
17) 박경리 초기 작품들의 테마 중 하나가 죽음이다. 남편의 죽음과 연속된 아들의 죽음은 「불신시대」, 「암흑시대」, 「영주와 고양이」, 「돌아온 고양이」, 『은하수』등에서 공통적으로 발견된다.

느낀다"[18]고 한다. 작가의 말처럼, 살아남은 아이를 위해 갖는 엄하고 격렬한 의무감은 살아남은 아이가 세상과 맞서 싸울 수 있도록 강한 의지력을 지니는 것으로 구현한다. 따라서 「돌아온 고양이」에서 살아남은 아이, 선주는 작가가 추구하는 인물상으로 해석할 수 있다. 즉, 작가는 전후 상흔이 어떠하였는지 그리고 험난한 세계를 어떻게 살아야 하는지를 선주를 통해 보여준다. 작가가 약한 민이가 아닌 강한 선주를 선택하였다는 데서 이를 알 수 있다. 그러므로 박경리는 성인을 대상으로 한 「영주와 고양이」에서는 엄마와 딸의 관계를 통해 숙명이라는 주제를 천착하여 궁극적인 인간문제를 다루었다면, 「돌아온 고양이」에서는 세계로 진입해야 하는 어린이들에게 위기를 어떻게 이겨내야 하는지, 어떻게 살아야 하는지 등 사회화로의 문제를 다룬 것이다. 다시 말해 전후의 험난한 세계는 강인한 육체와 정신으로 성장이 가능하다는 것을 담고 있다.

3) 인간군상을 통한 이해와 갈등, 그리고 성장

아동문학의 본질은 어린이 속에 잠재해 있는 인간의 가능성에 형태를 부여하는 것이다. 어린이의 일상 세계를 묘사하고 그 속에 있을 수 있는 인간의 모습, 있어야 하는 인간의 모습을 탐구하여야 한다. 인간과 깊이 관련된 문제로서 개인과 개인의 갈등, 개인의 내적 갈등을 통해 그려지지 않는다면 작가 한 사람의 정의감으로 표현하는 것으로 끝나 버린다.[19] 이런 점에서 박경리의 『은하수』[20]는 개인의 내적 갈등과 개인과 개인의 갈등, 개인과 사회의 갈등 등의 천착으로 삶과 존재 문제를 다루고 있는 작품이다.

---

18) 박경리는, 작품 속에 윤색된 가족들이 충만해 있다고 하는데, 「표류도」와 「불신시대」, 「영주와 고양이」 등을 들고 있다. 『Q씨에게』, 142~144쪽.
19) 우에노 료, 햇살과 나무꾼 옮김, 『현대어린이문학』, 사계절출판사, 2003, 199쪽.
20) 박경리, 『은하수』, 이룸, 2003. 본문에서는 본 출판사를 기준으로 하고 추후 쪽수만 표기한다.

여기서 먼저 눈여겨볼 것은 아버지의 부재로 인한 개인의 내적 갈등이다. 박경리의 초기 작품의 특징은 전쟁으로 인한 잘 짜인 가족의 해체라는 점이다. 불완전한 가족의 형태는 작가가 바라본 전후 현실을 보여주는 하나의 상징적인 의미를 지닌다.[21] 이러한 가족 해체는 『은하수』에서도 드러난다. 선영이는 아버지가 죽기 전까지는 행복한 생활을 한다. 아버지의 부재는 고난의 시작이다. 가령, 선영이네가 시골로 내려가기 위해 집을 파는 과정에서 남자들의 횡포는 선영 엄마를 비롯해 가족 모두를 슬프게 한다. 사실 박경리의 작품에서 남편과 아버지 부재는 자주 발견되는 것이며, 초기 소설의 특징 중 하나이기도 하다. 여기서 남편과 아버지 부재는 전쟁으로 인한 죽음 때문에 발생한 자리 비움의 상태를 말한다.[22] 가장이 없는 가정은 "불기도 없는 추운 방에서 어머니와 아이들은 동회에서 주는 밀로써 연명"[23]하는 경제적 궁핍과 아이들의 성격에 영향을 미친다. 즉, 선영의 커다란 눈에 고인 슬픔은 외모에서 비롯된 것이 아니라 아버지 부재로 인해 생긴 것이다. 때문에 선영은 아버지 없는 서러움에 자주 눈물을 흘린다. 아버지가 생각이 나지 않는 경수와 달리 선영은 아버지 생각이 간절하다. 아버지가 없는 선영은 모든 면에서 자신감이 없다.

육성회장 딸인 성자는 자신보다 노래를 잘 부른다고 팔을 꼬집고 머리를 잡아당기는 등 선영이를 질투한다. 여기서 생각할 수 있는 것은 친구의 괴롭힘보다 아버지가 없는 것에서 더 크게 슬픔을 느낀다는 점이다. 그리고 선영이 경수와 소꿉장난하면서 부르는 노래가 꽃밭인데, 이 꽃밭은 아버지가 살아생전에 만들어준 추억과 그리움의 징표이다. 그래서 선영은 자신이 외롭다고 느끼는 순간 아버지와 관련된 추억을 떠올린다. 이런 점은 선영이 작품 곳곳에서

---

21) 이금란, 앞의 논문, 313쪽.
22) "박경리의 이러한 초기 경향은 결국 남편의 죽음과 아들의 죽음 그리고 이 두 번의 죽음을 통해 현실과 직접적으로 대면하게 된 가장으로서의 모성, 여성이 등장하는 것이다" 이금란, 위의 논문, 317쪽.
23) 『은하수』, 12쪽.

어려움에 직면할 때, 아버지의 부재를 생각하는 것에서 알 수 있다.[24] 그러므로 선영에게 전쟁은 아버지의 부재와 가족의 해체 등 개인의 내적 갈등을 형성하는 요소로 작용한다.

그러나 선영이 조금씩 성장하고 있다는 것을 발견할 수 있는데, 개인과 개인 간의 갈등이라 할 수 있다. 사실 선영은 서울에서 자기만의 세계에 갇혀 다른 것을 생각하지 못하고 주변 사람들에게 자신을 드러내지 못하는 소극적인 인물이었지만, 시골에 내려가서 그 모습이 달라진다. 니콜라예바에 의하면, 아동문학에서 사회적 기관, 가족과 학교는 매우 중요하다. 실제로 가족은 아이가 경험하는 최초의 사회조직이고, 부모는(또는 대리인)아이가 대면하고 의문을 가지게 되는 최초의 권위자이다. 아동은 부모에게 신체적·감정적으로 의존하고, 성장의 주요 부분은 부모 보호로부터의 자유와 관련된다. 즉, 가족으로부터 의지를 할 수 없을 때 독립된 개체인 경우 아동의 사회화는 형성된다. 먼저, 선영이 미옥과의 대립에서 발견할 수 있다.

> "애 너 부엌에 가서 물 좀 떠다오."
> (…중략…)
> "애 너 귀가 멀었니?"
> (…중략…)
> "물 좀 떠다 달란 말이야. 못 들었니?"

---

24) 사실 이 작품에서 선영은 시련을 겪을 때마다 아버지를 그리워한다. 다음은 선영이 경수가 머리를 다쳤을 때, 아버지를 그리워하는 장면이다.
선영은 끝없는 그런 공상 속에서 온갖 슬픔을 잊어버리려고 했다. 나뭇잎이 두 서 너 개 떨어진다. 선영은 무심코 나뭇잎을 하나 주웠다. 그것을 가만히 쳐다보고 있던 선영은 사진에서 본 아버지 얼굴이 생각났다. 갓난아기였던 선영을 안고 서 있던 아버지. 아버지가 선 뒤에는 개나리꽃이 피어 있고 어머니는 개나리의 꽃가지를 휘어잡고 서 있었다. 선영은 그 사진의 장면이 마치 실제로 있었던 일처럼 눈앞에 생생하게 나타나는 것이었다. 노오란 꽃잎도 갓난아기가 쓴 흰 모자 빛깔도 아버지가 입은 검정 약복의 빛깔까지도 역력하게 눈앞에 떠오르는 것이었다. '선영아' 어디선가 선영을 부르는 높은 목청이 들려온다. 선영은 꿈에서 깨어난 것처럼 고개를 들었다.(『은하수』, 138쪽)

(…중략…)

"싫어."

선영의 대답이다.

"뭣이?"

미옥의 얼굴이 파아래진다.

"네가 떠다 먹으렴!"

"뭐! 거지같은 기집애가…… 그 말 한 번 더 해봐. 이건 우리 집이야 알았니?"

"너의 집이지만 난 너의 하인이 아냐!"

선영의 목소리는 낮았지만 당당했다.[25]

  사실 선영은 서울에서 살 때는 약한 인물이었다. 그러나 시골에 내려와 곤궁한 환경에서 처하면서 삶의 의지를 강하게 드러낸다. 엄밀히 말해 또래 집단에서 겪는, 즉 개인과 개인의 갈등 속에서 인물이 성장하고 있다. 선영이 시골에 내려와 가장 먼저 갈등을 일으키는 인물은 동갑인 외사촌 미옥이다. 선영은 공부도 잘 하고 노래도 잘 하는 반면, 미옥은 심술궂은 성격에 공부도 못해 선영에게 질투심을 느낀다. 때문에 이 둘은 곳곳에서 부딪친다. 위 인용문처럼, 선영과 미옥은 어른들이 집을 비운 사이 싸움을 해 얼굴에 손톱으로 할퀸 핏자국이 군데군데 남고 피멍이 든다. 이에 경수와 미옥은 소리를 지르고 우는데, 선영만은 입술을 깨문 채 울지 않는다. 그런데 미옥의 아버지, 즉 선영의 외삼촌이 사람을 죽여 감옥에 가게 되자 미옥은 아이들로부터 천대를 받고 기가 죽는다. 선영은 그런 미옥을 위로해 주고 둘은 이전과 달리 좋은 관계로 발전한다. 선영은 서울에서 생활과 달리 시골에서 내려와서 다양한 사람들을 통해 성장하고 세계로 나아가게 된다.

  그리고 그 성장은 현재 머무르고 있는 공간을 벗어나면서 더욱 달라진다. 원래 약했던 선영 엄마는 경수의 사고로 병이 더욱 악화되면서 요양원으로 가게 된다. 선영은 집을 팔아 엄마를 요양원으로 보내고 선생님 댁으로 들어간

---

25) 『은하수』, 63쪽.

다. 그 집은 선생님의 어머니가 계시는데, 선생님 어머니는 어려운 살림이라서 선영과 경수가 오는 것을 싫어한다. 그래서 선영은 "학교에 갔다 오면 공부고 뭐고 다 집어던지고 부엌에 들어가서 열심히 할머니를 도와 밥도 짓고 설거지"[26]를 하는 등 더욱 강한 생활력을 보인다. 이러한 선영의 강한 생활력은 동생 경수의 수술비를 마련하는 데서 극에 달한다. 경수는 바닷가에 놀러갔다가 머리를 다쳐 앞을 볼 수 없게 된다. 머리를 다친 경수의 아픔을 안타까워하는 선영의 행동을 보자.

> 선영은 마룻바닥에 무릎을 꿇고 양손을 꼭 맞잡았다. 하나님 우리 경수를 살려주세요. 경수만 살려주신다면 어떤 어려움이라도 받겠습니다. 저의 생명도 바칠 수 있습니다. 하나님, 경수를 살려주세요. (…) 하나님 우리 경수를 살려 주세요. 착하고 예쁜 우리 경수. 만일 우리 경수가 어떻게 된다면 저는 죽어버릴거예요.[27]

선영이 보이는 극단적인 말은 한편으로 극악한 성격으로 보이지만 다른 한편으로 절실한 마음의 표현이다. 소원을 풀 수만 있다면 어떠한 고난 속에서도 견디어 착한 어린이가 되겠다고 기도할 정도로 선영은 경수를 위해 노력한다. 선영은 경수 눈 수술 비용을 마련하려고 나갔던 노래 대회에서 1등을 하고, 큰 회사의 회장인 친할아버지를 만나 다시 행복을 찾는다. 이렇듯 선영은 실질적인 가장이 되어 경수에게는 모성애와 강한 생활력을 드러낸다. 작가가 "육이오에서 강인한 생활력을 찾았다"[28]는 것과도 일맥상통한 것으로 여겨진다. 선영이 국면한 시련들이 결국 6·25전쟁에서 기인한 것이기 때문이다. 이런 측면에서 아동과 사회, 사회와 아동 역시 불가분의 관계라 할 수 있다. 그리고

---

26) 『은하수』, 167쪽.
27) 『은하수』, 117쪽.
28) 『Q씨에게』, 141쪽.

주인공 선영이 맞는 위기는 고난의 시간이지만 이 또한 달리 보면 세상과 세계로 나아가는 아동의 사회화 과정이라 할 수 있다. 이런 점에서 박경리의 성인 대상 소설과 아동소설은 닮아있다. 작가의 이의 제기에도 불구하고 작가와 거의 다르지 않은 여성 인물들을 발견하게 된다. 여성이 이야기의 주도적인 인물로서 남성은 부차적인 인물로 나타나[29]고 있다. 가령 「불신시대」의 주인공 진영은 절에서 아들의 영정을 찾아와 불사르고 내게는 아직 생명이 남아있다. 항거할 수 있는 생명이 있다고 한다. 「암흑시대」의 주인공 순영은 자기를 잃지 않으려는 몸부림을 통해 모든 것에 대한 자신의 항거 정신을 보여주고 있다.

이렇듯 박경리의 성인 대상 소설과 아동소설은 죽음과 고통, 슬픔과 절망으로 가득 찬 혹독한 시대였지만, 꿋꿋하게 살고자 하는 측면이 닮아 있다고 할 수 있다. 따라서 박경리라는 작가의 글을 연구하는 데 있어서 무엇보다 중요한 것은 여성 인물의 성격화에 주목하지 않을 수 없다. 여주인공은 작가의 딸이라고 하면서 여성 작가는 여성 인물의 창조를 통해 자신의 이상형의 인물을 재현하고 이를 확장해 나간다고 한다. 박경리 초기작품에서 전후의 부조리한 양심을 벗어난 행동에 강하게 맞서는 여주인공을 통해 날카로운 비판 의식을 보인다. 하지만 박경리는 이처럼 어려운 현실에도 불구하고 주인공들이 살기 위한 처절한 싸움을 함으로써 한편으로 인간의 존엄성을 지키기 위한 노력을 기울이고 다른 한편으로 어떤 압박이나 폭력에도 굴하지 않는 강인한 생명력을 보여주고 있다.[30] 이는 『은하수』에서 주인공 선영의 삶에서 이를 여실히 알 수

---

29) 경수는 계집아이처럼 입술이 붉고 예쁘게 생긴 일곱 살 사내아이이다. 일곱 살이라는 어린 나이 탓도 있지만, 경수는 계집아이 같은 외모와 행동도 곱고 항상 누나에게 의지하는 인물이다. 학교에 간 누나를 기다리며 언덕에 가 서 있는 등 누나에 대한 의존도가 크다.

30) 물론 1950년대 전후 현실을 고발하는 작품에서 존엄을 지키려는 이러한 여성 주인공이 부조리한 사회에 맞서 소극적으로 반항하다가 결국 소외되고 마는 모습을 찾아 볼 수 있다. 이들 여성은 어려운 전후 현실 속에서도 남성으로부터 독립적이고, 이성적이며 지적으로 현실을 극복해 나가려고 애쓴다. 그러나 「계산」의 회인처럼 어이없는 사기를 당하거나, 「전도」의

있다. 박경리가 아동소설이라는 특징을 고려하여 아동의 성장을 염두에 둔 것으로 여겨진다. 자신을 돌아보기 위해서는 어떤 계기가 마련되어야 하고 현재 머무르는 공간이 아닌 새로운 공간에서 그것이 가능하다는, 즉 성장소설의 공식을 따른 것으로 보인다. 또한 대체로 자신의 정상적인 삶이 파괴되는 위기상황에 처해야만 비로소 자신의 실제 상태를 인식하게 된다는 인물의 성장 도식도 발견할 수 있다. 가령, 선영은 서울에서 생활 하면서 어른들의 야박함을 접하는데, 여자라고 얕잡아 보고 집을 싸게 팔라고 하는 남자들의 횡포를 접하면서 세상을 본다. 하지만 서울에서 겪는 일들에 대해서는 소극적인 모습이었다. 그러나 선영이 시골에서 겪는 다양한 인물들과 사건의 실제 상황은 강하고 적극적인 인물로 변화시킨다. 그러므로 선영이 서울에서 단촐한 가족과 공간이 협소한 세계라면, 시골에서 보다 많은 사람들과 부딪히면서 인간과 세계를 인식하는 확장된 공간이며 세계로 진입하는 장(場)이라 할 수 있다.

『은하수』는 6·25전쟁 이후를 배경으로 어머니와 두 남매가 겪는 이야기다. 전쟁이 끝난 후 어려운 형편 때문에 집을 팔고 시골로 떠나는 것을 시작으로 하여 다시 서울로 상경하는 것으로 막을 내린다. 일 년 여 동안 연재한 아동소설로 곡진한 삶 속에서 포기하지 않고 희망을 안고 살고 세계로 나아가야 한다는 것으로 아동의 사회화 과정을 보여준다. 성장소설의 공식을 그대로 따르면서, 박경리 초기 소설처럼 이 작품 역시 큰 사건보다 인물 형상화를 통해[31] 인간과 삶의 문제에 초점을 맞추고 나아가 핍진한 시대에 어떻게 살아야

혜숙처럼 경제적 의존을 빙자하여 남성의 희롱에 죽음을 맞이하거나 「불신시대」의 진영처럼 세상에 대해 불신만을 갖기도 한다.

31) 이 작품은 선영이 다양한 인물을 경험하면서 인간에 대해, 존재, 삶의 문제를 깨닫는다. 이 작품에서 악한 인물은 외숙모와 선생님의 어머니와 외숙모이다. 특히 외숙모는 처음부터 선영 가족을 좋아하지 않는다. 외숙모는 외삼촌에게 막 대하는 것은 물론 어린아이들인데도 불구하고 늦은 밤에도 아이들을 밖으로 내몰 정도로 악하다. 남편이 살인을 하여 경찰에게 붙잡혀 가도 남편 걱정보다 자신과 딸의 체면을 먼저 생각하고 딸이 고모의 약값으로 돈을 훔친 것을 알고 딸을 몰아세운다. 그런 점에서 외숙모는 선영이 만난 인물 중에서 가장 악한

하는지를 보여주고 있다.

4) 결론을 대신하며

문학이란 어떤 방식으로든 작가의 체험을 반영한다. 작가의 원형적 체험은 문학에 고스란히 녹아드는데, 박경리 역시 작가로서의 체험을 초기 작품에 반영하고 있다. 초기 작품집 『불신시대』에 수록된 내용들은 대개가 전후의 참혹한 현실에서 살아가는 인간과 사회에 대한 불신을 잘 보여준다. 이는 작가가 「암흑시대」의 주인공 순영과 비슷한 환경에 처한 절박함이 문학을 하게 된 연유일 것이며, 한편으로는 작가 자신의 성격과 기호, 꿈과 희망 등이 작품 속에 그대로 반영된 결과일 것이다.[32] 작가 스스로도 "자기의 체험을 바탕으로 하지 않았던 작가는 없을 것이다. 단적으로 말해서 모방이 아닌 바에야 작가는 어떤 형식이나 방법으로든 끊임없이 작품 속에 투영"[33]한다는 고백에서도 그런 사실은 드러난다.

이 글은 박경리의 성인을 대상으로 한 초기 작품들의 경향과 아동소설이 다르면서도 닮았다는 데서 문제의식을 갖고 연구를 하게 되었다. 박경리가 독자층위를 달리 하여 쓴 작품에서 구체적으로 특징이 드러난다면, 작가가 바라본 아동관과 아동소설의 특징을 규명할 수 있을 것으로 여겼다. 이를 살핀 결과, 박경리의 아동소설은 6 · 25전쟁으로 인해 가정이 파괴된 양상을 재현하고 그

인물이다. 인물을 통해 주인공이 성장하는 구체적 양상은 좀 더 면밀하게 살펴볼 필요가 있으므로 추후 과제로 돌린다.

32) 『Q씨에게』, 16쪽.

33) 부연하자면, 박경리가 작가로서 인정받은 「불신시대」는 아이를 잃은 후 인간들을 휘감아 오는 사회악과 형식화되면서 위선의 탈을 쓴 종교인과 인간 정신이 물체화 되어 가는 현실을 바라보며 쓴 것이라고 한다. 이전의 「암흑시대」는 잃은 아이를 홍재동 화장터에 갖다 버리고 돌아온 날부터 쓴 것으로 이 두 소설은 사변에 일어난 사건을 소재로 하여 쓴 작품으로 사소설 계열에 속하는 작품일지도 모른다고 하였다. 『Q씨에게』, 184쪽.

로 인해 아이들의 삶 역시 힘겨웠다는 것을 보여주었다. 하지만 박경리는 성인을 대상으로 하는 경우와 달리 아이들의 삶을 비극으로 그리지 않고 희망을 제시하고자 하였다. 「돌아온 고양이」의 경우 엄마 없이 사는 주인공 선주가 비극적인 삶을 살지만 고양이에게 의지하며 희망을 갖고 살면서 엄마와 재회하였고, 『은하수』도 헤어진 가족과 재회하면서 비극적인 삶에서 벗어날 수 있었다. 이는 박경리가 갖고 있는 아동관과 아동소설의 특징으로 추정할 수 있다. 가령, 아동문학에서 행복한 결말은 주요한 기준이면서 보편적인 선입견 중의 하나이다. 물론 행복한 결말에 대한 생각은 작가의 가치관과 예술적 표현 양식에 따라 달라질 수 있다. 하지만 아동을 주 독자층으로 하는 아동문학은 성인문학과는 또 다른 측면에서 아동에게 접근하여야 한다. 이런 점에서 박경리는 전후, 전쟁으로 인해 어려운 시기 강한 의지로서 살아야 한다는 것을 담았다. 힘든 세계를 살아가기 위해서는 강하게 살지 않으면 안 된다는 것을 주인공으로 하여금 보여준 것이다. 전후라는 시대상을 반영하여 성장하는 어린이들에게 세계로 진입하는 사회화 방식을 구현한 셈이다. "살아남은 아이에 대한 사랑에 준열한 의무감을 느낀다.", "육이오에서 강인한 생활력을 찾았다." 이는 작가의 아동관인 동시에 아동문학관이라 할 수 있다. 박경리가 갖고 있는 이러한 사상은 추후 또 다른 지면을 통해 보다 면밀히 다룰 것을 과제로 남긴다.

III. 역사적 사건과
아동문학

조선인 강제동원과 침묵의 역사
– 문영숙의 『검은 바다』를 중심으로

1) 역사의 기억과 기억의 역사

이 글은 식민치하 강제노동에 동원된 조선인들의 참상을 통해 환난 속에서 희생된 이들의 삶을 조명하고, 그것의 현재적 의미를 연구하고자 한다. 식민치하 조선인이 강제노동에 어떻게 동원되었고, 희생되었는지 그리고 그 과정에서 그들이 고민한 문제는 무엇이었는지에 주목하고자 한다. 이를 기반으로 지금 왜 여기서 역사를 기억해야 하는지, 그리고 역사가 갖는 현재적 의미는 무엇인지를 구명할 것이다.

한동안 문학·예술계 전반에 포스트모더니즘이 유행한 적이 있었다. 포스트모더니즘은 세상에 고정되거나 견고한 것이 없[1]음을 전제로 '중심들의 죽음'을 입증하고 '메타 이야기들에 대한 불신'을 특징[2]으로 한다. 이 담론의 의미는

---

1) 케이스 젠킨스, 최용찬 옮김, 『누구를 위한 역사인가』, 혜안, 1999, 166쪽.
2) 케이스 젠킨스, 최용찬 옮김, 위의 책, 167쪽. 리오따르에 의하면, 여러 중심의 특권을 미리 설정해 놓은 모든 낡은 조직들을 더 이상 정당하거나 자연스러운 것으로 간주할 수 없다는 것이다. 다시 말하면 역사란 중심들의 특권, 즉 소위 특권을 가진 자들의 역사인 대문자가

중심들이 없어지고 메타 이야기들의 붕괴로 우리 문화 곳곳에 다양성을 제시하였다. 가령 이전에 '소외된 역사를 호출'하여 주변에서 중심으로 위치시킨 것도 그 중 하나이다. 아이들의 역사, 민간전승의 역사, 비문의 역사, 페미니스트의 역사, 남성의 역사, 상속의 역사, 반동의 역사, 혁명의 역사, 빈민의 역사, 부자의 역사 등[3]의 재현에서 발견된다. 따라서 식민치하 강제노동에 동원된 조선인들의 삶 조망은, 이전에 '소외되었던 역사/인물'을 호명한다[4]는 점에서 그 의미를 부여할 수 있다.

사실 일제의 만행은 조선인 한 사람 한 사람에게 지을 수 없는 상흔을 남겼다. 그러나 대부분 문맹이거나 문필 능력을 갖추지 못한 처지로 이름 없는 들풀처럼 스러진 민초들이기에 식민지 백성의 통한과 사적인 체험을 직접 기록으로 남긴 사례는 찾아보기 어렵다.[5] 따라서 역사의 한 페이지에서 소외된, 즉 식민치하 강제노동에 동원된 조선인들의 참상 구명은 물론 역사를 기억해야 하는 이유와 역사의 현재적 의미를 고찰한다는 점에서 이 글은 필요하다고 판단된다. 그런 견지에서 논의의 범위를 제한할 수밖에 없는데, 이 글에서 주목하고자 하는 것은 문영숙의 『검은 바다』[6]이다. 『검은 바다』는 일본에서 가장 열악하고 악독했다고 전하는[7] 소세이 탄광에서 극적으로 살아남은 자의 증

아닌 소문자 역사가 구성되고 진척되어야 함을 내포하는 것이다.
3) 케이스 젠킨스, 최용찬 옮김, 위의 책, 180쪽.
4) 한국과 일본의 성과들을 종합해 정리해 보면, 1939년부터 1945년 전쟁이 끝날 때까지 6년여 동안 강제 동원된 조선인에 대한 연 인원 600~700만 명에 달한다. 당시 조선 인구가 2,000여만 명임을 감안하면 말 그대로 '전민족적 수난'이었음을 알 수 있다. 군 병력으로 징발된 조선인이 40여만 명이니 숫자상으로 강제동원 피해자의 대다수를 차지하는 게 노무징용자들이다. (……) 국내외 강제동원 과정에서 사망한 사람은 적게는 10~20만 명, 많게는 50여만 명까지 추산된다. 팔다리가 잘리거나 뼈가 부러지고 눈을 잃은 부상자들은 헤아릴 수조차 없다.(김호경 외 지음, 『일제 강제동원, 그 알려지지 않은 역사』, 돌베개, 2010, 28~29쪽) 그러나 한국과 일본 정부는 강제 동원된 조선인 노동자들에 대한 보상은 이루어지지 않고 있다고 한다.
5) 케이스 젠킨스, 최용찬 옮김, 앞의 책, 24쪽.
6) 문영숙, 『검은 바다』, 문학동네, 2010. 추후 쪽수만 표기한다.

언을 통해 창작되었다. 실제적인 증언과 자료를 토대로 실상에 접근하여 그동안 소외되고 잊힌 자들의 삶을 조망하기에 이 텍스트는 눈여겨보아야 한다. 이전에도 일제 시대를 배경으로 한 작품은 있어 왔[8]지만, 강제 동원된 노동자의 삶을 조명한 작품은 전무하다. 물론 강제 동원 문제를 정면으로 다룬 소설은 있다. 한수산의 『까마귀』[9]는 나가사키 조선소와 하시마 탄광 등 미쓰비시 작업장에 끌려갔다가 원자폭탄 피폭까지 당한 조선인들의 처절했던 고통을 형상화했다. 치밀한 현장 취재와 방대한 자료 수집을 통해 사실을 기반으로 하여, 역사에 대한 작가의식과 성찰이 빛을 발한 작품으로 일본에 번역[10]되기도 하였다. 그러나 아동문학의 경우는 문영숙이 다룬 것 외에는 거의 전무하기에 주목을 요한다. 아울러 조세이 탄광에서 살아남은 자의 증언을 토대로 창작되었다는 점, 즉 증언을 듣는다는 것은 이야기 되는 언어의 의미가 아니라 그러한 침묵, 신음 그리고 몸부림이 이야기하는 전체를 받아들[11]인다는 특장이 있다. 그리고 이 작품을 주목하여야 하는 보다 큰 사안은, 더 이상 제국주의적 야욕에 대한 문제를 간과해서는 안 된다는 것이다. 가령 조세이 탄광 수몰 사고는 여러 탄광 사고 중 많은 희생자를 낸 사고의 하나로서 각인되고 있다. 단지 희생자가 많다는 이유에서만이 아니라 희생자 대부분이 조선인이며, 전

---

7) 1942년 2월 3일 오전 9시 30분 조세이 탄광 갱내에서 침수 사고가 발생해 채탄 작업에 투입된 광부 183명이 무더기로 수장되는 대참사가 빚어졌다. 사망자 중 조선인이 135명이었다.(김호경 외 지음, 『일제 강제동원, 그 알려지지 않은 역사』, 돌베개, 285쪽) 좀 더 자세한 것은 본문에서 다루기로 한다.
8) 『마사코의 질문』(손연자, 푸른책들, 1999), 『전쟁놀이』(현길언, 계수나무, 2001), 『해를 삼킨 아이들』(김기정, 창비, 2004), 『선들내는 아직도 흐르네』(김우경, 문학과지성사, 2004), 『두 할머니의 비밀』(이규희, 주니어 김영사, 2004) 등이 일제 시대를 배경으로 하였거나 일제의 만행을 다루고 있다.
9) 한수산, 『까마귀』, 해냄출판사, 2003.
10) 『까마귀』는 2009년 "일본에 번역 출판돼 일본 주요 언론에 보도되면서 큰 반향을 일으켰다. 도쿄신문이 양면 특집으로 실었고, 마이니치신문은 논설위원이 직접 칼럼을 썼다고 한다." (〈한국일보〉, 2010. 6. 23. 15쪽.)
11) 오카 마리, 『기억 서사』, 소명출판, 2004, 86쪽.

시기 일본에 강제로 동원된 사람들이었다는 의미에서 사건의 심각성은 크다.[12] 그럼에도 조세이 탄광 수몰 사고에 대한 연구 조사는 미미한 실정이다. 탄광 사고 직후 일제가 철저하게 사고를 은폐하여 자료가 절대 부족하기 때문이다. 결국 이러한 일제의 행태를 통해 제국주의적 야욕과 우리의 당면 문제를 반추해야 할 시점이다.

이를 위해 본고에서 문제 삼는 것은 사실 그 자체가 아니라, 한 설명 안에서 사실들이 차지하는 각각의 비중, 위치, 결합, 의미작용의 문제다. 이것은 곧 해석의 차원이고, 이는 역사가가 과거의 사건을 말 그대로 그저 재현해 놓았을 때는 발생되지 않는 의미 유형으로 바꾸어 놓을 때 문제가 된다. 왜냐하면, 뭣이 일어났는가를 밝혀 낼 방법은 많지만 그 사실이 무엇을 의미하는지를 정확히 말할 방법은 전혀 없기 때문이다.[13] 그러므로 역사를 그저 과거에 대한 진실한 지식의 획득을 목표로 하는 학문분야로 고찰할 것이 아니라, 오히려 현재의 마음을 그대로 갖고 과거로 들어가서 과거를 깊이 탐구하고 그것을 자신의 필요에 맞게 적절하게 재조직하는 담론적 실천으로 이해해야 한다. 그럴 때에야 비로소 역사는 문화 비평가 토니 베네트가 주장했듯이, 이전에 감추어졌거나 비밀 속에 파묻혀 있던 과거, 혹은 간과되었거나 소홀히 되었던 과거의 여러 측면들을 확연히 밝혀내는 적확성을 갖게 될 것이다.[14] 따라서 본 연구는 과거의 역사에 관심을 갖는 것은 무엇이 일어났는가 뿐 아니라, 그러한 일이 어떻게 일어났고, 또 왜 일어났는지, 그리고 그 일이 갖는 의미는 무엇이며, 나아가 그것의 현재적 의미는 무엇인지를 규명하는 것이다. 즉, 식민지 말기 중일전쟁에서 태평양전쟁으로 이어지는 전시체제에 식민지 조선인들은 제국

---

12) 허광세, 「전시기 조세이(長生) 탄광과 조선인 노동동원」, 『한일민족문제연구』, 한일민족문제연구학회, 2007, 45쪽.
13) 케이스 젠킨스, 최용찬 옮김, 위의 책, 85쪽.
14) 케이스 젠킨스, 최용찬 옮김, 위의 책, 185쪽.

주의 일본이 어떻게 우리의 국가인가 그리고 왜 그들의 전쟁에 강제로 동원되는가, 아울러 왜 전장에서 목숨을 요구 받는가 등의 물음에 직면했다.[15] 이러한 정체성의 혼란은 일제 시기 말 전쟁에 동원된 조선인 노동자들의 삶을 통해 발견할 수 있다. 결국 이 글은 식민지 시기 나라를 잃고 식민지 백성으로 전락한 통한의 아픔에서 그치지 않고 일제의 전시노무자로 마구잡이로 동원된 조선인들의 삶, 즉 소외된 역사/인물을 호출하여 우리 역사의 한 장(場)을 새로 쓰는 작업으로 여겨진다.

2) 강제징용과 소외된 역사 그리고 인물 호출

강제징용이란, 일제가 노동력 보충을 위해 조선인을 강제노동에 동원·종사케 한 일이다. 일제는 중일전쟁 전에는 조선의 값싼 노동력을 모집하여 일본의 토목공사장과 광산에서 집단노동하게 하였고, 중일전쟁 후부터는 국가총동원법을 공포하고 국민 징용령을 실시, 강제동원에 나섰다.

이렇듯 법적인 장치를 갖고 실시된 강제동원은, 그 시작 기점에 대해 학계에서는 크게 두 가지 견해가 있다. 첫째는 국가총동원법이 공포된 1938년을 기점으로 보는 견해다. 1938년 4월 국가총동원법이 공포된 직후부터 '학교졸업자 사용 제한령'(1938년 8월 공포), '의료관계자 직업 신고령'(1938년 8월 공포)을 비롯한 각종 노동력 법령이 마련된 점에 비춰볼 때 국가총동원법 공포 시점부터 노무동원을 위한 법적 준비가 다 갖춰졌다고 보는 것이다. 국가총동원법 제 4조는 "정부는 전시에 국가 총동원상 필요할 때 칙령이 정하는 바에 따라 제국 신민을 징용해서 총동원 업무에 종사시킬 수 있다"고 규정하고 있다. 두 번째는 '조선인 노무자 내지 이주에 관한 건'이 발령된 1939년을 기점으로 보는 견해다. 국가총동원법 공포가 즉각적인 조선인 송출로 이어지지 않

---

15) 류시현, 『한국 근현대와 문화 감성』, 전남대출판부, 2014, 256쪽.

은 만큼 일본 본토의 각종 작업장에 조선인들이 실제적으로 투입되기 시작한 1939년을 기점으로 보는 게 타당하다는 것이다. '조선인 노무자 내지 이주에 관한 건'은 그 해 9월에 발령했고, 조선총독부는 노무동원계획을 수립해 연말까지 조선인 동원 목표를 8만 5,000명으로 산정했다.[16] 이러한 법령을 기반으로 일본은 제 2차 세계대전 중 전쟁 체제에서 인력 확보를 위해 많은 조선인을 강제로 동원한다. 이들은 사할린 섬 등 일본의 탄광에서 강제 노역을 당하거나 군속으로 차출되어 일본이 침략한 동남아 지역의 군사 기지 건설이나 철도 공사에 동원되었다. 이 중 상당수가 임금 없이 과중한 강제 노역에 시달렸으며 결국 고국으로 돌아오지 못하였다.

그리고 강제징용은 법적인 장치 외에도 동화주의정책으로 유인한다. 가령 일제는 일본 내에서와 마찬가지로 식민지에서의 수탈에도 '합법성'을 부여하기 위해 '식민지'라는 정치적·경제적 용어 대신 법적·행정적으로는 '외지(外地)'라는 용어를 사용[17]한다. 외지란 식민지를 본국(本國)에 상대하여 이르는 말로, 조선인을 법률상 조선에 본적을 둔 제국신민을 일컫는 것이다. 이렇게 제국신민이란 이름으로 호명된 조선인은 1930~40년대에 각종 노동력동원과 군사동원[18]에 이용된다. 즉, 진시 체제의 장기화에 대비하여 일본 열도 내 뿐 아니라 한반도 식민지에서의 군부의 경제적 수탈을 위해 조선인이 강제 동원된 것이다. 하지만 일본 정부는 강제징용 사후 문제에 대해서는 침묵을 하고 있다. 1990년 6월 강제징용 한국인을 총 수를 66 만 명 이상이라 공식 발표를 하면서, 이들에 대한 어떤 보상도 하지 않고 있다. 조선을 외지로 조선인을 제국신민으로 명명하여 제국주의적 야욕의 수단으로 활용하였지만 야욕에 대

---

16) 김호경 외 지음, 앞의 책, 25~26쪽.
17) 변은진, 「조선인 군사동원을 통해 본 일제 식민정책의 성격」, 『아세아연구』46권, 고려대 아세아문제연구소, 2003, 206쪽.
18) 변은진, 위 논문, 205쪽.

한 희생(자)은 외면한다는 점에서 일제의 이중성과 제국의 폭력성을 엿 볼 수 있다. 일제의 이중성과 폭력성을 간과할 수 없는 이유는 재일동포인 박경식의 저서에서 밝힌 역사에 묻히고 잊힌 이들을 기억해야 하기 때문이다. 박경식은 1965년에 『조선인 강제연행의 기록』을 발간하는데, 일본 내에서 처음으로 강제징용 문제를 공론화한다. 다음의 내용을 주목해 보자.

> 1939년부터 1945년까지 일본에 징용된 사람이 100만, 조선 내에서 동원된 사람이 450만, 군인·군속이었던 사람은 53년 현재 22만 명이 돌아왔지만, 약 15만 명은 행방불명 상태다. 태평양 전쟁에서 전사한 사람 가운데 3분의 2는 유골을 찾을 수 없다고 하는데, 그중에 많은 조선인이 포함되어 있다. 징용되어 탄광이나 비행장 등에서 사망한 사람은 일본 본토에서만 적게 잡아도 6만 명이 넘는다. 후생성에는 4만에 달하는 조선인 희생자의 명부가 있다고 들었으나, 일본 정부는 '한일 회담'과 관계가 있기 때문에 일부러 공포하지 않고 있다.[19]

앞의 인용문에서 알 수 있듯이, 강제 징용된 조선인은 행방불명 상태이거나, 전사했거나, 전사했지만 유골을 찾을 수 없다. 그러나 보다 큰 사안은 일본 정부가 희생자 명부가 있다는 것을 알면서도 한국과의 관계를 고려해 밝히지 않고 있다는 점이다. 이는 일제가 조선을 점령하고 식민화하면서 취한 이득과 달리 사후 문제에 대해서는 침묵을 하는 이중적인 태도를 엿 볼 수 있다. 박경식의 글에서 볼 수 있듯이 강제 동원된 이들의 이름과 존재는 어디에도 없다. 따라서 여기서 이름 없는 이들을 호명하고 존재를 알린 작품, 문영숙의 『검은 바다』를 주목할 필요가 있다.

『검은 바다』의 배경은 조세이 탄광이다. 조세이 탄광은 일본인 광부들이 일하기를 극히 꺼려했다. 그런데도 이 탄광이 생산량 3위의 위치에 오를 수 있었

---

19) 인용문은 『일제 강제동원, 그 알려지지 않은 역사』를 참조하였다. 26~27쪽.

던 것은 강제 동원된 조선인 노무자들 덕분이었다. 탄광 측은 '조선인 노무자 내지(內地) 이주에 관한 건'이 발령된 직후인 1939년 10월부터 양질의 값싼 노동력으로 조선인 동원하기 시작해 3년간 10여 차례에 걸쳐 총 1,258명을 끌고 왔다.[20] 조세이 탄광은 야마구치현 내에서 가장 많은 수의 조선인 동원을 계획하고 있었고, 실제로 채탄작업에 필요한 인력의 많은 부분을 조선인에 의존하고 있었다. 이를 빗대어 주위에서는 조세이 탄광을 조선탄광이라고 불렀다[21]고 한다. 여기서 문제는 조세이 탄광에서 1942년 2월 3일 대규모의 수몰사고가 발생하는데, 일제가 그 사건을 은폐하고 있다는 것이다. 당시 작업 중이던 광부 180여명이 불귀의 객이 되고, 그 중 조선인 희생자 수는 130명[22]으로 가장 많았다. 그러나 이 사건에 대해 당시 몇몇 신문들이 간단하게 언급하는 정도였고, 그것이 조세이 탄광 수몰사고에 대해 처음이자 마지막 전달이었다고 한다. 이는 수몰사고 직후 원인 규명이나 책임자 관계자 처벌 등의 조치가 거의 없이 신속하게 은폐하고자 했던 것으로 추정되어 정확한 사고의 경위도 모른 채 있었다.

이렇듯 철저히 베일에 가려진 1942년 2월 3일의 사건은 구사일생으로 살아남은 다섯 사람(김경봉, 백운형, 설도술, 이종천, 추순덕)의 증언에 의해 이제 겨우 그 실체를 드러내기 시작하였다.[23] 그리고 이들의 증언과 더불어 『검은

---

20) 김호경 외 지음, 앞의 책, 288~289쪽.
21) 조세이 탄광은 모집이 시작되는 1939년 450명을 시작으로 1940년 800명, 1941년 350명 등 총 1,630명을 3년 걸쳐 동원할 계획이었다고 한다. 허광세, 21~22쪽.
22) 조세이 탄광 사건을 기록한 신문 보도를 참조할 수 있다. 야마구치 탄광에서 2백 여 명 조난: 3일 오전 9시경 야마구치현 요시키군 니기시와촌 조세이 탄광 갱내에 해수가 침입, 입갱 채탄 중이던 종업원 2백 여 명은 생사불명이다.(〈조일신문〉, 동경, 1942. 2. 4) 180명 희생인가, 조세이 탄광에서 침수 참사: 3일 아침9시 반경 우베시외 니기시와촌 조세이 탄광 해저 침몰로 갱구로부터 약 1천 미터 되는 곳에서 침수가 발생하였는데 그곳에서 1천 미터 바닷가이기에 갱내가 만수, 입갱중인 3백 여 명 갱부 중 오후 5시 현재까지 생사불명자는 181명임이 판명되었다.(〈도독신문〉, 1942. 2. 4)
23) 김호경 외 지음, 앞의 책, 47쪽.
이 외에도 "조세이 탄광 수몰사고와 조선인 노동자의 희생이 세상에 알려 진 것은 조세이

바다』를 통해 묻히고 잊힌 역사 속 사건을 기억하게 된다. 다시 말해 사건의 기억은 어떻게 해서든지 타자, 즉 사건의 외부에 있는 사람들과 함께 나누어 갖지 않으면 안 된다. 집단적 기억, 역사의 언설을 구성하는 것은 사건을 체험하지 않은 살아남은 자들, 타자들이기 때문이다. 이 사람들에게 그 기억이 공유되지 않으면, 사건은 없었던 일로 되어 버리고 만다. 일어나지 않았던 일로 되어 버린다. 그 사건을 경험한 사람들의 존재는 타자의 기억 저편, 세계의 외부로 내던져지게 되어 역사로부터 망각된다. 이는 앞서 언급한, 박경식의 글처럼 강제 징용된 조선인은 행방불명 상태이거나, 전사했거나, 전사했지만 유골을 찾을 수 없음에도 불구하고 그들의 존재는커녕 '그들만의 사건'으로 치부하는 것에서 알 수 있다. 그러므로 우리는 역사의 사건을 기억하고 나누어야 한다. 우리가 사건의 기억을 나누어 갖는다는 것은 어떻게 하면 가능한 것인가. 사건의 기억을 타자와 나누어 갖기 위해서 사건은 우선 이야기 되지 않으면 안 된다.[24] 그것은 전달되어야 하고 사건의 기억을 타자와 공유해야 한다.

이런 측면에서 『검은 바다』는 "강제로 끌려가 두더지처럼 바다 밑에서 석탄을 캐다가 영원히 잠들게 된 영혼을 생각"하고, "나라를 잃고 억울하게 끌려가 비참하게 생을 마감한 수많은 징용자들의 영혼을 위로하고 나아가 전쟁의 참상을 고발하고, 고국에 돌아오지 못하고 낯선 땅을 헤매는 한 많은 영혼들"을 기억하게 한다. 이렇듯 역사 속의 사건을 기억하고 환기하는 것은 문영숙의 『검은 바다』를 통해 가능하다. 사실 "희생자들의 후손들은 해마다 조세이 탄광이 있던 일본 야무구치현 우베시 바닷가를 찾아가서 위령제를 지낸다"(이상 250쪽)고 한다. 이는 희생자들의 후손들만 기억해서는 안 된다. 반복하자면,

---

탄광 물비상을 역사에 새기는 회, 회장 야마구치 다케노부가 탄광에 있어서의 비상쇼와 17년도 조세이 탄광 재해에 관한 노트라는 논문을 발표하면서부터이다. 이후 두 차례에 걸쳐 후속 연구를 발표하고 대략적인 전모를 밝혀냈다"고 한다.(허광세, 7쪽)

24) 오카 마리, 앞의 책, 39쪽.

기억을 공유하지 않으면 사건은 없었던 일로 되어 버리고 만다. 그리고 일어나지 않았던 일로 되어 버린다. 다시 말해 일제 식민치하 강제 징용된 이들의 삶, 존재를 기억하고, 제국주의 이중성과 폭력성 상기로 역사적 사건이 갖는 현재적 의미를 재고하여야 할 것이다. 이는 그 사건을 경험한 역사 속의 인물들의 증언과 역사 속의 사건을 통해 가능하다.

3) 인간 수탈과 제국주의의 폭력

강제징용은 단순히 개별적 신체적인 폭력에 의한 것만을 의미하지 않는다. 불법적 식민지 지배체제 속에서 일어난 국가 권력, 경제 권력의 유형, 무형의 폭력에 의해 일어난 역사적 사건이라 볼 수 있다.[25] 강제징용이 국가 권력으로 진행된 것이므로 이것이 어떠한 메커니즘 속에서 그 정책을 입안하고 수행했는지 그리고 그러한 과정 속에서 조선인들이 어떻게 소외되어 갔는가를 읽어내야 할 것이다. 따라서 텍스트를 통해 강제징용이 어떻게 이루어졌고 이들이 어떠한 삶을 살았는지 그리고 무엇이 문제인지를 살필 필요가 있다.

문영숙의『검은 바다』는 조세이 탄광의 생존자의 증언을 토대로 작가의 상상을 가미한 작품이다. 장손인 형을 대신해 징용된 어린 소년 강재와 천석이가 일본 야마구치현 앞바다의 지하 막장 조세이 탄광에서 겪은 삶을 중심으로 한다. 일제 식민치하 조선인들은 나라를 잃은 슬픔을 넘어서 일제의 신민이라는 이름으로 호명되어 전쟁을 위한 수단으로 이용된다. 강제 징용된 조선인들은 성인 장정은 물론 아직 성장기에 있는 10대 청소년들도 예외는 아니었다.[26]『검은 바다』의 강재와 천석이처럼 말이다. 강재는 일본인에게 맞아 머리를 다

---

25) 한혜인, 「강제동원 정책과 동원이데올로기」, 『한국일본어문학회 학술발표대회 논문집』, 한국일본어문학회, 2005, 174쪽.
26) 김호경 외, 앞의 책, 23쪽.

쳐 바보가 된 형을 대신해 장남 노릇을 한다. 천석이는 늙은 어머니를 모시고 나무를 해 팔아 사는 가난한 집 외아들이다. 강재와 천석이는 한 마을에 사는 친구로, 함께 강제 노동에 동원된다. 강재는 "일본에 갔다 오는 즉시 면서기를 시켜"(22쪽)주고 일본의 좋은 회사에 취직시켜준다는 간악한 최 주사의 꾐에 넘어가 일본으로 가게 된다. 나무꾼보다는 좋은 회사가 좋고 "산골 마을에서 면서기는 최고의 벼슬이"(23쪽)기에 강재는 최주사의 말처럼 2년만 다녀올 생각으로 "댕겨오겠심더. 안녕히계세요."(33쪽)라는 가벼운 인사를 남기고 일본으로 가게 된다. 반면, 천석이는 "나뭇짐 팔러 갔다가 무작정 끌려"(31쪽)가는데, 어머니에게 인사도 못하고 떠난다. 이렇듯 강재와 천석 외에도 당시 강제 징용된 인물들은 다양한 방식으로 끌려간다. "밭일을 하다 옷도 못 갈아입고 그냥 끌려"(38쪽)갔거나, "저잣거리에서 붙들려"(38쪽)간 사람들로 "영천, 보은, 순천, 사람들은 충청도, 전라도, 경상도 등 각지에서 골고루 모"(60쪽)였다. 결국 그들은 자신들이 어디로 가는지도 모르고 가족과 생이별을 하거나 고향을 등진 사람들이다. 다만, 누구를 위해 동원되는지 어떤 의무를 이행할 것인지 정도만 알 뿐이다.

> "자, 모두 주목하라. 나는 너희를 일본으로 데려갈 나카무라다. 너희는 대 일본제국의 부름을 받아 영광스러운 노무자가 된 것이다. 대일본제국은 지금 아주 중대한 전쟁을 수행하고 있다. 너희도 그 일원이 되어 대일본제국과 함 께 숭고한 의무를 이행할 것이다."[27]

역 광장에 모인 조선인들은 일본의 부름을 받고, 노무자가 되는 것이다. 전쟁을 수행하고 있는 일본을 위해 큰 배를 타고 일본으로 간다. 그러나 이들은 환송사에서 요란스러운 박수소리와 달리 배를 타자마자 짐짝처럼 다뤄진다.

---

27) 『검은 바다』, 37쪽.

뱃멀미가 심해 토악질을 하는 사람들에게 채찍을 당하고, 욕을 먹는 등 조선인들의 고통은 배를 타면서부터 시작된다. 그리고 이들의 참담한 생활은 일본에 도착하는 즉시 더욱 심해진다. 창고 안[28]에서 돼지 취급을 받고 주먹밥도 돼지 사료와 같은 것을 먹게 된다. 일제는 극악한 환경에서 조선인들의 불평을 무마하기 위한 것으로 동화주의 정책을 펼친다. 조선인들에게 "부산에서부터 모두 창씨개명을 해서 일본 이름으로 바"(48쪽)꾸게 하고 "일을 시작할 때와 끝마칠 때, 반드시 황국신민의 다짐을 외"(53쪽)우는 것으로 조선인들을 일본인'화'한다. 강제 징용된 조선인들이 아침마다 외운 것에서 이를 알 수 있다.

> 첫째, 우리는 대일본제국의 신민입니다.
> 둘째, 마음을 하나로 모아 천황폐하께 충성을 다하겠습니다.
> 셋째, 어려움을 이기고 몸을 튼튼히 하여 훌륭하고 강한 국민이 되겠습니다.[29]

인용문에서 볼 수 있듯, 일제는 조선인 노동자들에게 일을 시작할 때와 끝마칠 때 반드시 황국신민의 다짐을 외우게 하였다. 대일본제국의 신민으로, 천황폐하께 충성을 다하고, 강한 국민이 되겠다는 다짐으로 일제의 신민이 되기를 강요하고 있다. 그리고 일본과 식민지 조선을 일체화하는 것으로, 가장 기본적인 요소는 일본에 대한 '애국심'의 강조[30]라고 한다. 여기서 문제는 일본이 실시한 동화주의정책이 서구 열강의 식민정책과 다르다는 점이다. 구미의 식민지 정책은 식민지를 경제적으로 정치적으로 이용하여 자국의 부강을 꾀하려는 것이었으나, 일본의 식민지 정책은 식민지를 통해 일본에 동화시킴으로써 한

---

28) 좀 더 자세한 서술은 다음과 같다. 창고 안은 질퍽질퍽한데다 악취가 심해 숨쉬기도 불편했다. 조선 사람들을 몇 개의 창고에 나누어 빽빽하게 들여보내고 밖에서 문을 잠갔다.(『검은 바다』, 45쪽)
29) 『검은 바다』, 53쪽.
30) 한혜인, 앞의 논문, 261쪽.

국가의 주권은 말할 것도 없고 민족의식과 고유문화를 말살하여 일국으로 통합시키려는 것이었다.[31] 이런 점에서 일본 이름으로 개명을 하고, 황국신민의 다짐을 외우게 하여, 조선인을 일본인'화'한 것은 단순한 사안에 그치는 것이 아니다. 이렇듯 일본은 거짓과 제국의 힘으로 조선인들을 강제 동원하고 황국신민으로 만들어 전쟁에 필요한 노동력을 착취한다. 결국 일제가 조선인을 강제 징용한 것은 전쟁에 필요한 노동력을 착취하기 위한 것인데, 이는 다음에서 확연히 알 수 있다.

> ① 전쟁이 난 뒤로 물자가 억수로 필요하대요. (……) 전쟁 물자는 더 필요하지, 젊은 사람들은 모두 전쟁터에 나가 일할 사람은 없지. 그러니까 중국, 조선에서 마구잡이로 사람들을 끌어다가 탄광에서 강제 노동을 시키고, 집단으로 반항할까 봐 죄수들처럼 가둬 놓고 감시하는 거라니까요.[32]

> ② "지금은 대일본제국이 중대한 전쟁을 수행하는 시기다. 군인은 전쟁터에서, 일반인은 일터에서, 모두 전쟁을 치루고 있다고 생각해야 한다. 너희도 군인 정신으로 무장해서 전쟁 물자에 필요한 에너지를 생산하고 있는 후방의 군인이라 생각해야 한다. 군인은 전쟁터에서 조금만 한 눈을 팔아도 살아남지 못한다. 너희도 마찬가지다. 전쟁터라 생각하고 석탄을 캐는데 총력을 기울여야 한다."[33]

이렇듯 일제는 전쟁 준비를 위해 군인정신을 강조하고 조선은 물론 중국 사람까지 끌어다 마치 전쟁터를 방불케 할 정도로 노동을 착취한다. "전쟁 물자를 대느라 하루 할당량이 늘어날수록 조선 사람들은 뼈만 앙상하게 남"(161쪽)게 된다. 그러나 보다 큰 문제는 바다 밑에서 위태롭게 버티던 조세이 탄광에 결국 물기둥이 솟구치면서 무너[34]진다. 하지만 전쟁 물자를 대는 데만 혈안이

---

31) 서울대학교 교육연구소, 『한국교육사』, 교육과학사, 2005, 260쪽.
32) 『검은 바다』, 87쪽.
33) 『검은 바다』, 159쪽.

되어 있는 일본 관리자들은 막장의 천장이 내려앉아도 아랑곳하지 않았다. 오히려 더 빨리 더 많이 석탄을 캐라고 조선 징용자들을 채찍질한다. 이는 일본 제국주의의 유형·무형의 각종 억압과 수탈 중에서 가장 비인간적인 것은 인력 수탈이다. 물론 일제의 수탈은 어느 한 부분에만 국한시킬 수 없겠지만, 그 중에서도 일제말기에 무리한 침략전쟁을 감행하는 과정에서 징용·징병 등 각지로 강제동원 되어 혹사당했던 노동자와 군인 군속(軍屬)들의 피해는 가장 집단적인 큰 희생이었다. 이는 세계 어느 곳에서도 유례가 없었던 대규모 인간 수탈의 극치로 공인되어 있는 실정이며, 인도적 차원에서도 도저히 묵과할 수 없는 것이다.[35] 그러므로 강제징용에 동원된 조선인들의 삶은 역사의 한 자락이 아니라 우리가 기억해야 하는 주요한 이유인 것이다.

이렇듯 일제는 성인 물론 어린 아이들도 강제 징용하여 전쟁을 위한 노동력을 착취하였다. 그 과정 속에서 황국신민으로 호명하여 일본에 애국심을 고취시키고 이를 보다 강력하게 작동시키려는 목적으로 동화주의정책을 펼친다. 하지만 그 고통의 시·공간 속에서 조선인들은 자신들은 과연 누구를 위해, 무엇 때문에 희생되어야 하는지, 그리고 자신들의 존재 문제를 고민하게 된다.

4) 국가의 무력과 전쟁의 무용성

조세이 탄광은 왜 유독 조선인 노동자를 선호했을까? 조세이 탄광은 노동조건이 가혹한데다가 늘 위험이 도사리고 있어서 이전부터 많은 탈출자가 속출하였고 탈출한 광부들의 입을 통해 조세이 탄광의 실태가 알려짐으로서 경원시 되었다. 그 바람에 광부 모집에 어려움을 겪었던 탄광측이 해저 탄광의 위

---

34) 조세이 탄광이 무너지면서 많은 인명 피해를 냈고, 그 중 조선인이 가장 많다는 것을 비롯한 내용은 각주 22번을 참조할 수 있다.
35) 고려대 아세아문제연구소 편집부, 「일제 침략전쟁기 조선인 '강제동원' 연구」, 『아세아 연구』 45권, 2002, 7쪽.

험성에 무지하고 순박한 조선인 노동자를 동원하게 되었다고 전해진다.[36] 조세이 탄광은 "늘 죽음이 넘실거렸다. 언제 커다란 석탄 덩어리가 떨어져 깔려 죽을지, 언제 산소가 끊어져 숨이 멎을지, 언제 물이 터져 막장이 무너질지 아무도 모르는, 죽음이 삶보다 더 가까이 있는 장소"(89쪽)였다. 그들은 "각각의 고유 번호"(54쪽)를 갖고 "열두 시간 동안 바다 밑에서 두더지처럼 일만"(77쪽)했다. "교대 시간이 될 무렵에는 변소에 갈 기운도 없"(84쪽)을 정도로 혹사당했다. 강재도 자신이 사람이 아니라 번호를 매긴 물건처럼 느끼고, 그런 자신을 "거지 중에서도 상거지가 된 기분"(78쪽)을 가졌다. 그러나 조선에 돌아가 면서기가 되는 꿈을 이루고, 보다 나은 삶을 살 것이라는 혹은 고향으로 돌아가리라는 희망을 갖고 이겨 내려했다. 힘들 때마다 떠오른 것은 고향이다.

① 어느새 추석이 다가오고 있었다. 둥그러니 뜬 달을 보니 강재는 고향 생각이 간절했다. 자신에게 처음으로 눈물을 보였던 어머니의 얼굴이 떠오르자 금세 눈가가 젖어 들었다. 형만 감싸고 도는 부모님이 원망스러울 때마다 강재와 함께 속내를 주고받던 연지도 몹시 보고 싶었다.[37]

② 파란하늘이 보이고, 산들바람이 불고, 푸른 나뭇잎들이 살랑거리는 아름다운 고향으로 되돌아가고 싶었다. 면서기가 될 수 있다 해도, 평생 나뭇짐을 져서 먹고 살아야 한다 해도 좋을 것 같았다. 나물죽을 먹어도 좋고, 보리 개떡을 먹어도 좋은 곳, 고향은 강재가 꿈꿀 수 있는 가장 행복한 곳이었다.[38]

이는 강재만의 생각이 아닐 것이다. 나라를 잃고 힘없이 일제의 전쟁을 위해 유·무형의 수탈을 당하고 징용된 조선인들의 바람이었을 것이다. 그러나 누

---

36) 김호경 외, 앞의 책, 22쪽.
37) 『검은 바다』, 93쪽.
38) 『검은 바다』, 96쪽.

구를 위해 무엇 때문에 강제 징용되었으며 희생 되는지 조차 모르는 그들의 삶은, 현재 그들만의 역사로 그치고 있는 실정이다. 이들이 외면되고 있는 것은 여러 이유가 있겠지만, 그 중 하나로 가난하고 힘이 없기 때문일 것이다.

> 강재는 바다를 바라보며 가슴으로 울었다. 강제징용도 동네에서 한 가닥하는 집안 애들은 해당되지 않았다. 강제로 붙잡혔어도 돈깨나 만지는 집은 무슨 수를 쓰든지 자식들을 빼냈다. 돈 없고 빽 없는 약자들만 면사무소 노무계 직원의 말 한마디에, 또는 동네일을 맡아 보는 구장의 한 마디에 말 잘 듣는 어린애처럼 시키는 대로 바다를 건너 일본에 온 것이다. 강재처럼 기술이니 면서기니 하는 말에 속아서 온 사람들도 있을 것이었다.[39]

인용문처럼 당시 강제 징용된 이들은 대개가 가난하고 힘없는 처지였을 것이다. 일본에 가서 좋은 직업을 갖고 조선으로 돌아와 가난을 벗어나고 잘 살수 있을 것이라는 일제의 꼬임에 넘어간 것이 조선인들이다. 그러나 이들의 모습은 다른 한편으로 무력한 조선의 모습이기도 하다. 물론 당시 무력을 앞세워 조선을 침략한 일제의 악함은 차치하고, 그에 대항하지 못한 조선의 나약함을 생각하게 된다. 이는 강재 형이 장남이라는 이유로 집안의 기둥이 되어야한다는 강재 아버지의 시선에서 발견할 수 있다.

> "강재야, 아부지 말 잘 새겨들어야 한데이. 느그 형 강식이는 우리 집안에 장손인기라. 니도 알고 있제?" (……) "강재야, 어찌 됐든 느그 형은 이 집안을 이끌 장손이니까 니가 총대를 대신 메는 기 낫지 싶다. 최주사는 특별히 니를 생각해서 기술도 익히고 면서기도 할 수 있게 해 준다꼬 무조건 그리하라 카는데, 이 산골에서 나무꾼으로 사는 것보다야 안 낫겠나? 눈 딱 감고 이년만 참으모 된다 카더라."[40]

---

39) 『검은 바다』, 170쪽.
40) 『검은 바다』, 21~23쪽.

이 작품에서 강재가 징용된 것은 면서기를 시켜준다는 최주사의 놀음이 있었지만, 다른 한편으로는 강재 아버지도 강재가 징용되는데 일조한 것이다. 집안의 기둥이 징용되는 것을 막기 위해 강재를 일본으로 보낸 것이기 때문이다. 평소 관심을 받지 못하던 강재는 아버지의 말을 듣고 "그동안 형에게 짓눌려, 있어도 그만 없어도 그만인 것 같던 자신이 처음으로 형보다 중요한 존재처럼"(24쪽) 느낀다. 강재 아버지의 말과 행동은 한 개인의 모습을 그린 것이 아니다. 이는 당시 보수적이고 가부장적인 시대의 모든 아버지와 나아가 국가라는 위엄에 대한 허상과 무력을 그린 것이다. 국력이 약하기에 나라를 잃고 남녀노소를 강제노동에 동원하게 하고 인간으로 살아갈 수 없게 한 것에 대한 울부짖음인 것이다. 따라서 이 작품은 무력한 국가, 허상인 국가에 대해 직·간접적인 방식으로 이를 질타하는 것으로 판단된다. 물론 작가는 궁극적인 문제는 일본에 의해 파생되었다고 구현하고 있다.

> 형이 원망스럽다가도 형도 불쌍한 피해자라는 생각이 들었다. 일본만 아니었다면 자신이 왜 이런 곳에 와서 탄부가 되고 도망자가 될 것인가. 강재는 모든 게 전쟁을 일으킨 일본 때문이라는 생각이 들었다.[41]

주지하다시피, 이 작품은 강제징용과 태평양전쟁을 다루고 있다. 일제의 강제징용은 중일전쟁 이전에도 시행되었지만, 태평양전쟁을 기점으로 강도는 더욱 심해진다. 강재가 일하던 근처 비행장이 폭격을 맞고 화약 냄새, 머리칼이 타는 냄새, 그을음 냄새가 뒤섞여 아수라장이 된다. 곳곳에 타다 남은 시체들이 켜켜이 쌓여 있고, 타다 남은 시체들이 뒤엉켜 땅바닥에 눌어붙어 있기도 했다. 사람들은 시체를 곡괭이로 긁어모아 차에 실어 바다에 버렸다. 당시 시체를 치우는 사람들의 표정이 아무 감정도 없는 기계 같을 정도로 전쟁은 인간

---

41) 『검은 바다』, 174쪽.

의 삶을 황폐화시킨다. 그러므로 강재는 전쟁의 무용함에 대해 생각하게 된다.

> 끔찍한 화상을 입은 환자들이 아무데나 누워 있었다. 피부가 홀라당 벗겨져 시커먼 사람, 팔다리가 없는 사람…… 사람이라고 할 수도 없는 모습들이었다. (……) 아무리 흉측한 꿈을 꾸었다 해도 펼쳐진 이 참혹한 모습보다는 나을 것 같았다. 도대체 왜, 무엇 때문에, 인간이 인간에게 이런 끔찍한 일을 저질러야 하는지 세상이 무섭고 사람이 무서웠다. 전쟁이란 것이 평화롭게 사는 사람들과 집들을 한순간에 지옥으로 만드는 악마의 장난처럼 느껴졌다.[42)]

인용문에서처럼, 전쟁 때문에 많은 사람들이 피해를 입고 희생을 당한 것이다. 또한 전쟁 때문에 강제징용이 시작되었다는 점에서 강재는 전쟁이 가져온 폐해를 되뇌이지 않을 수 없다. 강재는 전쟁이 끝났다지만, 전쟁으로 인한 후유증으로 더 처참해진다. 그래서 강재는 앞으로 더 끔찍하고 무서운 악몽으로 채워질 것이라고 생각하게 된다. 이러한 전쟁의 폐해는 천석이도 비껴나지 않았다. 강재는 조세이 탄광이 무너지고 구사일생으로 살아남아, 조선으로 건너오기 위해 시체 치우는 일을 하면서 천석이를 찾으려고 한다. 시체 치우는 일을 한 지 일주일쯤 지나, 천석이를 만난다. 그러나 천석이는 예전 모습이 아니다. 천석이의 정신은 조세이 탄광에서 도망치던 순간에 머물러 있는 듯했다. 천석이의 한 쪽 팔은 손가락이 뒤틀려 뭉그러져 있었고 팔꿈치 아래로는 시커멓게 색이 변했다. 그런 천석이를 본 강재는 전쟁이 끝났는데도 그 처참함은 계속 이어지고 있는 듯한 심경을 갖게 된다. 이렇듯 강재와 천석이는 강제 노동에 동원되어 막장에서 고난의 시간을 보냈고 다시 한번 전쟁으로 인해 지난한 생(生)을 살았다.

그러나 이 작품은 한편으로 일제가 일으킨 각종의 폭력을 다루고 있으며, 다른 한편으로는 그 처벌 대상의 문제를 재고하고 있다. 양심 있는 일본인을

---

42) 『검은 바다』, 220쪽.

설정하여 이를 생각하게 한다. 작가는 조선인도 최주사 같은 악인이 있고 야마타와 그의 아버지 같은 선인이 있음을 보여주고 있다. 강재는 조세이 탄광을 나와, 철공소에서 야마타를 만난다. 야마타는 강재가 철공소에 들어오기에는 너무 어려 보인다는 말과 함께 따뜻하게 보듬어 주고 친절하게 대해 주는 인물이다. 야마타는 일본인이고 부인은 조선 사람이다. 그는 조선에서 태어나 부산에서 열한 살까지 살았고 아버지가 식물학자였다고 한다. 이 작품에서는 야마타의 아버지를 주목하여야 할 것이다.

> 일본에서 온 사람들은 조선에서 자생하는 약초를 연구하늘 조선 산세를 훤히 꿰뚫고 있는 야마타의 아버지를 앞세우고 조선 팔도의 산을 샅샅이 훑었다. 풍수지리를 연구하는 자들이었는데, 조선의 명산을 찾아다니며 산 중심에 쇠말뚝을 박기 시작했다. 조선의 기와 맥을 끊으려는 것이었다. 풀 한 포기, 바윗돌 하나에도 생령이 깃들어 있다고 믿던 야마타의 아버지에게 그 일은 어마어마한 충격이자 하늘을 거스르는 짓이었다. (……) 야마타의 아버지는 사람에게 지은 죄는 사죄하면 용서를 받을 수 있지만, 자연에게 지은 죄는 절대 용서받을 수 없다며, 하루하루를 고통스러워했다고 한다.[43]

야마타의 아버지는 조선에 씻을 수 없는 죄를 지었다는 죄책감에 시달리다가 마음의 병을 얻고 삶의 의욕을 잃고 죽는다. 이런 아버지를 둔 야마타는 일본인이면서도 일본의 죄를 인정하고 인간이 어떻게 살아야 하는지를 거론한다.[44] 즉, "순리대로 살면 세상이 참 평화로울" 것이고 "애국도 좋지만 굳이

---

43) 『검은 바다』, 201쪽.
44) 야마타의 경우처럼, 일본에서는 조세이 탄광 사건을 잊지 않는 사람들의 모임이 있다. 조세이 탄광물 비상을 역사에 새기는 모임으로, 모든 계획을 추진하고 경비를 조달하는 것은 전적으로 일본인 시민운동가들의 몫이었다. (……) 야마구치 다케노부는 1976년 조세이 탄광 수몰사고에 대한 논문을 발표해 처음으로 희생자들의 존재를 세상에 알렸다. (……) 야마구치 대표가 이끌고 있는 조세이 탄광 물 비상을 역사에 새기는 모임은 1991년 4월에 결성됐다. 역사의 베일에 가려져 있던 사건의 진상을 드러내고 희생자들의 넋을 기리는 활동을 벌여왔다. (……) 희생자들과 아무런 연고도 이해관계도 없는 일본 시민들이 한국 정부나 시민단체가 할 일을 묵묵히 수행한 것이다.(김호경 외, 291~294쪽)

남의 나라 땅과 사람들을 짓밟으면서 애국을 해야 한다고 생각하지 않"(이상 201쪽)는다. 일제가 무력으로 조선을, 조선인을 짓밟는 것은 순리에 어긋나는 행태라는 것이다. 다시 말해 작가는 야마타와 그의 아버지를 설정하여 무엇이 옳은 삶인지를 보여주고 나아가 전쟁은 한 개인의 문제가 아니라 국가적인 차원의 사과가 있어야 한다는 것을 피력한다. 현재 일본은 조선을 식민지화했던 여러 행태에 대해 사과가 없는 상황이다. 이런 측면에서 작가는 일제의 폭력은 물론 폭력에 대한 사후 문제를 공론화한 것으로 보인다. 아직도 끝나지 않은 역사, 사건이라는 것을 다음에서 알 수 있다.

① 우베시 앞바다는 저렇게 평화롭고 아름다운데 억울하게 목숨을 잃은 사람들의 한은 누가 풀어 줄 것인가[45]

② 설렘과 두려움을 안고 떠났던 바다는 그때나 지금이나 한결같은데, 강재의 눈에는 켜켜이 쌓인 검은 눈물로 보였다. 누군가 강재의 가슴을 살짝 건드리기만 하면 금세 그칠 줄 모르는 눈물이 되어 장대비처럼 세차게 쏟아질 것만 같았다.[46]

인용문처럼 강제 징용된 조선인들은 그 어디에서도 보상을 받지 못하고 있다. 물질적 보상은 물론 정신적 보상도 마찬가지다. 이들의 고통은 그들만의 것이 아니다. 우리 모두의 일이며, 이를 기반으로 달라져야 하는 국가, 국력을 상기하게 된다. 하지만, 우리는 강제 징용된 조선인들을 잊고 있다. 깊이를 알 수 없는 바다 밑 막장에서 채찍을 맞아가며 온종일 석탄을 캤던 그들을, 작은 주먹밥 하나로 끼니를 때우며 늘 허기에 시달리고, 무리한 노동으로 온몸은 만신창이가 되었던 역사 속의 인물들을 기억하지 않는다. 이들의 사건은 단지

---

45) 『검은 바다』, 226쪽.
46) 『검은 바다』, 246쪽.

그들만의 사건이 아닌 지금 우리의 역사이다. 따라서『검은 바다』는 나라를 잃고 억울하게 끌려가, 비참하게 생을 마감한 수많은 징용자들의 영혼을 위로한 작품이라 할 수 있다. 나아가 과거의 역사를 통해 현재를 반추하게 하는 작품이기도 하다. 즉, 국가란 무엇인지, 전쟁의 폭력과 무의미함을 생각하게 하기 때문이다. 결국『검은 바다』는 슬픈 역사를 힘겹게 버틴 인물을 호출함으로써 역사의 한 페이지를 기억하게 하고 있다.

5) 중심으로 이동한 소문자 역사

이 글은 역사에 이르는 접근 방법, 즉 반성적 방법론으로 작품을 고찰한 것이다.『검은 바다』를 대상으로 지금 다루고 있는 역사가 왜 하필 그런 역사여야 하는지, 그 역사에 접근하는 방식이 왜 그런 역사여야 하는지 등의 문제의식을 가진 것이다. 즉 이전의 역사가 대개 대문자 역사를 중심으로 한 것이라면,『검은 바다』는 소문자 역사였던 것을 중심으로 이동시킨 것이라 할 수 있다. 다시 말해 주변의 역사를 중심의 역사로 이동시킨 것이다.

『검은 바다』는 식민치하 나라 잃은 슬픔과 동시에 강제징용이라는 고통의 삶을 살았던 조선인들을 조망한다. 일제 식민치하에서 그들의 전쟁 준비를 위해 강제 동원되어 지난한 삶을 살았다. 하지만 강제 징용된 조선인들은 행방불명 상태이거나, 전사했거나, 전사했지만 유골을 찾을 수 없다. 그럼에도 일제는 조선인들의 사후 문제에 대해서는 침묵을 하고 있다. 특히 일본에서도 가장 열악하다고 하는 조세이 탄광 사건은 묻히고 외면되었다. 당시 신문에 간단히 언급하는 정도이고 더 이상 그들에 대한 기사는 물론 존재조차 잊는다. 잊히고 소외된 자들의 삶과 존재를 알린 것이,『검은 바다』라 할 수 있다. 당시 조선인들은 가난하고 힘이 없다는 이유로 강제 징용되어 일제의 전쟁을 위해 희생된다. 하지만 조선인들은 서서히 자신들의 정체성은 물론, 국가, 전쟁에 대해 생각하게 된다. 즉, 작가는 무력한 국가를 생각하고 나아가 전쟁의 무용성을 성찰한다. 그 과정 속에서 작가는 전쟁을 일으키는 국가가 문제인 것이지, 평범한 소시민들은 오히려 희생만 당한다는 것을 강조하고 있다. 이는 역사적 사건을 좀 더 객관적이고 중립적인 방식을 취하는 것으로 해석할 수 있다.

사실 희생자들의 후손들이 해마다 조세에 탄광이 있던 일본 야무구치현 우베시 바닷가를 찾아가서 위령제를 지낸다. 그러나 희생자들의 후손들만 기억할 뿐 우리는 그 사건과 역사를 잊고 있다. 우리가 이 사건을 상기하고 기억해야 하는 이유는 더 이상 과거의 역사를 반복해서는 안 되기 때문이다. 역사를 사건을 기억하고 공유하지 않으면 그 역사와 사건은 없었던 일로 되어 버리고 만다. 다시 말해 일제 식민치하 강제 징용된 이들의 삶, 존재를 기억하고 제국주의 이중성과 폭력성 상기로 역사의 현재적 의미를 재고하여야 할 것이다.

문영숙은 역사동화를 주로 쓰는[47] 작가다. 그에 의하면 "지난시대를 배경으로 글을 쓸 때가 편하다 자연스럽다"고 한다. 특히 "역사 속에서 고통 받고 소외당하면서 조국과 민족을 위해 싸웠던 사람들을 조명하려고"한다. 이러한 작가의 말처럼 그의 작품 대개가 역사 속에서 소외받은 인물을 대상으로 하는데, 여기에 『검은 바다』를 떠올리게 된다. 『검은 바다』는 앞에서 언급한 것처럼 우리가 여기서 역사를 사건을 기억해야 하는 당위성이 녹아 있는 작품이라 할 수 있다. 추후 『검은 바다』를 좀 더 면밀히 들여다보고, 이 작품 뿐 아니라 역사를 소재로 한 작품을 통해 역사, 역사적 사건 등을 다양하게 연구할 것을 기약한다.

---

47) 문영숙은 주로 역사를 소재로 하여 작품을 쓴다. 작가의 이런 경향은 "어릴 때 작가의 성장 배경을 들었다. 한학을 하던 아버지는 외출할 때 갓을 썼고, 집 안에서는 망건을 쓰고 생활을 했다"는 어린시절 집안 환경과도 연결된다. "현대보다는 옛날식의 환경에서 자란 것이 역사 동화를 쓰는 환경을 들었"기에 역사를 소재로 한 작품이 보다 친숙할 것으로 판단된다. 「아평이 만난 작가- 문영숙」, 『아동문학평론』38(3), 아동문학평론사, 2013. 9. 158쪽.

제국주의의 폭력과 위안부 피해 여성의 권리
−『두 할머니의 비밀』, 『모래시계가 된 위안부 할머니』, 『수요일의 눈물』을 중심으로

1) 위안부 문제와 역사 바로 잡기

2015년 12월 28일 한국과 일본은 외교장관회담을 통해 일본군 위안부 문제를 합의하였다. 협상 결과 발표에 대해 곳곳에서 비난이 쏟아졌으며[1], 위안부

---

1) 다음은 위안부 협상에 대해 외국의 비난들이다. 블로그에 소개된 것 일부만 가져 온 것이다.(http://blog.daum.net/icetea2)

① 히로카 쇼지 국제 앰네스티 동아시아 조사관; 오늘의 합의로 일본군 성노예제로 인해 고통받은 수만 명의 여성들의 정의구현에 종지부를 찍어서는 안 된다. 할머니들은 협상테이블에서 배제되었다. 양국 정부의 이번 협상은 정의회복보다는 책임을 모면하기 위한 정치적 거래였다. 생존자들의 요구가 이번 협상으로 헐값에 매도되어서는 안 된다. 성노예제 생존자들이 그들에게 자행된 범죄에 대해 일본정부로부터 완전하고 전적인 사과를 받을 때까지 정의회복을 향한 싸움은 계속될 것이다."

② 미국의 월간지 '카운터펀치'; "위안부 피해자 배신한 한국 정부"라는 제목의 기사에서 '이보다 완전한 항복은 상상하기 어렵다' '만약 이것이 사과라면 − 그래서 한국 정부가 피해보상 요구를 중단해야 한다면 − 이와 비슷한 사과를 몇 번 더 받으면 한국은 국가로서 기능을 더 이상 하지 못하게 될 것이다'

③ 마이크 혼다 하원의원, 29일 성명을 통해 "일본이 더 이상 역사 수정을 시도하지 않고 미래 세대에게 위안부 문제를 제대로 교육하겠다는 약속이 빠져 있다는 점이 매우 실망스럽다"고 말했다.

④ 유엔의 자이드 라아드 후세인 유엔 인권최고대표 − 3월 10일 제네바의 유엔 유럽 본부에

피해자 할머니들도 강한 불만을 나타냈다. 위안부 할머니들은 일본으로부터 '공식적인 사과'를 받지 못했다는 것과 보상이 아닌 '법적 배상' 문제에 대해 분노하고 있다. '보상'은 국가 또는 공공 단체가 적법한 행위에 의하여 국민이나 주민에게 가한 재산상의 손해나 손실을 보충하기 위하여 제공하는 대가이다. 즉 남에게 끼친 손해나 손실에 대한 대가를 지불하는 것이다. 반면, '배상'은 남의 권리를 침해한 사람이 그 손해를 물어 주는 것이다. 보상과 배상에서 중요한 것은 '권리' 문제다. 권리는 어떤 일을 주체적으로 자유롭게 처리하거나 타인에 대하여 당연히 주장하고 요구할 수 있는 자격이나 힘을 말한다. 따라서 일제 강점기 일본에 의해 강제로 권리를 침해당해 삶을 잃은 할머니들의 요구는 당연히 보상이 아닌 '법적 배상'인 것이다.

또한 위안부 할머니들이 빼놓을 수 없는 것이 일본대사관 앞에 있는 소녀상 철거 문제다. 한·일 간 협상에서 일본정부가 위안부 지원 재단에 10억엔을 출현하기로 한 것은 소녀상 이전이 전제였다. 아사히 신문 보도에 따르면, 일본은 협상 당시 한국이 설립하는 위안부 피해자 지원재단에 일본 정부 예산으로 10억엔을 출연하는 조건으로 서울 일본 대사관 앞에 설치된 소녀상 이전을 주장했다[2]고 한다. 일본이 유독 소녀상 철거에 민감한 것은 위안부 할머니들

서 열리고 있는 유엔 인권 이사회에서 구 일본군 위안부 문제에 관한 일본과 한국의 위안부 합의에 대해 유엔 인권 관계자뿐 아니라 "전 위안부 여성 본인들로부터 의문의 목소리가 일고 있다는 점은 매우 중대하다" 비판했다. 자이드 대표는 위안부 피해자들을 "제2차 세계대전 당시 일본군의 성노예 생존 여성"이라고 규정하고 위안부 문제가 일본 정부의 전쟁범죄이자 국가범죄임을 환기시켰으며 이어 "합의와 관련해 여러 유엔 인권 조직들, 무엇보다 생존 당사자들이 문제 제기를 하고 있다"고 지적했다. 자이드 대표는 "관련 당국자들이 이 용감하고 위엄있는 여성들한테 다가가는 것이 근본적으로 중요하다"며 "궁극적으로 오직 그들만이 진정한 보상을 받았는지를 판단할 수 있다"고 강조했다.
⑤ 역사학연구회·일본역사학협회 등 일본의 역사연구 관련 단체 15곳. 이날 도쿄 중의원 제1의원회관에서 발표한 연대 성명에서 "(한·일 정부는) 위안부 피해자들의 명예와 존엄이라는 인권과 깊이 관련된 문제에서 당사자를 방치한 채 타결을 도모했다"며 "정부 간에 일방적으로 '해결'을 선언하고 이후의 논의를 봉쇄하는 듯한 수법으로는 위안부 문제의 근본적 해결은 없다"고 비판했다.
2) 시사저널, 〈소녀상 철거와 10억 엔 맞바꿨나〉, 2016.1.15.

이 전 세계적으로 위안부 문제에 대해 증언을 하며 다니는 것과 소녀상이 일본의 치욕을 드러내는 것으로 생각하고 있기 때문에 소녀상 철거를 통해 일본의 만적인 행태를 덮으려[3]고 하는 것이다. 한국정부 역시 일본 눈치만 보고 침묵하다가 단지 위로금 10억엔으로 앞으로 일본군 위안부 문제는 더 이상 문제제기 하지 않고 평화비 철거 등을 약속한 군사적·경제적 이익을 앞세운 정치적 담합에 일조하였기에 비난을 면하기 어렵다.

사실, 한·일 간의 담합은 1965년 한일협정 체결과 국교 수립 시에도 이루어졌다. 이 협정으로 일본은 한국에게 식민지 지배에 대한 독립축하금이라는 명목으로 청구권 자금을 제공했다. 피해보상으로는 턱없이 부족한 액수였을 뿐만 아니라, 강제동원 피해자들에게는 극히 일부만 지급되었다.

위안부 문제는 양국 간의 역사적 정치 외교적 관계의 회복뿐만 아니라 피해 할머니들의 고령화 때문에도 시급히 해결해야 할 문제로 대두되어 왔었다. 하지만 화해와 사과는커녕 정치적 이해관계에 의해 이용되고 있는 실정이다. 1990년 이후 일본군 위안부에 대한 관심이 사회적으로 고조되는 분위기 속에서 여성 운동 단체들과 피해자 및 유족들은 일본군 '위안부' 문제를 범죄로 규정하고 여성들의 짓밟힌 인권과 민족 차별 정책을 폭로하여 국내외에 알리며, 피해자들의 인권과 명예회복을 위한 법적 배상을 요구[4]하였다. 그러나 오랜

---

3) 김인현, 「慰安婦 問題의 再考察」, 『일본어교육』67집, 일본어교육학회, 2014, 138쪽. 그동안 일본정부는 위안부 문제와 관련하여 다각도로 훼방을 놓았다.
일본정부가 일본군 위안부 문제의 확산을 막기 위해 동남아시아에서는 피해자 증언 청취를 하지 않은 것으로 밝혀졌고, 아시아 전역이 피해를 당했던 일본군 위안부 문제가 주로 한국과 일본만의 문제로 비치고 있는 것은 일본정부의 확산 전술 때문이었다. 일본 정부가 1993년 위안부 문제가 한국 이외의 나라로 확대되는 것을 막기 위해, 위안부 동원의 강제성을 인정하고 사죄한 '고노담화' 발표 직전(1993.8.4.)인 1993년 7월 30일 무토 가분(武藤 嘉文) 당시 외상은 필리핀, 인도네시아, 말레이시아 주재 일본대사관에 주재국에서 위안부 실태 조사를 하지 말도록 방침을 전달했다고 밝힌 아사히신문은 관련 외교문서를 정보공개 청구로 확보했다고 한다.
4) 양수조, 「증언을 통해 본 일본군 '위안부' 실태」, 『충청문화연구』2집, 충청문화연구학회, 2009, 126쪽.

시간이 지나도 달라진 것은 없고 오히려 분노만 쌓이게 하는 형국이 되었다.[5]

그동안 우리 사회에서는 정부의 소극적인 태도와 달리 각계각층에서 일본군 위안부 할머니들의 증언을 바탕으로 개인의 아픔과 역사적 비극을 조명하였다. 우리가 위안부 문제를 짚어야 하는 것은 단순히 하나의 역사적 사실에 대응하는 행동차원이 아니다. 즉, 위안부 문제는 한국과 일본 간의 역사에만 머무르지 않고 전 세계 모두의 문제이며, 현재뿐 아니라 미래를 잇는 중요한 사안이다.

이는 2007년 미국 하원 등 세계 각국 의회에서 일본 정부가 일본군 위안부 문제에 대한 책임을 인정하고 공식 사죄할 것과 이 문제를 현세대와 미래세대에게 교육할 것을 요구하는 결의안이 통과된 것에서도 알 수 있다. 특히 혼다 의원이 위안부 문제는 "한·일 양국만의 문제가 아니라, 전쟁 때마다 벌어지는 여성 인권 침해 문제에 경각심을 일깨워주는 데도 매우 중요하다"[6]는 대목은 우리 모두가 주목하여야 한다. 일본 역시 미국 하원 위안부 결의안 통과

---

5) 이승우, 「일제강점기 근로정신대여성의 손해배상청구」, 『한국동북아논총』76호, 2015, 197쪽. - 독일정부는 제 2차 세계대전 종전 후 초기에는 군수산업체에서 일한 강제징용자들에게 배상할 수 없다고 하였지만, 배상재단을 설립하여 제2차 세계대전 당시 군수산업체이었던 기업과 공동으로 재산을 출현하여 군수산업체에서 일한 강제징용자들에게 분배할 수 있도록 하였다. 최근에도 독일정부는 생존 징용자와 유족들에게 추가배상금 지급을 약정하묘 꾸준히 사죄와 배상에 노력하고 있다. 미국도 제2차 세계대전 중에 재미 일본인 11만 명을 미국 서부의 사막과 산악지대로 강제 이송시킨 것에 반성하고 있다. 그러나 일본은 일제 징용자 배상문제와 관련하여 1965년 12월 18일부터 발효된 경제협력에 관한 손해배상을 청구하였다며 법률상 소멸시효에 의하여 당연히 소멸된다고 주장하고 있다.

6) 매일경제, 〈혼다 美하원의원 "日 위안부 사과 빨리 하라"〉, 2014.12.18. - 미국 하원의원 마이크 혼다는 위안부 문제에 적극적인 행동을 보인다. 2014년 방한하여 가진 인터뷰 기사를 보자. "한국과 일본 정부가 위안부 문제 해결을 놓고 최근 논의를 하기 시작한 것은 고무적이다. 하지만 무엇보다 중요한 것은 이른 시일 내에 일본 정부의 공식 사과를 담은 합의사항이 나와야 한다는 것이다" 특히, 위안부 문제의 '시급성'을 강조하고 있다. "지금 얼마 남지 않은 위안부 생존자들을 위해서라도 이 문제는 시급하게 처리해야 한다. 시간은 은행에 넣어 뒀다 나중에 찾을 수 있는 게 아니다." "일본의 공식 사과가 왜 중요한지 아래 세대에 교육시켜야 한다"며 "일본 정부의 공식적인 사과는 비단 한·일 양국만의 문제가 아니다. 전쟁 때마다 벌어지는 여성 인권 침해 문제에 경각심을 일깨워주는 데도 매우 중요하다"고 주장했다.

이후, 고도담화를 통해 역사교육(위안부 문제 교육)의 중요성을 강조했다. 그러나 일본의 교과서를 보면 일본정부의 입장과는 달리, 2001년 이후 일본군 위안부 관련 기술을 아예 삭제하거나 일본군의 관여와 강제성을 불명확하게 기술하는 등 오히려 국제사회의 요구에 역행하고 있다.[7] 일본정부가 위안부 강제동원을 완강하게 부정하고 있지만, 1945년 4월 일본군이 미얀마 지역에서 조직적으로 위안부를 운영했다는 미국과 중국의 전쟁 비밀문서가 공개됐다.[8] 그동안 군 위안부 자체를 부정하고 나선 아베 정부는, 일본의 침략과 전쟁을 미화하면서 반성도 하지 않고, 어린 학생들에게 역사교육을 올바로 시키지 않고 있다.[9]

---

7) 남상구, 「일본 역사교과서의 일본군 '위안부' 기술 변화」, 『한일관계사연구』30집, 한일관계사학회, 2008, 319쪽. - 1997년 이후 중학교 역사교과서와 2007년 4월 검정을 통과한 고등학교 역사 및 공민과 교과서를 대상으로 일본군 '위안부' 관련 기술의 특징과 변화는 다음과 같다.(322쪽)1997년 판 중학교 모든 교과서에는 위안부로서 동원되었다는 내용이 기술된다. 그리고 2개 출판사(教育, 大阪)는 전후보상을 요구하는 위안부 피해자의 사진도 게재하는 등 '위안부' 문제를 적극적으로 다루고 있다. 그러나 日本書籍이 "위안부로서 종군시키고 참혹한 취급을 했다"고 일본군과의 관계를 기술하고 있는 것을 제외하면 대부분의 교과서는 '위안부로서 전쟁터에 보내졌'고 기술하는 것에 그치고 있다. 즉 일본군에 의한 '위안부' 동원 문제를 명확하게 기술하고 있지 않다. 東京書籍의 "意思에 반하여 전쟁터에 보내진"의 경우는 강제성을 인정하고 있으나 강제의 주체가 민간업자인지 일본군인지가 명확하지 않다.(329쪽.)
고등학교 역사교과서의 경우, 위안부 관련 교과서는 다음과 같다. 군의 관여와 책임문제를 명확하게 기술하지 않고 있다. 일본 정부와 군의 관여와 책임문제를 명확하게 기술하지 않았다. 그리고 위안부 동원 과정에 초점을 맞추어 기술하고 있다. 이 경우 자발적이 아니라 강제성이 동원되었음으로 보여주는 기술이지만, 이러한 강제성을 지적한 교과서도 동원의 주체를 명확하게 기술하지 않고 있다고 한다. 여기서 동원과정에서의 강제성 문제만을 강조할 경우, 전쟁 수행을 위해 군대가 조직적으로 여성의 성을 착취했다는 일본군 위안부 문제의 본질을 흐리게 할 수 있다는 위험성도 있다.(335쪽.)
그러나 그나마 소략하게 기술되었던 것이 2009년 개정 교육과정에서는 이전에 보여줬던 정신대에 대한 언급이 사라지고 다만, 인적 수탈에 대해서만 서술하고 있다. 일제 강점기 문화상에 대해서는 일제의 수탈과 함께 다양한 삶의 모습을 서술하도록 하여 문화에 대한 서술을 강조하고 있다.(김보림, 「고등학교 국사 교과서에서 한·일 역사적 쟁점에 관한 근·현대사 서술의 변천」, 『일본문화연구』39집, 일본문화연구학회, 2011, 30쪽.)
8) 동아일보, 〈"위안부는 일본군 부대시설" 美 문서 공개〉, 2014.3.17.
9) 김인현, 「일본의 역사교과서 왜곡문제와 대책」, 『일본어교육』68집, 일본어교육학회, 2014,

그렇다면 우리의 경우는 어떠한가. 2015년 4월, 여성가족부와 교육부는 초·중·고교생용 일본군 위안부 바로 알기 교재 및 동영상을 제작한다. 그런데 교재와 동영상 내용이 문제가 되어 논란이 생기게 된다. 이 교재와 동영상은 초등학교 5~6학년생을 대상으로 하는 것이기도 한데, 교재에는 위안부 생활에 대해 성병 감염, 인공 유산, 불임 수술 등 이해하기 어려운 용어가 사용된다. 특히 이 교재에 등장하는 일본 위안소를 만든 이유에 대한 서술에서는 일본의 일방적인 주장만 서술돼 있어 학생들에게 잘못된 인식을 심어줄 수 있는 것으로 파악됐다. 교재에는 점령지역 여성에 대한 누설방지 성병으로 인한 병사들의 전투력 소모 방지, 스트레스 받는 군인들에 대한 위로, 민간 업소 이용 시 군대 비밀 누설 방지 등을 이유로 일본군 위안부 제도를 시행하였다고 쓰고 있는데, 이와 같은 표현은 일본측 주장과 변명을 받아들일 우려가 있다. 이 교재는 정부가 일본정부의 역사 왜곡에 대응한다는 취지로 제작한 것임에도 이처럼 부적절한 표현과 왜곡된 설명이 담겨있어 논란이 제기된다.[10] 또한 동영상은 일제에 강제 동원됐던 명자라는 소녀를 두고 마을 주민들이 '몸을 팔다 왔다'고 수군대는 장면의 내용[11]이 문제가 되었다. 동영상에 담긴 몸을 판다는 표현은 어린 학생들에게 부정적인 인식을 가져올 수 있다. 이러한 논란으로 인해 여성가족부와 교육부는 초·중·고교생용 '일본군 위안부 바로 알기' 교재 내용을 대폭 수정한다고 밝혔다.[12]

207쪽.

2014년 4월 4일 일본의 문부과학성은 초등학교 5, 6학년 사회과 교과서 4종을 심의하고 사용을 승인하였는데, 2015년 4월부터 사용하는 4종류의 교과서에는 "일본의 고유 영토인 독도를 한국이 불법 점거했다"는 주장과 함께 독도가 일본 영토인 것으로 왜곡 표시한 지도를 실었으나, 4종류의 교과서에는 반인도적이고 반인륜 전쟁범죄인 일본군 위안부의 강제동원 사실에 대해서는 전혀 서술하지 않고 있다.

10) 데일리안, 〈"일본군에게 몸 팔았다" 교육부 제작 위안부 교재 논란〉, 2015.4.14.
11) 국민일보, 〈"명자가 일본군에게 몸 팔다 왔대요?" 정부 제작 위안부 교재 표현 논란〉, 2015.4.14.
12) 중앙일보, 〈"몸 팔다 왔대" 정부 위안부 교재 고친다〉 2015.4.15. - 먼저 일제에 위안부로

그동안 정신대책협의회가 위안부 문제를 이슈화하고 우리 사회에 부각시켜 왔다. 이를 통해 전시여성의 인권 문제나 전시 여성 폭력문제를 부각시킨 것은 큰 의의라고 할 수 있다. 주지하다시피, 일본군 위안부 제도는 일본 정부와 식민지 시대 조선 여성만의 문제가 아니다. 조선인 여성이 대다수였지만, 일본 본토, 오키나와, 대만, 필리핀, 인도네시아 등 일본이 점령했던 많은 나라의 여성들의 인권과 생명 자체가 유린당했던 상징적인 제도이다.[13]

앞에서 언급하였듯이 일본정부가 소녀상[14]에 대해 민감하게 반응하는데, 소녀상은 '소녀'라는 단어에서 연상되는 순수와 순결을 의미한다. 위안부를 소녀로 표상하는 것은 소녀가 성매매여성의 정반대편에 위치하기 때문이라고 할 수 있다. 기념비로서의 평화의 소녀상은 가해자의 진정한 사죄를 요구하고 희생자의 넋을 위로하려는 의미를 담고 있다. 잔혹무도한 만행과 반인륜적 악행을 고발하는 기제로서 피식민지 출신 위안부 여성은 그녀가 끌려갈 당시의 모습을 재현한다.[15] 꼿꼿하게 앉은 자세로 입술을 꼭 다물고 주먹을 쥔 단발머리의 소녀상의 어깨 위에는 평화와 지유를 상징하는 새 한 마리가 앉아 있고, 가슴에는 환생을 의미하는 나비가 앉아 있다. 소녀 옆의 빈 의자는 이미 세상을 떠난 다른 소녀들의 원혼을 상징한다. 아시아 태평양 전쟁시기 제국 일본의

강제 동원됐다가 해방 후 고향으로 돌아온 소녀에게 주민들이 "명자가 3년 동안 일본군에게 몸 팔다 왔대요"라고 수군댔다는 내용은 직설적이라 삭제하기로 했다. 또 '성병 감염, 인공유산, 불임수술' 등의 표현도 학생들이 이해하기 쉽게 바꾼다. 일본의 위안소 설치와 관련, '여성을 도구로 이용해 성(性)적으로 착취한 인권침해 범죄였다'는 설명을 추가키로 했다. '일본군 위안부' 용어 설명에서 '일본군 입장에서 위로와 편안함을 준다는 의미' 등 일본 측 관점도 뺀다고 한다.

13) 김귀옥, 「일본식민주의가 한국전쟁기 한국군위안부제도에 미친 영향과 과제」, 『사회와 역사』 103집, 한국사회사학회, 2014, 112쪽.

14) 소녀상은 1992년부터 매주 주한 일본대사관 앞에서 이루어진 수요집회의 성과로서 2011년 12월 국민성금을 모아 제작된 것으로, 이후 성남시청공원, 수원 올림픽 공원, 거제 문화예술회관 등 국내뿐 만 아니라, 미국 글렌데일시 중앙공원과 미시간주에도 세워지게 되었다.

15) 최은주, 「위안부='소녀'상과 젠더」, 『동아시아문화연구』66집, 동아시아문화학회, 2016, 253~254쪽.

피식민지민에 대한 성적 착취와 인권유린을 규탄하는 기념비로서 평화의 소년 상은 이제 세계로 발산되는 하나의 메시지가 된 것이다.[16]

이런 측면에서 위안부 문제는 역사문제와 법적 문제 등이 착종된 복잡한 문제이다. 또한 이 사안은 '전시 성노예' 문제로 다루어져온 국제법상 전쟁범죄, 인도에 반한 죄, 노예제, 인신매매, 강제노동 등에 해당하는 중대한 인권침해 문제이다.[17] 결국 일본군 위안부 문제가 우리만의 과제가 아니라 전세계적으로 관심을 기울이고 해결해야 할 사안이라는 의미이기도 하다. 따라서 본고는 아동을 대상으로 한 위안부 소재 작품을 통해 위안부 문제의 본질적인 사안을 살피기로 한다. 민감한 내용이라 숨기고 역사를 잊기 위해 숨긴다면 역사인식은 어떻게 될까. 이런 점에서 과거의 역사가 아닌 앞으로의 역사를 위해 지난 시간을 돌아볼 필요가 있을 것이다. 또한 이 문제를 살펴야 하는 것은, 위안부 할머니들의 생존자가 많지 않기에 보다 많은 사람들의 관심을 통해 해결책을 강구하여야 하기 때문이다. 일본군 위안부 문제가 어떤 것이었고, 왜 발생했으며, 왜 침묵하고 덮으려고 하는지, 그리고 우리는 이를 통해 무엇을 생각하여야 할까.

2) 개인의 역사를 넘어 모두의 역사

1991년 8월14일, 처음으로 김학순 할머니가 자신이 일본군 위안부였음을 밝

---

16) 최은주, 244~245쪽. — 일본은 이미 반대의 의사를 표명했으며 평화의 소녀상 호주 건립은 일본정부의 공식적인 이의제기로 보류되었다. 또한 미국 글렌데일리시에 세워진 소녀상 철거를 위해 일본 시민 단체가 대형 법무법인에 소송을 의뢰하였다가 미디어의 비난을 받고 이를 철회한 해프닝도 있었다. 또한 2012년 6월 22일에는 스즈키 부유노라는 일본인이 주한 대사관 앞의 소녀상에 '독도는 일본땅'이라고 쓴 말뚝을 박기도 하였다. 이처럼 일본 정부가 소녀상의 이전과 철거를 합의의 조건으로 내세우기까지 이전에도 민간 차원의 반응도 감지되었다.

17) 조시현, 「2015년 한 · 일 외교장관 합의의 법적 함의」, 『민주법학』60호, 민주주의법학연구회, 2016, 79~80쪽.

힌 뒤, 많은 사람들이 위안부 문제를 알게 되었고 관심을 가지게 되었다. 그러나 오랜 시간이 지났음에도 위안부 문제는 해결되지 않은 채 그대로이다. 일본 정부는 위안부 문제에 대해 공식적인 사과는커녕, 침묵을 넘어 외면하고 있는 실정이다. 또한 여전히 세계 곳곳에서 여성들이 전쟁으로 인해 고통 받거나 희생당하고 있다. 그렇기 때문에 일본군 위안부 문제는 지나간 역사의 한 부분이 아니라 바로 지금 여기서 우리가 해결해야 하는 중대한 사안이다. 그러나 위안부 문제는 역사 문제뿐 아니라 성 문제까지 결합된 복잡하고 민감한 사안이어서 어린이를 대상으로 하는 작품에서는 접근하기가 쉽지 않다. 위안부 문제를 본질적으로 접근하지 않는다면, 어린이들이 일본과 일본인에 대한 증오와 복수심을 나타낼 것이다. 따라서 위안부 문제의 본질을 통해 증오 방향을 제시하고 이를 통해 문제의 해결방안을 강구하는 것이 필요하다. 가령, 일본군 위안부 문제의 핵심은 제국주의가 저지른 제도적 성폭력이라는 점이며 그로 인해 인권침해를 당했다는 점이다. 이러한 본질을 분명히 제시할 때 어린이들은 일본과 일본인 전체를 증오하는 데에서 벗어날 수 있을 것이다. 우리가 분노해야 하는 대상은 일본/일본인 전체가 아니라 국가권력을 남용해 평화를 해치는 일부 세력이다. 위안부 문제를 표면화시켜서 위안부 할머니들의 인권을 되찾고 그러한 일이 다시는 일어나지 않도록 강구하는 것이 급선무일 것이다. 이러한 노력의 일환으로 발행된 위안부 소재 그림책을 주목할 수 있다. 『꽃할머니』, 『끝나지 않은 겨울』, 『소녀이야기』, 『꽃반지』 등은 어린이를 대상으로 하여 위안부 문제를 좀 더 널리 알리고 아픈 역사를 되풀이 하지 않아야 한다는 점을 상기시키고 있다. 다음에서 네 편의 그림책을 간단히 소개하고 각각의 특징을 살펴, 위안부 문제의 본질을 들여다보고자 한다.

『꽃할머니』(권윤덕 글·그림)는 처음으로 위안부 문제를 다룬 그림책이다. 위안부 피해자인 심달연 할머니[18]의 증언을 토대로 만들어졌다. 심달연 할머니는 태평양전쟁 시기인 1940년 무렵 열세 살에 일본군에게 끌려가 위안부가

〈그림 1. 사계절. 2010〉

된다. 전쟁이 끝난 뒤 버려지고 이후 고국으로 돌아왔다. 『꽃할머니』는 한 개인의 증언을 통해 만들어진 그림책이지만, 제도적 폭력에 좀 더 무게를 두고 있다. 가령, 주인공 꽃할머니를 성폭행하는 군인들의 얼굴이 그려지지 않은 채 제복으로 표현을 통해 이를 보여주고 있다. 즉, 제도적 성폭력과 말살된 인권을 보다 부각시키고 있다. 제국주의 폭력으로 인해 강자가 약자를 괴롭히는 불행을 막고자 하는 의도를 담고 있다.

『꽃할머니』는 사계절의 〈평화그림책〉 시리즈 가운데 한 권으로, 한·중·일 작가들이 뭉쳐 어린이들이 전쟁 없는 평화로운 세상에서 서로 도우며 살아가길 바라는 마음으로 기획된 것이다. 세 나라의 공동 기획이므로 우리나라에서 뿐만 아니라 일본과 중국에서도 출간하기로 하였다. 그러나 『꽃할머니』의 경우 일본 측의 출판사인 도신샤(童心社)에서 위안부 문제에 대해 보수적인 일반 대중의 정서를 이유로 출간에 난색을 표했다[19]고 한다.

『끝나지 않은 겨울』(강제숙 글, 이담 그림) 은 위안부 피해자인 김순덕 할머니[20]와 배봉기 할미니의 증언을 토대로 한 작품이다.

---

18) 문화일보, 〈'일본군 위안부 피해' 심달연 할머니 별세〉, 2010.12.6. - 심달연 할머니는 "일본이 위안부 피해자들에게 배상하려고 만든 일본국민기금의 비도덕성을 알리기 위해 제61차 유엔 인권위원회의 본회의와 국제 NGP포럼에서 증언했고, 유엔 인권고등판무관에게 일본의 유엔 상임이사국 진출을 반대하는 국내외 20만여명의 서명을 전달하기도 했다"고 한다. 『꽃할머니』가 2010년 6월에 발행되고 당해년도 12월에 별세했다.

19) 한겨레, 〈세 나라 작가들 평화전파 7년…"전쟁 사라질 그날까지"〉, 2012.9.28. - 2011. 4월『경극이 사라진 날』, 『비무장지대에 봄이 오면』, 『평화란 어떤 걸까?』 3권의 일본어판이 일본에서 동시 출간됐다. 그러나 『꽃할머니』는 일본에서도 아직 출간되지 못했다. 이 책을 출판하기로 했던 일본 출판사는 일본군 성노예라는 민감한 주제를 담은 이 책이 일본에서 출간될 경우 우익들의 테러 표적이 될지 모른다며 막판에 몸을 사렸다. 최근 영토분쟁과 이를 계기로 일본군 성노예는 사실이 아닌 허구라고 주장해온 우익 정치인 아베 신조 전 총리가 다시 제1야당인 자민당 총재로 선출되고, 역시 우익 하시모토 도루 오사카 시장의 '일본유신회'의 기세가 등등한 지금 사정은 더 어려워지고 있다.

김순덕 할머니는 '나눔의 집'에 살면서 그림을
그리고 일본군 위안부 증언 활동을 하신 분이다.
배봉기 할머니[21]는 일본 오키나와에 거주하며
1970년대 가장 먼저 일본군 위안부임을 밝힌 분
이다. 두 분은 일본군 위안부로 끌려가 고통 받았
으며, 고국으로 돌아온 뒤 혹은 고향을 떠나 고생
하며 살아온 할머니들의 삶을 그대로 보여준다.

〈그림 2, 보리, 2010〉

고증을 바탕으로 한 당시 위안소의 모습과 삶을 유린당한 할머니들의 생기 없
는 얼굴빛 등이 사실감 있게 그려져 있어 위안부 문제를 적극적으로 접근하고
있다. 『끝나지 않은 겨울』의 사실적인 묘사는 전쟁의 참혹성을 통해 평화의
소중함을 생각하는 것으로 여겨진다.

『소녀이야기』(김준기 글·그림) 는 한국정신대
문제대책협의회와 서울애니메이션센터, 청강문화
산업대학의 제작지원을 받아 완성된 단편 애니메
이션 〈소녀 이야기〉의 내용을 옮긴 그림책이다.
위안부 피해자 정서운 할머니[22]의 육성으로 녹음

〈그림 3, 리젬, 2013〉

---

20) 김순덕 할머니는 일본 공장에서 일할 여공을 모집한다는 말에 속아 중국 상해로 끌려가
위안부 생활을 하였다. 1992년부터 나눔의 집에서 생활을 시작하면서 일본군 위안부 피해실
태 고발과 일본정부의 사죄와 배상을 위한 운동에 적극적인 활동을 하였다고 한다. 2004년
에 별세했다. 〈나눔의 집 자료에서〉

21) 한겨레, 〈우리가 잊어버린 최초의 위안부 증언자…그 이름, 배봉기〉, 2015.8.7. - 배봉기
할머니는 한반도 출신 여성들 가운데 자신이 일본군 위안부 피해자였음을 처음 밝힌 인물이
다. 배봉기 할머니는 한국 사회에서 본격적인 위안부 운동이 시작된 계기가 된 김학순 할머니
의 첫 증언이 나오기 무려 16년 전인 1975년 〈교도통신〉 등 일본 언론을 통해 자신이 일본군
위안부임을 밝혔다. 1991년 별세했다.

22) 아시아경제, 〈"살려고 맞은 주사 중독돼서야 아편인거 알았제"〉, 2014.8.12. - 정서운 할머
니는 9년간 중국, 대만, 싱가포르 등으로 이동하며 위안소 생활을 했다. 해방 후 약 1년간
포로수용소에서 생활하다가 부산행 군함을 타고 귀국했다. 1995년 베이징에서 열린 세계여
성대회에 위안부 피해자 한국대표로 나서 공개 증언을 하는 등 활발한 활동을 펼치다 2004

된 증언을 바탕으로 만들어졌다. 애니메이션으로 먼저 제작된 이 이야기는 지서에 끌려간 아버지를 나오게 할 수 있다는 꾐에 빠져 자카르타의 일본군 위안소로 끌려가게 된 할머니 이야기다. 8년 여 동안 타국에서 위안부로 생활하며 지옥 같은 시간을 견디고 살아남은 할머니가 고향으로 돌아오기까지의 과정을 담았다. 그리고 이 텍스트의 애니메이션은 세계 유수 영화제에 초대되기도 하였다.

〈그림 4, 고인돌, 2014〉

『꽃반지』(탁영호 글·그림) 는 위안부 할머니들의 수요집회 1000회째에 일본대사관 앞에 세워진 '소녀상' 이야기를 다룬 작품이다.

소녀상은 우리나라뿐 아니라 세계 곳곳에 세워지고 있다.[23] 평화와 인권의 상징이 되어가고 있는 소녀상을 만화로 표현하여 좀 더 쉽게 이해하도록 한다. 또한 위안부 할머니들의 그림과 글, 그리고 할머니들의 아픔과 슬픔을 같이 하는 아이들 그림과 글을 실어 위안부 문제를 한 개인의 것이 아닌 우리 모두의 역사로 확대하고 있다. 이 책의 만화 〈꽃반지〉 원화는 민족미술협의회에 주체했던, '일본군 위안부와 조선의 소녀들', 앙굴렘 국제만화축제 '일본군 위안부 피해자' 전시회에 출품되기도 하였다.

앞에서 간단히 살핀 것처럼, 네 편의 그림책은 몇 가지 공통점을 안고 있다. 먼저, 네 편 모두 증언/증거, 즉 '사실'을 토대로 작품화하였다. 역사를 서술하

년 별세했다.

23) 서울경제, 〈"자유의 상징 '소녀상' 독일에 세우겠다"〉, 2016.9.5. – 독일 프라이부르크 시는 2016년 12월, 68주년 세계인권선언 기념일 맞춰 평화의 소녀상을 설치한다고 한다. 미국, 캐나다, 호주에 이어 유럽에서는 첫 건립이다. 평화의 소녀상은 2011년 12월 14일 1,000회 수요집회 때 주한 일본대사관 건너편에 세워진 것을 시작으로 국내외 20여 곳에 건립됐다고 한다.

는데 있어서 '사실'의 중요성은 부인할 수 없다. 물론 그동안의 역사물들은 사실을 기반으로 허구를 가미하였다. 그러나 앞의 네 편처럼 위안부 문제만은 허구를 곁들이지 않고 사실만으로 작품화한다. 이는 위안부 문제는 역사문제, 민족문제, 인권문제 등 복합적인 사안을 담고 있기 때문으로 여겨진다. 이런 측면에서 네 편의 작품들은 위안부 할머니들의 증언과 증거를 기반으로 하여 사안의 중요성을 부각시키고 이를 통해 지금 여기서 우리가 해결해야 할 과제를 보여주고 있다. 즉, 위안부 문제는 한 개인의 역사 아닌 우리 모두의 역사이며, 나아가 전세계적인 과제라는 것이다.

그리고 각각의 작품에서 증언을 하였던 위안부 할머니들은 모두 별세하였다. 할머니들은 증언을 통해 보다 많은 사람들에게 위안부 문제를 알림으로써, 일본정부의 사죄뿐 아니라 여전히 진행되는 전쟁폭력을 근절하려 하였을 것이다. 그러나 할머니들의 노력과 달리, 위안부 문제는 해결되지 않고 있다. 특히, 위안부 문제의 해당 국가인 일본정부의 태도는 『꽃할머니』발간에서도 적나라하게 드러났다.(각주 19번 참조) 일본은 위안부 문제의 가해국으로써 다른 어느 나라보다 위안부 문제에 대해 생각하고 해결책을 강구하여야 한다. 그럼에도 일본은 위안부 문제를 감추고 침묵하려는 것은 반인륜적인 행동 다름 아니다. 이런 점에서 위안부 문제는 『끝나지 않은 겨울』의 제목처럼, '끝나지 않았'고 '추운 겨울'이다. 따라서 네 편의 그림책은 사안의 심각성과 중요성을 통해 우리가 위안부 문제를 어떻게 생각해야하는지를 보여주고 있다. 사실, 그림책은 말 그대로 그림과 글이 어우러진 것이지만, 그림이 전반을 이룬다. 그림이 전세계의 공용어이듯이, 그림책은 그 나라의 언어를 몰라도 내용과 의미를 알 수 있다. 이런 점에서 네 편의 그림책은 위안부 문제를 좀 더 많은 사람들에게 전하고 이해시키는데 기여한 것이기도 하다.

앞의 네 편이 그림으로써 위안부 문제를 언급하여 이해를 도왔다면, 『큰 애기 복순이』[24]는 동화로 위안부 문제를 드러냈다. 『큰애기 복순이』는 우리

근·현대사의 모순과 아픔을 복순이라는 인물을 통해 보여준다. 주인공 복순이가 일제 말기부터 해방 직후까지 시대적 환경 때문에 자신의 의지대로 살 수 없었던 삶을 그렸다. 이 작품에서 위안부 문제는 내용상으로는 많이 언급되지 않았지만, 우리의 근·현대사에서 빼 놓을 수 없는 중요한 대목으로 다루고 있다. 가령, 일제강점기 조선 민족말살 정책과 그로 인해 핍진한 삶을 사는 사람들, 그 가운데 위안부로 끌려가게 된 여성들, 그리고 이 여성들이 전쟁이 끝나고 고향으로 돌아와서 어떠한 삶을 살게 되었는지를 포착하고 있다.

이 작품에서 복순이 친구, 순덕이는 가난한 살림살이 때문에 일본에 가게 된다. 일본에 가면, "공장에 다니면서 먹고 자고도 머슴살이 일 년 하는 것보다 월급이 많다"(73쪽)는 말을 듣고 결심을 한다. 순덕은 정월 대보름에 마을 아낙네들이 모여 강강수월래를 하는데 나타난다. 그런데 일본으로 가기 전의 모습이 아니라 정신 나간 모습으로 나타나 마을 사람들의 가십거리가 된다.

> 소문이라는 놈은 그렇게도 강력한 날개를 가졌다.
> "정신이 완전히 나갔더라니까……."
> (……중략……)
> "보따리를 하나 안고 있었다는데 애기라면서 안 놓더라네."
> (……중략……)
> "집에 업어다 놓고 보니 머리는 산발이고 정신이 나갔어예. 들고 있던 보따리를 뺏으려고 하니까 자기 애기한테 손대지 말라고 소리를 꽥 지르고 여기를 물었는디……."
> 막내 오빠 오른 손목에 자국이 나 있었다.
> "순덕이 엄마가 목이 빠져라고 딸을 기다리더마는."
> 새어머니가 한숨을 길게 쉬었다. 복순이는 순덕이를 보러 가고 싶었지만 무서워서 갈 수가 없었다. 아랫집 사랑채 사이로 순덕이네 집을 넘겨다봐도 인기척이 없었다.
> 순덕이는 정신이 아주 나가서는 웃다가 울다가는 꿇어앉아서 잘못했다고

24) 김하늘, 『큰 애기 복순이』, 문학동네, 2007. 이하 쪽수만 표기한다.

빌기도 한단다. 그리고 아버지라도 남자만 가까이 가면 기겁을 해서 흰자위만 드러내고는 벌벌 떤단다. 가끔씩 정신이 돌아오긴 하는데 그럴 때마다 울기만 한단다. (103~106쪽)

위 내용은 많은 위안부 할머니들이 증언한 것처럼, 위안부로 끌려 간 여성들이 갖은 고통을 겪고 고향으로 돌아오지만 고향 사람들의 시선은 차갑다. 복순이 역시 순덕이 친한 친구였지만 쉽게 다가가지 못하고 그냥 바라보기만 한다. 사실, 위안부로 끌려간 여성들은 약한 민족의 희생양이다. 그럼에도 우리는 위안부 문제를 본질적 접근이 아닌, 잘못된 시선으로 접근하여 위안부 피해자들에게 이중의 고통을 안겨주고 있다. 이러한 차가운 시선은 결국 순덕이를 죽음으로 내몰게 된다. 순덕이는 마을 사람들은 물론 가족에게도 받아들여지지 않다가 자살을 한다. 여기서 주목할 수 있는 것은 순덕이가 죽기 전에 복순이를 찾아와 말없이 우는 장면이다. 순덕이는 어린 시절 동무를 만났지만 아무 말도 하지 않고 눈물만 흘린다. 즉, 일본으로 가기 전의 자신을 생각하며 눈물만 흘리다가 엄마한테 끌려간 뒤 나무에 목을 매 죽는다.

이처럼 『큰 애기 복순이』는 우리의 근·현대사를 다루면서 우리가 잊고 있고 외면하고 있는 위안부 문제를 조명하고 있다. 피식민지에서 살았던 약하고 가난한 여성들의 수난을 통해 우리가 잊지 말아야 할 소수자들의 삶을 그린 것이다. 위안부 문제는 그리 많은 비중을 차지하는 것은 아니지만, 전쟁으로 인해 고통 받고 피해를 입는 것은 다른 누구보다도 약한 여성이라는 것을 상기시키고 있다.

3) 잃어버린 시간과 강탈당한 인권

그동안 일본정부는 일본군 위안부 문제에 대해 침묵하거나 왜곡하는 방식으로 과거의 역사를 부인하여왔다. 일제가 시행한 '국민총동원법'은 조선의 어린

여성들을 근로정신대라는 명목으로 전쟁터로 내몰았다는 명백한 증거 자료이기도 하다. 당시 일제는 1931년 만주 사변을 일으켜 만주 지역을 점령하고, 1937년에 중국을 침략하였다. 오랜 전쟁으로 인해 일제는 전쟁물자 동원에 어려움을 겪게 된다. 당시 전쟁물자 동원은 다양한 방식으로 진행되었다. 1938년 3월 육군성 부관 통첩에 의한 「군위안소 종업부 등 모집에 관한 건」에 따르면 위안부 모집은 "파견군이 통제하고 이에 임하는 인물 선정을 주도 적절하게 하여, 실시할 때는 관계 지방의 헌병 및 경찰당국의 연계를 밀접하게 하"라고 지시하고 있다. 즉 일본군과 경찰의 개입에 의해 위안부는 강제 동원된 것이다. 구체적인 동원 방식을 살펴보면, 위안부 동원방식은 취업사기를 빙자한 유괴유인, 이를 통한 인신매매, 그리고 이장이나 면직원의 강압적인 권유였다.[25] 이처럼 일본의 환궁에 의해 공식적으로 저지른 조직적이고 대규모적인 강간체계였음에도 불구하고 현재 일본정부는 일본군 위안부 문제를 외면하고 있다. 일본정부의 이러한 태도에 맞춰 우리정부 역시 크게 다르지 않다. 때문에 위안부 할머니들의 얼마 남지 않은 시간은 찰나에 불과하다. 한국정부의 안일한 태도와 달리 작가들의 움직임이 포착된다.

이규희 작가는 어린이를 대상으로 하여 위안부 문제를 수면 위로 드러냈다. 이규희 작가는 위안부 문제와 관련하여 두 편의 작품을 썼는데,『두 할머니의 비밀』[26]과 『모래시계가 된 위안부 할머니』[27]다.

특히,『모래시계가 된 위안부 할머니』는『꽃에게 물을 주겠니?』(그림 7 참조)라는 제목으로 일본에서 발간되었는데 일본인 야스다 히세가 번역하였

---

25) 최지현, 「1940년대 국가의 여성 동원과 불온의 정치학」, 『여성문학연구』33호, 여성문학연구학회, 2014, 6쪽.
26) 이규희, 『두 할머니의 비밀』, 주니어김영사, 2004. 이하 쪽수만 표기한다.
27) 『모래시계가 된 위안부 할머니』는 동일한 내용인데 출판사를 바꿔(1차는 네버엔딩 스토리, 2차는 푸른책들) 발행하기도 하였다. 본 고는 푸른책들을 대상으로 하고, 이하 쪽수만 표기한다.

〈그림 5, 네버엔딩 스토리, 　〈그림 6, 푸른책들, 2012〉　〈그림 7, 일본 나시노키샤
　　　2010〉　　　　　　　　　　　　　　　　　　　　　　출판사, 2012〉

다.[28] 실제 일본에서 발행된 작품이 얼마나 읽혔고 어린이들에게 어떠한 반응
을 일으켰는지는 알 수 없다. 그러나 한·중·일 세 나라가 공동 기획한 그림
책 『꽃할머니』가 일본에서 발간 기회조차 차단된 것을 상기하면, 『모래시계가
된 위안부 할머니』의 일본 발간은 큰 성과라 할 수 있다. 두 작품은 동일한
소재이지만 시간적 간격을 두고 발표된다. 시간적 간격 속에는 이규희 작가가
위안부 문제를 바라보는 인식과 그것을 통해 독자에게 전하는 메시지가 담긴
것으로 여겨진다. 이러한 점을 중심으로 두 작품을 살피면 위안부 문제에 대한
해결책이 어느 정도 강구될 것이다. 두 작품은 닮았으면서 다른 양상을 띤다.

　먼저, 『두 할머니의 비밀』을 보자. 다영이는 우연히 백화점 전시회에서 위
안부 할머니들이 그린 그림을 보고 충격을 받는다. 시간이 지나도 잊히지 않아
위안부 할머니들이 거처하는 나눔의 집을 방문한다. 그 곳에서 위안부 할머니
들의 이야기를 통해 위안부 문제에 관심을 갖게 된다.

---

28) 장영미, 「한국 아동문학의 해외 번역 현황과 특성 연구」, 『돈암어문학』25집, 돈암어문학회,
　　2012, 61쪽. – 번역자 야스다는 "역사 바로 알기라는 차원에서 공공도서관에서 많이 보급돼
　　젊은이들이 쉽게 읽을 수 있었으면 한다"고 하였다.

이 작품 역시 그동안 위안부 할머니들의 증언을 통해 알고 있었던 위안부 문제를 보여주고 이해시키고 있다. 그런데 작가는 이러한 일들이 그 할머니들만의 이야기가 아니라 바로 우리 곁에 있는 할머니의 이야기로 치환한다. 다영이에게는 친할머니가 있다. 군산에서 혼자 사는 할머니는 일제시대 때 일본으로 유학을 다녀온 엘리트다. 그런 할머니를 가족 모두 자랑스러워한다. 그런데 다영이는 할머니 일기장에서 할머니가 위안부였다고 써 놓은 내용을 보게 된다. 일기장을 본 다영이는 처음에는 혼란스러웠지만, 할머니가 자신의 가족을 위해서 그동안 숨겨왔다는 것을 생각하며 마음 아파하고 위안부 문제에 더욱더 관심을 갖는다. 따라서 『두 할머니의 비밀』은 나눔의 집에 있는 할머니들과 다영의 친할머니를 등가 시켜 위안부 문제를 우리 모두의 일로 연결 짓고 있다.

다음으로, 『모래시계가 된 위안부 할머니』는 초등학생 은비와 위안부 피해자인 황금주 할머니[29]를 중심으로 한다. 은비는 바로 옆집에 사는 황금주 할머니가 잠시 집을 비워야 해서 꽃에 물을 주다가 벽에 걸린 사진을 보게 된다. 사진 아래에는 '일본군 위안부 할머니 도쿄 방문', '일본군 위안부 할머니 미국 오하이오대학 방문 증언'이라는 글귀를 보면서 황금주 할머니를 검색해 본다. 인터넷을 통해 할머니의 지난 시절 알게 된다. 할머니가 돌아와서 위안부 관련 이야기를 듣고 관심을 갖게 된다.

이 작품에서 주목하게 되는 것은 위안부 문제를 폭력의 문제로 확대하고 있다는 점이다. 즉, 위안부 할머니들이 당한 성폭력을 은비가 당한 성추행과 연

---

29) 한국일보, 〈위안부 피해 황금주 할머니 별세.. 생존자 58명뿐〉, 2013.1.3. – 황금주 할머니는 1941년 일본 군수공장에서 일하게 해준다는 말에 속아 중국 길림성의 군부대로 끌려가 45년 해방 이전까지 일본군 성노예로 고통스러운 생활을 했다. 92년 8월 스위스 제네바에서 열린 유엔인권소위원회에 정대협 대표단과 함께 참석해 일본군 위안부로 겪은 참담한 경험을 증언해 국제 인권사회를 놀라게 하기도 했다. 일본의 사죄를 촉구하며 매주 수요일 일본대사관 앞 수요집회에 참석했던 황 할머니는 2005년 치매에 걸려 딸이 거주하는 부산의 한 요양병원에서 치료를 받아왔다. 2013년 별세했다.

결 짓고 있다. 은비는 밤늦게 학용품을 사러 나갔다가 으슥한 공원에서 성추행을 당한다. 은비는 자신이 당한 성추행을 다른 사람에게도 말도 못하고 혼자 괴로워한다. 이 작품에서 은비가 성추행을 당하는 장면은 위안부 할머니들이 매주 수요집회와 함께 세계를 돌아다니며 증언을 하는 것과 직결되고 있다. 즉, 위안부 할머니들이 일본정부에 요구하는 것은 진심이 담긴 사과와 법적 배상, 그리고 인간으로서의 권리를 주장하는 것이다. 약하기 때문에 강제로 짓밟힌 인권을 찾고자 하는 것이다. 사실 위안부 할머니들이 일본군에게 짓밟힌 삶은 고통 그 자체이다. 일본군 위안부들은 야만과 잔혹의 극한에서 지내야 했다. 그리고 그들은 마침내 패전한 일본에 의해 버려지기에 이른다. 집단으로 학살당하는 경우도 있었고 평생을 수치심으로 타국을 살기도 했다. 기적적으로 살아 돌아와도 물건 취급당한 그들을 수치스러워 하는 가부장적 마을 남자들에 의해 죽임을 당하기도 했다. 위안부 제도는 한 인간을 동원에서부터 해체, 그리고 그 이후의 평생을 그르치는 악랄한 정책[30]이다. 따라서 위안부 문제의 본질에는 제국주의적 식민지 지배와 그에 따른 피식민지민 착취/동원, 그리고 전시성폭력이라고 하는 20세기 제국주의 시대의 모순과 문제점이 응축되어 있다. 이 문제가 다른 식민지주의 문제와 다른 점은 제국주의/전쟁이 성폭력과 같은 여성의 성과 인권의 문제와 직접적으로 결부된다는 점일 것이다. 따라서 우리가 위안부 문제로 제국주의적 폭력을 비판하기 위해서는 먼저 강자의 약자에 대한 폭력의 관점에서 여성폭력과 인권유린을 문제시할 필요가 있다.[31] 이런 측면에서 『모래시계가 된 위안부 할머니』는 은비의 성추행 장면을 장치하여 위안부 문제를 좀 더 깊이 있게 들여다보는 것이라 할 수 있다.

또한 이 작품은 위안부 문제의 시급한 해결을 염두에 두었다. 위안부 문제가

---

30) 조미숙, 「소외된 여성에 관한 문학적 글쓰기 연구」, 『한국문예비평연구』19권, 한국문예비평학회, 2006, 263쪽.
31) 최은주, 255쪽.

거론될 1990년대 초창기와 달리 현재 생존하는 위안부 피해 할머니들이 많지 않다.[32] 위안부 피해 할머니들이 돌아가실 때마다 생존해 있는 할머니들은 힘을 잃어가고, 그 남은 시간은 조금씩 빠져 나가는 모래시계다.

> "오래오래 같이 살며 억울한 일 다 잊고 좋은 세상 살자던 친구가 하나가 떠나갔거든. 이렇게 하나둘 떠나가면 우린 결국 모래알이 다 빠져나간 빈 모래시계가 되고 말거야. 그렇게 되면 모두 다 잊고 말 텐데. 아무도 우리가 무슨 일을 겪었는지 모를 텐데."(88쪽)

이렇듯 위안부 문제는 하루 빨리 해결되어야 할 사안이다. 위안부 피해자가 모두 없어진다면 일본군 위안부 사건은 역사 속으로 사라질 것이기 때문이다. 이런 점이 이규희 작가가 동일한 소재를 시간 간격을 두고 작품화 한 것으로 보인다. 즉, 위안부 할머니들의 증언과 많은 사람들의 노력 덕분에 문제의 사안은 누구나 알고 있다. 그러나 시간이 지날수록 무뎌지는 사람들의 관심과 해결책을 또 다른 시각으로 접근하여 이를 쟁점화 한 것이라 할 수 있다.

4) 진실의 목소리와 폭력성 재고

수요집회는 위안부 할머니들과 정신대대책위원회 회원들이 매주 수요일 마다 일본 대사관 앞에서 일본정부의 공식적인 사죄와 법적 배상을 받기 위해 여는 것이다. 1992년 1월 8일부터 시작하여 지금까지 이어져 오고 있으며, 올해 24년째로 세계에서 가장 오래된 시위다. 집회 참석 할머니들은 매주 집회를 통해 위안부 문제의 갈급함을 호소하고 있다. 위안부 할머니들의 지속적인 수요집회는 위안부 문제를 인권 존엄 확립, 즉 인권 운동으로 전개하여 전후여

---

32) 경향신문, 〈이 시국에…위안부 현금 지급 강행〉, 2016.11.16. – 2017년 2월 기준으로 현재 생존자는 39명이다.

성의 성폭력과 여성의 성에 대한 인식의 변화를 가져왔다. 이러한 위안부 할머니들의 수요집회는 최은영의 『수요일의 눈물』[33]로 작품화 된다.

봄이는 아버지의 폭력을 못 견뎌 집 근처에 있는 나눔의 집으로 피신한다. 나눔의 집 역사관에 걸린 위안부 관련 그림을 보면서 혼란스러워 하는데, 위안부 피해자인 김순임 할머니가 들려주는 위안부 생활을 통해 위안부 문제를 생각하게 된다.

이 작품 또한 위안부 할머니가 실제 경험한 위안소 생활을 들려주는 형식을 취하고 있다. 위안부로 끌려가게 된 경위와 처참했던 위안소 생활과 전쟁이 끝나고 고국으로 돌아와서 어떻게 살았는지를 담고 있다. 이는 다른 위안부 소재 작품에서 보여주는 기본적인 방식과 크게 다르지 않다. 하지만 이 작품은 이전의 작품과 달리 위안부 문제를 폭력 문제와 대비시켜, 위안부 문제에 접근하고 있다. 주인공 봄이가 위안부 할머니들이 거처하는 나눔의 집에 오게 된 것이 아버지의 폭력 때문이다. 이 작품은 위안부 문제를 넘어 폭력 문제로까지 연결 짓고 있다. 위안부 피해자인 월순 할머니가 봄이에게 마지막으로 남긴 말이다.

> 아빠가 진심으로 사과하기 전까지는 받아들이지 마라. (……중략……) 힘이 조금 세다는 이유로 아내와 딸에게 막 행패를 부리는 건 결코 용서받을 수 없는 일이지. 우리 할매들이 일본을 용서하지 못하는 이유도 그거거든. 그때 우리는 나라를 빼앗겨 힘을 잃은 백성이었어. 더욱이 일본군 위안부로 끌려 간 사람들은 힘없는 여자들이었지. 힘이 있다고 힘없는 사람들을 마구 짓밟은 건 세상 누구도 용서할 수 없는 일이다. 세상 어디에서도 일어나서는 안 되는 일이지.(95쪽)

---

33) 최은영, 『수요일의 눈물』, 바우솔, 2012. 이하 쪽수만 표기한다.

인용문에서 보는 바처럼, 『수요일의 눈물』은 봄이 아버지가 휘두르는 폭력은 일본군 위안부 할머니들이 겪은 폭력과 맥을 같이 한다. 위안부 할머니들의 위안소 생활은 제국주의의 폭력이며, 강한 힘을 가진 남성이 약한 여성에게 휘두르는 폭력이다. 이런 점에서 봄이 아버지는 어른으로써 혹은 남자로써의 힘을 어린 여자 아이인 봄이에게 행사한 폭력은 제국주의 군인의 폭력과 유사하다.

특히, 이 작품은 위안부 문제를 우리나라의 비극적 역사로 치환하지 않고 그 장(場)을 확대하고 있어 주목하게 된다. 즉, 위안부 문제는 자칫 하면 어린이들이 근시안적인 시선을 가질 수 있다. 다시 말해 위안부 문제 때문에 일본과 일본인 모두를 적대시하게 할 우려가 있다. 이런 점에서 작가는 좀 더 균형잡힌 시선을 유지하고 있는 것으로 여겨진다. 봄이가 일본인 다오짱을 대하는 데서 이를 발견할 수 있다. 봄은 나눔의 집에 찾아오는 일본인 다오짱을 미워한다. 순임 할머니에게서 일본군의 만행을 들었기 때문에 일본인 다오짱을 무조건 싫어한다. 그러나 다오짱은 봄이의 생각과 다르다. 다음은 봄이와 다오짱이 나누는 대사이다.

'저 사람 때문이야.'
순임 할머니가 아픈 몸을 이끌고 서울까지 올라가야 하는 것도, 할머니들이 죄인처럼 고개를 숙인 채 사는 것도 다 일본 사람들 때문이었다. 봄은 할머니들에게 다오짱이 일본 사람이라는 사실을 얼른 알려 주고 싶었다. 그러기 전에 봄은 다오짱이 이곳에 온 이유를 알아내야 했다.
(……중략……)
"여긴 왜 왔어요?"
"왜 오다니?"
다오짱이 되물었다.
"여기 할매들은 일본 사람 안 좋아해요. 일본 군인한테 잡혀가서 평생 힘들게 살았던 할매들이라고요. 그러니까 다오짱은 여기 오지 마요."
(……중략……)

"나는…… 할머니들에게 사과하려고 왔어요."

다오장이 또박또박말했다. 봄은 얼굴을 찌푸렸다.

"나도 여기 할머니들이 일본 때문에 힘들었던 거 잘 알아요. 나는 일본이
할머니들에게 무척 잘못했다고 생각해요."(79~81쪽)

　위 인용문은 일본군 위안부 문제의 본질적인 문제를 시사하고 있다. 위안부
문제는 단편적인 문제가 복합적인 문제라는 것도 담지하고 있다. 이런 측면에
서 『수요일의 눈물』은 위안부 문제 알리기를 넘어 위안부 문제 '동참하기'에
중점을 둔 것으로 보여진다. 또한 위안부 할머니들이 오랜 시간 수요집회를
진행하는 것은 할머니들의 목소리를 표출하는 것이기도 하다. 위안부 할머니
들이 왜 수요집회를 하는지 할머니들이 진정 원하는 것이 무엇인지를 담고 있
기 때문이다.

　『수요일의 눈물』에서 가장 주목하게 되는 것은 작품 전체에서 '위안부'에 강
조점을 찍은 것이다. 이는 일본군 '위안부'라는 용어를 강조하여 위안부 문제
를 본질적으로 접근한 의도이기도 하다. 간혹 '일본군 위안부'를 '정신대'와 '종
군위안부'로 혼동하여 사용하는 경우도 있다. 하지만 이 용어들은 확실히 구분
한 필요가 있다. 정신대는 전쟁체제 하에서 일본군의 전투력 강화를 위해 노동
력을 제공하는 조직이라는 점에서 성 노예생활을 한 위안부와는 전혀 다른 의
미이다. 종군 위안부 역시 일본의 숨겨진 의도가 있는데, '종군'이란 말 자체가
'군을 따르다'는 의미로 강제성보다는 자발성을 강조한 명칭이다. 일본군 '위안
부'는 1930년대 초부터 일본 정부에 의해 조직적이고 체계적으로 운영된 것이
다. 따라서 정신대, 종군 위안부, 일본군 위안부 등에 대한 용어 또한 확실히
사용하는 것이 필요하다. 아울러 『수요일의 눈물』에서 강조한 일본군 '위안부'
용어는 작품 전체를 관통하는 장치이기도 하다

　작가에 의하면, "일본군 '위안부' 할머니들의 가슴 아픈 삶을 들려주고, 할머
니들의 아픈 삶이 지금까지도 풀리지 않은 채 응어리로 남아 있다는 사실을

알려 주고 싶었다"고 한다. "할머니들의 나이가 너무 많은데, 가슴속 응어리를 풀지 못한 채, 한 분씩, 두 분씩 하늘나라로 떠나고 있는데, 할머니들이 모두 떠나고 나면 머지않은 옛날에 실제로 있었던 그 일은 역사의 한 조각으로 묻혀 버릴지도 모르기 때문에 정확하게 진실을 밝히"[34)는 것이 필요하다고 한다. 그러나 작가의 말처럼 수요집회는 처음과 달리 갈수록 참여자도 줄어들고 사람들의 관심이 조금씩 멀어지고 있기 때문에『수요일의 눈물』을 통해 일본군 위안부 문제에 보다 적극적인 동참을 유도하고 올바른 역사인식을 심어주기 위한 작품이라 할 수 있다.

5) 결론을 대신하며

앞에서 살핀 것처럼, 위안부 문제를 대상으로 한 작품들은 모두 위안부 할머니들의 증언을 통해 이루어졌다. 이는 한편으로 역사를 왜곡하지 않고 사실 그대로 접근하여 올바른 역사교육을 의미한다. 다른 한편으로 피해 할머니들이 스스로 치부를 드러내어 과거를 잊지 않겠다는 의지와 다시는 과오를 반복하지 않아야 한다는 의미이다. 따라서 본고에서 거론한 작품들은 우리 역사를 잊지 않고 피해 할머니들의 마음을 읽고 우리가 앞으로의 역사를 어떻게 써나가야 할 것인가를 생각하게 한다. 특히, 어린이를 대상으로 하여 민감한 성문제를 외면하지 않고 문제의 본질이 무엇인지를 적확히 짚은 것으로 여겨진다. 가령, 위안부 문제로 인해 단순히 일본과 일본인 전체를 증오하고 분노를 갖는 것이 아니며, 위안부 문제는 단순히 한국만의 것이 아닌 전 세계적인 것이라는 점을 포착하고 있다. 다시 말해 전쟁의 피해는 가장 약한 어린이와 성에 노출된 여성이라는 것이다. 또한 제국주의적 폭력은 강자 중심으로 흐르는 세계 평화의 위협으로 생각할 수 있다. 따라서 위안부 문제는 위안부 피해 할머니들

---

34) 작가의 말에서 인용.

만의 것이 아닌 우리 모두의 문제이다.

서두에서 언급하였듯이 2015년 한 · 일 간의 협정으로 인해 위안부 할머니들은 분노하고 있다. 일본정부, 한국정부의 정치적 야합은 위안부 할머니들이 요구하는 인권을 침해한 것이다. 인간으로써 당연히 누려야 할 권리를 일제 때도 현재에도 강탈당한 것이기 때문이다. 위안부 할머니들이 죽음 앞에서 하는 공통된 말이 있다. '족두리 쓰고 시집가서 아들딸 낳고 잘 살고 싶다'는 것이다. 위안부로 끌려가지 않았다면, 대개의 평범한 여성들처럼, 위안부 할머니들도 이러한 삶을 살았을 것이다. 현재 생존하는 위안부 할머니들은 39명이라고 한다. 한분 한 분 돌아가셔서 그 숫자가 없어지기 전에 위안부 할머니들의 인권회복과 법적 배상이 제대로 이루어져야 할 것이다.

역사의 한(恨)과 기억의 서사
－『기찻길 옆동네』와 『큰 아버지의 봄』을 중심으로

1) 나누기(分有)로서의 역사

역사란 무엇인가? 역사학자 카에 따르면, 역사는 과거 사회와 현재 사회의 대화이다.[1] 이는 과거 사회와 현재 사회가 시간의 분절이 아닌 연속선이며, 역사는 역사가의 해석이면서 인간의 역사는 끊임없이 변한다는 것이다. 또한 역사는 역사 그 자체와는 상관없이 다른 외부적 관심에서 발생했으며 더욱이 다른 사람을 설득할 목적으로 특정한 입장만 전달하는 수단일 뿐이다. 역사에 부여된 의미란 원래 과거에 내재되어 있었던 것이 아니라 외부(자)에 의해 과거에 부여된 것이다. 역사는 결단코 스스로 존재하는 것이 아니다. 역사는 항상 누군가를 위해 존재[2]하기 때문에 언제나 새롭게 해석될 수 있고, 되어야 함을 전제한다. 이렇듯 최근 역사를 소재로 하는 문학도 다양한 해석과 함께 다양한 인물들의 다성성은 물론, 미시사를 통해 역사를 재구하고 있다. 역사가

---

[1] E. H. 카, 황문수 역, 『역사란 무엇인가』, 범우사, 1977, 13쪽.
[2] 키스 젠킨스, 최용찬 옮김, 『누구를 위한 역사인가』, 혜안, 1999, 69쪽.

과거와 현재를 잇는 시간의 연속, 대화의 과정이라고 할 때 과거의 역사를 복원하고 기억한다는 것은 의미 있다. 하지만 역사를 재현하거나 소재를 운용하는 데 있어 간과할 수 없는 사안이 있다. 역사소설은 과거의 역사를 가능한 한 객관적으로 재현해야 하며, 소설로서의 완결성도 최대한 갖추어야 한다.[3] 헤이든 화이트는 역사서술은 문학적 상상력을 바탕으로 하여 언어적 비유, 상징적 전략 등을 구사함으로써 역사의 진실에 접근할 수 있다고 한다. 즉 역사적 사건을 허구적으로 재현하는 과정에 있어서 역사가 허구적 서사와 어떻게 실재하는지, 어떻게 진실성을 획득하는지에 대해 고민하는 것이다. 역사의 진실성 확보가 파편적으로 경험하는 역사를 얼마나 객관적으로 인식하느냐에 따라 작품은 다양하게 변주된다. 따라서 역사소설(동화) 재구 시 역사적 사건, 소재가 실재와 얼마나 관계하느냐, 얼마나 객관적으로 재현하느냐는 필수불가결하다. 결국 역사소설(동화)은 일반 소설과 달리 '역사'의 객관성과 '문학'의 미학을 동시에 내포하고 있어야 한다. 동일한 역사적 사건과 인물을 다루더라도 주체의 시각에 따라 다층적 스펙트럼을 형성하기 때문이다.

작가마다 역사동화를 재구하는 방식은 다양하다. 역사를 그대로 재현하거나 허구적 인물 형상을 통해 보여주는 등 여러 결이 있다. 그 결의 하나로 과거를 기억하고 타자의 경험을 나누기도 한다. 형해만 남고 역사가 사라지거나, 묻히는 역사의 장에서 우리가 할 수 있는 것은 역사 기억하기와 나누기(分有)이다. 사건의 기억을 나누어 갖는다는 것은 어떻게 하면 가능한 것인가. 사건의 기억을 타자와 나누어 갖기 위해서 사건은 이야기되지 않으면 안 된다. 그것은 전달되어야 한다. 사건의 기억을 타자와 진정으로 나누어 갖는 형태로 사건의 기억이 이야기[4] 되고 전달되어야 한다. 지나간 시간, 역사를 기억한다는 것은

---

3) 공임순, 『우리 역사 소설은 이론과 논쟁이 필요하다』, 책세상, 2000, 13쪽.
4) 오카 마리, 김병구 옮김, 『기억·서사』, 소명출판사, 2004, 39쪽.
   오카 마리는 사건의 기억을 나누어 갖기 위해서 사건을 이야기해야 한다고 한다. 즉 서사를

고통을 안고 살아가는 사람과 기억을 나누는 것이다. 그렇다면 과거의 사건에 대한 기억의 흔적을 지우고, 타자가 경험한 과거의 사건을 어떻게 기억하며, 나누어 가질 수 있을까. 과거를 기억하고 타인의 고통을 나누어 갖는다는 점에서 5·18을 소재로 한 김남중의 『기찻길 옆 동네』와 한정기의 『큰아버지의 봄』을 떠올릴 수 있다.

우리에게 1980년이라는 시간은 그리 멀지도 가깝지도 않다. 여기서 중요한 것은 시간상의 거리가 아니라 한국 현대사에서 1980년 5·18은 주요한 역사라는 점이다. 우리의 경험 속에서 생생하게 기억되고 있다는 점에서 변화의 파고가 유난히 많았던 5·18은 민주주의를 앞당기고 나아가 개인의 존재를 주체로서 정립할 수 있는 초석이 되었기 때문이다. 시간의 흐름처럼 1980년의 5·18은 쉽게 흘러가서는 안 될 역사적 사건이지만 우리에게 서서히 하나의 사건 정도로만 여겨지고 있다. 5·18을 기억한다는 것은 이 땅에서 아직도 종식되지 않은 국가기구와 씨울들 사이의 본질적 대립을 기억한다는 것을 의미한다. 이것을 기억하고 폭로하는 것이 중요한 것은 국가기구와 씨울의 대립이 아직도 완전히 끝난 것이 아니기 때문이다. 이 땅에서 국가기구는 아직도 우리 모두의 것이 아니다. 그것은 언제라도 폭력적 압제와 수탈기구로 변모할 수 있다. 더 나아가 이 나라가 참된 의미에서 우리 모두의 나라가 되고 우리 모두가 이 나라에서 더불어 서로 주체로 살 수 있도록 만들어 나가는 것이다.[5] 바로 여기에 5·18을 기억하고 이어가는 뜻이 내재되어 있다.

본고는 역사적 사건을 소재로 다룬 『기찻길 옆 동네』와 『큰 아버지의 봄』에

예로 들면서 그것이 존재한다면, 그것은 리얼리즘이 보여주는 정교함이라는 것인데 사실 리얼하다는 것은 어떠한 것일까 하는 물음을 던진다. 하지만 여기서 중요한 것은 리얼하다는 것과 사건을 기억하는, 즉 역사의 공유, 분유 문제다. 묻히는 역사를 묻어버리지 않고, 반복되는 역사를 반복하지 않기 위해서 우리는 역사를, 사건을 분유해야 하기 때문이다.

[5] 최영태 외, 「그들의 나라에서 우리 모두의 나라로」, 『5·18 그리고 역사』, 길, 2008, 330~332쪽.

서 5 · 18을 대면하는 작가의 시각에 초점을 맞추고자 한다. 작품을 살피는데 있어서 '무엇을' '어떻게' '왜'는 가장 기본적인 물음이다. 이 두 작품은 '무엇을' 이라는 물음에서 공통점을 가지고 있다. 5 · 18이라는 역사적 사건을 소재로 하였다는 점. 그렇다면 다음 물음으로 넘어가 5 · 18을 다루는데 '어떻게'라는 것이다. 이 점을 본고의 목적으로 한다. 이 두 작품은 5 · 18이라는 역사를 소 재로 하였지만 그 표현 양상은 다르다. 1, 2권으로 구성된 『기찻길 옆 동네』는 5 · 18 전후시기를 배경으로 하면서 1980년 5월의 역사적 현장을 소시민들의 삶을 조망하였고, 『큰 아버지의 봄』은 그 현장(5 · 18)에서 살아남은 자의 고 통, 즉 5 · 18이 남긴 상흔을 포착하고 있다. 본고에서 '어떻게'에 비중을 두는 것은, 지금껏 역사동화는 역사적 사건을 지나치게 부각하여 역사는 있고 주체 는 없었기 때문에 역사를 역사이게 한 주체를 살피기 위함이다. 본고에서 텍스 트로 선정한 두 작품은 우리 역사적 사건을 다루면서 당대를 살았던 주체(들) 에게 눈을 돌리고 있다는 점에서 여타의 작품과 변별성[6]을 갖는다. 역사담론 이란 역사가에 의해 만들어진 언어적 구성물에 불과하다. 역사는 항상 단수가 아니라 복수이다. 각각의 입장은 일정한 사회 구성 내의 권력 관계를 반영하고 있다. 역사란 항상 누군가를 향해 웃음 짓도록 조율하고 있는 담론이다. 따라 서 '역사란 무엇인가'라는 물음은 '누구를 위한 역사인가'로 대체되어야 한다.[7] 즉 역사가 무엇인가보다, '누구를 위한 역사인가'에 대한 초점이 '어떻게'라는 표현 양상과 같은 의미를 가질 수 있다. 결국 '어떻게'라는 물음에 다가섰을 때, '왜'라는 답이 얻어질 것으로 보인다. 이 점을 바탕으로 두 작품을 살펴보 고자 한다.

---

6) 이 글의 목적은 그동안 역사동화라고 한다면 역사를 더 크게 부각시켜야 한다는 고정관념에
    서 탈피해야 한다는 것에 중심을 두고자 하는 바이다.
7) 키스 젠킨스, 앞의 책 12~13쪽.

2) 일상성을 통한 역사 기억하기

김남중의 『기찻길 옆 동네』(이하 『기찻길』)는 광주민주화운동을 다룬 작품의 계보에서 어느 정도 획기적이라 할 만큼 진전을 이룬 것이다.[8] 원종찬의 지적처럼 『기찻길』은 1980년 광주민주항쟁을 정면으로 다룬 작품이면서 어느 정도 문학적 성과를 지니고 있다. 광주민주항쟁이라는 역사적 사건을 소재로 다양한 인물 묘사를 비롯해 다양한 목소시를 내재하고 있다. 어린 독자를 상정하는 아동문학은 소재 문제 도한 조심스러운 것이 사실이다. 때문에 『기찻길』은 무거운 소재를 무겁지 않게 표출하였다는 점에서 아동문학의 소재의 폭을 확장시킨 것이기도 하다. 역사동화를 재구할 때 역사를 보는 작가의 시선은 중요하다. '현재'의 작가가 '과거'의 사실을 대할 때 어떠한 방식으로 재현하는지가 작품은 물론 역사의 평가도 달라진다. 이에 김남중은 역사적 소재에 충실하기 위한 방편으로 역사를 경험적 실재 세계로 추락시키지 않고 현재적 의미에서 역사를 불러왔다.

『기찻길』 1권은 이준행 목사가 현내로 오면서 선학, 서경, 승제 등 11살의 어린이들을 중심으로 이야기가 시작된다. 2권은 이준행 목사를 비롯해 용일, 선학이네가 광주로 공간을 이동하여, 이들 인물들이 광주에 살면서 겪는 광주민주항쟁이 중심 서사이다. 1권에서 선학이를 중심으로 1970년 후반에 볼 수 있는 시대상 혹은 당대 어린이들이 겪는 성장 이야기가 주축인데, 이리역 폭발 사건이 발발하기 전까지 대체로 평범한 사람들의 일상이다. 작가는 삶의 풍습을 세세히 묘사함으로써 역사적 구체성을 획득하고 있다. 당대의 시대상을 표현하기 위해 양철 물통, 공동수도, 메리야스 봉제 공장, 레슬링 중계 등 그 시대를 볼 수 있는 소품들을 작품 곳곳에 배치하고 있다. 이 점은 역사동화에서 역사적 소재를 전면에 부각시키지 않고 비켜서는 것으로 지적 받을 수 있을

---

8) 원종찬, 「역사와 자연을 보는 눈」, 「창비어린이」, 2006년 가을호, 47쪽.

것이다. 하지만 이를 달리 본다면 역사적 사건을 전면에 부각시키지 않고 에둘러서 역사를 보는 방식이다. 역사동화는 역사적 진실성을 담보해야 한다는 점을 상기한다면 작가가 단순한 장치를 한 것이 아니라 역사적 사건, 즉 광주민주항쟁을 '거리 두고 보기'라는 방식으로, 역사를 보고 있다. 역사소설에서 허구적 플롯과 역사적 과정을 극화하는 장치로 기능하면 할수록 인간 존재의 내면적 복합성은 사라질 가능성이 높은 반면, 인물의 사적인 삶과 내면에 집중하면 할수록 사회와 역사의 문맥은 희미해질 가능성이 높아진다.[9]

1권은 표피적으로 보면 이리역 폭발이라는 사건이 중심 서사이다. 그러나 1권에서 이리역 폭발 사건은 오히려 2권에서 광주민주항쟁의 역사적 시공간의 충실성에 따른 것이다. 다시 말해 1권, 2권은 사건을 순차적으로 그린 듯하지만. 오히려 2권의 큰 줄기인 광주민주항쟁을 부각시키기 위해 1권을 서술한 것이다. 즉 핍진성을 내재한 역사적 사건 재구이다.

『기찻길』은 다양한 목소리가 출현한다. 즉 한 인물이 서사를 진행하지 않는다. 서사의 중심축은 이준행 목사가 끌어가지만 1권은 선학, 서경, 승제, 2권은 용일을 비롯한 광주민주항쟁을 직접 몸으로 겪는 명식 등이 중심인물이다. 다양한 층위의 사람들이 중요한 역사적 계기를 통과하는 방식을 생생하고도 절절하게 드러내고 있다는 점에서 이 작품은 총체성을 지향하는 시장언어(다성성)[10]에 닿아있다. 시장언어, 즉 선학, 승제, 서경, 이오 등의 모두의 목소리를 통해 당대의 삶의 결을 헤집고 있다.

『기찻길』1권에서 눈여겨 볼 수 있는 것은 이유 없이 선학 일행을 괴롭히는 이오의 행동이다. 이오 일행은 특별한 이유 없이 단지 중학생이라는 물리적 힘만으로 서경을 비롯한 선학 일행을 괴롭힌다. '전봇대에 기대서 인사를 하지 않는다'는 이유로 시비를 걸고 '말대답을 한다고 뺨까지 때린'다. 진실이 아닌

---

9) 공임순, 앞의 책, 92쪽.
10) 원종찬, 앞의 책, 48쪽.

소문을 가지고 서경과 말다툼이 생겨 결국 서경을 『기찻길』난간에 서게 하여 한쪽 다리를 불구로 만든다. 이 사건은 다른 어떤 것보다 주요한 위치에 놓인다. 작가는 이런 이오를 비롯, 아이들의 일상을 통해 뚜렷하지 않은 폭력성을 재현하면서 5·18 역사를 떠올리게 한다. 광주민주항쟁은 우리에게 서서히 지워지는 역사이다. 하지만 역사라는 것은 과거의 기억을 통해 나누어 갖기 위한 일련의 과정이라는 점을 상기한다면 이오 패거리의 행동으로 인해 서경이 다리를 다쳐 평생 불구가 되고, 그 사고를 방관한 죄로 선학이 오랜 시간 죄책감에 시달리게 하는 장치는, 5·18 역사가 우리 모두에게 상처라는 것을 의미한다. 바로 이 점이 작가가 5·18이라는 거대한 역사적 사건을 소재로 하면서 일상의 세세한 면을 그리고 있는 이유이기도 한다. 광주민주항쟁으로 인해 희생된 이들은 말이 없지만 살아남은 사람들의 고통을 포착하고 있다. 그러기에 작가는 1권에서 어린이들의 성장담을 매개로 하여 광주민주항쟁의 의미를 내포하고 있다. 이러한 점을 부각시키기 위해 1권은 이오 패거리의 폭력이 난무한다. 뚜렷한 이유 없는 폭력은 의미 그대로 역사적 사건, 5·18의 뚜렷하지 않은 실체이다.

『기찻길』 2권은 광주로 공간을 이동한다. 교회 지을 돈을 도둑맞아 현내를 떠한 이준행 목사와 서경, 용일은 광주로 떠나고 선학이네도 광주로 이동한다. 이로써 2권이 시작되는데, 이준행 목사가 꾸려가는 교회에서 야학을 하는 이야기가 중심이다. 이 작품은 광주민주항쟁을 정면으로 다루었지만 정작 2권의 19장, '작전 명령' 하나 정도이다. 때문에 이 작품이 역사적 소재를 잘 다루었음에도 보다 더 정면으로 파고들지 않았다는 지적을 받을 수 있다.[11]

하지만 필자가 좀 더 눈 여겨 보고자 하는 것은 작가의 역사의식이다. 루카

---

11) 19장 '작전 명령' 또한 우리가 TV나 책을 통해 익히 알고 있는 5·18 장면 그대로를 재현하고 있다. 이는 물론 역사적 자료를 참조하였을 것이다. 그러나 이 부분은 다큐식의 형태로 보이기 때문에 감동을 느낄 수 없으며, 특별히 각인되지 않은 흠을 남기고 있다.

치에 따르면 진정한 역사의식은 역사를 실체로 인정하고 그것이 현재적 삶과 관련이 있다는 의식이다.[12] 역사는 단지 과거 속으로 사라진 역사가 아닌 현재 삶과 연속적 과정으로 보는 것이다. 이렇게 본다면 김남중의 『기찻길』은 광주민주항쟁이라는 역사를 통해 그 시대를 살았던 사람과 현재를 살고 있는 사람들 간의 연속과정을 피력한 것으로 볼 수 있다. 당대를 살았던 사람들은 물론, 현재를 살고 있는 사람들에게 잊히는 역사를 통해 우리가 어떻게 살아야 하는지를 보여준다.[13] 2권의 19장을 통해 치열했던 광주민주항쟁을 볼 수 있다. 사실 이 작품은 광주민주항쟁을 보다 정면으로 다루었다는 쪽과 그렇지 않다는 쪽이 있는데 이는 보는 시각에 따라 다르기 때문에 평가를 하는데 있어서 무리가 따른다. 역사를 정면으로 다루었느냐, 그렇지 않느냐가 문제가 아니다. 보다 큰 문제는 인물의 형상화에 있어서 작가의 목소리가 개입되어 인물을 양극화시키는 것이다. 1권에서 무당집 아들 이오와 서경, 선학 등의 대립과 무당집 이오 어머니의 모습이 그러하다.

> 무당네는 요즘 부쩍 이오에게 짜증이 늘었다. 굿 부탁이 눈에 띄게 줄었기 때문이다. 이 목사가 교회에서 훼방을 놓기 때문이라고 생각한 무당네는 솟구치는 화를 재울 수가 없었다. 당연히 옆에 잇는 이오와 명금에게 화를 내게 됐고, 그런 엄마를 보며 부글부글 팥죽이 끓듯 이 목사와 교회에 대한 이오의 분노도 끓기 시작했다. (『기찻길』 1권, 86쪽)

12) 게오르그 루카치, 이영욱 역, 『역사소설론』, 거름, 1987, 16쪽.
13) 광주민주항쟁은 우리 역사이지만 지난 시간의 한 자락으로 서서히 묻히고 있다는 것을 어렵지 않게 확인 할 수 있다. 다른 장르이기는 하지만 2007년 여름에 상영되었던 영화, 5·18을 소재로 한 〈화려한 휴가〉를 떠올릴 수 있다. 5·18을 정면으로 다루었음에도 불구하고 관객들로부터 호평을 받지 못한 것이 그러하다. 물론 이 영화의 순수하지 못한 제작 의도와 작품 수준도 문제가 될 수 있겠지만 보다 중요한 것은 과거와 달리 5·18은 더 이상 우리 기억에 있지 않다는 것으로도 해석할 수 있다.

이처럼 무당네의 성격과 행동 묘사를 통해 종교 갈등을 부각시키고 있다. 이 작품에서 작가는 인물을 형상화 하면서 극단적인 경우를 많이 그리고 있다. 1권에서는 무당네를 비롯한 이오, 2권에서는 명식의 행동과 말투에서 그러하다. 작가가 극단적인 인물을 그리는 것은 이준행 목사에 대한 편협한 이미지에서 여실히 드러난다. 무당네와 다리 어느 날 소리 없이 마을에 교회를 다시 세우고 활동을 하는 이준행 목사의 인품은 나무랄 데가 없다. "하얀 와이셔츠에 낡았지만 깨끗하게 닦은 가죽 구두를 신은" 이준행 목사는 "만나는 사람마다 손을 붙잡고 기도를 해주고, 들어도 기분 좋은 이야기"만 한다(『기찻길』1권, 44~45쪽). 이러한 이준행 목사의 이미지는 단지 성직자로서의 이미지를 넘어서서 지을 돈을 잃고 현내를 도망치듯 떠난 상황에서도 면죄부를 준다. 또한 광주민주항쟁을 부르짖으며 시위하는 학생들에게 현실을 도피하게 하려는 이준행 목사를 여타의 목소리로부터 보호하기 위해 민주항쟁 현장에서 목숨을 잃게 함으로서 영웅적인 인물로 만든다. 이는 이 작품이 다양한 사람들이 다들 자기 목소시를 가진다는 점을 상기한다면, 역사동화에서 항시 보이는 영웅적 인물 재현의 답습이다. 민중의 목소리로, 민중의 힘으로 부르짖었던 민주의 열망이 희석되는 지점이나.

그리고 이준행 목사의 딸, 서경도 생각해볼 수 있는 인물이다. 작품에서 서경의 역할 또한 큰 것이었는데, 서경은 광주민주항쟁사건 이후 한국을 떠나 미국으로 가는 것으로 설정된다. 무당네에 대한 작가의 편협된 시각과 과잉된 애정을 담은 이준행 목사는 힐책 대신 죽음으로 영웅화하고, 미국으로 떠나버린 서경의 행동은 작가가 역사를 정면으로 다루지 않고 비켜서 있는 것이 오히려 문제적이다. 다시 말해 과거의 역사가 현재의 역사가 되기 위해서는 '지금 여기' 사람들의 기억하기와 기억을 나누어 가져야 한다는 점에서 『기찻길』이 광주민주항쟁을 정면으로 다루었으면서도 보다 치열하지 못한 결락을 갖게 되는 것이다. 때문에 광주민주항쟁에서 살아남고 옥살이에서 나온 용일의 목소리는 알맹이 없는 공허한 메아리가 되고, 전투적인 목소리가 되어버린다.

『기찻길』이 일상의 소소한 결을 짚으면서 역사적 사건을 반추하는 것은 의미가 있다. 역사담론이 강한 자들의 이데올로기를 담고 '그들의' 역사를 그린 것이라면『기찻길』은 소시민들의 일상을 통해 역사의 한 자락에 호명되지 않은 인물을 그렸다는 점에서 의미를 부여할 수 있다. 역사적 사건의 '주체가 누구인가', '누구를 위한 역사인가'라는 점에서 당대에 주목받지 못한 인물을 주목하는 균형된 시각을 갖고 있었다면, 무당네를 비롯해 이준행 목사, 서경에게 치우친 시각은 작품의 결락이다. 그럼에도『기찻길』은 무거운 소재를 무겁지 않게 그리고 역사를 돌아보는 역할을 하였다. 시대의 일상을 통해 당대를 엿볼 수 있으며, 역사를 통해 우리가 무엇을 생각해야 하고 왜 역사를 기억해야 하는지를 담지하고 있다.

3) 맺힘에서 풀림으로의 역사

역사가 변하고 있다. 역사소설에서 역사적 인물을 다루는 방식이 변하고 있으며, TV에서 역사를 소재로 하는 경우 과거의 그것과 다른 방식으로 재현되고 있다. 가령 우리 역사에서 가려져 있던 인물이나 거대 사건보다는 소소함에서 발견할 수 있는 일상을 포착하며, 위엄 있는 임금의 모습도 임금이기 이전에 한 인간으로서의 면모를 포착하고 있다.

이렇듯 역사를 보는 시각, 구현하는 방식이 변하고 있다. 이는 역사동화에서도 발견할 수 있다. 이전에도 있어 왔지만 5·18이라는 광주민주항쟁을 직접적으로 다룬『기찻길』외에 그 역사의 현장에서 살아남은 자들의 고통을 그린 작품이 그러하다. 박신식의『아버지의 눈물』(푸른 나무)과 김옥의『손바닥에 쓴 글씨』(창비)가 그 예이다. 아버지의 눈물은 광주 시민군이었던 샛별의 아버지와 진압군이었던 한새 아버지의 눈물을 통해서 광주민주항쟁의 아픔을 담고 있다. 진압군도 시민군도 모두가 아픔을 간직한 채 산다는 것이다. 그리고 김옥의 작품은 광주민주항쟁의 고통으로 인해 결국 현재를 살아가기 힘든 정신적 장애를 그리고 있다. 이 작품들을 통해 우리는 광주민주항쟁은 어느 한 개인의 아픔이 아니라 우리 모두의 아픈 역사라는 점을 생각하게 된다. 즉 역사적 사건의 현장에서 희생된 자든 살아남은 자든 모두에게 씻을 수 없는 상처라는 것이다. 역사의 현장에서 살아남은 자의 상흔은 『큰 아버지의 봄』에서도 드러난다.

『큰 아버지의 봄』(이하 『큰 아버지』)은 광주민주항쟁의 현장을 직접적으로 그린 것이 아니라, 광주민주항쟁이 끝난 후 그 현장에서 살아남은 자의 슬픔을 그리고 있다. 6학년인 주인공 경록은 광주민주항쟁에서 살아남은 큰아버지가 오랫동안 정신병을 앓다가 돌아가시는 과정을 통해 막연하게 느끼던 역사를 알아간다. 삼별초 유적이 있는 진도 용장리를 배경으로 하여 삼별초의 기상과 광주민주항쟁의 용기를 대비시켜 주제를 오롯이 담고 있다. 광주민주항쟁 의미를 직접적인 방식이 아니라 에둘러서 주제를 드러내고 있는데, 그 방식은 경록이를 중심으로 한 용장리 아이들과 벽파 아이들의 사건을 축으로 하면서 광주민주항쟁의 의미와 지난한 역사 기억하기로 재현된다.

이 작품은 이야기 속의 이야기, 즉 알레고리 형식이다. 알레고리 형식을 취하면서 우리 역사를 한(恨) 맺힘의 역사로만 치부하지 않고 풀림으로의 역사로 해석하고 있다. 예컨대 생각하는 방식이 다르고, 사는 곳이 다르다는 이유로 서로 미워하는 경록의 일행인 용장리 아이들과 서울서 온 재동을 비롯한 벽파 아이들 간의 갈등을 통해 미움은 더 큰 미움, 갈등을 수반하지만 결말에 가서는 갈등을 해소시키고 있다. 작품의 초반에서 경록이 개구리 때문에 재동과 싸움을 시작하여 작품 전체에서 서로가 미워하는 상황을 재현한다. 정상적이지 못한 복남이가 잡아준 개구리를 괴롭히는 재동과 이를 말리는 경록이가 싸움을 벌이는 설정은 좀 더 크게 보면 약자를 괴롭히는 강자의 권력 횡포이다.

힘없는 복남, 말 못하는 개구리는 약자의 모습과 다르지 않다. 개구리 한 마리가 작품 전체의 맥을 형성하고 있는데, 이 작품은 이렇듯 문학적 상상력을 통해 다양한 서술전략을 장치하면서 작품을 전개하고 있다.

개구리 사건 외에도 운동장에서 소꿉놀이를 하던 희정이는 덕식의 훼방으로 소꿉놀이를 할 수 없게 된다. 마침 그 옆을 지나가던 경록에게 도움을 청하지만 경록은 외면한다. 그런 경록에게 희정은 '겁쟁이'라고 한다. 희정의 고통을 외면한 경록은 미안한 마음을 떨칠 수가 없다. 이는 다시 말해 역사의 현장에서 살겠다고 나온 큰 아버지가 평생 짐을 안고 정신병원에서 살 수밖에 없음과도 연결된다. 경록을 비롯한 주변 아이들과의 관계성은 작품 전체를 관통하는 연결고리이기도 하다. 이 지점에서 생각해볼 수 있는 것은 역사동화라고 한다면 역사를 좀 더 부각시키거나 정면으로 다뤄야 하지 않을까 하는 것이다. 그러나 역사를 소재로 한 동화라고 해서 반드시 역사적 문제를 정면으로 다루거나 부각시켜야 한다는 필연성은 없다. 여기서 중요한 것은 역사를 대하는 작가의 인식이다. 잊고 있고 형해만 남은(?) 5·18을 기억하려는 인식과 역사적 현장에서 영웅과 중심부에만 가하는 시선을 주변부로 옮긴 작가의 인식이 중요하다. 우리 역사에서 지배이데올로기에 의해 '만들어진 역사'와 위인들의 기준이 퇴색되고 있다는 점을 상기한다면 작가가 광주민주항쟁에서 살아남은 자, 그리고 그 주변에 있는 사람들의 삶 또한 고통을 안고 살고 있다는 것을 포착하고 있는 점은 단순히 보아 넘길 수 없다.

경록이가 큰 아버지를 처음 만난 건 5학년 봄이었다. 큰 아버지의 모습은 "마치 오래 전 과거 속에 살고 있는 사람 같"았다.(59쪽) 광주민주항쟁이라는 거대 사건 속에서 혼자 살아남았다는 이유로 정신병을 앓는 큰 아버지는 오랜 시간이 흘렀음에도 여전히 "죽었다 하지 마라. 살 것이다, 산다……. 죽었다 하지 마라. 살 것이다, 산다……."(59쪽)라는 말만 되풀이 하는 사람이다. 큰 아버지는 여전히 과거를 사는, 과거를 벗어날 수 없는 사람이다. 이처럼 과거의 시간. 즉 5 · 18은 과거 속으로 사라졌지만 여전히 우리 마음속에 씻을 수 없는 시간의 연속이다.

이 작품에서 작가가 또 달리 역사를 해석하는 방식은 한(恨) 맺힘에서 풀림이다. 작가는 큰 아버지가 가지고 있는 한을 더 이상의 한(恨)으로 설정하지 않고 풀림으로 매듭짓는다. 작가가 이러한 방식을 선택한 이유는 무엇일까. 여러 가지 이유가 있겠지만 역사란 과거와 현재의 대화이며, 현재를 살고 미래를 살아야 하는 우리에게 과거의 시간보다 현재를 충실히 살고 미래를 나아가고자 하는 바람이다. 그래서 이 작품에서는 큰 아버지의 가슴에 있는 상처의 역사를 치유하는 방식으로 씻김굿을 취한다. 종교적인 차원을 벗어나 우리 선조들로부터 내려오던 무속신앙인 씻김굿을 통해 무녀는 말한다. "자신을 미워하거나 자책하지 말고, 다 씻어 버리고, 고통스럽게 했던 사람들까지 다 용서하고 살라"(178쪽)고, 이 작품은 과거를 복원하고 기억하고 나누어 갖는 방식의 하나로 맺힘에서 풀림으로 역사를 해석할 수 있다. 역사라는 큰 무대를 원경에 두고 살아가는 개개인들의 작은 역사 또한 중요하다. 거대한 역사에서 살아남은 소수자의 고통 또한 간과할 수 없다.

큰 아버지는 과거를 단지 기억하고 복원하는 데 있어서 등장인물들(아이들)의 일상을 통해 스스로 문제를 해결하게 한다. 경록과 재동 일행의 행동을 통해서 폭력과 미움을 통해 더 이상 지리한 역사를 반복해서는 안 된다는 것을 시사하고 있다. 인물들 내부의 치열한 고민과 동요, 회의 등의 심리적 갈등을 객관적으로 제시하고 그것이 외적인 대립으로 표출하면서 의미 있는 하나의 방향으로 수렴하고 있다. 작가가 암묵적으로 표현하는 문제 해결 방식, 즉 에둘러서 표현하는 방식으로 은수 이모가 경록에게 역사를 스스로 터득하게 한다. 가령 경록이 큰 아버지의 정신병을 보고 은수 이모와 함께 5 · 18 묘지 준공 기념비에서 "헌시"를 읽고 "가슴 울렁거림"을 느끼는 것이다. 즉 작가는 당대의 역사를 말하지 않고 보여주면서 스스로 느끼고 이해하게끔 한다. 여기서 작가가 역사를 바라보는 인식을 감지할 수 있다. 역사란 교과서를 통해 피상적으로 아는 것이 아니라 몸소 체험하고 육화시키는 것이라고 말이다. 그리고 역사는 단지 지난 시간의 분절이 아니라 기억하기와 나눔의 역사여야 한다는 것이다.

　작가 한정기가 역사를 대하는 방식은 직설적이지 않다. 역사란 분명 우리가 알아야 하는 것이지만 그 방식을 강요해서는 안 된다는 것이다. 역사란 어떤 집단이나 계급이 과거를 자기 것으로 만들고 거기에 독자적인 의미를 부여하는 방식이라고 이해할 수 있다. 다시 말해 각각 독자적인 의미를 갖도록 구성될 수 있다. 이 각각의 구성물 안에는 각각의 읽기를 유효하게 만드는 메커니즘이 존재한다.[14] 역사를 바라보고 평가하는 시선이 폭력적이고 편협할 수 있다는 점을 상기한다면 한정기가 바라보는 역사적 시각은 좀 더 객관적이라고 할 수 있다. 역사란 당대를 사는 사람들 모두의 역사일터인데 우리 역사는 특정 계층의 이름만 부여되었던 점을 염두에 둔다면, 한정기가 그린『큰 아버지』는 역사의 현장에서 희생된 사람들뿐만 아니라 살아남은 자의 상처도 보듬고 있으며, 역사를 대하는 방식을 강요하지 않고 스스로 체득하게 한 점에서 의미 있다.

4) 나오며

　유난히 지난한 우리 역사에서 1980년 5 · 18은 아픈 역사이면서 잊을 수 없는 역사이다. 수많은 희생자들이 생겼음은 물론이거니와 그 안에서 살아남은 자들의 고통 또한 간과할 수 없는 사건이다. 하지만 우리에게 1980년 그 해 봄은 서서히 잊어가는 사건이 되고 있다. 역사의 현장을 살지 않은 우리가 그 역사를 담을 수 있는 방편은 단지 기억하고 나누는 정도이다. 이에 두 작품

---

14)　키스 젠킨스, 앞의 책, 117쪽.

『기찻길』과『큰 아버지』를 중심으로 우리가 그들의 역사를 우리의 역사를 공유하고 분유하는 모습을 살펴보았다. 김남중의『기찻길』은 광주민주항쟁을 기억하기 위해 평범한 사람들의 일상을 곳곳에 배치하는 식으로 장치하였다. 시간의 순서를 보면 1권과 2권은 서로 연결고리를 가지고 있다. 또한 2권에서 광주민주항쟁의 의미를 부각시키기 위해 1권에서 어린이들의 일상을 지루할 정도로 깔고 있다. 하지만 이 일련의 사건들이 상호작용을 하면서 작품을 받치고 있다. 그리고『큰 아버지』는 알레고리 형식을 취하면서 어린이들의 삶과 광주민주항쟁을 연결 짓고 있다. 때문에 어떤 것이 더 큰 주제라고 할 수 없다. 중요한 것은 이 작품이 역사를 알아가는 과정 속에서 어린이들 스스로 체화하게 한다는 것과, 역사의 상처는 어느 한 개인만의 아픔이 아니라 주변 모두의 아픔이면서 상처를 수반한다는 점을 포착한 것이다.

본고에서는『기찻길』과『큰 아버지』가 5·18이라는 공통된 소재를 가지고 작가가 역사를 어떻게 인식하고 있을까에 초점을 맞췄다. 작가의 인식은 바로 역사를 바라보는 관점이기 때문이다. 이에 두 작가는 같으면서 다른 방식으로 역사를 바라보았다. 작가가 역사를 보는 방식에 따라 다르게 표현될 수 있다. 역사를 저편 너머에 방치하지 않는 것도 문제지만 보다 중요한 것은 역사를 희석시키는, 즉 역사를 왜곡해서는 안 된다는 점이다. 우리에게 역사의 정전이라고 일컫는 E. H. 카의『역사란 무엇인가』가 근래 들어서는 역사란 무엇인가를 '넘어서'가 화두인 것처럼 역사의 다양한 해석과 역사적 소재는 불가피하다. 그렇게 본다면 역사동화라고 해서 반드시 역사를 정면으로 다루기보다, 어떠한 시선으로 작품을 대면하느냐가 의미 있을 것이다. 이에『기찻길』과『큰 아버지』는 잊고 있고, 잊어가고 있는, 하지만 의지 말아야 우리 역사를 같으면서도 다른 방식으로 접선하고 있다. 역사적 사건을 정면으로 대응하지 않으면서도 역사적 사건을 답지하고 있다. 즉 지난한 역사에서 누구도 자유롭지 못하다는 것을 보여주었다. 아울러 이 작품들을 통해 생각해 볼 수 있는 것은 수잔

손택의 말이다. '고통과 우리는 동시에 존재할 수 없다'는 말. 소통하면 고통이 없다는 것이다. 여기서 소통은 도 다른 말로 타인과의 관계를 통해 고통을 나누어 갖는다는 것이기도 한다. 역사는 혼자만의 역사가 아니다. 우리 모두의 역사이다. 따라서 그들의 고통이 그들만의 고통이 아니라 우리 모두의 고통이기에 기억하고 나누어야 하는 이유일 것이다.

부록

1. 1950~60년대 아동, 어린이, 아동문학, 아동문학가 관련 신문 기사 및 단평

신문명	날짜	기사명
동아일보	1950.5.5.	어린이는 民族의 希望[社說]
동아일보	1951.5.6.	어린이와 民主主義
동아일보	1952.5.5.	오늘은 〈어린이날〉 자라는 어린이는 나라의 등불 二十三周年을 뜻있게
동아일보	1952.5.19.	萬國 〈어린이大會〉
동아일보	1952.5.3.	어린이愛護
동아일보	1953.4.26.	〈어린이〉교육과 부모님들의 관심
동아일보	1953.5.3.	少年運動의 意義 어린이날을 앞두고(丁洪敎)
경향신문	1953.6.8.	童話는 童話로
동아일보	1954.5.2.	어린이날의 창설자 방정환 선생의 공적(조풍연)//어린이날 역사//어린이날
동아일보	1954.5.5.	어린이와 민주주의
동아일보	1954.12.16.	童心의 世界
조선일보	1954.12.20.	교양과 문학-새로운 아동문학을 위하여
동아일보	1955.1.6.	乙未의 宿題 文敎部篇 ; 젊은 世代에 큰 〈꿈〉을 兒童文學振興에 全力하라
동아일보	1955.1.25.	兒童文學의 現狀 商業主義的 쩌널리즘을 止揚하라 兒童은 明日 社會의 主人公(韓晶東)
조선일보	1955.4.30.	아동문학과 독서운동
동아일보	1955.6.3.	童話와 兒童文學과 成人〈文學〉을 感知하는 〈年齡〉의 理解速度 참된 探求와 藝術의 健全性을 維持
동아일보	1955.7.10.	어린이 읽을 책은 엄격하게 골라 주어야 합니다.
경향신문	1955.11.24.	韓國兒童文學會서 優良圖書推薦
동아일보	1955.12.12.	兒童의 생활문화
동아일보	1956.3.7.	新人과 霸氣 近者의 兒童文學點考(上) (李元壽)
동아일보	1956.3.8.	新人과 霸氣 近者의 兒童文學點考(下) (李元壽)
동아일보	1956.4.4.	兒童과 文學敎育
경향신문	1956.5.5.	〈어린이날〉을 맞아 어른들의 反省의 날
동아일보	1956.5.16.	어린이동산 창간호 ; 어린이동산社刊
동아일보	1956.6.25.	명심할 것을 위하여 6·25에 어린이들에게
동아일보	1956.7.6.	어린이세계(창간호) ; 어린이세계사 발행
동아일보	1956.9.7.	韓國兒童文學會서 新常任委員會開催
동아일보	1956.9.24.	아동문학가와 실력 있는 분은 누구?
동아일보	1957.4.22.	어린이와 문화단체 ;〈一인一선〉의 실천 소년·소녀의 용단//출판과 발표회 등
동아일보	1957.5.6.	〈어린이헌장〉 선포
경향신문	1957.6.6.	어린이憲章의 權威(上)
조선일보	1957.9.3.	아동문학의 전망-주로 신문소설과 아동잡지를 중심으로
동아일보	1957.9.23.	어린이와 독서 요술지팡이〈책〉얘기
경향신문	1957.12.16.	丁酉文化界總評 兒童文學(下)
동아일보	1958.2.17.	세계의 어린이들 미국//서독//인도
동아일보	1958.2.26.	兒童文學의 出發點 그 올바른 認識을 指標하여(林仁洙)
경향신문	1958.3.28.	最初의 어린이 憲章碑 五月 五日 大邱서 除幕式
동아일보	1958.5.5.	우리들의 권리 어린이헌장
경향신문	1958.5.6.	어린이헌장비

신문명	날짜	기사명
동아일보	1958.8.16.	兒童主題文學 助演的 役割에서 獨立的 對象으로
동아일보	1958.8.25.	〈어린이〉창간 초등교육사에서
동아일보	1958.12.8.	인권의 날과 어린이
동아일보	1958.12.30.	童詩와 詩精神
경향신문	1959.1.23.	가정과 어린이 독서지도
동아일보	1959.2.9.	兒童文學의 敬語문제 : 言文一致에 背馳(李元壽)
조선일보	1959.2.16.	천대받는 아동문학의 출판. 넘어지는 어린이 잡지 문고판 간행에 기대
동아일보	1959.4.15.	社會惡과 兒童의 情緖敎育
동아일보	1959.5.5.	참사랑의 행복감 어린이날에 부쳐서(한정동)
동아일보	1959.8.11.	兒童圖書出版과 兒童文學 [學父兄들의 認識을 促求한다] (李元壽)
동아일보	1959.6.16.	어린이와 〈책〉 선택
동아일보	1959.10.23.	韓國兒童文學會 文化의 달 行事開催
동아일보	1959.11.8.	兒童詩 指導의 問題點
동아일보	1959.12.12.	現實逃避와 文學精神의 貧困(上)
동아일보	1959.12.13.	現實逃避와 文學精神의 貧困(下)
동아일보	1960.1.10.	새벗의 새 주간
동아일보	1960.1.24.	模型버리라 童話 童詩
동아일보	1960.5.8.	5천 년 전의 어린이(임인수)
동아일보	1960.5.12.	어린이의 精神발전과 童話의 영향(임석재)
경향신문	1960.5.13.	現實的躊躇와 勇斷性 文壇淨化에의 一案
동아일보	1960.5.28.	詩心과 어린이 그들에게 꿈을 길러주자
동아일보	1960.8.18.	兒童文學의 止揚性
동아일보	1960.9.21.	새나라와 어린이 〈데모〉
동아일보	1960.10.22.	살려줘야 할 감정의 세계 어린이의 그림지도는 이렇게 [寫] (朴峽賢)
동아일보	1960.11.26.	어린이 憲章을 再認識하자 後進性을 克服하기 위하여(咸處植)
동아일보	1960.12.22.	自由民主的인 文學에의 努力 現實과 文學精神을 中心하여(李元壽)-1960年 度 兒童文學
경향신문	1960.12.17.	60年의 文化界 整理 出版界
동아일보	1960.2.22.	1960年度 兒童文學 自由民主的인 文學에의 努力
경향신문	1961.1.28.	韓國兒童 文學會서 오늘 合同 出版紀念
경향신문	1961.1.30.	兒童文學의 當面課題
경향신문	1961.2.6.	兒童文學과 現實參與 꽃동산에서 노는 天使를 유혹말라(上)
경향신문	1961.2.7.	兒童文學과 現實參與 꽃동산에서 노는 天使를 유혹말라(下)
경향신문	1961.2.10.	兒曹有路 氏의 글을 보고 낡은 兒童觀과 現實
경향신문	1961.2.14.	〈데모〉와 兒童文學(上)
경향신문	1961.2.15.	〈데모〉와 兒童文學(中)
경향신문	1961.2.16.	〈데모〉와 兒童文學(下)
동아일보	1961.3.4.	兒童文學과 大衆性
경향신문	1961.4.2.	어린이 작품 모집
동아일보	1961.5.5.	어린이를 올바르게 키우자 어린이헌장
동아일보	1961.5.10.	어린이와 〈兒童詩〉 敎育
동아일보	1961.9.3.	兒童文學 集大成 乙酉・民衆서 刊行
동아일보	1961.9.29.	어린이民謠33篇 〈새싹회〉서 完成

신문명	날짜	기사명
동아일보	1961.10.3.	兒童文庫의 決定版!
경향신문	1961.10.19.	兒童에까지 黨性學習强要
동아일보	1961.12.15.	兒童文學月例會
동아일보	1961.12.20.	童話全集刊行계획
경향신문	1962.1.1.	동화 새롭지 않은 주제
경향신문	1962.1.1.	동요 새로운 착상
경향신문	1962.1.11.	1962年 文化界 展望 出版
조선일보	1962.1.13.	새해에는 이런 일을. 재미있고 유익한 동화를 많이 쓰겠다.
동아일보	1962.2.7.	어린이 독서지도 個性따라 趣味 키우고 맑은 꿈을 북돋아 아름다운 童心 밝히자(최태호)
경향신문	1962.3.10.	동시 노래는 즐겁다
경향신문	1962.4.14.	아름다운 작품은 아름다운 생활로
동아일보	1962.4.15.	〈어린이와 가정의 날〉設定 5月 2日부터 8日까지 一週 어린이 愛護思想을 鼓吹
경향신문	1962.4.23.	해괴 · 엉망인 어린이 〈그림책〉 바로잡는 길은 없나
조선일보	1962.4.24.	봄 이룬 個人展集과 兒童文學. 최근의 출판 경향
동아일보	1962.5.5.	어른부터 〈거짓〉 버리자
경향신문	1962.7.29.	시들어가는 童心
동아일보	1962.7.31.	어린이 保護에 强權發動 1日부터 三段階團束 未成年者 善導와 兒童福利를 保障
경향신문	1962.8.13.	어린이를 보호하자
동아일보	1962.9.15.	優良兒童圖書 選定에 權威가져야
동아일보	1962.10.8.	어린이와 不良漫畵
동아일보	1962.10.30.	優良兒童圖書의 選定
경향신문	1962.11.23.	優良兒童 圖書 34種 選定발표
동아일보	1962.12.17.	62年의 白書 兒童文學
경향신문	1963.1.25.	동요와 동시는 어떻게 다른가
경향신문	1963.2.27.	文協 아동문학分科
경향신문	1963.5.1.	어린이 지키자(1)
조선일보	1963.8.7.	동화 · 동시작가들 동인회 〈꽃밭〉조직
경향신문	1963.7.22.	뉴 · 칠드런文學會 同人誌도낸다고
경향신문	1963.12.2.	데뷔(完) 兒童文學
경향신문	1964.1.1.	一線敎師가 많아 흐뭇(童詩)
동아일보	1964.1.6.	童謠 童話 營養失調…끈기 잃어 틀에만 박힌〈固定物〉
동아일보	1964.1.11.	어린이작품 모집 『아동문학』지 주최
경향신문	1964.3.14.	兒童文學作品集 내기로
동아일보	1964.4.25.	두 번째 〈고마우신 선생님〉아동문학가 마해송씨로 정해
경향신문	1964.4.25.	어린이잡지 『새소년』 새로 나와
경향신문	1964.5.5.	兒童文學合評會 64年의 童詩批評
동아일보	1964.6.6.	新春文藝入選作 單行本으로 發刊
경향신문	1964.6.22.	新春文藝當選作家 兒童文學作品 出刊
동아일보	1964.9.12.	글짓기와 동화잔치 아동문학가 김신철씨
경향신문	1964.10.3.	어린이 잡지 유익타

신문명	날짜	기사명
동아일보	1964.12.5.	『소년동아』서 어린이 작품 모집
동아일보	1965.2.20.	新春兒童文學 同人會創立總會
동아일보	1965.5.1.	金耀燮씨 決定 小泉兒童文學賞
경향신문	1965.5.5.	1回 小泉文學賞 金耀燮씨가 받아
경향신문	1965.5.5.	울고 있는 어린이 憲章 敎育者와 아동문학가들은 이렇게 본다
동아일보	1965.8.7.	童心이 시드는惡德의密林 不良漫畵의 氾濫
경향신문	1965.9.29.	얼마나…읽고…팔리나 出版과 讀書의 反省
동아일보	1966.4.21.	〈小泉兒童 文學賞〉朴洪根씨 決定
조선일보	1966.4.21.	제2회 소천아동문학상 朴洪根씨 결정
경향신문	1966.6.25.	兒童 정서를 침해
동아일보	1966.7.23.	좋은 어린이책 選定
중앙일보	1966.8.16.	여수의 〈시작〉 〈아기섬〉 동인회
조선일보	1966.11.8.	故 馬海松 = 인간과 문학 = 멋과 調刺의 붓끝, 동심에 바친 평생
동아일보	1966.11.10.	海松 童話賞 제정
경향신문	1966.12.5.	크게 늘어난 兒童책 學習參考 圖書 줄고
경향신문	1967.1.6.	제1회 海松 童話賞
조선일보	1967.2.16.	어린이와 함께 새 노래를 〈다 함께 노래 부르기 운동〉펴기로―아동문학가 尹石重씨
동아일보	1967.4.15.	〈고마우신 선생님〉에 李興烈씨 뽑혀
중앙일보	1967.4.29.	최계락씨 결정/소천 아동 문학상
중앙일보	1967.5.4.	쉬운 〈동심의 세계〉
동아일보	1967.5.5.	小泉 兒童文學賞 崔啓洛씨 뽑혀
동아일보	1967.5.25.	圖書를 通한 兒童敎育
경향신문	1967.9.14.	"참되고 씩씩하게"―〈街頭직업少年 信条〉채택 宣誓
동아일보	1967.9.28.	世界文化의 集成篇 어린이의 世界文學
경향신문	1967.9.29.	"童心에 살자"
경향신문	1967.9.30.	子女理解하는 모든 동화책
동아일보	1968.1.9.	〈새싹문학〉 創刊 새싹회 二十周
조선일보	1968.4.30.	小泉 아동문학상 申智植씨 뽑혀
동아일보	1968.5.4.	메마른 童心에 티없는 꿈을…
동아일보	1968.7.25.	兒童文學賞 全集 譯刊
매일경제	1968.8.13.	어린이 情緖교육에 큰도움 良書 60卷 선정
동아일보	1968.9.3.	"兒童의 精神啟發을 위해"
경향신문	1968.9.18.	높아진 어린이 책에의 관심
조선일보	1968.10.3.	세종아동문학상 이종기씨에
조선일보	1969.2.25.	서독 동화―시집에 尹石重씨 작품실려
동아일보	1969.4.17.	崔孝燮씨에 小泉文學賞
매일경제	1969.7.26.	어린이 良書
중앙일보	1969.6.7.	제2회 〈해송상〉 새싹회, 동화모집
동아일보	1969.7.19.	〈달 征服〉 맞아…달 書籍 붐
동아일보	1969.8.14.	兒童圖書 늘어
동아일보	1969.12.18.	兒童文學의 一生

2. 1950~60년대 신춘문예 심사위원 및 당선작 일람

1) 1950~60년대 신춘문예 심사위원 일람(동화/동요 · 동시)

	조선일보	동아일보	경향신문	한국일보	서울신문	중앙일보
1950	1950~1954년까지 신춘문예 공모 없음	1950~1955년까지 신춘문예 공모 없음	1950~1958년까지 신춘문예 공모 없음	1950년대 신춘문예 공모 없음	1950년대 신춘문예 공모 없음	1965년 9월 22일 복간
1951						
1952						
1953						
1954						
1955	동화, 동요 : 전영택					
1956	동화, 동요 : 윤석중	동화 : 마해송 동요 : 강소천				
1957	동화, 동요 : 윤석중	동화, 동요 : 마해송				
1958	동화, 동요 : 윤석중	신춘문예 공모 없음				
1959	동화, 동요 : 윤석중	신춘문예 공모 없음	동화 : 마해송 동요 : 윤석중			
1960	동화, 동요 : 윤석중	동화, 동시 : 마해송	신춘문예 공모 없음	동화 : 이원수 동요 : 강소천	동화 : 이원수 동요 : 윤석중	
1961	동화, 동요 : 윤석중	동화, 동요 : 마해송	동화 : 마해송 동요 : 윤석중	동화 : 강소천 동시 : 마해송	동화 공모 없음 동요 : 전영택, 강소천	
1962	동화, 동요 : 윤석중	심사 위원 찾지 못함	동화 : 마해송 동요 : 윤석중	동화 : 이원수 동시 : 마해송	찾지 못함	
1963	동화, 동요 : 윤석중	동화 : 마해송 동요 : 강소천	동화, 동요 공모 없음	동화 : 김영일 동시 : 마해송	동화, 동요 공모 없음	
1964	동화, 동요 : 윤석중	동화 : 이원수 동요 : 마해송	동화 : 마해송 동시 : 박목월, 조지훈	동화 · 동요 공모 없음	동화 : 마해송	
1965	동화 : 마해송 윤석중	동화 : 이원수 동요 : 마해송	동화 : 마해송	동화 : 마해송, 이원수	동화 : 마해송	
1966	동화 : 마해송, 윤석중	동화 : 이원수 동시 : 마해송	동화 : 마해송	동요 · 동시 : 박목월 (동화 공모 없음)	동화 : 마해송, 이원수	동화 : 마해송 동요 : 이원수
1967	동화 : 윤석중	동화 : 이원수 동시 : 윤석중	동화, 동요 공모 없음	동화 : 최정희, 김요섭	동화 : 어효선	동화 : 이원수 동요 : 김요섭
1968	동화 : 윤석중	동화 : 이원수 동시 : 윤석중	동화 : 박홍근, 김요섭	동화 : 최정희, 김요섭	동화 : 어효선, 황영애	동화 : 장수철 동시 : 박홍근
1969	동화 : 윤석중	동화 : 이원수 동요 : 윤석중	희곡만 공모	동화 : 김요섭, 이원수	심사 위원 찾지 못함	동화 : 장수철 동시 : 김요섭

* 심사위원 명단은 연장자가 심사총평을 썼으므로 동화/동요 · 동시 부문 모두 수록함.

2) 1950~60년대 신춘문예 당선작 일람(동화부문)

	조선일보	동아일보	경향신문	한국일보	서울신문	중앙일보
1950	1950~1954년까지 신춘문예 공모 없음	1950~1955년까지 신춘문예 공모 없음	1950~1958년까지 신춘문예 공모 없음	1950년대 신춘문예 공모 없음	1950년대 신춘문예 공모 없음	1965년 9월 22일 복간
1951						
1952						
1953						
1954						
1955	「금희와 도둑」 (당선, 김시래)					
1956	당선작 없음	「일요일에 생긴 일」 (당선, 김종달)				
1957	「옥이」 (가작, 심서분), 김교선 「피리 · 나뭇잎 · 카나리아」 (가작, 김교선)	「연과 얼굴」 (당선, 김성탁)				
1958	「싼타크로스」 (가작, 이성훈)	신춘문예 공모 없음				
1959	「우산과 손수건과 과자」 (가작, 정보석)	신춘문예 공모 없음	「별과자와 가방」 (당선, 이영찬)			
1960	「낙엽과 바람」 (당선, 조운), 「홍시를 지키는 아이」 (가작, 신탄)	「돌이와 누나」 (당선, 김용성)	신춘문예 공모 없음	「작은 씨앗의 꿈」 (당선, 최숙경)	당선작 없음	
1961	「남수와 닭」 (당선, 오문조), 「새로운 깡깡이」 (가작, 윤택기)	당선작 없음	당선작 없음	「인형이 가져온 편지」 (당선, 이준연)	동화 공모 없음	
1962	「강마을」 (가작, 이재실)	「꽃 공」 (가작, 허나미), 「엄마 돈 · 누나 돈」 (가작, 이희성)	「않는 양」 (가작, 노경자)	「학처럼」 (당선, 김영순), 「슬픈 메아리」 (가작, 성기문)	찾지 못함	

	조선일보	동아일보	경향신문	한국일보	서울신문	중앙일보
1963	당선작 없음	「먼 나라의 눈」(당선, 이희성), 「수현이와 옥진이」(가작, 이종헌)	동화, 동요 공모 없음	「철이와 호랑이」(당선, 최효섭), 「점 있는 아이」(가작)	동화, 동요 공모 없음	
1964	「밤비」(당선, 이현주)	「아기송아지」(당선, 남미영)	「바람을 그리는 아이」(당선, 유여촌)	동화, 동요 공모 없음	「꽃씨」(당선, 김종한)	
1965	「키다리 풍선 장수 아저씨」(당선, 유재용)	「비오는 날」(당선, 조현례)	「들국화」(당선, 권용철)	「당나귀」(당선, 이관)	「분이와 들국화」(당선, 김한주)	
1966	「선생님을 찾아온 아이들」(당선, 손춘익)	「철이와 아버지」(당선, 오탁번)	「토끼」(당선, 이영호), 「엄마와 선생님」(가작, 김영자)	동화 공모 없음	「영이의 꿈」(당선, 조대현)	「화야랑, 서규랑, 왕코 할아버지랑」(당선, 김민부)
1967	「손전등」(당선, 유시도)	「발이 큰 아이」(당선, 이덕자)	동화, 동요 공모 없음	「털 샤쓰」(당선, 고계영)	「옹이와 염소」(당선, 강향림)	「운동화」(당선, 김일환), 「따뜻한 손」(가작, 이상금)
1968	「성 너머 아이」(당선, 장승남)	「개구리」(당선, 유정옥)	「골목대장 혁이」(당선, 김석호)	「달마산의 아이들」(당선, 임신행)	「이른 봄에 운 매미」(당선, 권태문)	「아기중」(당선, 오세발), 「대장과 아이 둘」(가작, 한상연)
1969	「기차」(당선, 임영금)	「네발달린 우산」(당선, 이효성)	희곡만 공모	「눈 오는 밤의 심부름」(당선, 김미영)	「도토리는 서서 잔다」(당선, 최영애)	「리베랄군의 감기」(당선, 장부일)

참고 문헌

1. 기본자료

강소천, 『그리운 메아리』, 교학사, 2006.

강소천, 『그리운 메아리』, 배영사, 1963.

강제숙 글, 이담 그림, 『끝나지 않은 겨울』, 보리, 2010.

권윤덕 글 · 그림, 『꽃할머니』, 사계절, 2010.

김남중, 『기찻길 옆 동네』, 1 · 2권, 창비 2004.

김요섭, 『날아다는 코끼리』, 현암사, 1968.

김준기 글 · 그림, 『소녀이야기』, 리젬, 2013.

김하늘, 『큰 애기 복순이』, 문학동네, 2007.

문영숙, 『검은 바다』, 문학동네, 2010.

박경리, 「돌아온 고양이」, 『새벗』, 새벗사, 1958. 3.

박경리, 「옛날이야기」, 『신동아』, 1967. 5.

박경리, 『돌아온 고양이』, 그레이트북스, 2009.

박경리, 『돌아온 고양이』, 작은 책방, 2006.

박경리, 『불신시대』, 지식산업사, 1987.

박경리, 『은하수』, 『새벗』, 새벗사, 1958. 6~1959. 6.

박경리, 『은하수』, 이룸, 2003.

박경리, 『Q씨에게』, 풀빛, 1979.

손창섭, 『싸우는 아이』, 새벗 문고, 1972.

손창섭, 『싸우는 아이』, 우리교육, 2001.

손창섭, 『장님 강아지』, 우리교육, 2001.

이규희, 『두 할머니의 비밀』, 주니어김영사, 2004.

이규희, 『모래시계가 된 위안부 할머니』, 네버엔딩 스토리, 2010.

이규희, 『모래시계가 된 위안부 할머니』, 푸른책들, 2012.

이영호, 『배냇소 누렁이』, 태화출판사, 1966.

이원수, 『메아리 소년』, 새벗 문고, 1968.

이원수, 『메아리 소년』, 새벗문고, 1968.

이원수, 『메아리 소년』, 창비, 2002.

최은영, 『수요일의 눈물』, 바우솔, 2012.

탁영호 글·그림, 『꽃반지』, 고인돌, 2014.

한정기, 『큰 아버지의 봄』, 한겨레 아이들, 2006.

『아동문학』지, 배영사, 1집~12집.

2. 논문 및 단행본

강진호, 『현대소설사와 근대성의 아포리아』, 소명출판, 2009.

고려대 아세아문제연구소, 「일제 침략전쟁기 조선인 '강제동원' 연구」, 『아세아 연구』45권, 2002.

고은, 『1950년대』, 청하, 1989.

공임순, 『우리 역사 소설은 이론과 논쟁이 필요하다』, 책세상, 2000.

구수경, 「1950년대 전후소설의 서사기법 연구」, 『국어국문학』, 2004.

구인환, 「작가정신과 현실」, 『관악어문연구』, 1978.

권국명, 「문학과 이데올로기」, 『동서문학』, 1988.

권영민, 『한국현대문학사』, 민음사, 2002.

권오룡 외, 『문학·현실·상상력』, 문학과지성사, 1985.

권오현, 「1960년대 소설의 현실변형 방법 연구」, 계명대 박사논문, 1997.

권용철, 「김요섭 동화론」, 『아동문학평론』1982, 여름.

금성출판 30년사 편찬위원회 편, 『금성출판사 30년사』, 금성출판사, 1995.

김광수, 「한국 전쟁소설 주인공의 특성과 그 구조적 특성」, 『한국문학연구』5집 동국대한국연구소, 1982.

김교봉, 「전후소설의 현대적 성격」, 『국어국문학연구』25집, 국어국문학회, 1997.

김귀옥, 「일본식민주의가 한국전쟁기 한국군위안부제도에 미친 영향과 과제」, 『사회와 역사』103집, 한국사회사학회, 2014.

김기봉, 『역사란 무엇인가를 넘어서』, 푸른역사, 2000.

김대환 외, 『한국 현대사를 어떻게 볼 것인가』, 열음사, 1987.

김명인, 「이원수의 해방기 동시에 관하여」, 『한국학연구』12집, 인하대학교 한국학연구소, 2003.

김명희, 「한국동화의 환상성 연구」, 전주대학교 박사논문, 2000.

김병익, 『상황과 상상력』, 문학과지성사, 1979.

김보영, 『우리는 지난 100년 동안 어떻게 살았을까』, 역사비평사, 2001.

김상욱, 『어린이문학의 재발견』, 창비, 2006.

김성곤, 『퓨전시대의 새로운 문화 읽기』, 문학사상사, 2003.

김승환 · 신범순, 『분단문학 비평』, 청하, 1987.

김열규, 『페미니즘과 문학』, 문예출판사, 1990, 40~78쪽.

김영민, 『한국현대문학비평사』, 소명출판, 2000.

김영일, 「이원수 동시의 발화 구조 연구」, 명지대학교 석사논문, 1994.

김영화, 『분단 상황과 문학』, 국학자료원, 1992.

김영희, 「한국창작동화의 팬터지에 관한 연구」, 연세대학교 석사논문, 1977.

김예니, 「박경리의 초기 단편소설의 서사적 거리감에 따른 변화 양상」, 『돈암어문학』27, 돈암어문학회, 2014.

김용희, 「한국 창작동화의 형성 과정 연구」, 경희대학교 박사논문, 2008.

김윤식 외, 『한국현대문학사』, 현대문학, 1989.

김윤식, 『운명과 형식』, 솔, 1998.

김윤식, 성민엽 대담, 『신동아』, 1986, 6월.

김은숙, 「창작동화에 있어서 환상의 미적기능 연구」, 연세대학교 석사논문, 1984.

김인현, 「慰安婦 問題의 再考察」, 『일본어교육』67집, 일본어교육학회, 2014.

김인현, 「일본의 역사교과서 왜곡문제와 대책」, 『일본어교육』68집, 일본어교육학회, 2014.

김종헌, 「해방기 이원수 동시 연구」, 『우리말글』25집, 우리말글 학회, 2002.

김태헌, 「우리나라 인구전개에서 베이비붐 세대의 의미」, 『연금포럼』2010 봄.

김현숙, 「현대 아동문학의 팬터지 연구」, 동덕여자대학교 석사논문, 2000.

김현숙, 「환상 문학 일 세대의 환상 탐구 여정과 그 의미」, 『아동문학평론』1997, 겨울.

김호경 외 지음, 『일제 강제동원, 그 알려지지 않은 역사』, 돌베개, 2010.

남미영, 「강소천 연구」, 숙명여자대학교 석사논문, 1980.

남상구, 「일본 역사교과서의 일본군 '위안부' 기술 변화」, 『한일관계사연구』30집, 한일관계사 학회, 2008.

류시현, 『한국 근현대와 문화 감성』, 전남대출판부, 2014.

문교부, 『문교 40년사』, 대한교과서주식회사, 1988.

문학과사회연구회 엮음, 『현대 사회와 문학적 상상력』, 거름, 1997.

문학사와비평연구회, 『1960년대 문학연구』, 예하, 1993.

민족문학사연구소편, 『1960년대 문학연구』, 깊은샘, 1998.

박미경, 「사회변화가 한국 출판현상에 미친 영향 연구」, 중앙대학교 석사논문, 1997.

박상재, 『한국동화 문학의 탐색과 조명』, 집문당, 2002.

박상재, 「한국창작동화에 나타난 환상성 연구」, 단국대학교 박사논문, 1997.

박신헌, 「한국전후소설의 속죄의식 연구」, 『어문학』 64집, 한국어문학회, 1998.

박영신, 『역사와 사회변동』, 한국사회학연구소, 1987.

박종순, 「이원수 문학의 리얼리즘 연구」, 창원대학교 박사논문, 2009.

박춘식, 『아동 문학의 이론과 실재』, 학문사, 1993.

박태순·김동춘, 『1960년대의 사회운동』, 까치, 1991.

박태일, 「나라잃은 시기 후기 이원수의 아동문학」, 『어문논총』47호, 한국문학어문학회, 2007.

박태일, 「이원수 부왜문학 연구」, 『배달말』32호, 배달말글학회, 2003.

배봉기, 「개념화된 역사 또는 추상화와 단순화」, 『어린이와 문학』19권, 2007(2월호)

백로라, 『1960년대 희곡과 이데올로기』, 연극과 인간, 2004.

서울대학교 교육연구소, 『한국교육사』, 교육과학사, 2005.

선안나, 「1950년대 동화 아동소설 연구」, 성신여자대학교 박사논문, 2006.

성현주, 「한국현대 동화의 나르시즘 양상 연구」, 명지대학교 박사논문, 2007.

손향숙, 「영국 아동문학과 어린이 개념의 구성」, 서울대학교 박사논문, 2004.

송하춘 편, 『손창섭』, 새미, 2003.

신종곤, 「1950년대 전후소설에 나타난 현실인식의 굴절 양상」, 『현대소설연구』16호, 2002.

양수조, 「증언을 통해 본 일본군 '위안부' 실태」, 『충청문화연구』2집, 충청문화연구학회, 2009.

여성한국사회연구회 편, 『가족과 한국사회』, 경문사, 2001.

오경호, 「한국아동전집출판의 통시적 연구」, 『92 출판학 연구』, 범우사, 1992.

오길주, 「한국 동화 문학의 현실 인식 연구」, 가톨릭대학교 박사논문, 2004.

오판진, 「이원수의 메아리 소년에 나타난 통일지향성」, 『문학교육학』10호, 역락, 2002.

원종찬, 「역사와 자연을 보는 눈」, 『창비 어린이』, 2006(가을호).

원종찬, 『아동문학과 비평정신』, 창작과비평사, 2000.

원종찬, 『한국 아동문학의 쟁점』, 창비, 2010.

이금란, 「가족 서사로 본 박경리 소설 연구」, 『현대소설연구』19, 한국현대소설학회, 2003.

이동렬, 『문학과 사회 묘사』, 민음사, 1988.

이동순, 『한국인의 세대별 문학의식』, 집문당, 2001.

이상현, 『아동문학강의』, 일지사, 1987.

이승우, 「일제강점기 근로정신대여성의 손해배상청구」, 『한국동북아논총』76호, 2015.

이오덕, 「동요를 살리는 길」, 『어린이문학』30호, 한국어린이문학협회, 1999.

이원수, 『아동과 문학』, 웅진출판, 1984.

이원수, 『아동문학입문』, 웅진출판, 1984.

이재선, 『현대 한국소설사』, 민음사, 1991.

이재철, 『아동문학개론』, 집문당, 1983.

이재철, 『한국현대아동문학사』, 일지사, 1978.

이주형, 『한국아동청소년 문학 연구』, 한국문화사, 2009.

이혜수 「김요섭 동화 연구」, 서강대학교 석사논문, 1997.

임영봉, 「1960년대 한국문학비평 연구」, 중앙대학교 박사논문, 1999.

임정순, 「김요섭 동화의 세계 인식 연구」, 단국대학교 석사논문, 2005.

장수경, 「박경리 초기 소설에 나타난 서사적 지향」, 『동북아 문화연구』31, 동북아시아문화학
    회, 2012.

장영미, 「1960년대 아동문학의 분화와 위상 연구」, 성신여자대학교 박사논문, 2011.

장영미, 「한국 아동문학의 해외 번역 현황과 특성 연구」, 『돈암어문학』25집, 돈암어문학회,
    2012.

장영미, 「전후 아동소설 연구」, 『한국아동문학연구』22, 한국아동문학회, 2012.

전지선, 「김요섭 동화론 연구」, 동국대학교 석사논문, 2002.

전흥남, 「분단소설에 나타난 아비찾기 모티프와 그 문학적 의미」, 『한국언어문학』42집,
    1999.

정진희, 「이원수 소년소설 잔디 숲 속의 이쁜이 연구」, 『한국언어문화』23호, 한국언어문화학
    회, 2003.

조구호, 「분단의 갈등과 화해의 논리」, 『한국언어문학』, 한국어문학회, 2007.

조남현, 「한국문학에 나타난 4·19혁명」, 『한국논단』4월호, 1998.

조미숙, 「소외된 여성에 관한 문학적 글쓰기 연구」, 『한국문예비평연구』19권, 한국문예비평

학회, 2006.

조시현, 「2015년 한 · 일 외교장관 합의의 법적 함의」, 『민주법학』60호, 민주주의법학연구
　　회, 2016.

조은숙, 「한국아동문학의 형성 과정 연구」, 고려대학교 박사논문, 2005.

중촌수, 「이원수 동화, 소녀소설 연구」, 인하대학교 석사논문, 1993.

차은정, 『판타지 아동문학과 사회』, 생각의 나무, 2009.

최명표, 「세계의 폭력성에 대한 소년소설적탐구」, 『시와 동화』, 2007년 여름호.

최영태 외, 『5 · 18 그리고 역사』, 길, 2008.

최유찬, 『문학과 사회』, 실천문학, 1994.

최은주, 「위안부='소녀'상과 젠더」, 『동아시아문화연구』66집, 동아시아문화학회, 2016.

최인훈, 『문학과 이데올로기』, 문학과 지성사, 1980.

최지현, 「1940년대 국가의 여성 동원과 불온의 정치학」, 『여성문학연구』33호, 여성문학연구
　　학회, 2014.

하정일, 『1960년대 문학연구』, 깊은샘, 1998.

한국문학연구회 엮음, 『다시 읽는 역사 문학』, 평민사, 1995.

한국역사연구회 현대사연구반, 『한국현대사』3, 풀빛, 1991.

한국정신문화연구원 편, 『1960년대 사회변화연구』, 백산서당, 1999.

한길문학 편집위원회 편, 『한국근현대문학연구입문』, 한길사, 1990.

한상수, 「김요섭 동화론고」, 『한국아동문학 작가 작품론』, 1991.

한수산, 『까마귀』, 해냄출판사, 2003.

한영옥, 「김요섭 시의 상상력 연구」, 『한국문예비평연구』26집, 한국문예비평학회, 2008.

한정호, 「광복기 경남 부산지역 아동문학연구―남대우, 이원수, 김원룡을 중심으로」, 한국문
　　학론집, 40집, 한국문학회, 2005.

한혜인, 「강제동원 정책과 동원이데올로기」, 『한국일본어문학회 학술발표대회 논문집』, 한
　　국일본어문학회, 2005.

허광세, 「전시기 조세이(長生) 탄광과 조선인 노동동원」, 『한일민족문제연구』, 한일민족문제
　　연구학회, 2007.

홍송식, 「1960년대 한국문학 논쟁 연구」, 명지대학교 박사논문, 2000.

홍정선, 「4 · 19와 한국 문학의 방향」, 『해방 50년과 현대문학의 전개』, 1995.

홍정선, 『역사적 삶과 비평』, 문학과지성사, 1986.

황경아 「한국창작동화에 나타난 환상 연구」, 명지대학교 석사논문, 2002.

황정현, 「4·19 체험과 현실 비판 정신의 계승」, 『한국논단』4월호, 1998.

가와하라 키즈에 지음, 양미화 옮김, 『어린이관의 근대』, 소명 출판, 2007.

岡眞理, 김병구 옮김, 『기억·서사』, 소명출판사, 2004.

리오 로웬달, 『문학과 인간상』, 이화여자대학교 출판부, 1984.

릴리언 스미스, 『아동문학론』, 교학연구사, 1966, 204~205쪽.

마리아 니콜라예바, 조희숙 외 옮김, 『아동문학의 미학적 접근』, 교문사, 2009.

우에노 료, 햇살과 나무꾼 옮김, 『현대어린이문학』, 사계절출판사, 2003.

페리 노들먼, 『어린이 문학의 즐거움』1, 시공주니어, 2002.

폴 아자르, 『책 ·어린이 ·어른』, 시공주니어, 1999.

E. H. 카, 황문수 역, 『역사란 무엇인가』, 범우사, 1977.

Frederick Elkin, 이동원 옮김, 『아동과 사회』, 삼일당, 1980.

George Lukács, 이영욱 옮김, 『역사소설론』, 거름, 1987.

Jack Zipes, 김정아 옮김, 『동화의 정체』, 문학동네, 2008.

Keith Jenkins, 최용찬 옮김, 『누구를 위한 역사인가』, 혜안, 1999.

Susan Sontag, 이재원 옮김, 『타인의 고통』, 이후, 2004.

3. 신문 및 기타 자료

1950~60년대 경향신문, 동아일보, 서울신문, 조선일보, 중앙일보, 한국일보.

경향신문, 〈이 시국에…위안부 현금 지급 강행〉, 2016.11.16.

국민일보, 〈"명자가 일본군에게 몸 팔다 왔대요?" 정부 제작 위안부 교재 표현 논란〉, 2015.4.14.

데일리안, 〈"일본군에게 몸 팔았다" 교육부 제작 위안부 교재 논란〉, 2015.4.14.

동아일보, 〈"위안부는 일본군 부대시설" 美 문서 공개〉, 2014.3.17.

매일경제, 〈혼다 美하원의원 "日 위안부 사과 빨리 하라"〉, 2014.12.18.

문화일보, 〈'일본군 위안부 피해' 심달연 할머니 별세〉, 2010.12.6.

시사저널, 〈소녀상 철거와 10억 엔 맞바꿨나〉, 2016.1.15.

중앙일보, 〈"몸 팔다 왔대" 정부 위안부 교재 고친다〉 2015.4.15.

한겨레, 〈세 나라 작가들 평화전파 7년…"전쟁 사라질 그날까지"〉, 2012.9.28.

한국일보, 〈위안부 피해 황금주 할머니 별세.. 생존자 58명뿐〉, 2013.1.3.

나눔의 집, 한국정신대문제대책협의회, 여성가족부 홈페이지 참조.
Ⅲ-2장에서 사용한 사진은 Daum에서 가져왔음을 밝힌다.